MW01608476

LA NUIT DE L'OGRE

Patrick Bauwen dirige un service d'urgences dans un hôpital de la région parisienne. Après avoir collaboré aux novélisations de la célèbre bande dessinée *Lanfeust de Troy*, il publie son premier thriller, *L'Œil de Caine*, qui reçoit le prix Carrefour du premier roman 2007 et le Prix des lecteurs du Livre de Poche 2008. Patrick Bauwen est également l'auteur de *Monster* (prix Maison de la Presse 2009), de *Seul à savoir* (prix Littré 2011) et du *Jour du Chien* (prix Polar Babelio 2017).

PATRICK BAUWEN

La Nuit de l'ogre

ROMAN

ALBIN MICHEL

© Éditions Albin Michel, 2018.
ISBN : 978-2-253-25995-4 – 1re publication LGF

À Laetitia

« Je ne savais pas que j'avais la permission
de tuer, de mutiler
Tu voulais plus sombre
Me voici
Je suis prêt. »

Leonard COHEN,
You want it darker

L'enfant courait. Et l'Homme au Chapeau Melon courait après lui.

Tous deux filaient comme le vent, en pleine nuit, à travers le champ recouvert de neige, tandis que la lune allongeait leurs silhouettes. Les montagnes alentour élevaient leurs ombres noires vers le ciel, semblables à des dents.

Le souffle de l'enfant brûlait l'intérieur de sa gorge. Son haleine jaillissait en petits jets de vapeur. Ses chaussures produisaient un son régulier, *crrr, crrr, crrr,* à chaque fois qu'elles s'enfonçaient dans la couche blanche. Devant lui, le sentier scintillait tel un tapis d'étincelles.

Soudain l'enfant glissa. Il lutta pour rétablir son équilibre, y parvint avec difficulté, et reprit aussitôt sa course.

Il se força à ignorer la terreur logée au creux de son ventre. Il devait rester concentré sur le sillon argenté et ne pas s'écarter du chemin. S'il dérapait à nouveau, ce serait fini. L'autre le rattraperait en quelques secondes, le surplombant de toute sa hauteur, avec son poignard luisant sous la lune.

— Reviens, mon petit chiot ! susurra l'Homme au

Chapeau Melon dans son dos, allongeant sa foulée, étirant ses longues jambes. Reviens au chenil, voyons, tu sais bien que je ne te veux aucun mal !

L'homme s'était présenté à la ferme sept jours plus tôt. L'enfant avait immédiatement compris que quelque chose ne tournait pas rond.

— Je suis le remplaçant d'Esperandieu, votre médecin, annonça-t-il à son père et sa mère. Malheureusement, ce dernier est tombé malade.

Le docteur Esperandieu n'avait jamais contracté le moindre rhume. Il était l'incarnation même de la forme physique. « Esperandieu pète le feu ! » disait son paternel, accompagnant cette remarque de longs pets sonores qui les faisaient hurler de rire.

— Hélas, il ne viendra plus, ajouta l'Homme au Chapeau Melon, le visage déformé par un rictus. Sa maladie, voyez-vous, est plutôt du genre définitif. Mais vous avez de la chance : je me trouvais justement là, et mes compétences sont bien supérieures aux siennes.

Le nouveau docteur ressemblait à un personnage d'un autre siècle, avec ses petites lunettes rondes aux verres fumés, son manteau sombre resserré autour du cou, son col blanc et sa cravate noire étroite. Sous ses vêtements, son corps semblait difforme. L'enfant l'imaginait volontiers doté de sabots de bouc. Une barbe hirsute lui mangeait le visage comme pour mieux le dissimuler aux regards.

D'autorité, l'homme entraîna ses parents dans la maison et s'assit sur une chaise.

— Commençons la consultation. Êtes-vous à jour de vos vaccins ? L'État ne plaisante guère avec ce genre de choses. Montrez-moi vos carnets de santé. Nous allons tout reprendre de zéro.

Le père et la mère, impressionnés, sortirent des papiers de leurs tiroirs. Les pauvres savaient à peine lire et écrire. Leur ferme était bâtie dans la montagne, à plusieurs kilomètres du village le plus proche, et c'était la première fois qu'un médecin de la ville, un véritable savant semblait-il, s'intéressait à eux.

L'Homme au Chapeau Melon tourna les pages des carnets avec la plus grande attention, suivant certaines lignes du bout de l'index, tapotant parfois de ses gants noirs sur un mot qui lui semblait important.

— Je vois, marmonna-t-il dans sa barbe.

Il sortit une petite trousse en cuir, longue et fine, dont il exhuma deux seringues.

— C'est bien ce que je pensais. Le tétanos n'est pas à jour. Pour des gens comme vous, de braves paysans au contact de la terre, c'est extrêmement imprudent.

Il se pencha vers eux.

L'enfant aurait pu jurer que ses pupilles scintillaient derrière ses lunettes noires.

— Le tétanos est un bacille sournois. Il ne s'attrape pas avec un clou rouillé, contrairement aux croyances. Il prolifère dans le sol, au chaud, au contact des animaux, puis frappe tel un serpent. Une seule coupure en nettoyant votre étable, et c'est terminé. Il faut réparer cet oubli.

— Maintenant ? demanda la mère un peu inquiète.

— Tsss tsss tsss, siffla l'homme. Pourquoi attendre ?

Coton et alcool apparurent dans sa main. Les

parents remontèrent leurs manches. L'Homme au Chapeau Melon pratiqua une injection à chacun.

— Je n'ai plus de dose pour l'enfant. Mais rassurez-vous, je reviendrai demain.

Et il revint, comme prévu. Dans l'intervalle, ses deux parents étaient tombés malades. Une torpeur étrange s'était emparée d'eux. Des gouttes de sueur constellaient le corps de son père. Quant à sa mère, elle ne possédait même plus la force de repousser sa couette.

— Contagieux ! décréta le médecin en rangeant son stéthoscope.

Il pointa l'index sur l'enfant.

— Toi, il vaut mieux que tu m'accompagnes.

Le tenant fermement par le col tel un petit animal domestique, il l'entraîna derrière la maison, par-delà le champ, et remonta le sentier montagneux, jusqu'à la lisière de la forêt.

C'était le début de l'hiver et le vent charriait les premiers flocons de neige. À l'approche du sous-bois une odeur de mousse emplit les narines de l'enfant. Il inhala le puissant arôme des feuilles pourrissantes et songea à tous les animaux qui vivaient et mouraient dans la forêt, saison après saison, jusqu'à ce que leur cadavre se transforme en une masse grouillante de vers puis en petit tas d'ossements bien propre, qui s'incorporait à son tour dans le sol. Quand on y réfléchissait, le bois sombre n'était rien d'autre qu'un cimetière dissimulé sous l'humus et les aiguilles de pin. Un tapis de squelettes sur lequel ils marchaient en ce moment même. Si la dépouille d'un être humain était abandonnée ici, personne ne la retrouverait jamais.

— Entre là-dedans, ordonna l'Homme au Chapeau Melon en désignant le vieux chenil abandonné à l'autre bout de la propriété.

— Pourquoi ?

— Tes parents sont malades. Je vais m'occuper d'eux. Fais-moi confiance. Ici, tu seras tranquille.

Une saute de vent écarta son manteau, révélant un accessoire qui n'avait rien à faire dans la panoplie d'un docteur : une longue lame argentée glissée à sa ceinture. Son tranchant était recouvert d'une écriture inconnue.

— Qu'est-ce que tu observes ? dit l'homme en suivant son regard. Oh, ça ? C'est un couteau cérémoniel touareg. Souvenir d'un voyage en Afrique. Impressionnant, n'est-ce pas ?

L'homme propulsa l'enfant à l'intérieur. Le chenil se résumait à une cabane obscure et puant le rance. L'ancienne porte grillagée avait été obturée par des planches.

— Je t'ai mis quelques couvertures. Et aussi des pommes. Je reviendrai bientôt.

Après quoi l'enfant demeura là.

Durant sept jours.

La neige se mit à tomber. Il s'enveloppa de toutes les couvertures disponibles afin de se protéger du froid. Ensuite, son corps commença à dépérir.

Parfois, il croyait entendre l'un de ses parents pousser un cri. À d'autres moments, la porte du chenil s'ouvrait et l'Homme au Chapeau Melon déposait un peu d'eau et des victuailles. Après chaque visite, il prenait soin de le rassurer sur l'état de sa famille, lui promettant qu'il pourrait bientôt regagner la ferme.

Ce soir-là, les choses se déroulèrent d'une façon différente. L'homme se présenta à une heure tardive, les traits tirés, les vêtements débraillés, ses lunettes noires de travers, comme s'il venait d'accomplir quelque tâche physiquement éprouvante. L'enfant en profita pour filer entre ses jambes.

Et maintenant il dévalait la pente le long des pâturages enneigés, courant vers sa maison.

La ferme était éteinte. Seule une minuscule lumière éclairait le porche. Pas un bruit.

L'enfant avait déjà parcouru la moitié de la distance. Derrière, l'Homme au Chapeau Melon le héla une fois de plus.

— Reviens, mon petit chiot ! Qu'est-ce que tu fabriques ? Qui penses-tu trouver là-bas ? Tes parents sont malades. Très malades. Il vaudrait mieux que tu ne les voies pas dans cet état !

Le ton était suave. Convaincant. Presque joyeux. L'enfant accéléra encore.

— Reviens, te dis-je !

Plus que cent mètres. Cinquante. La porte était entrebâillée. Vingt mètres. Encore dix. Il franchit le seuil. Il lui semblait sentir le souffle glacé de l'homme sur sa nuque. Il se retourna pour scruter la pente sous la lune : personne.

Il se précipita dans la chambre. Et découvrit ses parents.

Il vit d'abord son père. Puis sa mère, cette brave femme qui l'avait aimé. Ou plutôt ce qu'il restait d'eux.

Il s'approcha et les contempla. Sans crier, ni trembler. Sans émettre le moindre son. Sans ressentir autre chose qu'un grondement étrange venu des profondeurs de ses entrailles.

L'enfant retourna finalement dans la cuisine. Ouvrit un tiroir et s'empara d'un couteau. Le plus long qu'il put trouver. Puis il sortit de la ferme et se plaça dans la clarté de la lune.

Le vent soufflait et tournoyait autour de lui, en route vers ailleurs.

Il cligna des yeux. Tout semblait irréel.

À minuit, sur cette montagne désolée et recouverte de neige, il avait l'impression d'être le dernier personnage d'un conte sinistre, l'une de ces histoires de grand-mère que l'on aime écouter pour se faire peur durant les longues nuits d'hiver, enveloppé dans des couvertures rêches, tandis que les bûches craquent à l'intérieur de la cheminée.

Il fit quelques pas, résolu à combattre l'ogre. Mais rien de tel ne se produisit. Cet affrontement n'était pas destiné à se dérouler en ce lieu, ni à cette époque.

L'enfant s'avança.

Sur le sol, devant la ferme, gisaient une barbe postiche et une paire de lunettes.

L'Homme au Chapeau Melon avait disparu.

PREMIÈRE PARTIE

La tête

1

Parfois la Mort me rend visite. Ça fait partie du métier. Il suffit qu'elle franchisse cette porte. La porte dont je vous parle est l'entrée principale du service des urgences. Mes yeux sont rivés dessus depuis un moment.

Je m'appelle Chris Kovak. J'ai une blouse, un stéthoscope dans la poche et trois litres de café qui dansent dans mes veines. Il est 6 heures du matin. Dehors le ciel de Paris est aussi noir que le fond carbonisé d'un poêlon. Il fait nuit et il pleut des trombes.

Je suis là. J'attends qu'il se passe quelque chose. Que le destin vienne à ma rencontre.

J'occupe l'un des sièges en métal de la salle d'attente. Ce n'est pas mon poste de travail habituel, on me trouve normalement en train de courir d'un box à l'autre, mais pour le moment il n'y a personne à part Willy, l'infirmier chargé de trier les patients. Nous sommes dans l'heure creuse : tous les problèmes de la nuit ont été gérés et il est encore trop tôt pour ceux du matin. Il n'y a pas un chat, pas même un clodo qui roupille. Internes et externes sont allés grappiller quelques instants de repos dans leurs chambres.

Willy en est réduit à tourner les pages d'un magazine, ses écouteurs plantés dans les oreilles. L'équipe de nettoyage vient de passer avec ses grosses machines semblables à des robots. Il flotte une odeur de propre. L'hôpital est calme. En hauteur, un téléviseur bourdonne.

Il n'y a plus que moi.

Je ne dors pas. Mes paupières ne sont pas lourdes. Je suis prêt.

Quelque chose va se produire.

Qui sera le prochain ? Le classique infarctus de fin de nuit ? À cette heure-ci, l'organisme libère les hormones du stress qui favorisent la coagulation sanguine. C'est le moment idéal pour boucher une artère. Douleur thoracique au petit matin égale branle-bas de combat, tous les urgentistes le savent.

À moins que je n'hérite d'un cas plus original. Un cambrioleur empalé sur une grille, traînant la grille avec lui, par exemple. Ou bien une possession démo-niaque chez une jeune femme, qu'il faudra attacher sur un brancard tandis que son cou menace de se tordre à 180°, comme dans *L'Exorciste*.

Vous ne me croyez pas ? Tout est authentique.

Je suis le docteur Kovak. Je vis pour ces instants. La surprise. L'action. L'adrénaline. Cela agit comme une drogue. Et cette nuit, je n'ai pas eu ma dose. Il m'en faut plus. Un événement, n'importe lequel.

L'année dernière, ma vie a basculé. Un enchaî-nement inattendu m'a plongé au cœur d'une affaire criminelle. Je m'en suis sorti par miracle, vous en avez peut-être entendu parler dans les journaux. Je ne veux plus penser à ça. Je dois maintenant remonter la pente, aller de l'avant. Alors le tourbillon des urgences, ce rythme de travail intensif, j'en ai besoin.

Pas question de dormir. L'action est indispensable, seul le stress me maintient debout. Et pour cela, il n'y a pas mieux que de bosser ici.

J'adore les cas graves, je les attends de pied ferme, je n'ai peur de rien. Je suis un danseur. Je danse avec la Mort, je virevolte autour d'elle. Ma blouse blanche, sa cape noire, nous évoluons dans le même ballet. Le Médecin et la Mort ont toujours formé un joli couple, n'est-ce pas ?

Je ris tout seul sur mon siège, tandis que Willy me regarde avec des yeux ronds.

Eh oui, voilà ce qui se passe quand on manque de sommeil, qu'on se bourre de caféine et qu'on traîne la nuit dans les couloirs silencieux des vieux hôpitaux de Paris. Les bâtiments lugubres, ça vous tape sur le système et vous file des idées sombres.

Bien sûr, j'employais des métaphores. La Mort n'est qu'un mot. Un concept. Elle ne saurait être une personne réelle, pas vrai ? Je ne danse pas en sa compagnie. Nous ne formons pas un couple.

Comment serait-ce possible ?

*

Mon père est polonais. Ma mère américaine. Ils se sont rencontrés à Montmartre. Papa est un manuel. Serrurier de formation, il a travaillé toute sa vie en tant qu'ouvrier intermittent du spectacle. Il était à la fois serrurier-métallier, machino, charpentier, peintre, au gré de ses déplacements sur les plateaux de tournage. Maman, en revanche, est l'intellectuelle pure. La petite étudiante en histoire venue de New York pour les vacances est tombée amoureuse de mon paternel et de sa vie bohème. Elle a interrompu ses études et s'est installée en France. Neuf mois plus tard, Kovak junior était là.

J'ai grandi dans une cité du Val-d'Oise, l'une de ces barres d'immeubles qui donnent aujourd'hui des sueurs froides aux flics, mais qui ressemblait alors à un village vertical regroupant des communautés du monde entier. Nous n'étions pas riches, cependant j'ai le souvenir d'une enfance heureuse. Mon père changeait souvent d'employeur (un problème de soumission à l'autorité, défaut dont j'ai hérité au passage), et ma mère donnait des cours d'anglais pour mettre du beurre dans les épinards. Ils ont été de bons parents, aimants et drôles, et j'ai vécu peu d'expériences réellement difficiles durant ma jeunesse. Les études de médecine se sont chargées de rattraper ce retard. Lorsque je suis devenu carabin, mon premier patient est décédé dans mes bras alors que j'avais vingt ans. La suite s'est déroulée de la même façon : suicides, morts violentes, décès d'enfants, dissections de cadavres, viols… À l'âge où la plupart des étudiants célèbrent l'insouciance, j'avais déjà eu mon compte d'épreuves traumatisantes. Je ne sais pas si avoir vécu une enfance heureuse avec des parents équilibrés est un facteur protecteur ou, au contraire, si la marche à gravir est encore plus haute lorsqu'on découvre la noirceur du monde. Mais j'ai appris à gérer, à trouver la bonne distance, et même à apprécier ce stress au point d'en faire ma spécialité médicale. Quant à la Mort, elle est toujours là, présente. C'est une constante dans ce boulot. La vie ne manque jamais de vous rappeler tous les jours qu'elle ne tient qu'à un fil. Le mot carabin provient d'ailleurs du français médiéval « scarrabin » qui désigne le scarabée fouisseur, le croque-mort, l'ensevelisseur de cadavres. À moins qu'il ne s'agisse d'une blague historique en rapport avec les carabiniers de Louis XIII : en effet, tout comme eux, les premiers carabins avaient une fâcheuse tendance à liquider leurs patients d'un coup.

— Toujours rien ? dis-je en me tournant vers Willy.

— Non.

— Pas même un appel ?

— Que dalle, doc ! Je peux nous ramener du monde si tu veux. Je fais un tour dans la rue et je pousse une vieille ou deux, ça nous fera des cols du fémur.

Il glousse.

Les gars des urgences. Rois du rire.

Je saute sur mes pieds et file jusqu'à la porte. Elle coulisse, le vent frappe mon visage et je reste sous l'avancée du toit. Dehors la tempête redouble. L'eau crépite sur les rambardes de métal avec un bruit semblable à des notes de musique.

Voilà pourquoi il n'y a personne : on est début mars, et on se croirait au cœur d'un cyclone. Des grêlons se mettent bientôt à tomber. Le son sur les rambardes se transforme en rafale et je bats en retraite à l'intérieur.

Je vais attendre. Rien ne presse.

De toute façon, mon boulot est officiellement terminé depuis hier soir. Je suis resté sur place parce que j'en avais envie. Je n'ai pas respecté le repos compensateur obligatoire. Personne ne s'est plaint. Pénurie chronique de personnel, les externes sont dépressifs, les internes n'en peuvent plus, les seniors ont les yeux qui leur sortent de la tête. Qui serait assez fou pour se plaindre de ma présence ?

La porte s'ouvre. Il ne s'agit pas d'un patient : c'est Greta Van Grenn, notre surveillante générale. Greta est une sorte de légende locale. Imaginez la droiture d'une bonne sœur, les connaissances d'une encyclopédiste et la délicatesse d'un instructeur des *Marines*, vous aurez une idée approchante. Les étudiants évitent de la contrarier. Le dernier à l'avoir fait s'est retrouvé transféré en proctologie, condamné à effectuer des lavements jusqu'à la fin de son stage.

Elle secoue son parapluie et se plante devant moi. Quarante ans de bons et loyaux services m'examinent d'un air pincé.

— Docteur Kovak.

— Eh oui.

— Vous avez entendu parler du repos obligatoire ?

— Eh non.

Elle fronce les sourcils.

— Dormir est indispensable, rappelle-t-elle.

— Churchill se contentait de deux heures par nuit, je rétorque.

— Il est également mort d'un AVC.

— Ça n'a aucun lien.

— Risque multiplié par quatre selon les dernières études.

— Vous épluchez la littérature médicale exprès pour me contredire ?

Elle sourit.

— Vous êtes un bon médecin, Christian. Et parfois drôle.

— Enfin un compliment.

— Je n'ai pas terminé.

Son sourire retombe.

— Vous êtes aussi un crétin de première. En période d'évaluation. Sur la sellette. Depuis vos frasques de l'année dernière, la direction de cet hôpital vous a dans le collimateur. Et qui est chargé de vous évaluer ?

— Vous.

— Moi.

— Super. Donc je reste ?

— Vous avez dix secondes pour déguerpir.

— Greta, soyez sérieuse. Vous manquez de personnel.

— Huit, sept, six…, égrène-t-elle en consultant sa montre.

— J'ai besoin de ce boulot. Chez moi, je pète un câble !

— Quatre, trois…

— C'est bon, arrêtez !

Je quitte la salle d'un pas vif. Balance ma blouse dans mon casier en claquant la porte. Un interne me dévisage. Je le foudroie du regard et il s'écarte prudemment de mon chemin.

J'enfile ma veste et je sors, clés de voiture dans

la poche. La pluie cliquette sur mes épaules. Mon véhicule est loin sur le parking du personnel. Je slalome entre les gouttes – illusion, je suis rapidement trempé – et me jette à l'intérieur.

En définitive, il ne s'est rien passé d'intéressant, je rentre bredouille. Greta n'a pas tort. Il vaudrait mieux que je dorme un peu. Et aussi que je me calme. Je devrais peut-être me mettre au yoga ?

Je m'installe derrière le volant. Contact. J'allume les phares.

C'est là que le choc retentit. Quelqu'un vient de frapper contre la portière du côté passager.

Un deuxième coup. Une silhouette est en train d'actionner la poignée pour essayer d'ouvrir.

Vous vous souvenez de ce que j'ai dit ? La surprise, l'adrénaline, la danse avec la Mort…

Ma portière s'ouvre.

Et ça commence.

2

— J'ai besoin d'aide.

La personne qui vient de s'adresser à moi est une jeune femme. Elle pénètre dans l'habitacle sans me laisser le temps de protester, s'installe sur le siège passager et dépose un sac à dos sur le plancher de la voiture. Le sac est de taille moyenne. Il a l'air lourd et son contenu fragile, vu la façon dont elle le manipule.

— Allez-y, roulez, dit-elle en refermant la portière.

Le moteur ronronne.

Je ne bouge pas.

Je suis tellement surpris par son attitude que j'attends ce qu'elle va dire ensuite. Elle se tourne vers moi et j'en profite pour mieux l'observer.

Blonde. La vingtaine. Plutôt jolie. Des mèches de cheveux trempées de pluie dépassent de sa capuche. Elle sent bon. Je distingue un parfum frais, sans doute du chèvrefeuille. Elle a l'air fatiguée. Elle n'a pas dû dormir beaucoup, elle non plus.

Elle cale son sac entre ses pieds avec précaution et j'entends un tintement, comme s'il contenait du verre.

— Soyez gentil, dit-elle. J'ai froid. Mettons-nous en route.

Le ton est suppliant en apparence. Ça ne l'empêche pas de s'installer tranquillement. Sûre d'elle, la petite. Et vraiment mignonne quand on la regarde. Je parie que tous les jeunes hommes de son âge craquent. Elle doit facilement obtenir ce qu'elle désire. D'habitude.

J'éteins le moteur et les phares d'un même geste. Nous nous retrouvons plongés dans la pénombre.

— Qui êtes-vous ? dis-je.

— Peu importe.

— Ça m'importe beaucoup, au contraire.

— Je faisais du stop. Je n'ai trouvé personne.

— Ici ?

— Pourquoi pas ? Dans un hôpital, il y a du passage.

— Il manque les mots magiques.

— S'il vous plaît ?

— Pour commencer. Et je ne suis pas taxi.

Elle hausse les épaules.

— Il y a un caducée sur votre pare-brise. Vous êtes médecin. Vous avez prêté serment, vous êtes censé aider les gens.

— Seulement si leur vie est en danger.

Elle m'examine quelques instants avec une expression étrange, comme si elle réfléchissait à ce qu'elle peut me raconter ou pas. Puis elle hoche la tête.

— D'accord. Je suis en danger.

Elle retrousse sa manche. Un pansement sommaire recouvre son poignet droit. Elle le décolle pour me montrer la chair en dessous : une plaie la déforme, deux trous et une déchirure, assez moche. Elle remet le pansement en place.

— Voilà, dit-elle. Est-ce qu'on peut y aller maintenant ?

Il y a quelques cinglés qui traînent autour de l'hosto. Des schizophrènes, des SDF, de pauvres gens. Elle ne fait pas partie de ceux que je soigne d'habitude. Elle n'a pas ce regard halluciné, cette attitude d'écoute propre aux schizos qui s'interrompent au milieu d'une phrase et dressent l'oreille pour écouter leurs voix intérieures. Elle ne ressemble pas non plus à une SDF. On dirait plutôt une touriste, une auto-stoppeuse comme elle le prétend. Mais que fait-elle sur le parking du personnel à cette heure ? Et qu'est-ce qu'elle transporte dans son sac ?

Je désigne sa main.

— Vous êtes blessée.

— Ça ira.

— Vous avez été victime d'une agression ?

— Ce n'est pas grave.

— On dirait une morsure. Les morsures s'infectent. Il s'agit d'un chien ?

À nouveau cette expression étrange sur son visage.

— Non. Pas un chien.

Elle a dit ça comme si toute explication était vaine. Un mélange de « c'est compliqué » et de « vous ne pourriez pas comprendre ». Je connais cette attitude. Je l'ai souvent observée chez les ados fugueurs. Et aussi les femmes battues. Cette expression signifie « faites ce que je vous demande et laissez-moi tranquille, de toute façon vous ne pouvez rien pour moi ».

Je réalise alors mon erreur. Cette jeune femme, presque une jeune fille, cette crâneuse à peine sortie de l'adolescence, veut me faire croire qu'elle gère,

31

que tout est sous contrôle. Mais elle est démunie, iso-lée, et ses ennuis, quels qu'ils soient, sont bien réels. Ce n'est pas l'arrogance qui l'a poussée à monter à bord avec autant de désinvolture. C'est la détresse.

Mon ton se radoucit aussitôt.

— Les urgences se trouvent juste derrière, au bout du parking. Je suis effectivement médecin. C'est là que je travaille. On ferait mieux de s'y rendre, vous y serez en sécurité, et je pourrais jeter un œil à cette blessure.

— Non ! Je ne vais pas là-bas, lâche-t-elle dans un souffle.

Elle se détourne, tête basse, cheveux devant les yeux. Elle ressemble plus que jamais à une adoles-cente. Je l'entends qui renifle.

— Vous voulez un mouchoir ? J'en ai dans ma boîte à gants.

— C'est bon. Ça ira, merci.

Mon cœur se serre. J'observe le parking. La pluie tombe à verse, le décor est noyé par la grisaille. On distingue à peine les contours des voitures. J'ai beau scruter l'endroit, il n'y a personne. Aucune menace apparente.

— Quelqu'un vous a fait du mal ? fais-je avec douceur.

— Non. Je veux juste partir.

— Où ?

— Peu importe. Je n'aurais pas dû venir ici. C'était idiot. Emmenez-moi, s'il vous plaît. Je des-cendrai n'importe où.

Je reste indécis encore un instant, puis j'acquiesce.

Pourquoi ? Je n'en sais rien. Parce qu'elle est seule.

Parce qu'elle est triste. Parce qu'elle pourrait être ma fille. Parce que je suis médecin. Les réponses ne manquent pas. J'aurai largement le temps d'y repenser plus tard, en songeant à cet acte simple qui va avoir des conséquences effroyables. Pour le moment je suis fatigué et je n'ai plus envie de réfléchir. Je démarre, le moteur gronde, j'arrive à l'entrée de l'hôpital, la barrière automatique s'ouvre grâce à mon badge placé sous le pare-brise, et je passe.

Quelques secondes plus tard, nous filons dans la rue.

*

Le soleil se lève timidement. À peine une bande rougeâtre glissée sous les nuages à l'horizon. C'est un matin parisien comme les autres : embouteillages, pluie fine – le déluge biblique s'est arrêté –, engueulades entre conducteurs, circulation impossible. Je peste intérieurement contre les voies réservées aux taxis et aux transports en commun. Je sais qu'on s'achemine vers une capitale propre et débarrassée des voitures, mais je n'arrive pas à m'y faire. C'est plus fort que moi, j'ai envie d'être dans mon véhicule personnel, mon espace privé, avec mon sapin désodorisant et un chien qui hoche la tête si ça me chante. Je fais de la résistance. Une attitude bien française, diront certains.

Coup de klaxon sur le boulevard Raspail. Un scooter de livraison me double. Je continue rue du Bac et je traverse la Seine. Le ciel se déploie devant nous tel un aquarium géant où s'étaleraient des gouttes d'encre. J'ouvre la fenêtre, j'aime l'odeur fraîche du petit matin. De loin en loin, des lances de lumière percent la couche nuageuse et frappent les bâtiments du Louvre sur la berge opposée. On se croirait dans un tableau de William Turner.

— C'était qui, la morsure ? dis-je pour rompre le silence. Une bagarre ? Votre petit ami ?

— C'est ça, répond-elle.

Elle acquiesce un peu vite, d'une voix faible. Sur le moment, je le prends pour argent comptant.

— Une dispute de couple ? Vous veniez aux urgences ?

— Oui.

— Et vous avez eu peur qu'on vous questionne.

— Voilà.

— Vous comptez porter plainte ?

— Non.

— Pourquoi ?

— Ça ne servirait à rien, dit-elle.

— Bien sûr que si. Votre situation est classique.

Je suis content. J'ai l'impression d'avoir tout résolu. Une femme, son petit ami, une agression, la peur de porter plainte, elle fait machine arrière au dernier moment, elle va se contenter d'une main courante, ou de rien du tout. L'histoire habituelle.

— Vous êtes jeune, fais-je sur un ton un peu paternaliste. Vous avez la vie devant vous. Ne restez pas avec un sale type. S'il vous maltraite, réagissez. Les morsures humaines sont les pires, vous savez ?

Elle ne répond rien. Nous passons sous un tunnel et remontons au croisement avec la rue de Rivoli. Je m'arrête au feu rouge, cerné par la circulation dense.

— Je vais descendre, dit-elle. Ici ce sera très bien.

— Vous êtes sûre ?

— Je prendrai le métro.

Elle ouvre la portière.

— Attendez ! Vous êtes blessée, il y a des services spécialisés pour les urgences de la main…

Elle descend sur la chaussée et se tourne une dernière fois vers moi. Toujours cet air triste.

— Vous ne me reconnaissez pas, n'est-ce pas ?

— Pardon ?

— Mon visage ne vous dit rien ?

En pleine lumière, je remarque qu'elle a les yeux de couleurs différentes. Un œil vert, un œil brun.

— Non. On s'est déjà vus quelque part ?

— Ce n'est pas grave. Désolée. Encore merci.

Elle referme la portière. Je voudrais trouver quelque chose d'intelligent à ajouter. Trop tard, le feu s'allume et la circulation redémarre. La jeune femme monte sur le trottoir et s'éloigne dans une rue à contresens. Les klaxons commencent déjà à s'exciter derrière. Pas d'autre choix que de repartir.

J'appuie rageusement sur la pédale d'accélérateur. La statue dorée de Jeanne d'Arc me toise du haut de son cheval avec un air de reproche tandis que je file rue des Pyramides. Qu'est-ce que je pouvais faire d'autre ? La supplier de rester ? Je ne la connais même pas, cette fille…

C'est alors que je remarque le sac. Elle l'a laissé dans la voiture. Je me penche et l'attrape d'une main. Il est lourd. Tintement contre le siège. On dirait bien du verre. Je pousse un soupir et le repose. Quand bien même j'aurais voulu lui courir après, aucune chance d'y parvenir avec ce truc.

Une rue plus loin, je me gare sur un emplacement de livraison, allume les warnings, défais ma ceinture et soulève à nouveau le sac. Je remarque alors pour la première fois les taches brunes maculant le tissu.

Le fond est humide. Une substance poisseuse suinte au travers.

Je dénoue les attaches. Ouvre le rabat. Regarde à l'intérieur.

Il y a des vêtements. Pleins de sang. Ce même sang qui goutte à présent dans ma voiture. Mais ce n'est pas le plus terrible. Le plus terrible est le bocal en verre, au milieu.

Celui que je tiens à présent entre mes mains.

Parce qu'à l'intérieur, il y a une tête humaine.

3

Le bocal est rempli de liquide. Probablement du formol.

La tête possède un teint cireux, la couleur jaune habituelle des cadavres. Quelques touffes de cheveux sont encore accrochées au sommet de son crâne et ondulent dans le fluide telles des algues dans le ressac.

Le front est large, régulier, assez beau. La partie gauche du visage permet d'identifier le sexe : il s'agit d'une femme. Sa peau est lisse, la pommette saillante, l'œil fermé, avec une paupière dotée de longs cils. On dirait qu'elle dort.

La partie droite, en revanche, n'est plus qu'un magma monstrueux. L'orbite est ouverte et le globe oculaire pend, maintenu par un fragment de peau blanche. Plus bas, la chair et les cavités osseuses sont ravagées, comme mangées par un cancer qui aurait englobé le nez et les dents, ouvrant l'os et révélant l'intérieur du visage. C'est d'ailleurs ce qui s'est produit. Je le sais parce que c'est inscrit à la main, d'une élégante écriture à l'encre noire, au bas du récipient, sur une vieille étiquette :

Térébrant signifie « qui creuse des trous, des galeries dans un corps dur ». On l'emploie à propos d'un insecte capable de s'insinuer dans le sol. Ou d'une douleur profonde donnant l'impression d'un clou qui s'enfonce dans les tissus.

Il s'agissait d'une belle femme, avant que ses traits ne soient déformés par la maladie. Maladie qui l'a rongée jusqu'à l'os avant de la tuer. La tête s'est ensuite retrouvée dans ce bocal pour être étudiée par des élèves. Elle doit dater de plusieurs dizaines d'années, minimum.

Toutes ces déductions sont faciles à faire : j'ai déjà vu ce genre de spécimens, on trouvait autrefois les mêmes au musée Dupuytren, rue de l'École-de-Médecine. Ils étaient utilisés pour l'enseignement avant la généralisation des images numériques. Aujourd'hui ce sont surtout des curiosités. Les têtes conservées dans le formol portent habituellement une estampille « Faculté de médecine de Paris ». Mais ici je n'en vois aucune.

Inutile de dire que la circulation de ce genre d'article est soumise à des règles strictes. Comment celui-ci s'est-il retrouvé en possession de cette jeune femme ?

Je cale le bocal sur mes genoux. La tête vient lentement cogner en avant contre la paroi, puis repart en arrière dans le liquide.

J'ouvre la boîte à gants et récupère mes mouchoirs en papier. Le sang ne provient pas de cet objet, bien sûr. Le bocal est scellé de façon hermétique, et il ne contient pas d'hémoglobine. Là, il s'agit d'un épanchement récent.

J'essuie le récipient et le repose sur le plancher avant qu'un passant trop curieux ne remarque quelque chose. Puis je tire une série de mouchoirs supplémentaires et me nettoie les mains. Je frotte mon pantalon, le volant, le siège, mes doigts encore, et fourre le tout dans le sac avec les vêtements remplis de caillots sombres.

Je m'appuie sur le volant, vaguement nauséeux.

Est-ce que la fille a été obligée d'utiliser son linge pour stopper son hémorragie au poignet ? Ce n'est pas l'impression que ça me donne. Sa blessure n'avait pas l'air si grave. En outre, je vois tous les jours des gens qui saignent, ils ne dissimulent rien, au contraire : ils me montrent leurs chiffons trempés pour que je constate l'étendue des dégâts. Ils sont affolés, ils ont peur. Leur pouls s'accélère, leur visage devient livide, leur tension chute et provoque des malaises. Autant de symptômes que je n'ai pas constatés chez elle. Cette fille avait l'air triste, tourmentée. Mais en aucun cas paniquée par sa blessure.

Ce qui me laisse deux possibilités : soit elle est particulièrement vaillante... soit, eh bien, ce sang n'est pas le sien.

J'ouvre la fenêtre pour respirer un peu d'air frais.

Dehors tout est normal. Des gouttes rebondissent sur mon capot en produisant un son régulier et hypnotique. Des passants se pressent sur le trottoir en direction d'une bouche de métro. Les gens partent au travail, sacoche dans une main, parapluie dans l'autre. Je me demande combien d'entre eux trimbalent une tête dans leurs affaires.

Je voulais de l'animation pendant ma garde. C'est réussi. Maintenant je fais quoi ? Le plus sage serait d'aller montrer mon paquet-cadeau à la police, non ?

Hum. Non.

Facile d'imaginer la suite : « *Bonjour. J'ai pris une inconnue en stop ce matin, mais elle a disparu. Elle m'a laissé une tête dans du formol, et des vêtements sanglants. Je vous les dépose sur le comptoir. Vous n'aurez qu'à vous débrouiller avec. Moi je suis fatigué, il faut que j'aille piquer un somme...* »

Autant me jeter moi-même en cellule de garde à vue.

Je pousse un soupir.

Et pas question de balancer ces affaires à la poubelle pour m'en débarrasser. Il resterait des traces. En cas d'enquête, un flic pourrait s'en rendre compte. Ça pourrait même se retourner contre moi.

« *D'où proviennent ces taches, docteur Kovak ?*

— Je viens de vous le dire : c'est à cause de cette fille...

— Celle qui a disparu ?

— Voilà.

— Mais vous ne savez pas où elle est.

— C'est le principe d'une personne disparue.

— Seriez-vous en train de nous mentir ?

— Mais non ! Pourquoi ferais-je une chose pareille ?

— C'est du sang. Et c'est votre voiture.

— Et alors ? Je n'allais pas passer l'habitacle entier à l'eau de Javel, comme un criminel essayant d'effacer ses traces !

40

— *Pourquoi dites-vous ça ? Vous êtes un criminel essayant d'effacer ses traces ?* »

Mes doigts pianotent sur le volant.

Du calme. Tout va bien. On n'est pas dans une série télé, rien de tout cela ne va se produire. La police n'est pas en train de m'interroger et je n'ai rien commis de répréhensible. La nuit a été longue. Je n'ai plus les yeux en face des trous. Il faut seulement que je réfléchisse à la meilleure conduite à tenir.

Un célèbre adage en médecine, peut-être le plus important, enseigne la chose suivante : *Primum non nocere. Avant tout, ne pas nuire.* Autrement dit, quand vous n'êtes pas sûr de vous, ne faites rien qui puisse aggraver la situation. Évitez de foncer tête baissée comme un crétin. Suivons les conseils des anciens, d'accord ?

Je me creuse la cervelle un moment, envisageant différentes hypothèses. Puis je redémarre. Demi-tour. Je repars à l'hôpital. En fait, il y a un autre adage, encore plus célèbre : quand vous ne savez pas, demandez un deuxième avis.

Et je sais exactement à qui.

4

Je dépose le bocal sur le bureau de ma surveillante. J'ai soigneusement nettoyé l'extérieur. Le contenu, lui, est identique.

— Vous en pensez quoi ? dis-je.

Greta Van Grenn abaisse ses lunettes rondes sur son arête nasale.

— Vous n'êtes pas parti ?

— Je suis revenu.

— Qu'est-ce que c'est ?

— Une tête humaine.

— J'avais remarqué. D'où provient-elle ?

— De ma voiture.

— C'est une vraie ?

— Je pense.

Greta se penche en direction de la chose.

— C'est horrible. On dirait qu'elle est vivante.

— Je vous rassure, j'ai toqué contre la vitre, elle ne l'est plus.

— Très drôle, dit-elle en reculant sur sa chaise et en croisant les bras. Vous m'expliquez ce qui se passe ?

Je me laisse tomber dans un fauteuil et lui raconte la scène de ce matin. Greta est l'une des personnes les plus honnêtes et droites que je connaisse. Nous travaillons ensemble depuis des années, j'aime bien avoir son avis. En outre, l'incident s'est produit sur le parking des urgences, mieux vaut qu'elle soit au courant. Elle écoute avec attention, puis déclare :

— C'est une histoire bizarre, en effet. Qu'est devenu le sac à dos ?

— Toujours dans mon véhicule.

— Vous n'avez touché à rien ?

— Non.

Elle ôte ses lunettes et pose la pointe de l'une des branches sur sa lèvre inférieure.

— Je suis d'accord avec votre premier réflexe. Il faut avertir la police.

— Vous croyez ?

— Cette *chose*, dit-elle en orientant sa branche de lunettes vers la tête humaine, n'est assurément pas un objet courant. Quelles affreuses blessures !

— Il s'agit d'un cancer de la face.

— Peu importe, fait-elle avec un geste de dégoût. Ce spécimen a sûrement été volé dans une collection médicale. Ou dans un cirque. Cependant, ce n'est pas notre problème. Les vêtements sanglants, en revanche, voilà qui est plus inquiétant. Vous dites que le sang ne provient pas forcément de cette jeune femme. Et si c'était elle l'agresseur ? Avez-vous songé qu'il pouvait s'agir d'une patiente en fuite ? Évadée du service de psychiatrie par exemple. Elle aurait pu rôder dans les couloirs, blesser un surveillant et dérober cet objet.

— Oui, j'y ai pensé. Mais avant de tirer la sonnette d'alarme, il y a peut-être une autre explication.

Une idée m'est venue dans la voiture. Elle risque de vous paraître saugrenue. Je préfère cependant vous en faire part. Alors voilà : il n'est pas impossible que des étudiants en médecine soient responsables de cette mise en scène.

— Quoi ?

— Je sais, ça paraît idiot. Laissez-moi vous expliquer les circonstances et vous me donnerez votre opinion ensuite…

Je me lève et fais quelques pas dans la pièce.

Le bureau de Greta est agréable. Je n'y suis jamais venu, ou presque. L'ambiance est zen. Les livres médicaux sont rangés bien en ordre sur les étagères. Une petite table accueille une machine à thé avec des capsules de parfums différents disposées dans des coupelles en bois. Des dessins d'enfants sont soigneusement conservés dans des cadres, à côté de photos de famille un peu jaunies. En m'approchant, je la reconnais, plus jeune, marchant sur la plage en compagnie de deux enfants : un ado d'une quinzaine d'années, très beau et qui lui ressemble, et une petite fille de quatre ou cinq ans à peine. Sur une autre photo, cette même fillette prend fièrement la pose, une pelle en plastique à la main, devant un château de sable qu'elle vient sans doute de bâtir en y mettant tout son cœur.

Notre surveillante ne parle jamais de sa vie privée. Et je ne lui pose guère de questions non plus. Certaines relations professionnelles sont ainsi. On partage des moments forts sur notre lieu de travail, mais notre vie de famille demeure presque secrète, comme si chaque secteur était cloisonné dans son

44

propre compartiment étanche. Les soignants, tout comme les flics, préfèrent laisser le malheur sur le pas de la porte.

— Depuis trois mois, ma situation a évolué, dis-je. Je donne des cours à la fac.

— Ah bon ?

— Cette activité m'est tombée dessus par hasard. Un ami professeur a dû abandonner son module pour raisons de santé. Il m'a proposé de prendre temporairement sa place. J'enseignais déjà aux externes par petits groupes dans le service. Ce n'est guère différent. J'étais un peu inquiet de me retrouver seul face à un amphi, mais j'adore. Ce sont des bébés. Je me sens jeune à nouveau.

— Vous n'êtes pas exactement un vieux croûton.

— Merci.

— De rien. J'ai du travail, Christian. Où voulez-vous en venir ?

Je me frotte la nuque. Ce que j'ai à dire n'est pas facile.

— Au fait que cette histoire pourrait être une forme de bizutage de la part des élèves. Rien de méchant. Le sang, les têtes coupées, c'est de leur âge. J'étais moi-même dans une association étudiante, ça faisait partie de nos traditions. Pendant le week-end d'intégration, les deuxième année pataugent dans des tripes de bœuf. L'an dernier, l'un des profs s'est retrouvé avec la main d'un cadavre glissée dans la poche de sa blouse après le cours d'anatomie. Ils étaient tous morts de rire.

— Hilarant, commente Greta.

Elle réfléchit un instant puis fronce les sourcils.

— Attendez, vous pensez sérieusement que des étudiants seraient capables d'aller aussi loin ? Pour une simple farce ?

Je hausse les épaules.

— Et pourquoi pas ? Un autre élève aurait pu me filmer à distance avec son portable, vous savez, pour voir ma réaction en découvrant cette horrible tête. C'est le genre de vidéo débile qu'on poste ensuite sur le Facebook de l'asso.

Elle se lève, fait le tour de son fauteuil et pose ses deux mains sur le dossier.

— Franchement, j'ai du mal à le croire, fait-elle, dubitative.

— Il faut le replacer dans son contexte. Le cours que j'ai repris est assez spécial. Le module s'appelle Interrelations des Êtres Vivants. On y aborde les problèmes d'éthique, les relations avec le malade, la religion, la mort, et même l'humour médical. Face aux chocs psychologiques que subissent les étudiants, rire est un bouclier mental. J'en sais quelque chose. Pour vivre tous les jours avec la mort, il faut la mettre à distance, la rendre ridicule, comme dans Harry Potter : le sorcier pointe sa baguette sur la pire des menaces, il dit « riddikulus » et la transforme en quelque chose de drôle et d'inoffensif.

— Vous citez Harry Potter dans vos cours ?

— Je dévie ensuite sur l'humour morbide.

— Du genre ?

— Blague sur les bébés. Les cadavres. Tout ce qui choque.

— Joyeux programme.

— C'est censé provoquer le débat. Pas classique

46

comme méthode, je vous l'accorde, mais j'ai toujours été un rebelle à la fac, dis-je avec le sourire. Et ça marche, on aborde tous les sujets. Les discussions sont parfois houleuses. Du coup, je me suis demandé si l'incident de ce matin n'était pas un juste retour de bâton. Une blague de carabin pour me provoquer à mon tour. Qu'en pensez-vous ? Mon hypothèse est un peu trop délirante ?

Greta se crispe, comme si elle allait répliquer : « Évidemment qu'elle l'est ! Débattre dans un amphi est une chose, jouer avec une tête sur un parking en est une autre ! » Mais ce ne sont pas les mots qu'elle prononce.

— Selon vous, cette jeune femme serait une étudiante ?

— Elle m'a demandé si je la reconnaissais. J'ai trouvé ça bizarre. J'ai fait le lien avec la fac. Les élèves. D'où mon idée.

— Et pourquoi pas une ancienne patiente ?

— Je crois que je me souviendrais d'elle… Mais bon, vous avez sûrement raison. J'ai une imagination trop fertile. Je vais appeler les flics.

Greta plonge son regard par la fenêtre, puis demande :

— Cette fille, à quoi ressemblait-elle ?

— Blonde. Taille moyenne. Les traits fins. Mignonne.

Silence.

— Fort caractère, j'ajoute. Et en même temps triste. Ah, et aussi un détail : elle a une hétérochromie. Ses yeux sont de couleurs différentes. Un vert, un brun.

Le silence se prolonge.

— Greta ?

— Qu'est-ce qu'elle a fait ensuite ? dit-elle d'une voix neutre.

— Disparue. Elle voulait prendre le métro.

Elle quitte la fenêtre et se rend jusqu'à la machine à thé. Elle prend une capsule. Hésite, la main en l'air. La remet à sa place. J'ai l'impression que ses joues ont perdu leurs couleurs. Mais peut-être est-ce seulement un effet de la lumière dans la pièce. Elle se tourne finalement vers moi, les paumes pressées l'une contre l'autre. Son visage demeure inexpressif.

— Vous savez quoi ? dit-elle. Vous avez raison.

— À quel sujet ?

— Cette histoire n'est pas forcément grave. Inutile de créer trop de remue-ménage. (Elle sourit.) À ce stade, nous ne sommes sûrs de rien, n'est-ce pas ?

Elle récupère le bocal, me le place entre les mains et m'entraîne jusqu'à la porte.

— Reprenez ça. Stockez-le discrètement quelque part avec le reste. Le mieux est de ne pas ébruiter cet incident. Je vais mener ma petite enquête. En attendant, n'en parlez à personne.

— Ah bon ? Mais vous disiez tout à l'heure…

— Oui, eh bien, j'ai changé d'avis, m'interrompt-elle sèchement. Imaginez qu'il s'agisse effectivement d'une plaisanterie stupide. Si des médias venaient à l'apprendre, les retombées seraient très déplaisantes pour la fac. Et cet hôpital. Et pour vous. Réfléchissez : qui est sur la sellette ? Qui a déjà eu des ennuis avec la police ? Qui, en ce moment même, est surveillé par l'administration ? Vous voulez revoir votre photo dans les journaux ?

Je me redresse, un peu surpris.

— Non. Bien sûr.

Elle me pousse gentiment hors de la pièce.

— Alors tenez-vous tranquille. Rentrez chez vous, et allez dormir un peu, bon sang, vous avez une tête à faire peur.

Elle me sourit encore.

— Ne vous occupez de rien. C'est moi qui vous appelle. Ceci n'est plus votre affaire. C'est clair ?

Et elle me claque la porte au nez.

5

Greta Van Grenn s'adosse contre le mur après le départ de Christian. Elle compte mentalement jusqu'à vingt.

Inspiration, expiration.

Elle s'efforce de ralentir son rythme cardiaque, comme dans ses cours de yoga. Est-ce que Kovak s'est rendu compte de quelque chose ? Ce n'est pas certain.

Elle tâtonne au fond de sa poche à la recherche de la petite boîte verte familière. Ses doigts rencontrent la forme ronde dont le simple contact la soulage. Elle extrait l'un des comprimés blancs sécables en quatre.

— Seulement un quart, dit-elle à voix haute.

Son cœur bat toujours la chamade.

— D'accord. Un demi.

Elle dépose la moitié d'un comprimé sous sa langue et laisse le goût amer envahir sa bouche. Cela fait des mois qu'elle essaye d'arrêter le bromazépam. Une étude récente a démontré que cette substance induisait divers effets secondaires néfastes à long terme, dont le risque de survenue précoce de maladie d'Alzheimer. Tant pis. Elle arrêtera de se droguer un autre jour.

Elle décroche son téléphone et appuie sur une touche composant un numéro automatique.

— Le PC sécurité ? Ici Van Grenn.

Son ton est autoritaire. Aussi ferme que d'habitude.

— Ce matin, l'un de nos médecins a quitté l'hôpital. Sa voiture a forcément badgé au moment de franchir la barrière du parking.

Une question, à l'autre bout.

— K. O. V. A. K., épelle Greta.

La personne acquiesce. Un moment s'écoule, puis la voix se manifeste à nouveau.

— Vous l'avez ? dit Greta. Bien. Les caméras de surveillance fonctionnent ?

Nouvelle approbation.

— Parfait. Il me faut les images. Envoyez ça sur ma messagerie électronique. Il y avait une passagère à bord du véhicule. C'est elle qui m'intéresse.

Son regard est attiré par les photos jaunies sur le mur.

La petite fille sur la plage. Devant son château de sable.

— Faites des gros plans de son visage. Je veux le plus de détails possible, dit-elle en contenant le tremblement de sa voix.

Greta possède des photos plus récentes dans son portefeuille. La fillette est devenue une adolescente, puis une femme. Même si elle a totalement disparu de son existence. L'autre a coupé les ponts depuis quatre ans. Communications rompues. Silence radio depuis qu'elle est entrée à la fac. En ce qui concerne

Greta, elle pourrait tout aussi bien vivre en Amérique du Sud.

« *Des yeux de couleurs différentes* », a dit Kovak.

Sur le moment, elle a failli s'évanouir.

Un « *ding* » signale l'arrivée des images sur son ordinateur. Elle s'appuie d'une main sur son bureau pour ne pas chanceler.

Voilà. Il lui suffit de cliquer sur la pièce jointe. Elle va savoir. Si c'est elle, elle la reconnaîtra tout de suite.

Une mère est capable de reconnaître sa fille.

6

Je marche dans un couloir de l'hôpital avec mon bocal de formol sous le bras. Une femme de ménage me croise. C'est une grosse Antillaise en train de pousser son chariot. En voyant mon colis, ses yeux s'agrandissent.

— Dites bonjour à tante Irma ! fais-je avec le sourire.

Son visage s'écarquille d'horreur.

— Je plaisantais. Cours d'anatomie.

Elle se tapote le front avec l'index.

— Vous les docteurs, vous êtes pas normaux.

Je hausse les épaules et continue mon chemin. Puis je reviens en arrière.

— Excusez-moi. Vous avez raison. Je ne voulais pas vous choquer. Vous permettez que je prenne un sac jaune ?

Les sacs jaunes sont réservés aux déchets et matériels médicaux, les noirs ne concernent que les ordures ménagères.

Elle m'en tend un.

— Ce n'est pas réellement ma tante, dis-je.

Elle me fixe sans se dérider une seconde. J'entoure

consciencieusement le bocal avec le sac. Je serai plus discret ainsi.

— Vous, les docteurs…

— On n'est pas normaux. Je sais.

Je repars sans déclencher d'autre réaction inopportune en chemin. Loin de moi l'idée de vouloir attirer l'attention. Surtout après les consignes formelles énoncées par Greta. N'empêche, je trouve son attitude étrange. Elle a lourdement insisté pour que je laisse tomber l'affaire. Que faut-il en penser ?

Mon cerveau gauche, siège du raisonnement logique, aurait tendance à me dire : *où est le problème ? Van Grenn se charge de tout. Donc stop. Cette histoire ne te concerne plus. Tu prends tes cliques et tes claques, et on va dormir.*

Ouais. Sauf que mon hémisphère droit, celui qui fonctionne à l'intuition, est aussi excité qu'une puce. La curiosité le titille, et le réveille aussi bien qu'une triple rasade de café noir.

Je fais halte au poste infirmier de l'UHCD, l'unité d'hospitalisation de courte durée qui dépend du service des urgences. Les filles sont en train d'effectuer leurs soins du matin, elles ont l'habitude de me voir, personne ne fait attention à moi. Je souris, quelques mots gentils, mes mains se promènent sur la paillasse et je récupère une poignée de tubes pour prélèvements biologiques, ainsi que des seringues et des aiguilles. Puis je retourne à ma voiture et m'enferme à l'intérieur.

Je dépose le bocal sur le siège, j'ouvre le sac à dos avec les vêtements sanglants, plante ma seringue dans les caillots et pompe un peu de liquide, que je répartis dans les tubes. Ce n'est pas une façon très scientifique de procéder. Mais pour un certain nombre d'analyses, ça fonctionne. Le sang reste du sang. On peut faire une recherche de groupe, doser des éléments biochimiques, effectuer un dépistage de toxiques et plein d'autres choses amusantes.

Je repars ensuite avec mes tubes et me rends au labo de l'hôpital. Le biologiste qui travaille sur place est une vieille connaissance. Normalement, il faut des étiquettes pour analyser ces prélèvements. Je lui explique qu'il s'agit de mon propre sang, je viendrai récupérer les résultats en main propre, ce sont des dosages personnels, je préfère être discret, des fois qu'il me découvre trop de cholestérol ou une sérologie positive. Est-ce qu'il veut bien faire ça ? Il veut bien. Chouette. Ça sert d'avoir des relations dans la boutique.

Retour à la voiture. Cette fois je rentre à mon domicile pour de bon.

Pourquoi je procède ainsi ? Parce que c'est plus fort que moi. Je suis toubib, si je vois du sang, il faut que je l'analyse. Si j'observe le comportement d'un patient – et par extension, celui d'une personne qui agit de façon suspecte comme Greta –, je ne peux pas m'empêcher de vouloir comprendre. On m'a appris toute ma vie à décortiquer, à interpréter des signes. Et puis les Kovak possèdent un chromosome de l'insoumission, je vous l'ai dit, c'est dans notre patrimoine génétique. Il a suffi que Greta m'ordonne de me tenir tranquille pour que je veuille aussitôt fourrer mon nez partout.

Je mets une heure pour ramener ma voiture à

mon appartement. Je me gare au parking souterrain. Dans l'ascenseur, mon téléphone sonne. Le copain biologiste.

— Chris. C'est moche de me faire des blagues.

— À quel propos ?

— Ce sang n'est pas le tien.

Je soupire.

— Bravo. Tu m'as percé à jour.

— Et c'est tant mieux. Parce que ton taux de glycémie serait de deux grammes par litre. Ce qui ferait de toi un diabétique.

— Intéressant.

— Et surtout parce que le reste est faux.

— C'est-à-dire ?

— À part un peu de biochimie, les machines ont tout rejeté. L'ensemble des analyses. On ne peut rien en conclure.

— Je ne comprends pas.

— C'est très simple. Ton sang, là, il n'est pas humain.

7

Justine longe le quai du métro. Elle a quitté Kovak il y a vingt minutes. Métro ligne 1 jusqu'à Charles-de-Gaulle, puis changement, elle a pris la ligne 2 en direction du nord et elle est descendue à Villiers. Elle marche dans la station en regardant par terre, les mains fourrées dans les poches. Odeurs de produits nettoyants. Grondement des rames. Goût de l'air aseptisé dans sa bouche. Au moins ici il fait bon. Dehors, on se caille. Temps de merde. C'est comme si la météo devenait dingue. Le monde se détraque. Les hommes déglinguent tout. Un jour, elle essaiera d'améliorer les choses. Aider, tout du moins. Tenter d'aller dans le bon sens. Pour l'instant elle n'est encore qu'une externe, mais elle y croit. Elle aimerait apprendre une spécialité utile. Faire un internat de psychiatrie, par exemple. Il y a tellement de souffrances dans l'esprit des gens et si peu de personnes prêtes à vous tendre la main. Mais pas maintenant. Pour le moment, Justine a d'autres préoccupations. Comme d'échapper à celui qui la recherche.

Elle monte un escalier. S'arrête devant un SDF qui a pris position dans un angle. C'est un coin stratégique parcouru par un courant d'air chaud. En hiver, ils sont nombreux comme lui à trouver refuge sous la surface. Sur un carton placé devant ses chaussures trouées est inscrit au feutre : « *Je sors avec Rihanna. Elle coûte cher à entretenir !* »

Elle sourit. Il lui rend son sourire. Elle dépose à ses pieds toute la monnaie qui lui reste et poursuit son chemin. Un peu plus haut dans l'escalier se trouve une porte de service. Normalement elle est verrouillée, mais les gangs de tagueurs cassent régulièrement la serrure. Justine attend d'être seule, la débloque d'un coup sec, entre et referme derrière elle. Il s'agit d'un escalier technique.

Elle descend les marches. Quelques mètres plus bas, une autre porte débouche directement sur la voie. Elle l'entrouvre. Pas de bruit de métro. C'est bon. À droite, le quai se trouve à quelques mètres à peine. À gauche, le trottoir s'enfonce dans le tunnel obscur. Elle prend à gauche.

Elle aime imaginer qu'elle abandonne l'univers ordinaire pour pénétrer dans un endroit interdit.

Elle avance sur le chemin étroit. Un souffle d'air s'engouffre soudain dans ses cheveux et les fait s'envoler. Un grondement approche. Justine rabat sa capuche, remonte la glissière de sa veste et se plaque contre le mur.

La rame la frôle dans un bruit effroyable. Si elle n'avait pas refermé son vêtement, les pans auraient pu être aspirés. Son corps renvoyé comme une balle rebondissante, ou un sac que l'on frappe pour en ôter la poussière. Ecchymoses au-dehors. Dedans, un mélange d'ossements et d'organes. Sur les réseaux sociaux on aurait écrit « RIP Justine Van Grenn ».

Quand elle y pense, cette perspective possède quelque chose de fascinant et de vertigineux.

Le métro s'éloigne et elle poursuit son chemin. Plus loin le tunnel se sépare. Les rames en circulation empruntent la voie de droite. La gauche conduit à une zone désaffectée. C'est là qu'elle va. En principe, des caméras sont censées surveiller le parcours. Mais les tagueurs les neutralisent aussi régulièrement que la serrure de la porte précédente.

Justine parvient à une grille, également fracturée. Quelques secondes plus tard, elle est dans la place. Elle peut désormais se permettre d'allumer la lampe de son téléphone pour voir où elle marche. Non pas qu'elle ait peur des rats – elle passe ses journées à l'hôpital les mains dans le sang, ce ne sont pas quelques rongeurs qui la dégoûtent – mais elle n'a pas envie de se casser la figure.

L'endroit est original. Il s'agit d'un métro de collection. Les rames datent de 1928. Il y en a douze, à peine reconnaissables sous les centaines de graffitis qui les décorent. Les wagons semblent n'avoir jamais été nettoyés. Un véritable sanctuaire pour les tagueurs, un « site archéologique » qu'ils revisitent de façon régulière en le marquant de leurs signatures et de leurs œuvres géantes.

Hermès, Fury, Ikar, Dark Boy… Le halo de la lampe de Justine passe d'une inscription à l'autre comme s'il effleurait des noms sur des tombes. Les murs du tunnel en béton brut ressemblent à de la peau mangée par les mycoses. Des câbles pendent et s'effilochent comme des tendons dans ses cours d'anatomie.

Justine est fière de connaître cet endroit. Les étudiants de son association, le BdA ou Bureau des Arts, lui ont fait découvrir ce haut lieu du Paris souterrain au cours d'une *urbex*, une soirée d'exploration urbaine. Les anciens disent que certains tags ont plus de vingt ans. Parmi ceux qui les ont tracés, on compte aujourd'hui des chirurgiens, des chefs de clinique. Les gens à la surface n'ont pas la moindre idée que cet endroit existe. Il paraît qu'il sera bientôt déménagé ailleurs. En attendant il constitue une planque acceptable. D'autant qu'il est situé à deux pas de chez elle.

Samia l'attend à l'intérieur d'un compartiment. Apparemment elle a réussi à faire du feu, Justine peut voir sa silhouette trembloter sur les parois du wagon. Elle escalade et entre : sièges en bois, vieilles ampoules rondes, quelques bougies abandonnées par d'anciens occupants, antiques panneaux d'interdiction. « *Défense de fumer et de cracher sur le sol.* » Son amie est assise par terre, pianotant des deux pouces sur son téléphone, devant une boîte de conserve contenant des bouts de carton qui se consument.

— Je suis là, dit Justine.

— Pas trop tôt, fait Samia sans bouger la tête.

— Qu'est-ce que tu fabriques ?

— Plantes Contre Zombies.

— Hein ?

— Je bats mon record.

— Je t'ai dit de surveiller. De rester vigilante.

— Précisément. J'ai construit un max de melons catapultes. Y a pas un zombie qui passe. (Elle finit par lever les yeux.) Et surveiller quoi ? Tu m'expliques rien. T'as déjà du bol que je sois restée ici à t'attendre.

Justine examine son amie. Elle est plus âgée, moins jolie qu'elle. Le teint mat. Les yeux très noirs sous son maquillage. Quelques piercings. Des cheveux teints en blond platine, comme ces starlettes des shows de téléréalité. Tout cela est si superficiel. Pourtant elle est à l'aise avec son corps, avec les garçons, alors que Justine, elle, se traîne des complexes tels des boulets aux jambes.

Elle l'envie.

L'existence de Justine a toujours été terne et studieuse. Solitaire. Elle paraît sûre d'elle, mais il n'en est rien. Derrière cette attitude se cache une profonde mélancolie. Elle a l'impression de ne pas servir à grand-chose. Il paraît que beaucoup d'étudiants en médecine traversent cette phase un peu dépressive. La route est longue, alors les profs conseillent de se changer les idées, de s'investir dans le sport, les associations, des activités parallèles. Et c'est exactement ce qu'elle a fait : Justine s'est lancée dans une quête.

La résolution d'un mystère.

Un drame vieux de plusieurs années qui a fracturé sa famille, au point d'en éloigner les membres et de les empêcher de communiquer entre eux. Au début cette quête n'était qu'une occupation, une façon d'élucider la tragédie. Puis le hasard l'a mise sur une piste, et maintenant ses découvertes l'inquiètent. Elles lui font peur. Et surtout, elles ont attiré l'attention de quelqu'un.

Samia se lève, éteint son portable et le range dans sa poche.

— Tu as vu ta mère ?

— Non.

— Elle n'était pas aux urgences ?

— Si. Mais je n'ai pas eu le courage de lui parler.

— Et qui va t'aider pour ta blessure ?

— J'ai volé du matériel à l'hôpital.

Justine vide les poches de sa veste. Un set à suture, des bandages, un flacon de Bétadine. Son amie allume une clope, tire une taffe, et ramasse le sachet qui vient de tomber sur le sol. Un tissu bleu est replié à l'intérieur.

— C'est quoi ?

— Un champ stérile.

— Et ça ?

— Fil 3/0. Et deux paires de gants. Il va falloir que tu t'y colles, dit Justine. Je ne peux pas me suturer seule.

— Je ne suis pas docteur.

— Tu as bossé à la morgue. C'est pareil.

L'autre aspire une longue bouffée, la retient dans ses poumons puis la relâche.

— Pourquoi tu ne vas pas voir un médecin ?

— J'ai mes raisons.

Samia hoche la tête.

— Merde. Être ta colocataire, c'est pas de la tarte. Hier, tu me dis : « Emmène-moi faire un tour à moto. » On se retrouve à Pétaouchnok. Je croyais que c'était une simple balade, et je réalise que t'as une idée derrière le crâne. Tu nous fais aller jusqu'à cette vieille maison. Tu pénètres dans le jardin. Je ne te vois plus. Je poireaute vingt minutes. Puis tu surgis d'un autre endroit au pas de charge et tu m'annonces qu'on rentre à Paris. Tu racontes rien, juste que tu t'es blessée, et que je dois te déposer à l'hôpital. Sauf que tu me fais jurer de ne pas retourner à l'appart, et de descendre me planquer dans le métro, ici même. Un endroit cool, soit dit en passant, même si je préfère quand on y vient avec tes potes du BdA pour fumer de l'herbe. Mais Justine, y a des limites. Tu peux m'expliquer ce cirque ?

— Non.

— Pardon ?

— Je ne peux rien te raconter.

— Pourquoi ?

— Ce serait trop long. Et tu me prendrais pour une folle.

Samia lève sa main tenant la cigarette et tapote des doigts contre sa tempe. Elle porte plusieurs bagues, dont une au pouce. Elles tintent quand elles s'entrechoquent.

— Mais tu *as l'air* d'une folle ! Je suis claquée, on a fait des kilomètres et je n'ai pas dormi ! Je veux rentrer !

Justine la fixe.

— Tu ne peux pas retourner chez nous. Quelqu'un d'autre pourrait s'y rendre. Et nous faire du mal. À moi. Ou à toi.

Son amie fronce les sourcils.

— Qu'est-ce que tu racontes ?

— En quittant cette maison, on nous a suivies.

— Comment tu le sais ?

— Il y avait des phares derrière la moto.

— Je conduisais, je n'ai rien remarqué.

— Tu ne faisais pas attention. Ils ne nous ont pas lâchées avant le périphérique.

— Sur deux cents bornes ? Tu délires.

— D'accord, soupire Justine, je vais t'en dire un peu plus.

Elle s'assoit, pioche un morceau de carton sur le sol et le jette dans la boîte de conserve pour raviver les flammes, puis frotte ses mains au-dessus pour se réchauffer.

— Cet endroit, je voulais juste y jeter un œil. En pénétrant dans le jardin, j'ai vu que c'était éteint. Pas de voiture garée. Aucun bruit. J'ai toqué à la porte, pas de réponse. Les propriétaires semblaient absents. Alors j'ai fait le tour et j'ai découvert la baie vitrée de la véranda grande ouverte. Je suis entrée.

— Tu as pénétré dans une maison inconnue en pleine nuit ? dit Samia en écarquillant les yeux. Mais pour quoi faire ?

— Fureter, c'est tout. De toute façon, je n'ai pas eu le temps de découvrir grand-chose. Des pas ont résonné à l'étage, quelqu'un descendait l'escalier. J'ai dû ressortir en vitesse.

— Le proprio ?

— Je ne sais pas. Il n'a pas allumé la lumière, ni crié, ni rien. Mais il m'a suivie dehors. Je suis sortie du jardin et je me suis mise à courir de l'autre côté de la maison, d'abord le long d'une haie, puis à travers des arbres. J'y voyais un peu grâce à la lune, j'ai repéré un hangar plus loin et je me suis cachée à l'intérieur. Il y avait plusieurs pièces. C'est là qu'il m'est arrivé un truc étrange. J'ai heurté une table dans la pénombre. Un animal blessé était allongé là. J'ai dû le surprendre, et il m'a mordue au poignet. Ça ne m'a pas fait mal, ma blessure n'était pas grave, mais son sang à lui a trempé mes fringues. L'animal se trouvait dans une sorte de bac en plastique. Quand il a bougé, ça s'est renversé sur moi. J'avais déjà la trouille à cause du type dans la maison. Là j'ai carrément eu la peur de ma vie. J'ai traversé le hangar en cavalant, et de l'autre côté j'ai retrouvé des habitations et la route. Je suis revenue vers toi. Simplement, avant de te rejoindre, j'ai enlevé mon pull et mon T-shirt dégoûtants et je les ai cachés dans mon sac. Je n'ai conservé que ma veste.

— Pourquoi ?

— Je ne voulais pas que tu le saches. Tu m'aurais posé des tas de questions, comme maintenant.

Samia allume une autre cigarette et fait claquer son briquet métallique d'un air agacé sans ajouter de commentaire.

— Ce n'est pas tout, ajoute Justine en baissant la tête. J'ai découvert un objet, dans cette maison. Il était dans une vitrine. Pas un objet de valeur. Mais il m'intriguait. Alors je l'ai pris. Seulement je ne l'ai plus. Tout à l'heure, quand je suis sortie de l'hôpital, il s'est mis à pleuvoir des trombes. Un médecin m'a prise en stop. La pluie avait dû tremper le sac, ou bien le sang a simplement coulé au travers, en tout cas c'est devenu franchement visible. Le fond était imbibé, même le plancher de la voiture. C'était carrément voyant. Je ne pouvais pas ressortir avec ça sur les épaules. En plus le type était de ma fac. Un prof. Il n'arrêtait pas de me poser des questions. J'ai paniqué… Je suis descendue, et je… j'ai tout abandonné dans son véhicule.

Justine s'interrompt, la gorge sèche.

Elle a tout débité d'une traite. Elle pensait se sentir soulagée en se confiant, mais il n'en est rien. Au loin, la sirène familière de fermeture des portes résonne, suivie du grondement du métro. Le monde ordinaire est à deux pas. Alors pourquoi a-t-elle l'impression de se trouver au fond de l'océan et de manquer d'air ?

— J'ai commis une erreur, dit-elle d'une voix faible. J'ai fait tout un tas d'erreurs à la chaîne…

— Je ne comprends rien, dit Samia. T'es sérieuse, avec ton histoire ?

Justine se met à trembler.

— J'ai volé un objet dans une maison ! Et je l'ai abandonné dans la voiture d'un prof ! Et entre les deux, une espèce d'animal m'a mordue, et m'a éclaboussée avec son sang ! Je voulais demander l'aide de ma mère, mais je n'ai pas réussi. Et maintenant un gars me recherche !

Des larmes roulent sur ses joues.

— C'était une nuit horrible… Et je… je n'arrive plus à respirer… Je crois que je suis en train de faire une crise de panique… S'il te plaît, ne me regarde pas comme si j'étais bonne pour l'asile… Dis-moi que tu vas m'aider, je t'en prie…

Samia la considère quelques instants sans savoir quoi penser. Elle finit par jeter sa cigarette, s'agenouille et lui prend les mains.

— OK. Du calme. Admettons que j'avale ce que tu racontes.

— Je n'invente rien !

— D'accord. Je te crois. L'objet que tu as volé, c'était quoi ?

Justine secoue la tête.

— Tu ne veux pas me le dire ?

— Non.

Samia soupire.

— Bon. Mais il valait cher ?

— C'était juste bizarre.

— D'accord. Soit. Et cet objet dont tu ne veux pas me parler, et qui ne valait pas grand-chose, tu penses vraiment que le propriétaire te poursuivrait jusqu'à Paris pour le reprendre ?

— Peut-être… J'imagine…

— C'est impossible.

— Pourquoi ?

— Eh bien déjà, parce que ce n'était pas le propriétaire.

— Comment tu le sais ?

— Réfléchis. Tu es chez toi, tu tombes sur une cambrioleuse en pleine nuit, comment tu réagis ?

— Je… J'appelle les flics ?

— Oui. Ou bien tu cries. T'allumes la lumière. Tu sors une arme si t'en possèdes une. Bref tu te manifestes. Ce qu'il n'a pas fait. Donc, il voulait rester discret.

— Pourquoi ?

— Tu l'as dit toi-même : la véranda était grande ouverte. On est en hiver. La maison est inoccupée. Qui l'aurait ouverte, à part ce type ? Il s'agissait peut-être d'un cambrioleur que tu as surpris. Ou plus probablement du clodo du coin qui squattait la baraque.

Justine se pince les lèvres.

— Tu le penses vraiment ?

— L'évidence même.

— Et les phares ?

Samia hausse les épaules.

— Des lumières sur la route.

— Et ce hangar avec l'animal ?

— Aucun rapport. C'était plus loin, un autre lieu. Un abattoir peut-être. Ou un animal maltraité. C'est triste, mais bon, t'es pas de la SPA.

— Et pour mon prof ?

— Lui, ça dépend. Il t'a reconnue ?

— Je ne sais pas. J'ai hésité à lui demander de l'aide.

— Est-ce qu'il t'a identifiée formellement ?

— Non.

— Tu as laissé tes papiers dans ton sac ?

— Ils sont sur moi.

— Et à la fac ? Il ne risque pas de te repérer ?

— Je peux sécher ses cours. C'est en amphi, on ne fait pas l'appel.

Samia sourit.

— Alors je ne vois aucun problème. À part la tronche du type quand il découvrira tes affaires, bien sûr.

Les muscles de Justine se détendent un peu. Sa poitrine retombe. Elle a l'impression qu'un mince filet d'air parcourt à nouveau ses poumons.

— Allez ma vieille, dit Samia en élargissant son sourire. T'es juste une fille qui a passé une sale nuit et qui s'est fait un mauvais trip. Viens, on remonte, je te paye le petit déj, et après on ira faire soigner ta blessure.

68

— Attends…

Samia s'arrête sur le seuil du wagon.

— Quoi encore ?

— Tu ne voudrais pas jeter un coup d'œil à l'appartement… pour être sûre ? S'il n'y a pas une voiture stationnée dans la rue. Quelqu'un. Enfin tu vois…

L'autre lève les yeux au ciel.

— D'accord. Je vais regarder. Je monte te récupérer des fringues, et on se retrouve. Tes études te tapent trop sur le système. Faut que tu consultes, là. Et je ne parle pas que de ta main. On vit dans le monde réel, Justine. Payer le loyer, devenir médecin pour toi, trouver un job pour moi, et accessoirement rencontrer des mecs qui ne soient pas de gros losers, voilà la liste de nos problèmes. Arrête de t'inventer des histoires parce que tu t'ennuies. C'est du luxe. Et tu deviens carrément lugubre.

— Je vais réagir. Promis.

Samia fourre ses mains dans ses poches.

— Tu me diras pourquoi tu t'intéressais à cette maison ?

— Plus tard.

— Et tu ne veux pas m'accompagner, t'es sûre ?

— Il y a un sachet d'herbe planqué sous l'un des sièges. Je vais fumer un peu. J'en ai besoin.

— Tu risques d'aggraver les choses.

— Non. Je me sens en sécurité. On est dans le ventre de Paris. Et puis ma mère a toujours été accro aux anxiolytiques. C'est de famille. Chacun sa drogue.

— Comme tu voudras.

Samia saute sur la voie et s'éloigne dans le noir.

Justine récupère le paquet, défait l'ouverture,

écarte le plastique et hume l'herbe à l'intérieur. Ça sent bon. De toute façon, on prescrira bientôt le cannabis sur ordonnance pour certaines maladies chroniques, comme dans de nombreux pays d'Europe et d'Amérique, alors pourquoi pas elle ? Son amie a raison. Elle doit se reprendre. Juste quelques taffes, et ça ira.

Un bruit résonne. Comme un crissement.

Elle tend l'oreille, sans rien percevoir d'autre que le bourdonnement régulier des extracteurs d'air.

— Samia ?

Pas de réponse. Elle se redresse et regarde à travers la vitre. Il y a bien quelque chose. Une silhouette remonte la voie. Un instrument brille au bout de son bras tendu. On dirait un trait long et acéré, couleur argent.

Le trait touche le wagon, et le crissement reprend.

Le cœur de Justine s'arrête.

Elle recule. Se carapate au fond de la rame.

Un courant d'air glacé s'insinue. Dans l'embrasure, toujours éclairée par les lueurs du feu, les ténèbres se rassemblent, leur noirceur se coagule, et une silhouette avance. Une lame s'approche et toque délicatement sur le seuil.

— Comme c'est mignon, dit une voix. On dirait un petit chiot en train de se blottir...

Son sourire étincelle.

— Et maintenant... où se trouve ma tête ? dit l'Homme au Chapeau Melon.

8

Je m'assois au bord de mon matelas, téléphone entre les mains. J'effleure la touche bleue marquée d'une enveloppe blanche et je tape le mail suivant :

Hello Greta. Le sang est d'origine animale. J'ai vérifié. Sûrement une blague, en fin de compte. Pas besoin de s'inquiéter. Vous aviez raison. Christian.

J'appuie sur *Envoyer*. Un son de glissement feutré. Fini.

Je me laisse tomber en arrière sur la couette. Mon matelas est posé à même le sol, au milieu du séjour. Je n'ai pas d'autre meuble à part une cuisine américaine, avec son comptoir et son tabouret – unique, puisque je n'ai aucun visiteur.

J'occupe un bel appartement au dernier étage d'un bâtiment neuf à Asnières. De grandes baies vitrées qui laissent entrer le soleil, une vue dégagée et majestueuse sur la Seine, aucun vis-à-vis, Paris qui se déploie en face. Question paysage, il y a pire.

Mais mon appartement est vide. Comme ma vie.

Tout est blanc, le sol, les murs, à part mon dressing dans lequel sont suspendus les mêmes costumes noirs, mêmes pulls rangés sur les étagères, mêmes chaussures dans leurs boîtes, toujours en noir, comme ça je n'ai pas à réfléchir quand je m'habille. Mon congélateur contient deux sortes de plats individuels, chacun en douze exemplaires, mettant exactement deux minutes trente de préparation au micro-ondes. Je n'ai pas trouvé plus rapide mais j'y travaille. Je ne désespère pas de descendre à deux minutes.

Il n'y a pas de photos. Aucun souvenir.

J'ai commencé à peindre un coin du séjour en blanc. Blanc sur blanc. Puis j'ai laissé tomber.

Lorsque je regarde dans la glace de la salle de bains, je vois un type assez grand, plutôt mince, avec des cheveux sombres et un regard plus sombre encore. Un type qui a sans doute perdu un peu de poids ces derniers temps, et qui dort peu pour éviter de faire de mauvais rêves.

J'ai réellement aimé, profondément aimé, deux femmes au cours de ma vie. L'une est morte. L'autre m'a quitté.

Voilà où j'en suis. Mon existence. La raison pour laquelle je ne veux pas me retrouver chez moi. C'est pour ça que je m'étourdis avec le travail, ou ce nouveau poste à la fac. Avec l'affaire de cette fille. N'importe quel centre d'intérêt en fin de compte.

Je me lève, récupère une bouteille d'eau minérale dans le réfrigérateur et sors sur le balcon. Le vent de mars pousse des amas gris dans le ciel de façon anarchique, comme si quelqu'un s'amusait à pelleter les nuages. D'un doigt, je balaye les applications sur mon téléphone.

Messages, Photos, Facebook, Instagram…

Avant, faire le deuil d'une relation sentimentale était plus simple. Vous n'aviez qu'à vous retirer dans votre caverne et panser vos plaies jusqu'à ce que la douleur cesse. Aujourd'hui les liens que l'on conserve dans le monde virtuel la ravivent en permanence. Groupes d'amis, liste de connaissances de travail, une notification par-ci, un commentaire par-là, la technologie persiste à vous donner des nouvelles de votre liaison passée même lorsque vous ne demandez rien. Comment résister, alors, à la curiosité masochiste d'en savoir plus ?

Qu'est-elle devenue ? Ce smiley indiquant son humeur du jour est-il l'indice qu'elle est heureuse avec un autre homme ?

Vous allez sur sa page. Vous parcourez ses photos. Vous la trouvez toujours aussi belle. Des souvenirs vous reviennent. Il y a eu de bons moments. Le sexe, bien sûr – comment ne pas y songer lorsqu'il existe une telle alchimie, un tel désir électrique ? –, mais ce n'est pas le point crucial. Le plus douloureux est de contempler ses photos. Son sourire. Cette manière qu'elle a de replacer une mèche derrière son oreille. La façon dont ses lèvres se posent au bord d'un verre de vin. Des moments qui ne vous appartiennent plus et qui sont probablement partagés avec un autre.

Je termine ma bouteille d'eau dans le vent glacial. J'ai arrêté l'alcool et les médicaments. Ça n'apaisait plus rien.

Audrey ne reviendra pas.

L'année dernière, une enquête criminelle nous a réunis. Notre rencontre était improbable. Notre séparation prévisible. Trop de passion au début, trop d'écueils ensuite. Je lui ai envoyé quelques messages pour tenter de renouer avec elle. Elle ne m'a jamais répondu. Il est temps que ça s'arrête.

Je sélectionne toutes mes applications d'un coup. Leurs icônes se mettent à trembler comme si elles savaient ce qui les attend.

Supprimer. Supprimer. Supprimer.

Voilà. Mon téléphone est vide. Comme mon appartement. Comme ma vie. En fin de compte, le monde virtuel ressemble au vrai : plein d'espoirs, de désillusions et de fantômes.

Je descends faire quelques courses dans une supérette et j'erre longuement dans ses allées éclairées au néon. Au retour je marche sans but sous la pluie et finis par m'asseoir sur un banc près d'un terrain de foot pour regarder un match. Puis je remonte dans mon appartement. Je contemple la tête coupée dans son bocal, je colle mon œil au verre, tout contre sa paupière de défunte. Je me laisse ensuite tomber sur mon matelas en attendant que le sommeil arrive, et il vient. Mon interphone sonne. Je me réveille avec l'impression d'avoir dormi cinq minutes.

La nuit est passée, on est le lendemain.

Nouvelle sonnerie. Je vais jusqu'à l'interphone en titubant.

— Kovak ? Ici le commissaire Batista. Je suis en bas de chez vous. Il faut qu'on parle.

9

Je me débarbouille en vitesse pendant que Batista monte. Il sonne à ma porte. J'ouvre. Il est là, qui patiente de l'autre côté. Massif, chauve, le front luisant, les oreilles légèrement décollées, il est flic, mais il me fait plutôt penser à un vampire. Quelle est la règle, déjà, pour les vampires ? Ah oui : tant qu'on ne les y invite pas, ils ne peuvent pas franchir le seuil de votre maison pour vous faire du mal.

Je souris.

— Et si nous allions marcher dehors ?

Il passe la tête par l'entrebâillement et inspecte mon intérieur.

— Vous ne voulez pas qu'on parle ici ?

— Ce n'est pas très confortable.

— Ça ne me dérange pas.

— On descend, dis-je en le repoussant.

Cinq minutes après, nous nous promenons le long de la berge. Des mouettes s'envolent en direction des tours de la Défense. Pour une fois, il ne pleut pas. Je jette un coup d'œil à Armando Batista. Il n'a pas changé. Un peu de masse musculaire supplémentaire, peut-être, mais pas de canines pointues. Tout va bien.

Il se racle la gorge et commence :

— Alors, toujours docteur ?

— Et vous, toujours chauve ?

Il hoche la tête.

— À question stupide…

— Réponse stupide.

— Vous avez raison. Donc maintenant vous habitez ici ?

— J'ai vendu ma maison précédente.

— Trop de souvenirs déplaisants ?

— Auxquels vous êtes associé.

— Je comprends, reconnaît-il en hochant de nouveau la tête.

S'il continue à la hocher ainsi, je prédis un grave torticolis d'ici la fin de notre conversation.

— Et votre beau-frère ? il demande.

— Parti en voyage. Il avait besoin de changer d'air.

— J'espère que je n'y suis pour rien, fait-il sur un ton sarcastique.

— Oh, vous y êtes sûrement pour quelque chose. Dès que vous apparaissez, l'ambiance se gâte.

Batista fait mine de n'avoir rien entendu. Ses doigts ondulent au-dessus de la Seine comme s'ils effleuraient l'eau.

— Le fleuve est paisible dans ce coin. Je venais souvent m'y promener avec ma femme. Belle atmosphère.

— Monet. Van Gogh.

— Vous aimez les impressionnistes ?

Je me plante face à lui.

— Je papoterais bien peinture avec vous toute la

journée, mais je dois donner un cours à la fac. Allons droit au but, commandant.

— Commissaire.

— Pardon ?

— Je vous l'ai dit dans l'interphone. Grade supérieur.

— En quoi votre avancement professionnel m'intéresse ?

— C'est en partie grâce à vous. La résolution de votre affaire a favorisé ma nomination.

— Vous m'en voyez ravi.

— Mes pouvoirs sont aussi plus grands. Désormais, quand j'apparais, l'ambiance se gâte davantage.

Il me fixe. Je soutiens son regard sans ciller.

— Je n'effectue plus beaucoup de travail sur le terrain, Kovak. Mes tâches sont devenues essentiellement administratives. Mais je ne lâche rien de mes enquêtes. Au contraire. À présent, je rentre chez moi tous les jours à l'heure. Ça me laisse le temps d'entretenir ma forme. De soulever des haltères. Réfléchir. Et vous faites partie de mes réflexions.

Je note ses joues creuses. Les cernes. Son dos légèrement voûté. Il paraît plus sportif, certes, mais également plus soucieux.

— Pourquoi vouliez-vous me voir ? je demande.

Il sort des papiers de sa veste et me les tend.

— Votre affaire est définitivement classée. Je vous rends ce dossier. Il est à vous.

À mon tour de hocher la tête.

— Vous n'aviez pas besoin de vous déplacer pour ça.

— Venez, dit-il en me contournant avec brusquerie. Je vous paye un café.

Il se dirige vers le quai sans attendre ma réponse, emprunte une passerelle et pénètre dans une péniche-restaurant. Surpris, je lui emboîte le pas. Nous nous installons à une table sur le pont. Il s'agit d'une guinguette pour les touristes : charme en carton, chaises en plastique, prix en or massif. Il n'y a personne à part nous, mais la serveuse a pourtant l'air agacée par notre présence. Elle arrive en mâchant du chewing-gum et nous tend un menu un peu moins long qu'un roman d'Umberto Eco.

Je lève l'index et le majeur.

— Nous voudrions juste deux cafés.

Sa mine s'allonge et elle rengaine le menu.

— Normaux ? Allongés ? Noisette ? Déca ? Des doubles ou des simples ? débite-t-elle d'une voix morne.

— Des cafés ordinaires.

— C'est tout ? Pas de croissants ? Tartines ? Boissons ? Jus d'orange ? Eau minérale ? Je vous préviens, on ne fait pas les carafes.

— Deux cafés. Dans une tasse. Avec une soucoupe en dessous. Vous pensez que c'est possible ?

— Pfff, fait-elle en tournant les talons.

Batista déplie une serviette en papier et entreprend lui-même d'essuyer la nappe.

— Lorsque les touristes japonais débarquent, dit-il, ils subissent un terrible choc culturel. Entre leur vision idéalisée de la France, « pays des Lumières », et la façon dont ils sont accueillis, ils perdent un peu la boule.

— C'est connu. On appelle ça le syndrome de Paris. Certains plongent dans un état de folie hystérique. Aux urgences, on les met sous perf.

Batista esquisse un sourire compréhensif.

— Nous vivons dans une ville particulière, n'est-ce pas ?

— Je suppose.

— Les attentats, les manifestations, les migrants, bientôt les jeux Olympiques, vous et moi, nous ne manquons jamais de travail.

— Nos métiers ont des points communs, reconnais-je.

— Nos familles n'y résistent pas toujours. Vous n'avez pas d'enfant, je crois.

— Exact.

— Moi trois. Ils me manquent. Mon épouse est repartie avec eux au Portugal. Nous avons divorcé.

Je suis surpris par sa confidence.

— Ah bon ? Navré de l'apprendre.

— J'espérais que mes nouveaux horaires atténueraient les tensions entre elle et moi. Cela n'a pas été le cas. J'arrive à accepter sa décision, voyez-vous. Je crois même qu'avec le temps j'arriverai à m'y faire. Mais l'absence de mes enfants me pèse. L'autre jour, j'ai marché par inadvertance sur un bateau en plastique dans la salle de bains. Mon plus jeune avait l'habitude de jouer avec. J'en ai eu le cœur brisé.

Je l'examine en plissant les yeux. Batista n'est pas un grand sentimental. Il ne semble d'ailleurs pas spécialement affecté par ce qu'il m'explique. Où veut-il en venir ?

— Nous avons tous nos problèmes, je réponds avec prudence.

— Les séparations sont parfois difficiles. Cependant nous sommes bien obligés d'y faire face. Mon avis à ce sujet est que le travail constitue le meilleur des remèdes. Se plonger dans l'action, rien de tel pour focaliser son esprit. Qu'en pensez-vous ?

— Je suis d'accord.

Les cafés arrivent. La serveuse les dépose sans un mot et repart la tête haute, nous ignorant avec superbe.

— Mon unité se transforme, dit Batista en changeant apparemment de sujet. Les menaces évoluent, alors la police des transports évolue avec elles. L'Unité de Recherches et d'Investigations que je dirige dispose de meilleures ressources. La capitaine Louise Luz est désormais chef de groupe. Nous sommes toujours basés sur le site Évangile, mais notre marge de manœuvre est plus grande. Et nous avons de nouvelles recrues. Vous connaissez l'une d'entre elles.

— Qui donc ?

— Audrey Valenti.

Je repose ma tasse.

— Pardon ?

— Vous avez bien entendu.

— Audrey est juge d'application des peines.

— Et avant ça, elle était lieutenant de police. Elle s'est mise en congé de la magistrature pour reprendre ses anciennes fonctions.

— Vous êtes sérieux ?

— Pourquoi vous mentirais-je ? Le lieutenant Valenti a voulu changer d'orientation profession-

80

nelle. Se plonger dans l'action, comme je le disais tout à l'heure. Elle est efficace, volontaire, futée. Exactement ce que je recherche. Nous avions déjà fait connaissance, je lui ai proposé le poste, elle a dit oui.

J'accuse le coup en silence.

— C'est une nouvelle vie qui commence, continue Batista. Elle veut se reconstruire. Elle s'est engagée avec beaucoup de courage.

— Alors Audrey travaille pour vous ? C'est pour ça que vous êtes venu me voir ?

— Oui.

— Pourquoi m'en informer ?

— Je tenais à le faire en personne.

— Allez au bout de votre démarche, Batista. Quel est votre problème ? Vous avez peur que je le prenne mal ? Que j'en veuille à Audrey de bosser avec le flic qui voulait me mettre en cabane il n'y a pas si longtemps encore ? Que je fragilise l'équilibre psychologique de votre nouvelle équipière ? Oui, je le prends mal. Mais je sais me tenir, figurez-vous. De toute façon nous n'avons plus aucun contact. Audrey est une fille formidable, elle sait très bien se débrouiller seule, elle n'a pas besoin de vous pour la chaperonner. Et je ne compte causer d'ennuis à personne. Si vous pensez le contraire, c'est que vous êtes parano.

— Parfois, je me le demande, dit-il en faisant tourner sa cuillère dans sa tasse.

Je ne réponds rien. Je suis occupé à reprendre mon souffle.

— Kovak, nous n'avons jamais été les meilleurs amis du monde, mais je ne suis pas votre ennemi non plus. Nous traversons tous des moments difficiles. Chacun doit poursuivre sa route. On dit que l'âge et l'expérience atténuent les mauvais coups, mais c'est faux. Vieillir, il faut savoir encaisser. Vous feriez mieux de vous remettre en selle.

— Gardez vos conseils à la noix, je rétorque. Je vais parfaitement bien.

— Ce n'est pas l'impression que donne votre appartement.

Il boit son café d'une traite, laisse le règlement pour nous deux sur la table et se lève.

— J'ai de l'instinct. Et cet instinct me dit que nous allons nous revoir. Côte à côte ou face à face, je ne sais pas encore. Prenez soin de vous.

Puis il s'en va. Je reste seul, mes doigts pianotant sur la nappe. Mon humeur exécrable doit se lire sur mon visage parce que la serveuse n'ose même plus m'approcher.

Je vérifie sur mon téléphone l'horaire de mon prochain cours à la fac. Ce n'est que cet après-midi. J'en profite pour passer mes mails en revue. Aucune nouvelle de Greta. Pas de message non plus sur mon répondeur. Je finis par appeler le service des urgences. Je tombe sur Willy.

— Bonjour, dit-il, ici la boucherie Sanzot. Quelle est votre commande ?

— Will, arrête tes conneries.

— OK.

— Tu es passé en horaires de jour ?

— C'est le bordel dans les plannings.

— Pourquoi Van Grenn ne s'en occupe pas ?

— Parce qu'elle n'est pas là. D'où le bordel.

— On ne peut pas l'appeler ?

— Elle ne répond pas.

C'est louche. Greta ne rate jamais la moindre journée, elle vient même en dehors de ses heures de travail. Et elle laisse toujours un moyen de la joindre.

— Tu peux me donner son portable perso ?

— Je ne suis pas censé.

— File.

Willy s'exécute à contrecœur. Je compose les chiffres. Cinq sonneries, puis ça bascule sur son répondeur. Je ne laisse pas de message et je recommence. Toujours rien. À la troisième tentative, quelqu'un finit par se lasser de mon manège et décroche à l'autre bout.

— Allô Greta ? dis-je.

— Non.

Il s'agit d'une voix d'homme.

— Je suis le mari de Mme Van Grenn. Qui êtes-vous ?

— Docteur Kovak…

Une pause. J'étais persuadé que Greta vivait seule. Je rajoute :

— Je travaille avec elle dans son service.

— Vous êtes urgentiste ?

— Oui. Pourrais-je lui parler ?

— Désolé. Elle est occupée.

Est-ce de la froideur, ou bien une note d'inquiétude que je décèle ?

— Nous devions discuter d'un incident qui s'est produit hier matin. C'est important.

— Patientez une seconde.

Il y a un bruit sourd, comme s'il avait posé l'appareil

83

sur un meuble. Quelques secondes s'écoulent, j'entends deux voix discuter dans une autre pièce, l'une grave, l'autre plus aiguë. Il s'ensuit un échange assez vif dont je ne perçois pas les paroles.

Soudain un gémissement terrible. Puis plus rien.

— Docteur ? dit à nouveau la voix dans l'appareil.

Je sursaute.

— Qu'est-ce qui se passe ?

— J'ai besoin que vous veniez ici.

— Où ?

— Je vous donne l'adresse par texto.

— Dois-je appeler les secours ?

— Surtout pas. Venez tout de suite.

10

Le commissaire Batista remonte le col de son manteau et marche jusqu'à sa voiture. Pourquoi avoir raconté son divorce à Christian Kovak ? Cette confidence lui est venue spontanément alors qu'il n'en a parlé à personne. C'est curieux, cette facilité que l'on a à confesser des détails de sa vie intime à un médecin. Ils remplissent un peu aujourd'hui le rôle des prêtres. Pourtant Batista ne sait pas quoi penser de cet homme. Il lui évoque un bloc de lave : noir, plein de circonvolutions et de failles, avec un feu dangereux couvant en dessous.

Le commissaire remonte dans la voiture banalisée côté passager. La capitaine Louise Luz est au volant.

— Alors, dit-elle, cet entretien ?

— Je n'en sais rien.

— Vous ne le sentez pas ?

— Non.

— Ce type a toujours été bizarre.

— Il est difficile à cerner, reconnaît Batista en bouclant sa ceinture. On sait un certain nombre de choses sur son compte, il est très intuitif, il possède des connaissances polyvalentes, et il est diablement intelligent, c'est sûr. Mais à chaque fois qu'on braque la lumière dans sa direction, on dirait que cela projette de nouvelles zones d'ombre. Son affaire est close, mais il nous a caché des éléments. Et il en dissimule encore. Il vit dans un appartement vide. Qui ferait ça ?

— Vous êtes entré chez lui ?

— Juste un coup d'œil. Aucun meuble. Sauf deux gros sacs en plastique jaunes posés dans un coin. J'ai eu le temps de les voir. Ceux réservés aux déchets toxiques à l'hôpital, avec le logo « danger biologique » inscrit dessus.

— Il collectionne peut-être des organes humains.

— Ça m'étonnerait à peine.

— Ou des aiguilles de sang contaminé.

— Vous êtes morbide, Luz.

— C'est le monde qui est morbide.

Elle démarre le moteur, la mâchoire crispée.

— Quelque chose vous chiffonne ? demande Batista.

— Rien. La routine. On vient de trouver un corps dans le métro. Une jeune femme. Apparemment, elle a été grignotée par les rats.

— C'est moche.

— Pire encore.

— Comment ça ?

Luz enclenche la vitesse.

— Parce qu'elle est toujours vivante.

11

— Greta est dans sa chambre. Elle a fait une tentative de suicide. C'est moi que vous avez eu au téléphone.

L'homme qui vient de m'ouvrir a la soixantaine bien tassée. Maigre. Des cheveux clairsemés. Le teint gris. Et des lèvres bleues. Il se rassied dans son fauteuil roulant, attrape une tubulure en plastique reliée à une bouteille d'oxygène, fixe les embouts dans ses narines et ses lèvres se recolorent.

— Qu'est-ce qui s'est passé ?

— Elle a pris du bromazépam.

— Je peux la voir ? fais-je en m'avançant.

Il me stoppe net.

— Doucement, mon vieux. Elle n'est plus en danger. Attendez que je reprenne mon souffle, d'accord ?

Pas de bonjour. Pas de bienvenue.

Je traverse Paris à sa demande expresse, sous la pluie et dans les embouteillages, et il a l'air plus soucieux de sa santé que de celle de sa femme.

Je suis devant une demeure cossue, avenue Robert-Schuman à Boulogne. L'avenue est large et bordée de grands arbres qui cachent les fenêtres des maisons bourgeoises. À droite, un chemin en pente descend vers un garage en sous-sol. À gauche, un portillon s'ouvre sur l'entrée où je patiente sous la pluie en attendant le bon vouloir de l'homme. D'un mouvement du poignet, il fait pivoter son siège et s'éloigne dans le couloir avec un bruit de moteur électrique.

— C'est par là, indique-t-il d'un ton sec.

Je m'essuie les pieds et entre. Un éclair, puis le tonnerre qui roule. Je referme la porte. Le couloir est plongé dans la pénombre. Un tissu est posé sur un abat-jour, comme dans le cabinet d'une voyante. Ça sent la cire d'abeille. Le balancier d'une horloge égrène les secondes.

La maison est beaucoup plus vaste que je ne le pensais. Des couloirs larges et dépourvus de meubles, de grandes pièces, une hauteur sous plafond impressionnante, parquet, ouvertures en arcades, une bibliothèque où s'entassent des livres dans le désordre... On se croirait dans l'une de ces prestigieuses demeures victoriennes des contes de Lovecraft ou d'Edgar Poe. Le fauteuil électrique s'engage dans la salle à manger et opère un demi-tour complet pour me faire face. Dans le fond, un feu de bois crépite derrière la vitre d'un insert.

— Asseyez-vous, dit l'homme en désignant un canapé. Je m'appelle Robert Van Grenn. Je suis le mari de Greta. Et je suis docteur, tout comme vous.

Il lisse les bords de sa robe de chambre et passe une main dans ses cheveux pour tenter de les recoiffer, sans parvenir à changer grand-chose.

— Vous saviez que Greta habitait une grande maison ? fait-il remarquer d'un air hautain. Elle n'a jamais manqué d'argent.

Ce type me laisse perplexe. Depuis mon arrivée on dirait qu'il se livre à une sorte de compétition avec moi.

Je me contente de répondre :

— Greta n'habite pas ici. C'est chez vous.

— Pourquoi dites-vous ça ?

— Parce que tout est centré sur votre personne. (Je désigne le couloir.) Vous avez retiré les meubles pour pouvoir circuler, mais leurs contours ont laissé des marques visibles sur la tapisserie. Peut-être baissez-vous la lumière pour qu'on le remarque moins. En tout cas, le parquet ciré permet à vos roues de mieux glisser. Quant à la bibliothèque, vous la laissez en désordre. Si Greta vivait ici, elle rangerait les livres, trouverait le sol trop dangereux pour ses talons, et illuminerait les pièces. Cet endroit n'a rien de très féminin. J'en conclus donc que ce n'est pas chez elle.

Il acquiesce, l'air dépité.

— Vos déductions sont correctes. Je baisse la lumière parce que j'ai les yeux fragiles, mais pour le reste vous avez raison. Ma femme ne vit plus ici. Elle vient seulement me rendre visite et parfois dormir. Comme hier soir.

— Que s'est-il passé ?

— Nous nous sommes disputés. Elle a pris du bromazépam. Je ne m'en suis rendu compte que ce matin.

— Beaucoup ?

— Pas assez pour que ce soit dangereux.

— Comment va-t-elle ?

— Je sais prendre soin de mon épouse !

— Ce n'était pas ma question.

— Elle va bien, grommelle-t-il.

— Elle a pris autre chose ? De l'alcool ?

— Bien sûr que non.

— Comment le savez-vous ?

Il secoue la tête.

— Je connais ma femme ! Elle ne tient pas à mourir ! Ce n'est pas sa première TS, c'est juste une façon de réagir.

« TS » désigne une tentative de suicide dans le jargon médical.

— Que ce soit clair, dit-il, je ne vous ai pas demandé de venir. C'est elle.

— J'ai entendu un gémissement au téléphone.

— Le sien. Quand je lui ai dit que vous étiez au bout du fil, elle a réclamé votre présence. Je ne voulais pas, mais elle est têtue.

Au départ, cet homme m'était antipathique. À présent, il m'inspire des réactions diverses. Ma surveillante a déjà fait plusieurs tentatives de suicide ? Son mari est médecin, et manifestement malade ? Pourquoi ne suis-je pas au courant ?

Parce qu'elle compartimente. Comme toi.

J'essaye de sourire avec le plus de douceur possible.

— Docteur Van Grenn, je suis là pour vous aider.

Il cligne des paupières, un peu hébété, comme s'il le réalisait seulement maintenant.

— Je... D'accord. Bien sûr. Vous avez raison.

— Racontez-moi ce qui s'est passé.

Il passe ses mains sur ses joues.

— Nous sommes mariés depuis quarante ans. Un beau score, hein ? J'aimerais que notre entente persiste, mais c'est impossible. Je suis fatigué. Nous nous disputons. Greta réagit mal.

Il approche sa bouche d'un gobelet fixé à son fauteuil et en aspire le contenu avec une paille. Puis reprend :

— Il lui arrive d'avaler des comprimés, mais nous n'appelons pas les secours. C'est à moi de veiller sur elle. C'est mon rôle. Vous êtes le premier étranger qu'elle réclame.

Il me jette un regard blessé.

— Mais ne vous y trompez pas, vous n'êtes pas son héros. C'est moi, et moi seul. Elle veut juste que je m'inquiète. Vous êtes jeune, vigoureux, alors que je suis à peine capable de me lever de ce siège. Vous n'êtes qu'une humiliation supplémentaire.

— Je ne comprends pas, dis-je. Votre femme a fait une tentative de suicide. C'est un appel à l'aide. Et vous, vous vous sentez humilié ?

— Oui, reconnaît-il simplement. C'est comme ça que ça marche.

Les épaules de l'homme retombent. Son animosité envers moi a complètement disparu.

— J'étais un bon médecin, vous savez. On me l'a souvent dit... « Vous êtes un excellent docteur... Un excellent docteur », répète-t-il, l'air perdu. Je suis capable de m'occuper d'elle. Elle n'a pas besoin d'un autre homme...

— Je peux la voir ?

Il ne répond pas, le regard vide.

— Docteur Van Grenn ?

— Oui ?

— Je ferais mieux d'examiner votre femme.

Il finit par hocher la tête, plein d'amertume.

— Elle est dans sa chambre, au fond. Allez-y, puisque c'est vous qu'elle réclame.

Je me lève. Il ne bouge pas. J'emprunte le couloir. Arrivé au fond, je jette un coup d'œil en arrière. Je peux encore apercevoir la salle à manger. Robert Van Grenn a pris son visage entre ses mains. De loin, il paraît encore plus malade. On dirait l'une de ces statues affligées que l'on trouve à l'entrée des églises. Il n'émet pas le moindre son. Seul le léger mouvement de ses épaules révèle qu'il sanglote.

Je me détourne et pousse la porte de la chambre.

*

— La jeune femme que vous avez prise en stop était ma fille.

Greta est allongée dans son lit.

Je tire une chaise et m'assois près d'elle.

— Quoi ?

— Merci d'être venu, Christian.

Elle prend ma main. Je la serre en retour. Pas de trouble de l'élocution. Ses yeux sont fatigués, mais les pupilles paraissent normales. Pas d'haleine alcoolique. De la pointe du pouce, j'évalue discrètement son pouls radial. Environ un battement par seconde, soixante par minute. Correct. Sa cage thoracique monte et descend sans problème. Tout va bien. Rien n'indique une confusion mentale.

— Ma fille s'appelle Justine, dit Greta. Elle est blonde. Avec un œil vert et l'autre brun. Vous l'avez rencontrée hier.

— Vous êtes sérieuse ?

— Je l'ai identifiée sur la vidéosurveillance.

— Pourquoi n'avoir rien dit ?

Elle relâche ma main pour porter un mouchoir à ses yeux. Je constate qu'ils ont beaucoup pleuré.

— C'est aussi l'une de vos étudiantes, poursuit-elle. Sur ce point, vous aviez raison.

Je fronce les sourcils.

Elle lève la main avant que je ne parle.

— Je n'ai plus de nouvelles de Justine depuis quelques années. Nous sommes en froid. Elle suit le même parcours universitaire que vous. Si elle était venue dans l'hôpital en tant qu'externe, je vous l'aurais sûrement présentée. Mais cela ne s'est jamais produit. Elle s'est toujours débrouillée pour effectuer ses stages loin de moi. Quant à vous, je ne savais pas que vous étiez devenu enseignant. Je l'ai découvert hier matin.

Je réfléchis.

— Donc… la présence de votre fille sur ce parking n'était pas un hasard, n'est-ce pas ? Justine venait vous voir parce qu'elle avait des ennuis.

— Je suppose.

— Mais elle y a finalement renoncé.

— Certainement.

— Pourquoi ?

— Parce que je suis une mauvaise mère. Parce que je n'ai jamais su l'écouter. Parce qu'elle a dû penser que je réagirais comme d'habitude, en lui reprochant de n'être qu'une source de problèmes. Elle a préféré repartir, plutôt que d'affronter son affreuse mère.

Greta n'essaye pas de m'apitoyer. Ce sont de simples constatations.

Je soupire.

— Vous avez tenté de lui parler ?

— Je ne fais que ça depuis que nous nous sommes vus. Elle est introuvable. Son téléphone ne répond pas. Je lui ai laissé des messages. Je suis allée chez elle, j'ai tambouriné à sa porte, il n'y a personne. J'ai appelé la fac, mais bien sûr ils ne sont au courant de rien. Alors je suis venue chez son père. Justine et lui ont aussi de mauvais rapports, cependant ils se parlent encore. Je lui ai raconté pour la tête dans le formol et le sang animal, j'ai lu votre mot, Robert a été très surpris. Je lui ai demandé s'il possédait un double des clés de son appartement. Il n'en a pas. J'avais peur que Justine ait commis une bêtise, mais Robert m'a répondu que j'étais ridicule et qu'il y avait certainement une explication. Nous nous sommes disputés jusque tard dans la nuit. Il est malade, comme vous l'avez vu, et nos deux caractères s'en ressentent. J'ai pris trop d'anxiolytiques ensuite.

Elle baisse la tête, honteuse.

— Lui, comment va-t-il ? ajoute-t-elle.

Sa question me surprend.

— À vrai dire, votre mari n'a pas évoqué votre fille. C'est de vous qu'il s'inquiète.

— Il m'a toujours trop aimée. J'ai tout fichu en l'air.

— Voyons Greta, je suis sûr que…

— N'essayez pas d'être gentil pour me protéger. Je suis une grande fille. Et vous ne me connaissez pas. Vous ne savez rien à mon propos.

Elle serre son mouchoir dans sa main.

— J'ai eu des amants. Beaucoup. Robert n'était pas l'homme que j'espérais. Nous nous sommes rencontrés jeunes. J'étais une infirmière plutôt jolie, et lui n'était pas l'apollon de sa promotion de médecine, loin de là. Mais il était intelligent. Alors je suis tombée dans ses bras. Nous avons été heureux un moment. Puis j'ai changé. J'ai pris de l'assurance. Sa carrière est restée médiocre, même si les gens le complimentaient parce qu'il était sympathique. Moi je le trouvais terne. Je m'ennuyais. D'autres hommes, plus beaux, plus brillants que lui, se sont chargés de me distraire. J'ai eu de nombreuses liaisons. Robert était au courant. Il faisait semblant de ne rien voir. Ça m'agaçait. C'en était ridicule. Ses collègues se moquaient de lui derrière son dos. Il s'est plongé dans son travail, il allait dans des congrès.

— Pourquoi ne pas avoir divorcé ?

— Son père était un fervent catholique, il l'a élevé à la dure. Robert n'a jamais voulu admettre que notre mariage tombait en ruine. On ne divorce pas chez les Van Grenn.

Elle renifle. Je laisse venir la suite.

— Et puis un jour, Justine a tout découvert. Mes infidélités, notre pathétique semblant de vie commune pour sauver les apparences. Elle ne nous l'a jamais pardonné. Ni à moi, ni à lui. Elle est partie, et notre famille s'est brisée pour de bon. Alors de temps en temps, lorsque je me sens mal, il m'arrive de prendre quelques médicaments de trop.

Sa tête retombe sur l'oreiller. Elle se tourne vers la fenêtre criblée par la pluie.

— Je ne veux pas qu'on l'apprenne, Christian. Personne ne doit savoir. Justine était une enfant perturbée. Ado, elle avait déjà un côté sombre, elle faisait des fugues par ma faute. Et maintenant, elle se retrouve dans cette histoire. Si l'on apprend en plus que sa mère à moitié folle fait des tentatives de suicide, ça deviendra terrible. Les étudiants sont fragiles, nous vivons dans un petit monde, l'hôpital, la fac, tout le monde la montrera du doigt. Je suis une mauvaise mère. Mais elle ne doit pas payer pour mes fautes. Ce n'est pas juste.

— Qu'attendez-vous de moi ?

— Je n'en sais rien. Essayez de la trouver. Dites-lui que je l'aime. Qu'elle me manque. Que je regrette. Robert ne vous a pas parlé d'elle parce qu'il a la gorge nouée, mais il est très affecté lui aussi. Il a dû se montrer dur avec vous. Ne le jugez pas, je suis seule responsable. Et maintenant… je voudrais me reposer un peu…

Elle se détourne et remonte ses couvertures.

Je sors de la chambre. Sonné.

Robert patiente à l'autre bout de la maison devant de grandes fenêtres. Son regard se perd dans le paysage brouillé du dehors. Il tient une photographie à la main. La pluie crépite comme si l'on jetait des poignées de gravier contre les vitres.

Tandis que je m'approche, je remarque des papiers médicaux qui traînent sur une table. Ils sont à son nom. Je regarde.

— Vous avez parlé à ma femme ? il demande.

— Oui.

— Vous devez penser que nous sommes une famille de fous. Et vous avez raison.

Je montre les papiers.

— Là-dessus, il est écrit que vous avez un cancer bronchique à petites cellules.

Son fauteuil se tourne lentement vers moi.

Robert Van Grenn a un sourire triste.

— Je suis anatomopathologiste. C'était ma spécialité. J'ai passé ma vie à étudier des lamelles sous des microscopes. Et j'ai un cancer anaplasique, comme on l'appelait avant. L'un des pires qui soient, alors que je n'ai jamais fumé une seule cigarette. Quelle ironie.

— Métastases osseuses ?

— Crâne. Rachis lombaire. Jambes. D'où le fauteuil.

— Combien de temps ?

— Une poignée de semaines. Tout au plus. Greta sait pour le cancer, mais pas à quel point c'est imminent. S'il vous plaît, ne lui dites pas.

La photo qu'il tient entre ses mains est celle de sa femme. Il a l'air tout petit, dans cette pièce, écrasé par le poids du chagrin.

Je n'ose même pas imaginer ce qu'a été la vie de cet homme.

— Robert ?

— Docteur Kovak ?

— Je vais retrouver votre fille.

Et je quitte la maison.

12

Audrey avance dans le tunnel du métro, la main posée sur la crosse de son arme de service. Un jeune homme marche à ses côtés. Tous deux sont en civil et portent un brassard « Police » couleur orange avec leur matricule indiqué dessus.

— C'est quoi votre nom ?

— Florian d'Apremont.

— Je peux vous appeler Florian ?

— Oui.

Le jeune flic possède une carrure d'ours, il porte un blouson en cuir avec un gilet à fleurs en dessous, et se promène en balançant le faisceau de sa lampe torche d'une façon nonchalante. Audrey est censée marcher en tête, mais l'autre, fort de ses grandes jambes, se débrouille pour avoir toujours une longueur d'avance.

— OK, Florian. Vous avez déjà rencontré ce genre de cas ?

— Une femme attaquée par des rats dans le métro ? (Il secoue la tête.) Jamais.

— C'est sordide.

— Bof.

— Vous n'avez pas l'air très ému.

Il gonfle ses joues et les relâche avec un bruit sec.

— Vous savez, les voies souterraines de Paris forment un réseau gigantesque. Il peut vous arriver n'importe quoi, ici, on est loin de tout. C'est comme se balader dans les profondeurs de l'espace. (Il lui adresse un clin d'œil.) Et dans l'espace, personne ne vous entend crier.

— Pardon ?

— *Alien*. Le film d'horreur. C'était une blague.

— Vous faites des blagues à propos d'une mourante ? Le samu l'a embarquée il y a combien de temps ?

— Vingt minutes.

— Elle va s'en sortir ?

— Ils avaient l'air optimistes. Les bestioles lui ont surtout infligé des morsures aux jambes. Elle n'a pas eu le visage abîmé. Cependant, il y a un risque de septicémie.

Audrey réprime un frisson.

Elle s'arrête pour tendre l'oreille. Pas de grondement. La circulation des rames a été interrompue.

Elle reprend sa marche, trottine pour rattraper l'autre et en profite pour repasser en tête. Tandis que ses chaussures frottent sur les cailloux, un animal se met à couiner près de la paroi. Une paire d'yeux renvoie brièvement la lumière des lampes, puis la créature détale dans les ténèbres.

— Faites-moi un résumé, dit-elle.

— La fille a été retrouvée par un technicien de maintenance. Ça s'est passé il y a une heure. Il s'occupait de réparer les caméras de surveillance du tunnel. Les gangs de tagueurs viennent souvent dans le coin, ils ont l'habitude de pulvériser de la mousse expansive sur les caméras pour les mettre hors service. Pendant qu'il effectuait ses contrôles, le type a entendu un gémissement. Il a repéré des formes grouillantes sur ce qui ressemblait à un tas de chiffons. Il s'est approché des rongeurs, et là, au milieu du tas, il a vu surgir un bras.

— Qu'a fait le technicien ?

— Éloigné les bestioles. Appelé les secours. Vomi. Dans cet ordre.

— On a pu identifier la fille ?

— Non. Elle était presque inconsciente. Une blonde, avec une veste à capuche. Aucun papier sur elle.

— Qu'est-ce qu'elle fichait là ?

D'Apremont hausse ses épaules de rugbyman, ce qui a pour effet de faire crisser son petit gilet en soie.

— Eh bien, j'imagine qu'il s'agissait d'une clocharde ou d'une toxico. Elle a pu être victime d'une overdose. Battue. Violée. Tout ça à la fois. Ce ne sont pas les possibilités qui manquent. Des gangs se promènent ici. On verra bien en interrogeant la fille...

Il s'arrête brusquement et tire Audrey en arrière.

— Hé ! Attention au troisième rail !

— Où ça ?

— Vous alliez marcher dessus.

— Désolée.

— 750 volts. Vous voulez mourir ?

— C'est ma première enquête souterraine. Je n'ai pas eu le temps de consulter le manuel du petit troglodyte.

Il lâche un soupir.

— Ouais, bon. (Il braque sa lampe sur le sol.) Regardez par terre. De part et d'autre, vous avez les rails. Entre les deux, la bande plate du pilotage automatique. Si vous les touchez, vous ne risquez rien. (Le faisceau se déporte vers le bord.) En revanche, la barre surélevée par rapport au sol s'appelle le troisième rail. Ou rail de traction. Il est électrifié. Soyez plus prudente, sinon vous n'allez pas faire de vieux os.

— Merci. Je vais marcher près du mur.

Il secoue la tête.

— Ben oui. Je pensais que vous le saviez.

— Où se trouvait la jeune femme ?

— Plus loin, dans la zone désaffectée. Il n'y a pas de courant.

— D'accord, dit Audrey. Allons-y.

D'Apremont ne bouge pas.

— Vaudrait mieux attendre.

— Pourquoi ?

— D'autres flics vont nous rejoindre. Inutile de prendre des risques pour une toxico. Il y a peut-être des copains à elle dans le secteur. Vous êtes nouvelle, vous ne connaissez pas les procédures, et vous êtes toute menue, là, si jamais y a du grabuge…

Audrey le dévisage. Ce gamin n'a pas la trentaine. Cheveux blonds coiffés à la mode, courts sur les côtés, longs sur le dessus. Elle trouve qu'il ressemble à Ken, le copain de Barbie. Enfin, un Ken qui aurait avalé des stéroïdes, découpé son gilet à fleurs dans les rideaux de sa grand-mère, et qui la prendrait de haut depuis le début. Audrey Valenti a quitté la magistrature. Mais ici aussi – ô surprise – l'égalité hommes-femmes est une illusion. Si l'on fiche une paix royale aux uns, les autres sont un peu trop souvent prises pour des idiotes.

Bon. Peut-être qu'elle exagère un brin. N'empêche, ce type l'agace.

— Dites-moi, Ke… Florian, il y a vraiment du danger dans ce tunnel ?

— En principe, non.

— Pas d'alien en vue, rassurez-moi ?

— Pas à ma connaissance, répond-il en souriant.

— Dommage. Je suis championne de tir. J'aurais pu vous montrer comment on les dégomme.

— Ah bon ? fait-il, un peu surpris.

— Le métro est arrêté. Rappelez-moi qui a pris la responsabilité de fermer la station Villiers, en provoquant de sérieuses perturbations jusqu'à la gare Saint-Lazare ?

— Eh bien, euh, vous.

— Précisément. Et pourquoi j'ai fait ça ?

— Je ne sais pas.

— Parce que je suis votre lieutenant. Voilà pourquoi.

Elle se hausse sur ses pieds et plante un doigt dans son torse de culturiste, tandis que le sourire de Florian d'Apremont se ratatine.

— *Je* dirige cette enquête. *Vous* exécutez les ordres. Et la capitaine Luz supervise. Ça s'appelle la hiérarchie. Vous me prenez pour une novice ?

— Je n'ai pas dit que…

— La ferme. Je n'en suis pas une. Voici la situation. Une victime a été découverte. On patrouillait pas loin. La capitaine Luz nous a envoyés sur place.

C'est la mission. Et il n'est pas question de se désintéresser du cas de cette jeune femme sous prétexte qu'elle serait toxico ou autre. Si c'est un crime, je veux le savoir. Quant à vous, mon petit Florian, si vous n'éprouvez aucune compassion pour une femme en détresse, il est temps de changer de métier. Compris ?

Il ouvre la bouche. Audrey porte la main à son oreille.

— Oui ?

Il se redresse.

— Désolé, mon lieutenant. Je vous ai mal jugée. Et je me suis mal comporté. Je vous dois des excuses.

Elle sourit. Ce petit gars n'est pas bête, en fin de compte.

— Bien. Excuses acceptées. J'ai rejoint votre unité parce qu'elle est en pleine transformation. On doit apprendre à se connaître et à se faire confiance. D'accord ?

— Oui, mon lieutenant.

— Des questions ?

Il se dandine d'un pied sur l'autre.

— Euh… Vous êtes vraiment championne de tir ?

— Je vous mets la raclée quand vous voulez. Et appelez-moi Audrey.

*

Une heure qu'ils tournent en rond. Toujours rien. Elle a arpenté les vieux wagons de collection, impressionnée par le décor, certes, mais sans trouver d'indice. Elle a juste noté la présence de quelques restes de bougies et des cartons brûlés dans une boîte de conserve.

Pas de sac de couchage. Ni matelas, ni reliefs de repas, ni seringues ou capotes usagées. Seulement ces graffitis qui recouvrent la moindre surface, en dedans comme en dehors du train. Des fresques géantes tracées à la bombe. Beaucoup de signatures, et aussi des dessins, des visages ricanants et grotesques. Ici un crâne. Là un diable. Et puis il pleut. La pluie est tellement forte depuis quelques jours que des infiltrations surviennent jusque dans les tunnels. Audrey a même reçu des gouttes glaciales dans le cou.

— Ça va ? demande Florian.

— Non.

Elle souffle sur ses doigts en formant des petits nuages de vapeur.

— J'ai envie d'une clope.

— J'en ai sur moi, dit-il en fouillant dans son blouson.

— Non, merci. J'ai arrêté. Cet endroit me fiche la chair de poule. On dirait un tombeau.

Florian d'Apremont regarde autour de lui.

— C'en est un. En quelque sorte. Le tombeau des légendes souterraines. Beaucoup d'explorateurs urbains viennent leur y rendre hommage. Ce lieu est rempli d'histoires.

Il promène la lumière de sa lampe tandis que leurs ombres s'agrandissent sur les murs.

— Tenez, cette tête de diable, par exemple, a été dessinée par les *Démons d'Hippocrate* dans les années 1990.

— Qui ?

— Une fraternité d'étudiants en médecine à la réputation sulfureuse. On les disait nécrophiles. Le diable à la bouche noire représente Orcus, le seigneur des Enfers dans la mythologie romaine. C'est peint avec un pochoir. Un jour, ils l'ont tagué directement sur la façade de la préfecture de police, juste devant l'Hôtel-Dieu. Ça a provoqué un scandale.

— Je ne savais pas.

— Là, continue Florian, vous avez les tags du clan Kembou, les quatre frères du quartier des Amandiers, dans le XXe arrondissement, qui tenaient tout le trafic de drogue. Au sommet de leur activité criminelle ils avaient la déplaisante habitude de dépecer leurs concurrents dans les caves. Mais avant ça ils formaient un paisible gang de graffeurs. Plus loin, le crâne blanc avec les lettres UK est l'emblème de la communauté Under Klub qui organise des orgies dans les sous-sols. Ceux-là existent toujours.

— Je connais.

— Il y a aussi des œuvres d'artistes comme Miss.Tic. Et plein d'autres encore. Les profondeurs forment un véritable continent de ténèbres, avec ses héros et ses monstres. Si ça vous intéresse, j'ai un numéro de *Liaisons*, le magazine de la Préfecture, qui raconte l'histoire des lieux secrets de Paris. Il y a des photos intéressantes.

— Merci de faire mon apprentissage, dit Audrey, mais je crois que j'ai eu mon compte d'images glauques.

Elle retourne à l'entrée du tunnel, retire ses gants et ses surchaussures.

— J'ai demandé l'intervention de la police scientifique.

— Pourquoi ? s'étonne Florian.

— L'hôpital m'a appelée. La fille est toujours instable.

— On ne peut pas l'interroger ?

— Non.

Elle resserre ses lacets, puis se redresse.

— Ils n'ont trouvé aucune trace de piqûre, ni présence de toxiques. Sa peau est propre. Pas de crasse sous les ongles. Sa veste à capuche est un vêtement de marque. Et je n'ai découvert ici aucun indice d'un squat quelconque.

Elle croise les bras.

— Vous en pensez quoi, officier d'Apremont ?

— Eh bien, qu'il ne s'agit ni d'une SDF ni d'une droguée.

— C'est aussi mon avis.

— Des traces de violences sexuelles ?

— Ils n'ont rien vu.

— Tant mieux. Mais comment est-elle arrivée ici, alors, et pour quelle raison l'a-t-on retrouvée inconsciente ?

Le regard d'Audrey s'assombrit.

— Je n'ai pas de réponse à la première question, on va étudier les vidéos. Pour la seconde, en revanche, on l'a frappée. Trauma crânien. Caché sous ses cheveux et confirmé au scanner.

Le jeune homme grimace.

— La pauvre. Blessée, inanimée. Donc c'est son sang...

— ... qui attiré les rats. Oui.

— Combien de temps elle est restée à terre ?

— D'après les médecins, environ vingt-quatre heures. On va pulvériser du Bluestar dans le tunnel. Si on trouve des traces de sang, on fera un test OBTI[1]. Avec un peu de chance, on dénichera l'objet qui a servi à l'agression, et on obtiendra des empreintes, voire de l'ADN. Je dois aller accueillir les techniciens. J'en profite pour prendre l'air cinq minutes.

Audrey remonte jusqu'à la station déserte. Les fonctionnaires de la RATP la saluent sans grand enthousiasme. Les trains à l'arrêt, les annonces dans les haut-parleurs, les panneaux d'affichage, tout ce bazar est sa faute. Si jamais elle se plante…

Elle fait le pied de grue dans le hall d'entrée jusqu'à ce que deux techniciens de la police scientifique débarquent.

— Vous auriez une cigarette ? demande-t-elle.

L'un d'eux en sort une d'un paquet neutre.

— Briquet ?

Il lui tend. Elle le lui arrache presque.

— Je vous le rapporte. Mon collègue vous attend en bas.

Elle sort à l'angle de l'avenue de Villiers et du boulevard de Courcelles. Il pleut toujours. Tant pis. Elle se réfugie sous une corniche d'immeuble et appuie sur le briquet.

Flamme. Goût du papier dans sa bouche. Aspiration.

---

1. Le test de dépistage rapide OBTI permet de déterminer en deux minutes si du sang est d'origine humaine. Son aspect est semblable à celui d'un test de grossesse.

Mmmmm.

Durant une brève seconde, une sensation voluptueuse l'envahit. Puis elle ôte sa cigarette, la jette et l'écrase sous son talon.

Épreuve réussie.

De l'autre côté du boulevard, la vitrine d'un magasin Lenôtre semble vouloir l'hypnotiser : gâteaux, pâtisseries, douceurs diverses... Elle les ignore et se force à marcher pour se détendre. Elle entre dans un café, s'assoit à une table et commande un thé.

Audrey se calme peu à peu. Depuis qu'elle a cessé de fumer, elle a l'impression que son cerveau part en sucette. De même qu'elle a la sensation paradoxale de respirer moins bien. Tout est une question de mental, elle le sait. Elle a commencé un nouveau travail, donc elle a décidé d'arrêter de fumer, de faire un régime et de se remettre au sport. Ces changements lui paraissent nécessaires, son cœur a été malade il y a deux ans, elle doit prendre soin d'elle. Mais pourquoi faut-il toujours qu'elle se lance autant de défis à la fois ? Quand elle a appelé sa mère pour lui annoncer ses nouvelles résolutions, Rosa Valenti lui a répondu : « Ah bon ? Quelle mouche te pique ? » Quant à faire du sport à cause de ses quelques kilos en trop, l'autre s'est contentée d'un « si tu le dis... ». Vive le soutien maternel.

Son téléphone finit par sonner. Florian.

— Sang humain.

— Sérieux ?

— Confirmé par le test.

— J'arrive.

Audrey raccroche. La voix du jeune homme vibrait

d'excitation. Elle abandonne un billet sur la table et sort du café en marche rapide. Puis accélère. Les escaliers de la station de métro. Le quai. Le tunnel. Elle arrive quasiment au pas de course en se tenant le flanc.

— Alors ?

Florian d'Apremont s'approche d'un spot qui vient d'être mis en place. Il attrape le bouton de réglage du spot entre le pouce et l'index.

— Il faut que vous voyiez ça.

Il diminue la lumière. Seule une faible luminosité persiste. À quelques mètres, les techniciens vêtus de leurs combinaisons blanches patientent, lunettes et masque sur le visage. Florian lève la main et donne le signal en pliant l'index à plusieurs reprises, comme s'il actionnait la gâchette d'un revolver.

— Feu.

Tandis que le premier homme prend des photos, l'autre pulvérise un liquide sur le wagon. L'atomiseur parcourt la paroi de long en large à une distance d'environ cinquante centimètres. Les pulsations d'Audrey s'accélèrent.

— Comme vous le savez, explique Florian, le Bluestar se fixe sur les traces de sang.

— Oui. La luminescence apparaît tout de suite, puis diminue au bout de trente à soixante secondes.

— Ce sera suffisant pour lire, dit-il.

— Lire quoi ?

— Ça.

De grandes lettres surgissent sur la paroi, les unes après les autres : un *J*, un *E*, un *V*…

— Un message, dit Florian. Caché parmi les graffitis.

— Je n'avais rien vu tout à l'heure !

— Le trait est trop fin. Impossible de distinguer ces lettres au milieu des autres. Si vous n'aviez pas demandé le test, on ne les aurait jamais vues.

Les pulvérisations se poursuivent tandis que chacun retient son souffle.

— On l'a tracé avec une pointe, chuchote Florian.

— La lame d'un couteau ?

— Possible. À mon avis, on a trempé la lame dans les blessures de la victime. Comme une plume dans de l'encre.

Le chuintement de l'atomiseur s'arrête.

Une phrase en lettres bleues scintille à présent dans la pénombre du tunnel, sur toute la hauteur du wagon, tandis que le liquide luminescent s'écoule goutte à goutte vers le sol.

« JE VOUS AI OBSERVÉS. »

13

Un tintement sur mon portable signale l'arrivée d'un mail. Je suis sur les quais, rive droite, coincé dans les embouteillages à hauteur du Trocadéro. Dans la file voisine, un autre conducteur à l'arrêt m'adresse un signe de tête compatissant et ouvre son journal devant lui. Je récupère mon téléphone sur le siège avec un soupir résigné et fais défiler le texte.

> Voici l'adresse et le téléphone de Justine. Ainsi qu'une photo d'elle. Merci pour votre aide et votre discrétion. GVG

C'est tout. Un message neutre. Aucune trace de la détresse qui régnait dans la maison obscure de Boulogne. Je contemple la photo de Justine, la jeune fille aux yeux vairons. Elle a quelques années de moins sur l'image. Et déjà ce sourire mélancolique. Une jeune étudiante en médecine, avec la vie devant elle, ne devrait jamais avoir une telle expression.

Je compose son numéro et porte le téléphone à mon oreille. Direct sur messagerie. Je raccroche. La circulation vient de reprendre.

Je me rendrai chez Justine tout à l'heure, avant ou après mon cours à la fac, en fonction du temps dont je dispose. Dans l'immédiat j'ai quelque chose d'important à faire.

Je continue sur les quais, traverse au niveau du pont de la Concorde et j'enquille le boulevard Saint-Germain. J'ai l'impression de remonter le temps. Je me gare dans un parking souterrain, récupère un sac de sport dans mon coffre et sors dans la rue. Le *Café de Flore* et *Les Deux Magots* sont à quelques mètres à peine. Toute ma jeunesse, même si à l'époque je me contentais surtout de passer devant ces célèbres terrasses, vu que je n'avais pas les moyens de m'y asseoir.

Je tourne à l'angle de la rue des Saints-Pères.

La « fac des Saints-Pères », comme on l'appelle, est difficile à ignorer. Au milieu de l'architecture classique de la rue, on dirait un building de Gotham City. Imaginez un énorme bâtiment stalinien, avec colonnades et médaillons sculptés en façade à la gloire des hommes et des femmes de la médecine. La première fois que je suis entré dans cet endroit, j'étais un adolescent venu assister à un cours de dissection. Quand j'en suis ressorti quelques heures après, j'étais devenu un adulte, mi-émerveillé, mi-traumatisé par l'expérience que je venais de vivre. J'avais envie de m'arrêter devant les terrasses des restaurants en me tambourinant la poitrine : « Hé, les gars, vous savez ce qui vient de se produire ? Pendant que vous étiez en train de découper votre steak-frites, moi je faisais pareil avec un cadavre ! Un putain de mort, mecs ! J'ai ouvert son crâne avec une scie circulaire et j'ai déposé son putain de cerveau sur la table ! »

Aujourd'hui, il n'est pas question de dissection. Je suis venu demander l'avis d'une spécialiste.

Je franchis la monumentale porte d'entrée en bronze. Elle est là pour impressionner le client et remplit parfaitement son office : elle ressemble à *La Porte de l'Enfer* sculptée par Rodin. À ceci près que les bas-reliefs représentent la vie d'Esculape, notre dieu officiel, celui-là même qui nous a donné son symbole, le bâton d'Esculape autour duquel s'enroule un serpent.

Je serre mon sac sous mon bras et pénètre dans l'ascenseur. Direction le cinquième étage. Sortie. Couloir. Une petite salle. Derrière, il y en a une autre, beaucoup plus grande.

Je pousse la porte.

Et me retrouve avec trente cadavres.

14

Le plafond est plongé dans la pénombre. Un néon descend au-dessus de chaque table, où chaque corps est partiellement recouvert d'un drap bleu. Chuchotements. Tintements métalliques. Bruits mouillés. Les étudiants sont répartis par petits groupes. Ils s'affairent, vêtus de leurs surblouses vertes. Il n'y a pas de sang. Les cadavres sont gris ou jaune pâle, comme le sol de la pièce.

Voilà pour les couleurs.

En ce qui concerne l'odeur, c'est supportable, du moins au début : les corps restent au même endroit plusieurs semaines, la fin du stage est plus difficile. Quant à la texture, elle ressemble à celle du poulet.

— Chris, comment vas-tu ? demande Zayane.

— Ça roule. Et toi ?

— On bosse, comme tu vois. Mais qu'est-ce que vous fichez ? Allez-y plus en douceur, dit-elle en rectifiant la position du scalpel d'un élève, vous n'êtes plus dans les vaisseaux du cou, là, vous êtes en train d'attaquer la table…

Elle se tourne vers moi et sourit de ses dents parfaites. Le docteur Zayane Nyira possède ce que l'on appelle les 3 B : black, bombe, brillante. C'est une formidable chirurgienne maxillo-faciale. Et le sosie de Naomi Campbell, ce qui pose parfois quelques problèmes de concentration à ses étudiants. Nous étions dans la même promo : Zayane est l'une de mes plus vieilles amies.

— Qu'est-ce que tu m'apportes ?

— Une surprise, fais-je en tapotant mon sac.

— C'est pour ça que tu m'as appelée ? J'ai hâte de voir.

— Tu ne seras pas déçue.

— Ne touchez pas celui-là, recommande-t-elle, il a un champignon dangereux. Prenez l'autre et disséquez la région sterno-cléido-mastoïdienne, je reviens dans quelques minutes.

Le visage perplexe de certains étudiants me fait sourire. Dans les livres d'anatomie, les choses paraissent limpides. Artères, veines et nerfs sont parfaitement distincts. Mais au premier coup de bistouri dans ces masses grises, tout change. Pour certains corps, vous devez taillader à travers une impressionnante couche graisseuse. D'autres sont secs et leurs organes collés. Au début, vous avez peur de « faire mal » au défunt. Trancher sa peau et regarder en dessous ne vous laisse pas indemne. Le plus dur est de vous habituer à leurs orbites vides, car on a retiré les globes oculaires. Une des astuces pour supporter ce que vous êtes en train de faire est de leur donner un prénom. Oscar, Gertrude, Cunégonde. Mais vous ne pouvez pas vous empêcher de songer à leur vie antérieure. Quel travail faisait celui-ci ? De quoi est-il décédé ? Quand on est étudiant, on fait semblant de maîtriser, on joue les matamores. Mais après les premières dissections, certains pleurent dans les toilettes. Il n'est pas rare qu'un corps suscite des sentiments divers. Tendresse, pitié, horreur. Souvent les trois à la fois.

— On va dans mon bureau ? propose Zayane.

Je lui emboîte le pas. Elle me conduit dans une pièce encombrée. Les étagères débordent de prothèses diverses, des squelettes sont suspendus à des portiques, il y a même une unité de radiologie mobile.

— Désolée pour le bazar, on est en plein rangement, dit-elle en retirant sa blouse.

En dessous, elle porte un jean serré, des santiags et un pull noir à col roulé qui met en valeur ses formes.

— Alors, cette surprise ?

Je dépose mon sac de sport sur la table et en sors la tête dans son bocal.

— Voilà.

Zayane fait la moue.

— J'aurais préféré des fleurs.

— Ce sera pour une prochaine fois.

— *Paroles, paroles.*

Elle s'approche, un poing sur la hanche.

— D'où vient-elle ?

— L'une de mes étudiantes l'avait en sa possession.

— Curieux.

— C'est le but de ma visite. Ils passent tous par chez toi. Je me demandais si elle pouvait se l'être procurée ici.

— Tu veux dire, l'avoir volée ?

— Par exemple.

— Impossible. Tu n'imagines pas les mesures de

116

sécurité, Christian. Tout a changé. On ne peut pas sortir ainsi du matériel biologique.

Je hausse les épaules.

— Avant, avec quelques billets, on pouvait corrompre un appariteur. Il décongelait trois ou quatre têtes, on se choisissait la mieux et on l'emportait pour s'exercer à la maison.

— C'était avant.

— Mince. Et moi qui espérais faire sensation à la prochaine fête des Voisins.

Zayane sourit, s'assoit sur une chaise, étire ses jambes interminables et croise ses bras sous sa poitrine. Elle ne me quitte pas des yeux.

— Terminé les frasques, Chris. On suit le protocole.

— Quoi, plus personne n'aime les blagues morbides ?

— Il y en a toujours. Les jeunes perpétuent les traditions et l'humour noir en fait partie. Mais ils sont prudents. On allait beaucoup plus loin à notre époque. Tu étais nettement plus barré, dans ton genre.

— Arrête, tu faisais vingt fois pire.

— Qui a organisé un lâcher de grenouilles dans l'hôpital ?

— Qui a enfermé le directeur en murant sa porte avec du plâtre ?

— Qui est arrivé aux urgences sur un chameau ?

— Qui a balancé un piano du toit ?

Elle lève les mains en riant.

— D'accord. Égalité.

Je me laisse tomber dans un canapé. Ça me fait

du bien d'évoquer le bon vieux temps. L'étau sur ma poitrine se desserre un peu, et je réalise soudain à quel point j'ai pu me sentir nerveux ces derniers jours.

— Ça va ? dit Zayane en battant des cils.

— J'ai eu des journées stressantes.

— Tu devrais venir me voir plus souvent.

Elle me fixe toujours. Je ne vais pas tarder à rougir. Elle lève un index.

— Ceci dit, ta tête, là-bas, a quelque chose de bizarre.

— En quoi ?

— Le nom du cancer sur l'étiquette. *Épithélioma basocellulaire térébrant de la face.* Je n'y crois pas une seconde. Les lésions ne correspondent guère.

— Qu'est-ce que tu veux dire ?

— Elles sont d'origine traumatique.

Je me redresse comme si je venais de recevoir une piqûre.

— Pardon ?

— Ce n'est pas évident pour un novice. Mais il se trouve que je suis une experte. Et spécialisée en dommages corporels. Je serais prête à parier que les blessures de cette femme n'ont pas été provoquées par la maladie. Elles résultent d'une action extérieure. Ce visage a été abîmé de façon volontaire.

Ma bouche s'ouvre. Se referme. S'ouvre à nouveau.

— Tu veux dire, après sa mort… ou avant ?

Elle pointe un doigt sur moi.

— Ah voilà, *ça*, c'est de l'humour morbide.

Je cogite en me pinçant les joues.

— Zayane, je peux te demander un service ?

— C'est pour ça qu'on est là.

— J'ai besoin que tu vérifies.

— Quoi donc ?

— La tête. Il faut que tu l'examines. Sors-moi toutes les informations possibles à son sujet. Tout ce que tu pourras analyser avec ta science.

— Tu es sûr ? Elle est vieille. On ne sait même pas d'où elle provient. Imagine que je découvre quelque chose, à quoi ça te servirait ?

Je me lève et fais quelques pas.

— Je ne sais pas. Disons que j'ai envie de comprendre pourquoi on a écrit « cancer » dessus, si ce n'est pas un cancer.

Zayane prend la pose, les mains sur les hanches.

— Mmm. Et je gagne quoi en échange ?

— Mon amitié éternelle.

Elle sourit.

— L'étudiante qui m'a laissé ça a disparu. J'essaye de la retrouver. Peut-être qu'elle a peur d'avoir commis une bêtise. Si tu cherchais des renseignements sur elle, tu commencerais par quoi ?

— Ça dépend de la bêtise.

— Vol de matériel médical, fugue.

— Je questionnerais ses parents.

— Et ensuite ?

— J'irais voir ses amies.

— Mais si tu voulais rester discrète ?

Elle réfléchit.

— J'ai deux filles adolescentes. Elles ne me racontent pas grand-chose. Parfois, il est plus facile d'aller espionner leur compte Facebook que de leur tirer les vers du nez.

— Tu espionnes tes filles sur Facebook ?

— Elles me tueraient si elles le savaient. Mais comme leur page n'est pas protégée, j'avoue que ça m'arrive. Tu regardes les photos, les commentaires, c'est déjà un bon moyen de savoir avec qui elles traînent. Tu mènes un genre d'enquête ?

— Je ne sais pas encore.

Elle me couve du regard avec une certaine tendresse, comme si elle s'adressait à un enfant.

— Tu as toujours fait preuve d'une curiosité dévorante.

— Ouais.

— Et des fois, tu ne vois pas plus loin que le bout de ton nez. Tu m'inviteras au restaurant, un de ces quatre ?

— Promis.

Zayane me congédie d'un geste de la main.

— OK, Kovak. Je m'occupe de ça. Retourne courir après tes chimères. Et maintenant dégage.

Je repasse devant les élèves. Étudiant, quand je quittais la salle de dissection, je restais ensuite une heure sous la douche. J'avais l'impression de sentir l'odeur partout. Une fragrance douceâtre qui ne me lâchait pas. J'ai mis un an à remanger de la viande.

Justine Van Grenn a subi quelques chocs psychologiques, d'accord. La situation de ses parents, la vie perturbante d'une étudiante, des traumatismes répétés. Mais étaient-ce des raisons suffisantes pour couper les ponts avec sa famille ? Qu'est-ce qu'elle fabriquait avec cette tête humaine ? Pourquoi reste-t-elle injoignable ?

Je ressors de la faculté des Saints-Pères. Il se produit alors une scène étrange à laquelle je ne prête guère attention sur le moment.

De l'autre côté de la rue se tient une silhouette sous un parapluie. Long manteau. Col relevé. Barbe épaisse. Lunettes rondes de couleur noire. Sa tête est coiffée d'un chapeau melon. L'apparition possède quelque chose d'ancien et d'incongru, comme une photographie de couleur sépia qui se serait détachée des pages d'un très vieil album.

L'homme me dévisage avec intensité. Cela dure cinq secondes. Un bus s'arrête. J'essuie les gouttes qui tombent de mes sourcils.

Quand le véhicule repart, l'homme a disparu.

15

Audrey a la tête qui tourne.

Je vous ai observés.

Les mots dansent devant ses yeux, provoquant dans son corps des réactions inattendues. Picotement dans les mains, gorge qui se resserre, palpitations dans la poitrine.

— Un problème ? demande Florian d'Apremont.

— Il faut que je sorte.

— Je vous raccompagne.

— Non, merci. Tout va bien.

Le trajet est difficile. Elle l'accomplit sans se mettre à courir, malgré l'envie qu'elle éprouve. Ce serait céder à la panique. Et il n'en est pas question. Par deux fois, elle est tout de même obligée de s'appuyer contre le mur du tunnel pour retrouver son souffle.

La violence de sa réaction la laisse pantelante.

Je vous ai observés.

Ce ne sont pas les mots qui importent. Ce sont les images qu'ils convoquent en elle. Être « observé » signifie que l'on vous espionne, que l'on vous guette, que l'on s'apprête à vous faire du mal. Vous attraper. Vous séquestrer, seule et sans défense, dans un endroit sombre. Aussi sombre que ces tunnels dont vous ne ressortirez pas vivante.

Un dernier escalier la ramène à la surface. Les enseignes de l'avenue de Villiers clignotent. Elle s'adosse à un kiosque à journaux et avale de grandes goulées d'air. Deux voitures klaxonnent et passent en trombe. Elle effectue quelques pas, respire l'odeur de la ville et des trottoirs mouillés. Les gens circulent et vaquent à leurs occupations, indifférents à son sort. Toute cette normalité lui fait du bien.

Audrey a été victime d'un kidnapping il n'y a pas si longtemps. Elle pensait n'en conserver aucune séquelle. Lourde erreur.

Un homme en complet-veston fume devant une agence bancaire. Par imitation, Audrey tâte ses poches à la recherche de ses cigarettes, avant de réaliser que bien entendu elle n'en a pas. Les vieux réflexes. Complet-veston écrase son mégot et retourne travailler. Elle aussi, elle pourrait reprendre ce genre de vie. Juste des dossiers, meilleure paye, meilleurs horaires, peu de risques. Il suffit qu'elle renonce.

Une voiture banalisée s'arrête et Louise Luz en descend accompagnée d'un policier en uniforme.

— Valenti.

— Capitaine…

— Apparemment vous avez dompté d'Apremont, notre ours en gilet à fleurs.

— Ouais.

— Il vient de m'appeler. Beau travail.

— Merci.

— Ça va ? Vous vous sentez bien ?

— Nickel.

— On ne dirait pas.

— Il faisait chaud, là-dessous.

Louise touche sa joue.

— Vous m'avez l'air plutôt glacée. (Elle se tourne vers le policier.) Allez lui chercher à boire.

Audrey regarde l'homme filer vers le café le plus proche.

— Vous allez y arriver, dit Louise dès qu'elles se retrouvent seules.

Audrey lève les yeux. Louise est un peu plus grande. Plus athlétique aussi. Des cheveux blonds coupés court et ramenés en arrière, un visage triangulaire aux pommettes saillantes. Ses traits sont durs. Nul doute qu'avec une touche de maquillage elle serait plus jolie. Mais la capitaine Luz n'en met jamais. Elle se contente de rougir un peu, en détournant la tête, les rares fois où Batista la complimente.

— Arriver à quoi ? demande Audrey.

— Surmonter la peur.

— Je n'ai pas peur.

— Je l'ai éprouvée à de nombreuses reprises. C'est normal dans le Monde d'En Bas.

— C'est comme ça que vous l'appelez ?

— Chacun lui donne un nom.

Audrey fixe le sol.

— Faites-moi confiance, dit Luz.

— Et si je ne suis pas à la hauteur ?

— Vous l'êtes.

— J'ai l'impression de devenir claustrophobe. (Audrey ricane.) Ça ne va pas être possible d'être flic dans le métro et claustrophobe, hein ?

— Juste un peu d'angoisse. Ça va passer.

— J'ai interrompu tout le trafic.

— Il fallait le faire.

— Quelqu'un a écrit : « Je vous ai observés » en lettres de sang sur un wagon, mais ça ne veut rien dire. Elle était peut-être là depuis des années, cette phrase.

— J'en doute.

— On ne sait même pas ce qu'elle signifie.

— Une piste. Quelqu'un a abandonné une jeune femme dans un tunnel pour qu'elle y meure, comme un vulgaire animal. Et celui qui a fait ça nous a laissé ce message. C'était un test.

— Un test pour quoi ?

— Voir si on le découvre. Si on est à la hauteur. Les criminels habituels ont des revendications franches, drapeau noir de l'État islamique, « *Fuck la police* » tagué à la bombe. Ou rien la plupart du temps.

Audrey ne dit rien. Louise l'attrape par les épaules.

— C'était un test. Et vous l'avez réussi. Filez à l'hosto avec d'Apremont. Récupérez les effets personnels de la fille et voyez ce que ça donne. J'appelle le commissaire Batista pour qu'il prévienne le proc. Cette affaire est pour nous. C'est grâce à votre persévérance. Ne boudez pas votre succès.

Elle la relâche. Audrey se redresse.

— D'accord.

— Il y a quand même une mauvaise nouvelle, ajoute Luz.

— Laquelle ?

— Les meurtriers ordinaires ne sont pas capables de ce genre de choses. Celui-là est spécial. Il ne va pas en rester là.

16

En passant avenue de Villiers, je crois voir Audrey sur le trottoir d'en face, près d'un kiosque.

Mon cœur fait un bond dans ma poitrine.

Je ralentis brusquement et klaxonne. La voiture derrière moi manque de m'emboutir et klaxonne à son tour. J'accélère, je rectifie ma trajectoire et la cherche à nouveau des yeux. Elle a disparu. D'accord, maintenant j'ai des hallucinations.

L'autre conducteur me double, m'insulte en brandissant le poing et me fait une queue de poisson avant de s'éloigner dans un crissement de pneus. Un quart de seconde je songe à le poursuivre. Puis je reprends mes esprits. J'emprunte la première à droite, rue de Tocqueville, là où je suis censé me rendre, et je m'arrête sur un emplacement réservé aux livraisons.

Mes doigts tapotent sur le volant. Je respire avec lenteur.

Au lieu de jouer les Starsky & Hutch, il vaudrait mieux que je me calme. Sauf que ça ne va pas être facile. D'abord parce que je me suis envoyé quatre cafés coup sur coup en guise de repas de midi. Ensuite parce que cette histoire de tête coupée m'a complètement électrisé.

« Le visage a été abîmé de façon volontaire », m'a expliqué Zayane.

Qu'est-ce que ça veut dire ? Est-ce que Justine était au courant ? Est-ce pour ça qu'elle s'intéresse à ce spécimen dans le formol ? Du coup, j'ai annulé mon cours à la fac – tant pis pour les conséquences – et j'ai sauté dans ma voiture, direction l'appartement de Mlle Van Grenn.

6, rue de Tocqueville. J'y suis.

J'appelle son numéro une fois encore pour tenter de la joindre. Toujours sur répondeur. Je me pince les lèvres. Et si j'espionnais son compte Facebook, comme suggéré ? J'ouvre l'application et tape son nom. Sa photo de profil apparaît, facile à reconnaître. Problème : je ne suis pas ami avec elle, rien n'est en accès libre. Mon étudiante est plus prudente en ce qui concerne ses données personnelles que les filles de Zayane.

OK. Il va falloir la jouer à l'ancienne.

Muni d'une grande enveloppe, je sors de ma voiture et me rends jusqu'à la porte de l'immeuble. Il y a un code d'entrée, bien sûr, et je ne le connais pas. Pendant que je réfléchis, un Chinois maigre comme un clou m'apostrophe. Il est en train de tirer une énorme carriole remplie de caisses de légumes.

— C'est pas bien se garer ici ! dit-il en hachant ses mots. C'est livraisons !

— Pardon ?

Il pose sa carriole et montre l'enseigne du traiteur *Au Dragon d'Asie.* Je suis juste devant. Il insiste :

— Livraisons !

Je désigne le caducée scotché sur mon pare-brise.

— Je suis médecin. C'est pour une urgence.

— Menteur, pas urgence ! il réplique en pointant mes mains, vides à l'exception de l'enveloppe. Pas de trousse, pas de trousse !

Je souris. Il est observateur, le bougre.

— D'accord, fais-je, désolé. J'en ai pour cinq minutes.

Ses sourcils froncés ressemblent à deux balais-brosses. Ils remuent. Ses narines bougent à leur tour. Les balais-brosses remuent à nouveau. Je suppose que le petit homme est furieux, mais l'ensemble donne un résultat assez comique.

La porte du numéro 6 s'ouvre à cet instant. Quelqu'un sort. J'en profite pour me soustraire au regard courroucé du Chinois et me glisser à l'intérieur de l'immeuble. La porte claque. Il s'agit d'un couloir menant à une cour intérieure, pas de deuxième entrée codée. Un escalier monte sur ma droite. J'examine les noms sur les boîtes aux lettres. « J. Van Grenn : 6ᵉ étage ».

Je grimpe les marches en songeant à l'époque où j'habitais une chambre de bonne. J'accomplissais cette gymnastique plusieurs fois par jour. Sur les traces de Justine, j'ai l'impression de revivre ma jeunesse.

L'escalier se rétrécit. Au dernier, il n'y a plus qu'un appartement. Je sonne. Rien. Je toque, sans plus de succès.

— Mademoiselle Van Grenn ?

Je colle mon oreille. Pas le moindre son.

J'appuie discrètement avec mon pied en bas de la porte. Elle se plie un peu, sans résistance et sans buter. Ce qui signifie que les pênes ne sont pas sortis. Justine est comme moi lorsque j'habitais ma chambre de bonne : quand elle sort de chez elle, elle se contente de claquer la porte.

Et maintenant ?

Je visualise ma surveillante recroquevillée dans ses draps. Son mari dans son fauteuil avec sa bouteille d'oxygène. Je ne vais pas rester là sans rien faire. Il se trouve que je possède quelques connaissances en serrurerie. C'est inhabituel, certes. Mais je n'ai pas toujours été médecin. Mon père est serrurier-métallier de formation : c'est lui qui m'a appris les bases du crochetage, un jeu entre nous. Je m'en suis servi au cours de mon adolescence tumultueuse pour visiter des caves, et même quelques appartements, sans jamais me faire prendre. À l'âge adulte, j'ai même fait partie d'un club de serruriers professionnels qui organisait des concours amicaux en guise de hobby. Résoudre le problème de l'ouverture d'une porte claquée était une épreuve facile, réservée aux débutants.

De la grande enveloppe que j'ai apportée, j'extrais une radiographie. J'en transporte toujours quelques-unes dans ma voiture, elles me servent à illustrer mes cours. Celle-ci est une radio du crâne, la taille me convient.

J'écarte à nouveau légèrement le bas de la porte en la repoussant avec le pied, puis je plie ma radio en deux et l'insère. Je remonte le cliché jusqu'à ce qu'il entre en contact avec le pêne à demi-tour, ou « bec-de-cane » comme disait mon père. Ensuite, j'incline la feuille pour transférer une partie de la poussée vers l'intérieur de l'appartement. Voilà, c'est bon.

Maintenant, un petit coup de pied en bas de la porte pour la faire vibrer. Un autre. Encore un. Le but est de permettre une rétraction du pêne par à-coups.

Un dernier choc. La porte lâche et je m'engouffre dans le même mouvement. Je tends l'oreille vers la cage d'escalier. Pas de réaction.

Je pénètre dans l'appartement de Justine Van Grenn en refermant derrière moi.

17

Une chose me frappe d'emblée : deux personnes semblent habiter ici. L'appartement est situé sous les toits. Il est petit, mais charmant. Une pièce principale, une chambre, une salle de bains. Murs blancs, poutres apparentes. L'ensemble fait moins de trente mètres carrés. Pourtant on s'est débrouillé pour y installer deux bureaux qui se font face, dont un avec ordinateur, deux penderies et deux couchages distincts : un lit dans la chambre, et un canapé clic-clac dans la grande pièce.

Intéressant.

Les parents de Justine ne m'ont jamais parlé de petit copain. Ni de colocataire. Ils ne sont donc pas au courant, sinon ils auraient tenté de joindre l'autre personne pour savoir où se trouve Justine.

De qui s'agit-il ?

Je me dirige vers la salle de bains. Je constate qu'il y a bien deux brosses à dents, chacune dans son propre verre. Je décide d'ouvrir les tiroirs, un peu gêné, mais tant pis. Je découvre des rasoirs jetables de couleur rose, un gel douche « Nuage de Sucre », plusieurs shampoings « spécial cheveux longs », une lotion démaquillante, et toute une gamme de produits exclusivement féminins. Voilà qui se précise.

Je retourne dans la pièce principale. L'ambiance est chaleureuse, avec du mobilier en matériaux de récupération recyclés. La table basse, par exemple, est une palette de livraison repeinte, entourée de coussins moelleux en guise de sièges. Des plaids, des cendriers fabriqués à partir d'anciennes canettes…

Je m'approche des deux bureaux. Celui avec l'ordinateur est rangé et propre, l'appareil éteint. L'autre, en revanche, est recouvert de magazines de moto, de trombones, d'élastiques, de crayons de couleur, de crayons à maquillage, de bijoux fantaisie dans des boîtes, de bagouses à têtes de mort, de quelques piercings, ainsi que de plusieurs feuilles de papier avec des essais de dessins pour des tatouages.

Je m'assois sur le tabouret pivotant placé devant le bureau en désordre, et m'amuse à tourner sur moi-même. Les étagères à portée de ma main abritent des romans de vampires.

Je change de tabouret. Les étagères à portée de l'autre contiennent des livres de médecine. En dessous, des piles de polycopiés s'entassent dans un meuble. Je me baisse pour les feuilleter, et constate avec un sourire de satisfaction que mes cours sont sur le dessus, soigneusement annotés au surligneur.

Très bien, élève Van Grenn.

Je me lève et pars explorer le coin cuisine. Pas de lave-vaisselle. Des assiettes propres sont posées sur le bord de l'évier. Je passe mon doigt dessus : elles sont sèches. J'ouvre le réfrigérateur : plusieurs barquettes en plastique contiennent des nouilles chinoises, des nouilles chinoises et aussi quelques nouilles chinoises. Je ris. Apparemment, je ne suis pas le seul cinglé à me nourrir d'un plat unique. Je note le logo du traiteur sur le sac, *« Au Dragon d'Asie »*. C'est Monsieur Sourcils-en-balais-brosses, juste en bas de l'immeuble. Je referme le réfrigérateur, vais jusqu'au canapé et me laisse tomber dedans.

Bien. J'ai fait le tour du propriétaire et ne suis guère plus avancé. Je sais juste que deux filles vivent ici. L'une est plutôt ordonnée et sage, l'autre du genre rockeuse bordélique. Je n'ai pas l'impression qu'elles soient en couple, tout ce qui est d'ordre personnel et intime est clairement séparé dans chaque pièce. Justine héberge sans doute une amie. Soit pour dépanner, soit en sous-louant au black pour mettre un peu de beurre dans les épinards. Connaissant les difficultés financières chroniques des étudiants, je penche pour la seconde hypothèse, surtout que Van Grenn est le seul nom sur la boîte aux lettres.

Bon. Passons à l'ordinateur. Je m'installe en face et effleure le clavier. L'écran s'allume. Il était juste en veille. Une fenêtre du navigateur est ouverte et *Castle on the Hill* me pète à la figure, volume au maximum.

Je sursaute et baisse le son, sans interrompre le clip. J'aime bien Ed Sheeran – encore un point commun avec les personnes qui habitent ici. Ses mélodies à la fois puissantes et mélancoliques me parlent. Un gars qui exprime sa nostalgie de l'époque où il regardait le coucher du soleil en haut de la colline avec ses copains d'enfance ne peut pas vous laisser indifférent.

Je reviens à ce qui m'intéresse : le Facebook

de Justine. Comme pour la plupart des gens, la connexion sur son compte à partir de son ordinateur est automatique. Je fais défiler ses photos. Il y en a des dizaines. Des bandes de jeunes en train de rire, de chanter, de boire. Une photo de groupe en blouses blanches : « *Welcome dans ta nouvelle année de médecine !* » Des images d'elle grimée en zombie, hilare, « *Paris, Week-end d'intégration* ». Un smiley qui pleure, « *L'immense Mme Veil nous quitte* ». Des étudiants distribuant des repas chauds : « *Participez au goûter solidaire !* »...

Je continue à faire défiler ses pages en découvrant ses amis, ses petits combats du quotidien, ses coups de cœur, ses prises de bec, parfois avec le sentiment honteux d'être un voyeur. Pourtant il n'y a rien d'extraordinaire. Juste une impression de solitude, car à travers tous ces témoignages, j'ai le sentiment que Justine s'applique à ne pas avoir d'attaches réelles ni de relations amoureuses, comme si elle se protégeait en bâtissant un mur entre elle et le reste du monde. Une réaction que je connais bien.

La musique me porte et d'autres images se superposent. Je revois mes propres soirées dans des chambres d'étudiant, à me coucher à pas d'heure, à rire et refaire le monde jusqu'au petit matin. Je lève les yeux et les illusions continuent. J'observe deux jeunes femmes danser dans la pièce, tenant des verres d'alcool, chantant à tue-tête. Je vois une petite fille sur une photo jaunie, dans le bureau de Greta, brandissant fièrement sa pelle en plastique parce qu'elle vient de terminer son château de sable.

Justine, où es-tu passée ? Tu as été heureuse à une

époque. Pourquoi ai-je l'impression de pouvoir si bien te comprendre, toi et cette solitude qui t'habite ?

Je finis par couper la musique. Mes mains tremblent. Plonger dans le passé n'est pas toujours une bonne idée, en fin de compte.

La dernière photo sur Facebook montre Justine arborant un sweat-shirt, les deux index pointés dessus. Le vêtement porte un logo de couleur verte représentant un homme aux bras écartés, façon Léonard de Vinci. Sûrement la marque d'une association étudiante. J'en prends un cliché avec mon téléphone. L'historique du navigateur ne m'apprend rien de plus : il a été effacé. Les autres dossiers contenus dans l'ordinateur sont parfaitement banals.

Je me masse les paupières. J'ai l'impression d'avoir perdu mon temps. Je me rends dans la chambre mais n'y découvre rien d'autre. Tout est neutre. Lisse. Sur le lit, parmi les coussins, se trouve une vieille peluche élimée. Une panthère rose. J'aime bien ce dessin animé, les blagues de la Panthère rose me font toujours rire. Celle-ci ressemble à un très vieux doudou, elle sent bon. Un parfum ancien et capiteux dont j'ai l'habitude, puisqu'il s'agit d'*Opium*, celui de ma mère. Beaucoup de femmes des années 1980 ne jurent que par lui aujourd'hui encore.

J'attrape mon téléphone.

— Greta ? C'est Christian.

— Déjà des nouvelles ? dit-elle d'une voix pleine d'espoir.

— Pas encore. Je suis chez votre fille.

— Dans son appartement ?

— C'est ça.

— Comment êtes-vous entré ?

— Peu importe. Je voulais simplement vous dire qu'il n'y a rien qui cloche. Tout est bien rangé, ses affaires de toilette sont encore là. J'ai même trouvé son passeport et sa carte d'identité dans un tiroir.

— Elle n'est pas partie, alors.

— Non.

— Mais où est-elle ? Je sais qu'on ne se parlait plus, mais son téléphone est coupé. Elle ne réagit pas alors que son père et moi avons laissé des dizaines de messages !

Sa voix déraille. Elle est au bord de la crise de nerfs. Je préfère ne pas répondre. Ni parler de l'occupante inconnue pour le moment. Tout ce que je pourrais dire ne ferait qu'aggraver son angoisse. En revanche, je peux faire autre chose.

— À mon avis, votre fille vous aime.

— C'est faux. Je sais bien qu'elle me déteste.

— Je ne crois pas. Une vieille peluche de Panthère rose, ça vous parle ?

— Je… je la lui ai offerte pour ses treize ans, répond Greta. Elle a trouvé ça « bébé » et ridicule. Elle l'a jetée.

— Non.

— Non ?

— Elle est sur son lit. Justine dort avec. Elle la parfume avec votre odeur. C'est votre eau de toilette. Vous la portez aux urgences.

Un silence. J'ajoute :

— Je pense que Justine fait ça parce que ça l'apaise.

136

Un silence plus long encore. Puis un sanglot étouffé dans l'appareil.

— Ne vous inquiétez pas, dis-je. Je suis sûr qu'il n'est rien arrivé de grave.

Puis je raccroche avant que Greta ne décèle autre chose dans ma voix.

Car, bien entendu, je mens.

*

Caché dans un renfoncement, l'Homme au Chapeau Melon observe Kovak ressortir de l'immeuble. Ce dernier semble hésiter, puis il entre dans la boutique d'un traiteur.

L'homme plisse les yeux derrière ses lunettes noires et sort son téléphone.

— Vasil ?

— Oui, monsieur ?

— J'ai un travail à vous offrir.

Bruit de déglutition à l'autre bout.

— Un travail dans quel genre ?

— Récupérer quelque chose.

— C'est compliqué ?

— Un peu.

— Il risque d'y avoir de la casse ?

— Possible.

— Et… si je ne veux pas ?

L'Homme au Chapeau Melon soupire.

— Vasil. Vous et moi savons que vous êtes un drogué. Qui vous donne tout cet argent ? Comment satisferiez-vous vos bas instincts si je n'étais pas là ? Et le plus important… (il rapproche sa bouche du combiné et chuchote)… qui vous autorise à rester en vie ? Alors écoutez-moi bien. Vous allez faire très exactement ce que je vous ordonne.

18

Parfois la chance vous donne un coup de pouce. C'est ce qui se produit lorsque je franchis la porte du *Dragon d'Asie*.

Au départ, je n'ai pas d'autre intention que de faire cesser les gargouillements dans mon ventre. Je me sens un peu déprimé, mais je n'ai rien avalé depuis la veille, et les nouilles chinoises de Justine m'ont donné faim. J'entre dans la minuscule boutique du traiteur. Elle est remplie du sol au plafond de produits exotiques. Il n'y a que deux tables : l'une est libre, l'autre occupée par une femme et deux jeunes enfants en train de faire leurs devoirs. Certainement la famille de mon bonhomme de tout à l'heure. Ce dernier se tient derrière le comptoir. Dès qu'il m'aperçoit, la danse des sourcils recommence.

— Je voudrais déjeuner, dis-je. Je peux m'installer là ?

Je retire ma veste sans attendre sa réponse et la dépose sur la chaise libre. Puis je sors mon porte-feuille. Les yeux du Chinois vont des billets à ma voiture garée devant sa boutique. Son sens du commerce finit par l'emporter.

— Bien sûr, dit-il avec le sourire.

— Désolé pour l'emplacement de livraison.

Les bonnes odeurs parfument le magasin. Je choisis du poulet aux champignons noirs et des rouleaux de printemps à la coriandre, le tout arrosé d'une bière Tsingtao. Il m'apporte le repas à table.

— Bon appétit, fait-il en inclinant la tête.

Je mords dans les rouleaux. La pâte est fraîche, le soja et les petits légumes arrivent tout droit du marché, mélangés à des morceaux de cacahuète qui croquent sous la dent. L'ensemble se combine avec la coriandre en un délice de saveurs. Je complimente le traiteur chinois. Sa femme et ses enfants continuent de faire les devoirs. C'est là que l'idée me vient.

— Ma fille m'a conseillé votre boutique, dis-je.

— Ah oui ?

— Elle habite juste à côté. Elle adore votre magasin.

Il réfléchit, puis dit par politesse :

— Vous êtes docteur. Elle est docteur aussi ?

— Pas encore. Étudiante en médecine. Mais je suis toujours ses recommandations. Quand elle était petite, je lui apprenais les choses. Maintenant c'est elle qui me les apprend.

Il rit, puis répond :

— Comme mes enfants. C'est eux qui apprennent à ma femme. Pour la lecture.

Je ris avec lui.

— Vous la connaissez peut-être, elle s'appelle Justine, dis-je en lui montrant une photo sur mon portable.

Il plisse les yeux.

— Oui. Je l'ai déjà vue.

— Elle vient souvent ?

— Toutes les semaines. Beaucoup de nouilles chinoises.

— Elle a une amie. Colocataire. Vous l'avez rencontrée ?

Son expression devient perplexe.

— Je ne me souviens pas.

— Sinon vous l'avez vue avec d'autres personnes ?

— Je ne fais pas attention. Trop de passage.

Je range mon portable.

— En fait, je suis à sa recherche. J'avais rendez-vous avec elle. Nous devions déjeuner ensemble, mais elle a dû oublier. Je traîne dans le quartier en espérant la voir. Vous ne l'auriez pas aperçue ?

Il secoue la tête.

— Désolé, non. Mais attendez...

Il se rend dans l'arrière-boutique, puis revient avec un gros sac. Ce sont des gâteaux de la chance, ces petits cookies pliés en deux qui contiennent chacun un message fantaisiste. Ceux-là sont fabriqués maison. Il y en a plein. Le traiteur a l'air embêté.

— Elle a commandé. Mais elle n'est pas passée les prendre. Pas réglé encore.

— Quand ?

— Il y a trois jours.

— Justine a dit ce qu'elle comptait en faire ?

— Non.

— Je vous les paye, et je lui apporte. D'accord ?

Sa figure s'éclaire.

— D'accord !

Je ressors avec le sac. J'en croque un en montant dans ma voiture. Délicieux. Dans celui-ci, le petit

message annonce : « *Vous aurez bientôt de la chance.* »
Une feuille de papier pliée en deux se trouve également dans le sac. Je la prends et la déplie. Dessus, quelqu'un a noté à la main :

« 200 gâteaux – KRYPTO »

19

— Tenez, voilà les affaires de la jeune fille, dit l'infirmière en tendant un sac plastique à Audrey.

Ils sont trois à marcher dans un long couloir de l'hôpital Lariboisière : Audrey à droite, Florian d'Apremont à gauche, l'infirmière au milieu. Cette dernière avance vite. Ses talons claquent sur le carrelage et ses bras remuent en rythme. On dirait qu'elle fait le marathon de Paris.

— Vous ne pourriez pas ralentir ? demande Audrey.

— Désolée. Je dois retourner en réa.

— Je n'aime pas les hôpitaux, grommelle d'Apremont.

L'infirmière arque un sourcil.

— Un grand garçon comme vous a peur des piqûres ?

— Pas du tout, se défend Florian.

Ils tournent à l'angle du couloir. Le service de réanimation se trouve au bout. Audrey note mentalement que, contrairement à ce que l'on voit dans les films, l'endroit est calme, personne ne court en faisant rouler un brancard, et aucun haut-parleur ne réclame un docteur aux urgences.

— Il n'y a que ça ? demande Audrey en soulevant le sac.

— C'est tout ce que le samu nous a donné. On n'y a pas touché. Pas d'objet de valeur dedans.

— Comment le savez-vous si vous n'y avez pas touché ? fait remarquer Florian.

L'infirmière se vexe.

— Je suis la seule. S'il manque quelque chose, vous n'aurez qu'à me passer les menottes.

— S'il vous plaît, dit Audrey en posant une main sur son épaule. Dites-nous simplement comment elle va.

L'autre consent à s'arrêter enfin.

— La jeune femme a été opérée en urgence de morsures multiples aux deux jambes. Ça s'est bien passé, elle peut marcher normalement, l'infection est jugulée. Mais elle conservera des cicatrices pour toujours.

— Et le trauma crânien ?

— Pas d'hématome intracérébral. Elle a juste perdu quelques mèches blondes là où on lui a fait des points de suture. Son visage est intact. On peut dire qu'elle s'en sort bien. Cependant elle est encore confuse. Elle doit rester sous surveillance.

— Toujours pas d'identité ? demande d'Apre-mont.

— Non. On a fait un signalement.

L'infirmière scrute leurs regards.

— Je vous ai donné des détails médicaux confidentiels. Maintenant, à vous. Cette pauvre fille a vraiment été brutalisée dans le métro et abandonnée aux rats ?

144

— Désolée, répond Audrey, on ne peut rien dire.

— On m'a raconté que les agressions à Paris explosent, insiste l'infirmière. Et aussi qu'elles se concentrent désormais sur les transports en commun. Une toutes les sept minutes.

— Je ne peux pas confirmer ce chiffre.

L'infirmière pousse un soupir, puis ses épaules retombent.

— C'est juste que mon fils n'a que onze ans. Il prend le métro tous les jours depuis cette année pour aller au collège. Et… en fait je crois que je n'ai pas envie de savoir.

— Veillez sur cette jeune femme, nos brigades veillent sur votre fils, dit Audrey. Nous allons attraper celui qui a fait ça. Promis.

L'infirmière a un sourire reconnaissant.

— Vous n'êtes pas comme les autres flics. D'habitude, il n'y a que l'enquête qui les intéresse. Vous, vous avez de la compassion.

— Je suis nouvelle. J'ai un cœur d'artichaut.

— Ne la croyez pas, intervient d'Apremont. C'est une guerrière.

— Les deux ne sont pas incompatibles, dit l'infirmière.

Elle regagne son service et les portes se referment sur elle. Audrey désigne un banc près des ascenseurs.

— Asseyons-nous et examinons ce sac.

— Il vaudrait mieux rentrer à la boîte. Et tout mettre sous scellés.

— Florian… Juste un coup d'œil.

— D'accord, soupire d'Apremont.

Il enfile une paire de gants et se met à fouiller.

— Que des fringues. (Il secoue le sac.) Attendez, il y a quelque chose dans la veste. (Il glisse sa main à l'intérieur et ressort un sachet d'herbe.) C'est quoi ?

— Ça me paraît clair, dit Audrey.

— L'infirmière a dit « rien de valeur ».

— Elle a pu croire que c'était du tabac à rouler. Son fils a onze ans, si elle n'a jamais fumé, elle ne le sait pas forcément. Ma propre mère prendrait ça pour de la tisane.

— Cette fille s'est fait voler ses papiers et son argent. Pourquoi lui aurait-on laissé son cannabis ?

— Parce que son agresseur ne l'a pas découvert ?

— Ou parce qu'il l'a fait exprès.

— Dans quel sens ?

Le front de Florian se plisse tandis qu'il cogite.

— L'endroit est fréquenté par des gangs souterrains, je vous l'ai dit. Il y a des tagueurs, mais aussi des revendeurs de drogue. Et parfois ce sont les mêmes. Imaginez que cette fille ne soit pas une simple victime… mais une dealeuse.

— Comment vous voyez le truc ?

— Elle connaît le tunnel. Elle sait comment s'y rendre, les caméras sont neutralisées, alors elle vient y vendre sa beuh. Il y a souvent des petits groupes d'explorateurs urbains, des artistes, des étudiants qui traînent. Ce sont ses clients. Manque de bol, cette fois elle tombe sur un gang.

— Admettons.

— Le chef de gang la chope, il s'énerve parce qu'elle deale sur son territoire. Alors il l'agresse, abandonne l'herbe sur elle, et inscrit : « *Je vous ai observés* » avec son sang, histoire de bien faire passer le message.

— Plutôt obscur. Et la phrase n'était pas visible.

— Elle l'était peut-être au départ. Elle a disparu lorsque le sang a séché.

Audrey secoue la tête.

— Ça ne colle pas. On n'est pas à Saint-Ouen. Je sais qu'à la cité Cordon, il n'y a qu'à descendre du métro et suivre la file des acheteurs pour se procurer ce qu'on veut, mais là on parle d'un tunnel. Ils ne vont pas se battre pour contrôler un secteur si difficile. L'accès est impraticable.

— Le sous-sol est plein de couloirs de service.

— Je n'y crois pas du tout, dit-elle en balayant l'hypothèse. La mise en scène est trop sophistiquée. Mais vous avez raison sur un point : on ne sait rien à propos de cette fille. Elle pourrait être menacée, ou constituer elle-même une menace.

Ils se lèvent, empruntent l'escalier à côté des ascenseurs et descendent au parking.

— On ne peut pas la laisser ici, décide Audrey. La sécurité n'est pas suffisante, c'est un vrai moulin. Dès qu'elle aura récupéré, on la transfère dans un service fermé où on pourra l'auditionner tranquillement.

— On retourne à la voiture ?

— Oui.

D'Apremont sort distraitement un dernier objet du sac puis le remet à l'intérieur.

— Une seconde, dit-elle. Vous teniez quoi ?

— Rien, des clopes.

— Montrez-moi l'autre côté du paquet.

Il le ressort. Le paquet neutre exhibe une image

hideuse de bébé prématuré branché à des tuyaux. Un papier est glissé à l'extérieur, entre le carton et le film plastique.

— On dirait une facturette, constate Audrey.

Elle extrait délicatement la feuille.

— Un ticket d'achat pour deux boissons. Réglées en espèces.

— Il y a une adresse ? demande Florian.

— Cayeux-sur-Mer.

— Je connais l'endroit. C'est dans la baie de Somme, à deux cents kilomètres.

Audrey retient son souffle.

— La date est d'avant-hier, dit-elle. La veille de l'agression. Qu'est-ce que la victime fichait là-bas ? Il y a les coordonnées de l'établissement avec le numéro de téléphone.

— Ça vaut le coup d'appeler.

— Prenez le volant.

Il démarre tandis qu'elle compose le numéro.

— Bonjour, ici le lieutenant de police Valenti. Je souhaiterais parler au propriétaire.

— C'est elle-même, répond une voix de femme.

— Puis-je vous poser quelques questions ?

— Allez-y.

Ils sortent de l'hôpital. Un camion du samu les croise en sens inverse, toutes sirènes hurlantes. Audrey donne la date et l'heure du ticket.

— Une jeune femme blonde est venue chez vous.

— Il y en a plein.

— Deux boissons. Payées en liquide.

— Nous avons beaucoup de touristes.

148

— Votre établissement dispose d'une vidéosurveillance ?

— Vous rigolez ?

— Faites un effort. Ça ne vous dit vraiment rien ?

— Désolée, non. J'aurais aimé vous être utile.

— Zut.

— C'est tout ?

— Oui.

— Vous n'êtes pas avec les gendarmes ? dit la
femme.

— Je me trouve à Paris.

— Ah, pardon. Il y a des gendarmes partout. Je
croyais que vous étiez avec eux.

Audrey change son téléphone d'oreille.

— Comment ça ?

— La camionnette, les bandes jaunes. Comme à
la télé.

Audrey fronce les sourcils.

— Pour quelle raison ?

— À cause du mort. Le cadavre qu'on a retrouvé
vers la plage. Vous n'appeliez pas pour ça ?

20

Les regards se tournent vers moi tandis que j'avance dans le sous-sol de la faculté de médecine. Pas celle des Saints-Pères, la mienne : l'université Descartes, rue de l'École-de-Médecine à Odéon. L'endroit où je donne mes cours. Là où j'ai étudié il y a plus de vingt ans, et où Justine étudie aujourd'hui.

Des élèves se taisent sur mon passage. D'autres murmurent entre eux. Je suis dans le secteur réservé aux associations étudiantes. Il n'y a jamais de prof dans le coin, ni aucun adulte ayant dépassé la trentaine. Même le ménage est assuré par les membres. Autant dire que j'envahis le territoire.

Je suis venu directement ici après mon départ de chez le traiteur chinois. Je me suis garé sur le parking, j'ai franchi le hall, descendu les escaliers, un long couloir, et me voilà.

Je pénètre dans la salle principale, qu'on appelle aussi le Sanctuaire. Des canapés de récupération contre les murs, un baby-foot, un piano recouvert de cartons à pizzas, une table de ping-pong. Des enceintes diffusent de la techno en sourdine. L'atmosphère est saturée par l'odeur de la cigarette, même s'il est théoriquement interdit de fumer. Et bien entendu, des fresques de salle de garde s'étalent partout, vantant les mérites des différentes associations et fraternités avec force phallus, seins plantureux et autres paires de fesses. Certaines de ces peintures ne datent pas d'hier. Si vous regardez bien, vous trouverez d'ailleurs ma signature en bas, parmi d'autres. Le Sanctuaire est un chouette nom. C'est moi qui l'ai trouvé. À l'issue d'un vote officiel que nous avons tenu à l'époque, il y a deux décennies. Mais qui s'en souvient ?

J'avise deux gars en train de jouer au ping-pong. Chacun d'eux est assis dans un fauteuil à roulettes, probablement « emprunté » à un service de l'hôpital, et s'efforce de rattraper la balle en se projetant à droite et à gauche.

— Salut, je cherche une asso.

L'un d'eux bloque la balle avec son poing et me dévisage avec une pointe de défiance.

— Vous êtes le prof d'Interrela, non ?

— Exact.

— Vous n'étiez pas censé nous faire cours ?

— Un empêchement. J'apporte le texte sur clé USB.

— Et ça ? dit-il en montrant le gros sac que je transporte.

— Des cookies de la chance.

— Pour mon goûter ? demande-t-il en riant.

— Si vous êtes sage.

— Pourquoi vous êtes toujours habillé en noir ?

— C'est ma couleur fétiche.

— Vous cherchez quelle asso ? intervient son copain.

151

Je sors mon portable sur lequel j'ai déjà préparé l'image de Justine.

— Celle-ci.

On la voit avec son pull au logo vert représentant un bonhomme aux bras et aux jambes écartés, façon Léonard de Vinci.

— C'est le logo du Bureau des Arts, dit le garçon. Couloir du fond. La porte verte.

— Merci. Bonne partie, les gars.

Je m'enfonce encore plus loin dans les sous-sols de la fac. Le parcours est sinueux, avec plusieurs embranchements secondaires. Un vrai labyrinthe. Je reste sur le chemin principal. La lumière a été volontairement réduite en remplaçant des ampoules pour entretenir une atmosphère trouble. Chaque porte est peinte d'une couleur différente, une par association : rouge pour l'AVC, l'Association de la Vie Carabine ; bleu pour Ebisol, l'une des plus anciennes de France ; noir et rouge pour le Bureau des Sports, et ainsi de suite. Quelques groupes comme les faluchards n'ont pas de bureaux mais sont présents partout, même en dehors des facs de médecine. Quand un faluchard apparaît en portant sa célèbre coiffe, la faluche, il crée toujours une certaine émotion. D'autres assos sont plus secrètes, avec leurs rites d'intronisation semblables à ceux des fraternités américaines. Et d'autres encore ont disparu. De nos jours, par exemple, vous ne verrez plus la porte noire qui conduisait à la mienne.

Des jeunes circulent. À chaque fois, j'ai droit à un regard ou des sourcils froncés.

Je découvre le Bureau des Arts derrière une double porte de couleur verte, comme prévu. Un jeune homme barbu assure la permanence, assis sur un pouf, une BD entre les mains.

— Bonjour. Je cherche Justine Van Grenn.

Il abaisse son livre.

— Elle n'est pas là.

— Je dois lui remettre le cours. Pour la ronéo.

Je tends ma clé USB. Elle contient réellement mon cours d'Interrelations des Êtres Vivants prévu pour aujourd'hui. Sauf que j'étais censé mettre le texte en ligne. Rien ne m'oblige à passer, et encore moins à le donner à quelqu'un. J'invente simplement une raison d'être ici. Je suis en train de développer une inquiétante facilité pour le mensonge.

— Je m'en occupe, dit-il en récupérant la clé.

— J'ai aussi ça.

Je montre le sac de cookies. Le garçon hausse les sourcils.

— Pour Justine ?

— Je ne sais pas. Krypto, ça vous dit quelque chose ?

— Non.

— Ce n'est pas un membre du Bureau des Arts ?

— Du tout.

Je sors le papier.

— « 200 gâteaux – Krypto ». Une autre association ? Le nom secret d'une fraternité, peut-être ?

— Vous êtes sérieux ?

Je remets le papier dans ma poche. Mince. Je croyais que ça serait plus facile. Il faut absolument que ce type m'en dise plus. Je m'assois sur un autre pouf et croise les bras.

— D'accord, dis-je. Je cherche vraiment Justine.

— On ne l'a pas vue depuis plusieurs jours.

— C'est bien l'une de vos membres ?

Il soupire :

— Elle ne fait pas grand-chose.

— J'étais moi-même président d'asso, vous savez ?

— Ah bon ? dit-il en me jaugeant d'un œil différent.

— *Les Démons d'Hippocrate.*

— Ça claque bien.

— On siégeait ici. On avait repeint les locaux en noir. J'ai toujours aimé cette couleur. Notre logo était un diable avec une bouche immense.

— Il y en a un, dessiné dans le Sanctuaire.

— J'en suis l'auteur. Mon nom est en bas.

Ses yeux s'agrandissent.

— Waouh. Et vous étiez célèbres ?

— Un peu trop. Les *Démons* n'existent plus depuis les années 1990. On foutait le bordel. On a été dissous.

Il rit en m'entendant parler ainsi.

— Il faudra nous raconter ça, en cours.

— Je le ferai peut-être. Et Justine ?

Il se détend.

— Bah, elle s'est inscrite en début d'année, mais elle ne participe guère. Elle est juste venue à quelques balades. Des *urbans* en sous-sol. Mais elle n'organise pas d'évènements concrets.

— Du genre ?

— Elle avait proposé de faire une expo photo. Un projet surprise. C'était son idée. Elle devait s'y mettre, mais on n'a jamais rien vu.

— C'est tout ? Rien de bizarre ?

— Non. Elle est dévouée. Elle range notre local. Elle fait ça toute seule. Sur ce point, on ne peut pas dire qu'elle rechigne.

— En cas d'ennuis, elle se confiait à quelqu'un ?

— Justine est plutôt solitaire. Souriante, mais pas causante.

Je me lève pour partir.

— Une dernière question. Elle a toujours été au BdA ?

— Je crois qu'avant elle fréquentait le pôle Olympe. (Il pointe son stylo, devançant ma question.) Troisième à droite, Président.

Le pôle Olympe, j'en ai déjà entendu parler. C'est une petite branche rattachée à une autre association. Leur objectif est de lutter contre le sexisme, l'homophobie et les discriminations au sein de l'hôpital. Leur nom vient d'Olympe de Gouges, l'une des pionnières du féminisme à l'époque de la Révolution française. Je trouve leur local, frappe et entre.

— Bonjour, je recherche…

— Ah ! Mes gâteaux chinois ! s'exclame une jeune femme brune, poings sur les hanches. C'est pas trop tôt ! Je suppose que c'est Justine qui vous envoie ? Elle se fiche du monde, celle-là ! Le goûter solidaire, c'est demain, j'espère que vous avez mes deux cents cookies comme elle l'a promis ! (Elle désigne mon costume noir.) Vous êtes qui ? Un livreur Uber ?

Cette fille ne me connaît pas. Elle est d'une autre année.

Je souris.

— Non. Mais vous êtes sûrement Krypto.

21

Le docteur Zayane Nyira décède à 19 h 04.

Durant l'heure qui précède sa mort, elle s'attelle à la tâche que Christian Kovak lui a confiée : l'examen de la tête conservée dans le formol. Et les choses qu'elle découvre sont terribles. Pourtant, à aucun moment elle ne s'imagine mourir ce soir, dans la salle de dissection des Saints-Pères.

Zayane est en parfaite santé, elle possède un physique de rêve et un compte en banque bien rempli, elle est en sécurité, dans un endroit qu'elle connaît bien, à deux pas de ses confrères, en plein cœur de la faculté, dans l'une des villes les plus sûres au monde pour les femmes[1]. Comment son destin pourrait-il s'arrêter là ?

Son nom complet est Zayane Nyirajyambere : *Celle qui va de l'avant*. C'est un nom unique, car au Rwanda le père attribue un nom de famille à chacun de ses enfants en fonction des circonstances, de ses espoirs et de ses rêves. Son père rêvait d'emmener sa

---

1. Paris est la troisième ville la plus sûre au monde pour les femmes après Londres et Tokyo, selon un classement établi en 2017 par la fondation Thomson Reuters.

fille loin des conflits ethniques. Et il a réussi. Zayane, la petite Tutsi, est allée de l'avant. Bien plus loin que quiconque dans sa famille ne l'aurait cru possible. La fuite ensemble depuis la région des Grands Lacs, leur arrivée à Marseille dans les soutes d'un cargo, leur survie dans les quartiers Nord, les combats du quotidien, son adolescence difficile, le cancer et la mort de son père pendant son année de terminale, la lutte pour réussir seule son concours de médecine à la Timone, les années de travail, puis l'internat à Paris, les amis, les soutiens, Kovak et sa joyeuse bande, et enfin la rencontre avec son mari, les enfants, la reconnaissance sociale, le succès. Si elle racontait son histoire, Zayane pourrait en tirer un livre. Elle l'écrira un jour. Mais pas maintenant. Il lui reste encore tellement de choses à faire.

De façon surprenante, la quarantaine lui a flanqué un choc. Tout à coup, elle s'est sentie vieille. Elle a eu peur de ne plus jamais séduire. Peur que la terre ne s'effrite sous ses talons. Des sentiments luxueux, une contamination occidentale et stupide, elle s'en rend compte, mais que peut-elle y faire ? Elle a changé. Les hommes ne se fixent aucune limite. Ils ont décrété que le monde était à eux. Pourquoi une femme devrait-elle se contenter de moins ? Alors Zayane, une fois de plus, est allée de l'avant. Elle a créé son propre département dans une clinique privée des Champs-Élysées, tout en travaillant régulièrement à bord du *Navire de l'Espoir*, le bateau-hôpital qui intervient le long des côtes africaines. L'argent et la gloire. Le beurre et l'argent du beurre. Elle a mis ses filles dans les meilleures écoles. Elle a pris des amants. Elle est au sommet. La reine Zayane. Rien de moins.

Est-ce qu'elle est heureuse ? Oui, bien sûr. Elle a coché toutes les cases sur la carte du bonheur, pourquoi ne le serait-elle pas ? Elle a satisfait tous ses besoins matériels. Elle se demande simplement si elle n'a pas perdu un peu de son âme en route. Surtout quand elle voit le feu étrange qui brûle dans les yeux de Kovak.

Voilà un homme qui a tout perdu, il n'a pas de famille, peu d'amis, aucune vie sociale. Le travail est sa drogue, il est dépressif, il mincit à vue d'œil. Et pourtant ses passions continuent de le guider. Il est comme possédé. Kovak lui fait penser à ces esprits dont son père lui parlait lorsqu'elle était enfant. Une sorte de feu follet, l'incarnation d'une force brûlante surgie de la terre et qui avance, ricochant à droite et à gauche, inconsciente des flammes qu'elle propage, des maisons auxquelles elle met le feu et des bouleversements qu'elle engendre.

Est-ce là le véritable sens de la vie ? N'être qu'une énergie ? Un désir brûlant, aimant, avançant, qui ne se soucie pas de posséder ni de conquérir ?

Zayane n'en sait rien.

Elle croyait aux esprits quand elle était petite, mais plus maintenant. Elle vit dans le monde rationnel. Elle croit aux chiffres. Celui de son compte bancaire, celui de son poids, celui de l'espérance de vie d'une femme dans un pays industrialisé. Ces chiffres sont rassurants. Ils vous donnent le contrôle. Et elle en a besoin. Car ses conclusions concernant la tête dans le formol ébranlent ses certitudes. Elle a l'impression que rien ne la sépare du retour à la barbarie, quand les Hutus découpaient sa famille à la machette, au son de la musique entraînante de la Radio des Mille Collines.

Elle range ses affaires et glisse ses conclusions dans une enveloppe destinée à Christian. Si Kovak est une pulsion de vie, alors il a trouvé son contraire : une ténébreuse pulsion de mort.

La femme a bien été torturée pendant qu'elle était vivante. Brûlée à l'acide. Les zones de tissus sains alternent de façon franche avec les zones délabrées. Aucune maladie ne produit cela. Il est vraisemblable que son agresseur a introduit des gouttes de produit corrosif à l'intérieur de son visage dans le but de le faire fondre à différents endroits, probablement à l'aide d'une pipette et d'incisions pratiquées de façon progressive, de plus en plus loin. Il s'est également servi d'un instrument tranchant pour découper sa joue, une partie du cuir chevelu, et sans doute faire sauter son œil. Pendant ce temps, l'autre côté du visage est resté intact. Était-ce pour que cette pauvre femme puisse comparer le résultat dans un miroir ?

Toutes ces tortures ont dû réclamer des heures. Des jours. La victime a certainement été réanimée à de nombreuses reprises, ou partiellement endormie pour pouvoir supporter de tels traitements sans que son cœur lâche. À la fin, pourtant, c'est ce qui s'est passé. La femme est morte. Sa tête a été coupée. Les lésions maquillées. Puis on l'a placée dans un bocal de formol.

Le meurtre est survenu il y a longtemps. Mais il va falloir qu'elle le signale à la police. Car cette chose n'a jamais été un spécimen destiné aux étudiants de médecine.

C'est un trophée de chasse.

*

Zayane éteint la lumière et sort de son bureau. Elle frissonne. Cette autopsie d'un nouveau genre et les souvenirs de la Radio des Mille Collines ont éveillé en elle des peurs anciennes. Elle n'a pas connu cette époque, elle n'était pas sur place. Son père et elle sont partis bien avant le génocide de 1994. Mais sa famille, ses frères et sœurs, ses tantes, ses cousins sont restés au pays, et aucun d'entre eux n'a survécu. Elle a entendu des enregistrements. Elle a vu des images. Son pays de vallons et de brumes s'éveillant au petit matin au son de la radio, un discours mélodieux planant de quartier en quartier tel un oiseau de mauvais augure, susurrant les nouvelles et jouant de la musique.

« *Bienvenue à tous, chers auditeurs, allez-y, sortez, il faut se réchauffer…* »

« *Le petit Kabeba s'est réfugié chez ses voisins. Vous le trouverez là-bas…* »

« *Bonjour aux jeunes du barrage, et à ceux de l'abattoir du côté de Kimisagara ! Chassez bien tous les cafards !* »

« *Que tout le monde s'y mette, les femmes, les enfants, les vieillards, prenez des outils, prenez des machettes, exterminez ces cancrelats…* »

« *Tuez-les. Tuez-les tous…* »

Elle éteint les néons principaux et traverse la salle

de dissection dans la pénombre. Les corps sont alignés de part et d'autre, simples formes sous des draps. Elle tourne la tête et les observe tandis que le claquement de ses chaussures résonne sur le sol. Un pied qui dépasse. Une touffe de cheveux gris. Zayane passe à côté d'une main aux doigts blancs.

Marcher au milieu d'un tel cimetière est une épreuve pour la plupart des gens, mais pas pour elle. Zayane a l'habitude. La véritable terreur ne réside pas entre ces murs.

Elle éteint les dernières lumières et sort de la salle, ferme la porte à clé, traverse le vestiaire et se dirige vers les ascenseurs.

Lorsqu'un détail l'arrête.

Un corps se trouvait sur une table de dissection à droite. Une silhouette sous un drap qui n'était pas là ce matin. Elle s'en souvient parce que ses fesses étaient appuyées à cet endroit précis tandis qu'elle discutait avec Christian.

Elle revient dans le vestiaire et tend l'oreille.

Est-ce un bruit qu'elle a entendu ?

Elle marche jusqu'à la porte. Réintroduit la clé. Tourne. Le battant s'ouvre. Rien ne bouge à l'intérieur. Elle avance en observant les corps. Le cadavre le plus proche est parfaitement identifiable sous le tissu, elle peut voir le relief de son front, son nez, sa bouche. Bien entendu, le drap n'est soulevé par aucune respiration. Mais la table qui l'intéresse est plus loin, et elle ne parvient pas à la distinguer dans l'ombre.

Il y a bien quelque chose dessus.

Sans la lâcher du regard, elle se déplace sur le côté,

tend la main et tâtonne le mur à la recherche de l'interrupteur. Ses doigts touchent le plastique. Elle allume.

C'est un drap.

Un simple drap, ramassé en boule.

La bonne blague.

Elle se tourne en relâchant sa respiration.

Et se retrouve face à un homme.

Il est de taille moyenne, plutôt jeune, avec un visage quelconque. Il porte un blouson de motard, un pantalon en cuir et tient un casque à la main. Ce n'est pas l'un des appariteurs chargés de l'entretien de la salle, Zayane ne l'a jamais vu auparavant. Sûrement un curieux qui a réussi à s'introduire à l'étage. C'est déjà arrivé. Il la regarde avec excitation de ses yeux noirs immenses, le front emperlé de sueur.

— Qui êtes-vous ? demande-t-elle sèchement.

— Ta gueule, pauvre conne.

— Pardon ?

— T'as bien entendu.

— Vous avez les pupilles dilatées. C'est de la cocaïne ?

— Qu'est-ce que ça peut foutre ?

Elle se redresse de toute sa taille. Ne jamais leur montrer votre peur.

— Partez. Il n'y a rien de valeur, ici.

— Bien au contraire.

Avant qu'elle ne puisse réagir, le casque décrit un arc de cercle et la percute au niveau de la tempe. Le choc ébranle son cerveau dans une explosion de lumière blanche. Un second coup la cueille au creux du ventre, et elle s'effondre face contre terre. Le carrelage lui déchire les lèvres et lui casse deux dents.

Puis l'homme s'assied à califourchon sur son dos, l'écrasant de tout son poids.

— Tu étais censée partir, espèce d'idiote. Je me suis caché sous un drap et tu n'avais plus qu'à tourner les talons. Mais non. Il a fallu que tu reviennes. Les femmes comme toi veulent tout contrôler. Elles veulent être parfaites. Et maintenant voilà, tu as vu mon visage. Je n'avais pas besoin de te tuer, au départ.

Il attrape ses cheveux, tire sa tête en arrière et la frappe violemment contre le sol. De nouvelles constellations apparaissent dans le ciel de Zayane. Il tire à nouveau en arrière, et cette fois quelque chose craque horriblement dans son cou. Puis elle perd connaissance.

*

Quand elle se réveille, la salle de dissection lui apparaît à travers un voile écarlate. Les tables, les cadavres, les néons trop vifs qui lui brûlent les yeux, tout est dégoulinant et rouge.

Elle entend les talons des bottes de motard racler le sol carrelé. L'homme revient. Elle peut voir sa silhouette qui sort du bureau. Son cœur se met à marteler sa poitrine à une vitesse folle.

Elle tente de remuer. Rien.

Elle lève sa main pour s'essuyer les yeux. Pas de réaction. Ses doigts ne bougent pas. Ses jambes non plus. Elle ne sent rien en dessous des épaules.

— Voilà, dit-il, j'ai récupéré le colis à livrer.

Il pose le bocal contenant la tête sur une table de dissection, à côté du cadavre d'une vieille, puis sort un sachet de poudre blanche. Il le tapote sur le ventre de la morte et se fait une ligne à même le corps de la défunte. Il l'aspire avec volupté. Ses yeux roulent. Il renifle.

— À toi maintenant, dit-il en se tournant vers Zayane.

Cette dernière ne ressent plus rien. Même l'intense douleur qui emprisonnait son cou tout à l'heure est en train de disparaître. Elle est loin. Vidée de ses forces. La fraîcheur monte doucement du sol. *Tuez tous les cafards*, chantonne quelque part la Radio des Mille Collines.

L'homme se penche sur elle, devant les néons, si bien qu'elle se retrouve dans l'ombre. Il s'approche de son visage.

— Désolé, c'est pas contre toi, dit le motard d'un air sincère. Mais tu m'as vu. Il faut que tu meures. Ton cou est brisé. La compression de ta moelle épinière va entraîner un arrêt respiratoire d'une minute à l'autre. Cligne deux fois des paupières si tu veux que j'abrège.

Elle se rend compte qu'elle halète. Ses yeux s'écarquillent. Son regard se brouille.

Elle pense à ses filles. Elle pense à son parcours. C'est Kovak qui avait raison. Rien ne vaut rien. Il n'y a que les forces de vie, les forces de mort, et le désir qui les propulse.

Tuez-les tous.

En fin de compte, Zayane n'a jamais quitté les collines du Rwanda.

Une larme roule sur sa joue.

Elle finit par cligner des paupières.

L'homme attrape fermement sa tête.

— Adieu.

22

J'entraîne la petite brune du pôle Olympe jusqu'à la machine à café située au rez-de-chaussée de la faculté Descartes.

Elle avait terminé sa permanence de toute façon et s'apprêtait à partir. Regagner le hall principal m'arrange. Il y a trop de responsables d'associations en bas, je préfère ne pas être dévisagé sans cesse et revenir discuter en terrain neutre. J'ai dû inventer une histoire, une de plus, pour amadouer la brunette. Cette fois j'ai raconté que Justine était la fille de ma surveillante générale aux urgences – ce qui est la vérité – et que sa mère m'avait donné les gâteaux chinois avec la consigne de les remettre à sa copine Krypto, puisque je passais justement à la fac. Une tâche qui s'est avérée plus compliquée que prévu, j'ajoute en riant.

Au milieu des allées et venues des derniers élèves quittant les lieux, je lui tends un chocolat chaud, tandis que je m'accorde un énième café.

— Donc vous êtes Krypto, dis-je en tâtant des lèvres le breuvage brûlant.

— Mon surnom complet, c'est Kryptovodka.

— Qu'est-ce que ça signifie ?

Elle rit à son tour.

— Que je ne tiens pas la vodka. Comme Superman avec la kryptonite. Un verre, et je m'effondre. Justine m'a soutenue pendant le week-end d'intégration où j'étais ivre morte. C'est resté une blague entre nous.

— Personne d'autre ne connaît ce surnom ?

— Pas à ma connaissance, dit-elle.

— Et vous allez manger tous ces gâteaux vous-même ?

— Non, répond-elle avec le sourire. Ils sont destinés à un goûter solidaire organisé par le pôle Olympe. Nous sommes rattachés à l'association Ebisol, mais notre pôle crée ses propres évènements. Le goûter et les cookies, c'est pour faire venir les gens, on va distribuer des flyers sur le harcèlement à l'hôpital. Justine m'a proposé d'offrir les gâteaux. Elle est un peu sauvage et elle parle peu, mais on s'entend bien. Je lui rends des services et elle m'en rend d'autres.

— Donc vous n'avez pas eu à les payer.

— Elle se débrouille. Elle connaît un super traiteur.

— Et maintenant vous lui devez un service, alors ?

Elle termine son chocolat et jette le gobelet dans la poubelle.

— Je lui ai déjà rendu, dit-elle en essuyant sa bouche. Je lui ai offert un rideau de théâtre.

— Un rideau ?

— Le truc rouge, avec les plis. On en avait un à l'asso. Il ne servait à rien.

— Justine se lance dans le théâtre ?

— Elle voulait s'en servir pour une expo photo.

Je jette mon gobelet à mon tour.

— Eh bien, bon goûter solidaire, dis-je simplement.

La jeune femme s'éloigne, tandis que différents éléments se mettent en place dans ma tête. Je regarde l'heure à ma montre, puis redescends au Bureau des Arts pratiquement au pas de course. Je déboule dans la pièce. Coup de chance, le type barbu est encore là.

— Bonsoir, Président ! fait-il en levant la main.

— Salut. Vous m'avez dit un truc tout à l'heure…

— Oui ?

— Justine travaillait à une expo surprise.

— Elle ne l'a jamais réalisée.

— Mais elle range votre local. Vous avez dit : « *elle fait ça toute seule* ». Et aussi : « *elle ne rechigne pas sur ce point* ».

— C'est vrai.

— De quel local parliez-vous ? Celui-ci ?

— Non. Là où on entrepose notre bazar. Au dernier sous-sol.

— Vous y allez souvent ?

— Pas vraiment.

— Et Justine a les clés ?

— Je lui en ai donné un double.

Je prends une inspiration.

— Je vais être honnête avec vous. La mère de Justine est une amie. Nous travaillons ensemble aux urgences. Or, je ne vois plus beaucoup sa fille, elle ne vient plus en cours, ni aux enseignements dirigés. Sa maman se fait du souci pour elle. Elle pense qu'elle passe tout son temps sur un projet. C'est peut-être ce qu'elle fait, dans votre sous-sol. On pourrait jeter un coup d'œil ?

— Maintenant ? C'est les entrailles de la Terre. Poussiéreux et sale, encombré partout.

— S'il vous plaît, dis-je en insistant. Elle est peut-être en bas, en ce moment même.

Il finit par se laisser convaincre et m'amène au bout du secteur des associations, déverrouille une porte en fer, et on descend un escalier. Les lumières diminuent tandis qu'on s'enfonce dans les profondeurs de la fac.

— Normalement il y a un monte-charge, mais il est en panne, précise l'étudiant.

Je n'étais jamais venu ici. On se trouve au niveau des fondations. Il indique une pièce sur la gauche, introduit la clé dans la porte, ouvre et actionne un interrupteur.

— Voilà.

L'endroit est vaste. Pas loin de cent mètres carrés. Odeur de moisi. Contenu hétéroclite : statues en plâtre, fresques en plusieurs parties, cartons à dessin, chevalets, chaises, tables, escabeaux, et des piles entières de pots de peinture. Des rayonnages en fer sont installés au milieu de la pièce. Ils n'ont pas l'air très solides.

— C'est un ancien local d'archives hospitalières, explique le jeune homme. On l'utilise pour stocker toutes les œuvres d'art réalisées par le Bureau au cours des années précédentes. On y range un peu tout.

J'entre dans la pièce.

— C'est quoi là-bas ? dis-je.

Une toile rouge est tendue sur une partie du mur.

— J'en sais rien. Sûrement une tapisserie.

— Elle y était avant ?

— Je ne m'en souviens pas.

— Quand êtes-vous venu ?

— Il y a plusieurs semaines. Vous pensez que c'est l'œuvre de Justine ?

Je me rends au fond de la pièce. C'est bien un rideau de théâtre. On l'a passé dans une tringle au plafond, et on a cloué les coins en bas, contre le mur, pour l'empêcher de bouger.

J'arrache le coin inférieur du rideau rouge. Et je le tire en entier.

L'étudiant met une main devant sa bouche.

Derrière, il y a des photos.

Des dizaines, en très grand format. Toutes représentent des défunts : des morts allongés dans leur cercueil, dans leur lit, dans leur tombe. Ce sont des portraits anciens, couleur sépia ou en noir et blanc. Des hommes. Des femmes. Des enfants de tous les âges. Chacun dans une mise en scène macabre sur son lit de mort. L'ensemble des images forme une immense spirale recouvrant le mur du sol au plafond.

Et en son centre, comme une méduse noire, brille la photo de la tête décapitée.

23

Le commissaire Armando Batista regarde le spectacle du coucher de soleil depuis sa fenêtre. Son
bureau a la chance d'être situé au dernier étage du
site Évangile, où se trouve la Brigade des Réseaux
Franciliens, et d'offrir une vue dégagée sur Paris.

À droite, le fleuve scintillant des voies de chemin de fer s'étire en direction de la gare de l'Est. À
gauche, les tours massives de la cité des Flamands
grimpent vers le ciel tels des béhémoths. Plus loin, il
peut deviner la bande sombre des Buttes-Chaumont,
et plus loin encore le brasillement des cités de l'est.

Par la fenêtre entrouverte, il respire l'air du soir et
écoute le son d'une sirène de train.

C'est sa ville. Son cœur qui bat, là-dessous. Depuis
le temps qu'il en arpente les voies, il a l'impression de
pouvoir en ressentir le moindre rouage, comme un
horloger minutieux. La ville est une créature géante,
un mécanisme vivant aux engrenages fins parcouru
d'énergies et de courants telluriques. Émile Zola parlait du Ventre de Paris, Boris Vian de ses trottoirs
comme d'un muscle tiède et vif foulé par les passants. Armando, lui, a l'impression qu'il s'agit d'une
femme. Une Géante Jalouse. Il avait prévu de partir

au Portugal en fin de semaine pour retrouver Camilla. Tenter de recoller les morceaux de son couple. Sa famille lui manque. Ses enfants lui manquent. Mais son projet devra attendre, car la Géante Jalouse, une fois de plus, a décidé de l'obliger à rester pour s'occuper d'elle.

Il se tourne vers la pièce où est rassemblée son équipe. Sont présents : la capitaine Louise Luz, le lieutenant Audrey Valenti, Florian d'Apremont, ainsi que les officiers Blériot, Penneroux et Wang. Ensemble, ils sont les membres les plus expérimentés de l'Unité de Recherches et d'Investigations.

Batista clique sur son porte-clés et fait apparaître un point rouge sur la table. Le porte-clés est un cadeau offert par Luz pour fêter sa promotion au grade de commissaire. Il la regarde un instant, et elle rougit.

— Bien, dit Batista en orientant son laser vers les photos qu'il a scotchées au mur. Récapitulons. Petit a : nous avons une jeune femme à l'hosto, on ne sait pas qui elle est, ni d'où elle vient, seulement qu'elle transportait du cannabis, et qu'on l'a laissée pour morte après son agression. Petit b : la jeune femme en question se trouvait sans doute en baie de Somme vingt-quatre heures avant. Pour y faire quoi ? Mystère. Mais, petit c : un cadavre vient d'être découvert au même endroit par la gendarmerie. Et petit d : un individu s'amuse à nous tester en nous laissant un message caché, avec des lettres de sang quasi invisibles, et cette phrase étrange : « *Je vous ai observés.* » Qu'en pensez-vous ?

— Rien de bon, dit Luz.

— Pourquoi ne pas interroger la fille ? demande Wang.

— Parce qu'elle est en réa, explique Florian.

— On ne pourrait pas la réveiller ?

— Sa santé d'abord.

— Et sa protection aussi, ajoute Luz. On va la transférer.

Blériot lève la main :

— Le sang sur le wagon, on est sûrs que c'est le sien ?

— La phrase pourrait être ancienne, renchérit Penneroux.

— C'est le sien, confirme Luz. On a les tests préliminaires.

— Que dit le Fichier National des Empreintes Génétiques ?

— Trop tôt, dit Florian. Mais je suis dessus.

— Et les caméras du réseau ? demande Wang.

— Je n'ai rien repéré, dit Luz. Elles sont toutes à toi.

— OK, capitaine, je les passe à la casserole.

— Wang adore passer des trucs à la casserole, ajoute d'Apremont. C'est le roi du wok.

Tout le monde rigole.

— Il reste l'autre piste, intervient Audrey.

Les regards convergent vers elle.

— On ne peut pas aller en baie de Somme ? font remarquer de concert Blériot et Penneroux tels deux frères siamois.

— C'est le patron qui voit, dit Audrey en désignant Batista.

Les visages se tournent à nouveau vers lui.

Armando se rassied derrière son bureau et entrelace ses doigts sur son ventre.

— Comme vous le savez, dit-il, notre champ d'action se limite strictement au Grand Paris. On ne peut rien y faire.

— OK, c'est mort, grogne d'Apremont.

— Cependant, poursuit Batista en levant un index, j'ai passé quelques coups de fil. Les deux affaires peuvent être liées. Notre unité est en phase d'expérimentation. Et la présidence du conseil régional tout comme notre cher préfet la soutiennent. Ils souhaitent développer la coopération entre la police et la gendarmerie. Mettre les outils en commun. Redoubler d'efficacité. Réduire les coûts. Appelez ça comme vous voudrez, selon votre maniement personnel de la langue de bois…

Quelques rires se font entendre.

— Bref, dit Batista. Le parquet a donné son feu vert.

— Non ?

— Si.

— Yes ! lance Florian en levant le poing.

— Merci, boss, dit Luz.

— C'est Valenti qu'il faut remercier, dit Batista. Elle partira tôt demain matin. C'est Luz qui dirigera l'équipe. Blériot, Penneroux, vous accompagnez les dames.

— Pas moi ? fait d'Apremont, déçu.

— Non. J'ai besoin de vous ici, avec Wang.

Des exclamations fusent. Certains protestent pour la forme, mais Armando voit bien que l'excitation domine. Le groupe sort pour préparer la suite. Seule Audrey reste dans la pièce.

— Pourquoi faudrait-il me remercier ? demande-t-elle.

Armando sourit.

— Parce que vous êtes efficace. Bien sûr.

— Quel procureur s'occupe de l'enquête ?

Il soutient son regard sans ciller.

— Vous le savez très bien, Audrey.

— Il s'agit de mon ex-mari ?

— D'après vous ?

— J'ai épousé cet homme pour de bonnes raisons. J'en ai divorcé pour de meilleures encore.

— Et ces raisons ne regardent que vous, lieutenant.

Batista se lève et se rapproche. Audrey se mordille l'intérieur de la joue.

— C'est pour ça que je suis dans l'équipe ?

— Non. Mais votre ex-époux est puissant. Et il vous aime bien. Donc pour le moment, ça me facilite les choses, reconnaît Armando. Le monde n'est pas blanc, ni noir. Il est gris. Et dans ce monde-là, j'ai besoin de tous les appuis possibles.

— D'accord, dit Audrey, les mains serrées.

Elle se lève et quitte le bureau. Il la regarde s'éloigner.

Des engrenages. Des courants telluriques. Une Géante Jalouse, songe Armando.

Il espère simplement qu'elle ne va pas les broyer tous.

24

C'est la nuit.

Il ouvre les yeux.

Se gratte le ventre.

Il a dormi seulement quelques instants. Il ne dort jamais beaucoup. Pourtant, il a encore fait ce cauchemar. Toujours le même. L'impression d'être poursuivi. On lui court après, on le rattrape, une main se pose sur son épaule, et il se réveille. Une sensation réellement effrayante. Il devrait peut-être en parler à un psychiatre, non ?

Il s'assoit sur le bord du matelas et essuie la sueur qui perle sur son torse. Il renifle sa peau. L'odeur de la peur. Il se lève d'un bond – sa forme demeure excellente, comme d'habitude – et asperge sa figure avec un peu d'eau, ainsi que sous les bras et dans les recoins. Il évite cependant le miroir. Il n'aime pas contempler son véritable visage dans la glace.

Il revient à cette histoire de cauchemar. Il est contrarié.

Il fronce les sourcils et se concentre.

Cela fait longtemps que ce cauchemar revient. Il rêve qu'on le poursuit la nuit. Ça l'obsède. Est-ce dû à un sentiment de culpabilité ? La peur d'être rattrapé par ses actes ? La crainte que l'on découvre son identité secrète ? Car il a une identité secrète, bien sûr. Depuis toujours. Normal, quand on tue des gens.

Il soupire.

Est-ce horrible ?

Est-il un psychopathe ?

Pas forcément. Tuez un homme, vous êtes un assassin. Tuez-en des millions, vous êtes un conquérant. Tuez-les tous, vous êtes un dieu. Personnellement, il se situerait volontiers dans la dernière tranche.

Non pas qu'il se prenne pour Dieu. Mais il est une manifestation de sa volonté. Il n'y peut rien, c'est son rôle. Il doit tuer ceux qui le méritent. Il est le courroux qui gronde au bout de la laisse. Le molosse de guerre. L'assassin divin. Ses mâchoires claquent et des gens meurent. Cependant, il ne fait que son travail.

Il s'exerce à filer quelques coups de poing dans les airs, une série d'enchaînements rapides, en travaillant son jeu de jambes. Il se retourne, jouant le rôle de l'adversaire. Se retourne à nouveau, encore une série, puis il relâche sa poitrine et souffle.

Il pousse un grognement d'aise.

Bien. Il est temps d'aller courir. Il enfile sa tenue de sport, lace soigneusement ses chaussures et rabat sa capuche sur sa tête. Quelques instants plus tard, il est dans la rue.

La nuit est froide. Il a plu sur les trottoirs. Il va devoir faire attention à ne pas glisser. Comme dans la vie. Filer en souplesse, sauter, éviter les obstacles, jusqu'à ce qu'il atteigne sa cible et qu'il la frappe à la gorge. C'est stimulant. Surtout avec cette nouvelle et passionnante affaire : un criminel qui laisse sa signature dans le métro, sous terre, en lettres de sang taguées sur un train. Voilà qui est franchement étrange.

Je vous ai observés.

Qu'est-ce que ça veut dire ? Est-ce un message qu'on lui adresse *à lui* ?

Non. Sûrement pas.

Personne n'a la moindre idée de qui il est vraiment.

C'est un hasard. Un autre prédateur vient de pénétrer sur son territoire, sans savoir qu'il se trouvait là. Après tout, cela arrive sans cesse dans la nature. Deux lions ne peuvent-ils pas se rejoindre sur le même terrain ?

Cependant, il doit admettre que c'est contrariant. Le sous-sol de Paris, c'est son coin exclusif, son domaine de chasse. Là, c'est un peu comme si un autre animal venait pisser dans son aire de jeux. Il ne sait pas encore quoi en penser. S'il doit simplement étudier ce nouveau venu. L'éliminer. Ou bien faire équipe avec lui. Après tout, personne n'interdit de chasser en binôme, n'est-ce pas ?

Bah, inutile de s'en faire. Il a confiance en Dieu. Ses desseins sont impénétrables, mais Dieu a toujours un plan. S'il lui envoie un autre animal de guerre, c'est que le destin avait prévu de les réunir. Voyons où cela va le mener.

De toute façon, il va remonter sa piste, le flairer, le traquer. Il est parfaitement capable *d'observer*, lui aussi.

Il fixe ses écouteurs dans ses conduits auditifs pour passer de la musique.

Sa période d'hibernation est finie.

Celle de l'Inquisiteur reprend.

It's a new day, it's a new life, entonne Muse.

Oui. Demain est un nouveau jour.

Pour le Chien.

DEUXIÈME PARTIE

La photo

25

Vasil traverse la forêt à moto sans se presser. Les arbres défilent de part et d'autre. Il n'y a personne à part lui, mais il préfère conduire calmement. Pas d'énervement, pas d'excès de vitesse. Ce n'est pas le moment de se faire choper par les flics. Avant, il gérait mal la redescente de coke. Maintenant il prend deux Valium et ça passe. Du coup il se sent détendu.

Il tourne à l'endroit prévu, s'engage sur une route de terre, parcourt environ trois cents mètres, puis stoppe. Il coupe le moteur et retire son casque. Le parfum du sous-bois le submerge. L'odeur est enivrante. À tel point qu'il se demande si un reste de drogue ne perturbe pas ses sens.

Des phares s'allument comme deux yeux blancs.

— Tout doux ! fait Vasil en levant sa main.

La portière s'ouvre et une silhouette descend, puis s'avance, enveloppée par la lumière au xénon. Long manteau. Son chapeau habituel. Vasil étrécit les paupières. Il devine les petites lunettes rondes et noires, mais c'est à peu près tout. Comme d'habitude, l'autre ne dit rien. Il se tient simplement là. Pourquoi ce type porte des lunettes noires en pleine nuit ? Il est aveugle ou quoi ?

Sans un mot, l'homme tend sa main gantée de cuir.

— J'ai votre truc, répond Vasil.

L'autre attend sans broncher.

— Je vais le chercher, il ajoute. J'espère que vous avez le fric.

Il fait le tour de sa moto, ouvre son top case et sort la tête conservée dans le formol. Il a pris la précaution de la caler avec du papier bulle. Elle est nickel.

Il se retourne.

L'Homme au Chapeau Melon se tient à côté de lui.

— Merde, ne me refaites jamais un coup pareil ! J'ai failli la lâcher !

— Mettez-la dans mon coffre, dit l'autre à voix basse.

Vasil n'aime pas son ton, ni ses manières. Néanmoins il s'exécute. Il a besoin de l'argent. Il ouvre le coffre. Dedans, il y a une scie, une pelle, un lot de couvertures et une enveloppe. Il dépose la tête coupée au milieu des couvertures, la cale comme il faut, récupère l'enveloppe et referme le coffre.

Il soupèse sa récompense.

— Il y a le compte ?

— Comme prévu.

— J'ai dû gérer un problème supplémentaire.

— Lequel ?

— Une prof est morte à la fac.

— On vous a identifié ? demande l'homme.

— Non.

— Et le corps ?

— Je l'ai caché.

— Bien.

— Mais je veux davantage de fric.

— Combien ?

Vasil énonce un chiffre.

L'autre fait quelques pas avant de répondre. Il baisse la tête, comme pour étudier le sol autour de lui. Ses chaussures raclent les feuilles mortes. Il s'arrête, tapote la terre meuble de son talon, puis se retourne.

— On aurait pu l'enterrer ici, dit l'homme.

Vasil voit passer un éclair argenté sous son manteau.

— Vous parlez de la prof ?

— Bien sûr. Qui d'autre ?

— Je ne pouvais pas transporter son corps à moto.

— Il suffisait de la découper.

Un filet de sueur glaciale se forme entre les omoplates de Vasil. Tout à coup, les calmants ne semblent plus aussi efficaces.

— Je ne fais pas ce genre de choses, dit-il.

— Je peux vous montrer, si vous voulez.

— Non, merci.

— Alors ne demandez pas de supplément, rétorque l'homme avec un sourire.

Il remonte dans sa voiture, démarre le véhicule, puis contourne la moto et s'éloigne sur le chemin de terre.

Vasil regarde les feux rouges s'éloigner dans l'obscurité.

Il attend d'être seul dans les bois.

Et à ce moment-là seulement, il relâche sa respiration.

26

Dans les profondeurs de la faculté, je referme le rideau de théâtre sur l'œuvre géante et morbide de Justine. Je n'ai rien montré de mon émotion à l'étudiant qui m'accompagne. Au contraire : j'ai adopté un air blasé, tout en prenant négligemment quelques photos avec mon portable.

— Justine n'est pas là. J'expliquerai à sa mère que je ne l'ai pas trouvée.

— Ces images sont impressionnantes, dit l'étudiant.

— Ma génération faisait bien pire. Lors de nos cérémonies d'intégration, on se baignait nus dans des bassines de sang de bœuf. On embrassait des cadavres sur la bouche. On tâtait les testicules de nos aînés. Puis les photos étaient placardées dans l'amphi. Garçons et filles. *Ça*, c'était gore.

— Ce genre de bizutage est interdit.

— Je sais.

— Vous le regrettez ?

— Non.

— On dirait le contraire.

— Je regrette que tout soit sous contrôle. La

clope, l'alcool, le cholestérol, le sexe. On nous dicte ce qui est bien et ce qui ne l'est pas.

— Vous êtes un anarchiste ?

— Trop de restrictions créent la révolution.

— De qui est ce proverbe ?

— Je viens de l'inventer.

Sur ces bonnes paroles, j'abandonne l'étudiant à ses réflexions et remonte à l'air libre. Mon but était de minimiser l'impact de l'œuvre de Justine. Si ce jeune homme croit que j'ai fait cent fois pire, il sera moins tenté d'en parler à tout le monde.

Je m'arrête à l'entrée des bâtiments, face au couvent des Cordeliers qui fait partie de ma fac. La nuit est là, l'orage gronde à nouveau. Des parapluies ont poussé sur les trottoirs comme une floraison nocturne.

Le couvent des Cordeliers a été bâti dans un champ de vignes en 1230 par des moines franciscains qui portaient une corde en guise de ceinture, d'où le nom. Mais c'est surtout l'un des hauts lieux de la Révolution française, l'endroit où se réunissaient Danton, Marat, Choderlos de Laclos et Camille Desmoulins.

Est-ce que cet étudiant a raison ? Suis-je un révolutionnaire qui n'aime pas se soumettre aux règles ? Et Justine, que veut-elle provoquer avec cette fresque ? Choquer qui ? Dénoncer quoi ?

Mon téléphone sonne.

— Docteur Kovak, qu'est-ce que vous fichez ?

— Pardon ?

— Ici le service des urgences. Dix fois qu'on vous appelle.

— J'étais en sous-sol. Pas de réseau.

— Vous êtes de garde ce soir ! Vous avez oublié ?

*

Le collègue de jour me passe les transmissions en tirant la tronche. Je fais profil bas.

Il est vrai que je suis arrivé aux urgences de mon hôpital avec plus d'une heure de retard. À force de me plonger dans cette enquête, j'avais complètement oublié mes devoirs professionnels. Tandis que j'écoute le résumé des dossiers médicaux en cours, le mot *enquête* me fait réfléchir. Qu'est-ce que je suis en train de faire ? Me transformer en détective ? Ce n'est pas mon métier. J'ai dit aux Van Grenn que j'allais retrouver leur fille, mais les évènements prennent une tournure bizarre, est-ce qu'il ne serait pas temps de filer le relais aux flics ?

La réponse surgit aussitôt dans mon esprit : non. Je ne passe pas le relais.

Pour savoir si vous tenez réellement à une chose : imaginez que vous ne l'avez plus. Et soyez attentif à la première réaction spontanée qui vous vient. Mon petit Christian, demain tu ne t'occupes plus de la disparition de Justine, interdit, terminé, retour à ta vie ordinaire, d'accord ? Pas question. Cette histoire me tient trop à cœur, car ses ramifications s'étendent à ma propre existence. J'y vois des échos de mon passé, j'y vois ma propre vie et mes contradictions, j'y vois le côté obscur des étudiants en médecine, leur fréquentation quotidienne de la Mort, cette douloureuse proximité avec la Grande Faucheuse dont on parle peu, mais que l'on ressent pourtant de façon intime. La danse de la Blouse Blanche et de la Cape Noire, une fois de plus.

— Tu m'écoutes ? demande mon collègue.

— Oui, oui.

— J'ai dit quoi ?

— Rupture de frein du pénis en box 2 au cours d'un rapport sexuel. Infection génitale en box 4 chez une pharmacienne accompagnée de son mari, mais je ne dois surtout pas en parler au mari. Préservatif mystérieusement disparu au fond d'un vagin en box 6. Elle est sympa ta garde, dis-je. Sponsorisée par Durex ?

— Fais pas le malin.

— C'est bon. Je suis dessus. Enfin, façon de parler.

Tout n'est pas dramatique aux urgences. Reprendre le boulot me fait du bien. Ça vide le cerveau. Willy n'est pas là ce soir, mais l'ambiance est plutôt bonne. À minuit, une patiente m'explique qu'elle doit prendre son traitement de Lévothyrox parce qu'elle a un problème de tyrolienne, mais qu'elle a peur d'être allergique et de faire un œdème de l'alouette. À 2 heures, une femme déjà mince vient pour donner son sang parce qu'elle pense que ça va la faire maigrir. À 4 heures du matin, un gars me réveille parce qu'il a mal au ventre depuis vingt-deux années consécutives, et qu'il veut que ça s'arrête, là tout de suite.

Au premier abord, ces consultations peuvent paraître drôles, abusives ou irritantes, selon votre degré de fatigue. Pourtant, toutes possèdent un sens caché. En discutant, je constate que la patiente qui prend du Lévothyrox a réellement des effets secondaires majeurs dus au changement de formule. La deuxième, qui veut donner son sang, présente une dysmorphophobie, c'est-à-dire un trouble de la perception de son image corporelle qui, dans son cas, révélera une schizophrénie débutante. Quant à celui avec le mal de ventre depuis vingt-deux ans, je lui découvre une intoxication chronique par le plomb jamais diagnostiquée. L'enquête montrera que ses « coliques de plomb » proviennent des vieilles peintures de son logement insalubre, et que l'intoxication concerne la quasi-totalité des pauvres gens qui y habitent, sous la coupe d'un marchand de sommeil.

Ma première patronne lors de mon tout premier stage hospitalier m'avait vertement sermonné pour mon manque de curiosité. « Écoutez-moi bien, Kovak, on ne trouve que ce que l'on cherche. » Depuis, j'ai fait de cette curiosité mon cheval de bataille. Et je cherche.

À 7 heures du matin, alors que ma garde s'achève, je réfléchis à un autre moyen de retrouver la trace de Justine. Elle avait une plaie à la main, une morsure au niveau du poignet droit. Le traitement de cette blessure délicate a intérêt à être confié à un centre d'urgences de la main, je lui ai dit au moment où elle quittait ma voiture. S'il ne lui est rien arrivé, elle a peut-être suivi mon conseil ?

Il n'y a qu'un moyen de le savoir. Je commence par appeler les services spécialisés de l'hôpital Pompidou, puis de Saint-Antoine. Ça ne donne rien. Je fais alors le tour de tous les centres intra-muros, puis à l'extérieur de Paris, Val-de-Seine, l'ouest parisien,

Paris Sud, jusqu'au SOS Mains de L'Isle-Adam dans le 95. Chou blanc.

D'accord. Elle s'est peut-être présentée dans un service d'urgences classique, alors ? Je reprends mes recherches et j'appelle tous les copains, toutes les surveillantes, chaque service hospitalier, l'un après l'autre, pour tenter de retrouver la trace de Justine. Ça me prend un temps dingue, et je ne trouve rien du tout. Mes confrères de jour me font gentiment comprendre que j'ai l'air d'un zombie, que ça devient chronique et que je devrais rentrer chez moi. Sans compter que je monopolise une ligne du bureau des seniors. Je ricane, avale quatre cafés, et continue de plus belle.

J'appelle tous les établissements privés. SOS Médecins. La régulation du 15, le 18, chaque hôpital à nouveau. Et là, pour la première fois, j'entends parler d'une histoire.

Non, il n'est pas question d'une plaie de la main. Mais de plaies multiples. Une jeune femme sans papiers a été hospitalisée la veille en réanimation à Lariboisière. Pas d'identité, l'hôpital a effectué un signalement. La demoiselle a la vingtaine. Blonde. Cheveux longs. Veste à capuche. On l'a retrouvée inconsciente dans le métro.

— À quel endroit ? je demande au téléphone.

— Station Villiers, me répond l'infirmière de réa.

Le lieu, la date, la description correspondent. Mes pulsations cardiaques, boostées par la caféine, effectuent un dangereux bond en avant. Je pose une autre question :

— Est-ce qu'elle a des yeux de couleurs différentes ?

— Difficile à dire, elle a des hématomes cornéens.

— Vous ne savez rien d'autre ?

— Juste son prénom. Justine.

Mon Dieu. Cette fois, ça y est.

— Je suis son médecin. Est-ce que je peux la voir ?

— La police l'a transférée dans un endroit sécu-
risé.

— La police ?

— La jeune fille était en situation, disons, délicate…

— Où est-elle maintenant ?

— Je n'ai pas le droit de vous le dire.

Je suggère un lieu.

L'infirmière bredouille un déni maladroit.

Je raccroche.

Je sais où Justine se trouve.

27

Il fait encore nuit lorsque Audrey avance sur l'herbe de l'héliport de Paris. Elle est la dernière du groupe. Luz, Blériot et Penneroux se dirigent déjà vers l'hélicoptère EC145 de la Sécurité civile. En arrière-plan, les lumières de la tour Accor ressemblent à un gigantesque code-barre tatoué sur la noirceur du ciel.

Le téléphone d'Audrey se met à sonner. C'est sa mère.

— Tu fais du *ghosting* ? demande Rosa Valenti.

— Du quoi ?

— La tendance à la mode. On ne répond ni au téléphone, ni aux mails. On devient un fantôme.

— Tu as lu ça où ?

— Dans un magazine.

— Ça ne concerne pas plutôt les ruptures sentimentales ?

— Tu ne réponds pas à mes appels.

— Je ne fais pas du *ghosting*, Maman, je travaille. Ma nuit a été courte. Je dois prendre un hélico pour aller dans la Somme.

— Avant, tu avais des horaires normaux.

— Mon existence a changé.

— Tu déjeunais avec ta mère. Tu l'invitais à faire des courses aux Galeries Lafayette, la pauvre.

— Tu réalises que tu parles de toi à la troisième personne ?

— On dirait que tu fuis quelque chose. C'est moi ?

— Je vais très bien, soupire Audrey.

— Ton frère, lui, il trouve le temps.

— Il vit dans ton appartement. Et il n'a pas de travail.

— Justement, il vient de décrocher un emploi chez 4 *Saisons Market* en bas de la rue. Chef des produits frais. Il est doué, non ? Mais ça le stresse, avec toutes ces histoires. Il a peur d'un attentat terroriste.

— Au rayon fruits et légumes ?

— Et alors ? Avec ces fous, tout est possible.

Louise Luz lui fait signe, l'index tournoyant dans les airs.

— Maman, je pars sur une enquête criminelle.

— N'oublie pas tes médicaments, ton cœur est fragile. Ton mari passe prendre l'apéritif ce dimanche. Pourquoi tu ne viendrais pas nous rejoindre ?

Audrey éloigne le combiné de son oreille.

— Désolée, je ne t'entends plus…

Elle raccroche. La pluie recommence à tomber dans l'air froid du matin. Elle remonte la glissière de son blouson et rejoint la capitaine Luz.

— Un problème ? demande Louise.

— Aucun.

— Vous n'aimez pas parler de vos faiblesses, hein ?

Audrey hausse les sourcils, surprise d'être aussi transparente.

— Ne vous inquiétez pas, dit la capitaine. Je déteste ça aussi. Si vous racontez que vous êtes faible, les gens pensent que vous l'êtes vraiment. Après, ils se régalent de vos ennuis. Ce sont des vautours.

— Ah oui ? Et vous les évitez comment, les vautours ?

Luz hausse les épaules.

— Comme vous. Je fais semblant d'aller bien. Dès que vous allez bien, vous n'intéressez plus personne. J'ai une paix royale.

Elles grimpent dans l'habitacle, s'installent et bouclent leur ceinture. Penneroux et Blériot ont l'air ravis du voyage. Audrey se penche vers la capitaine.

— Pourquoi on y va en hélico ?

— Cette équipe de la Sécurité civile part patrouiller dans le nord. On leur a demandé de nous déposer.

— Qui ça « on » ?

— La Préfecture. Démonstration de force, dit Luz. Nous sommes censés être une unité d'élite. C'est politique. Ne pas avoir l'air faible, toujours la même histoire. Vous comprendrez sur place.

Le moteur se met en route et couvre les conversations. L'appareil décolle en douceur et la montée se fait avec une souplesse extraordinaire. Une bouffée d'adrénaline submerge Audrey tandis que le spectacle de Paris se déploie sous elle.

Elle pense à ces gens qui se lèvent tôt et viennent sagement s'agglutiner aux longues files de phares, tout en bas. Elle pense à ces milliers de vies comme à autant de petites bulles qu'elle peut contempler du ciel. À toutes ces existences ordinaires en apparence, mais dont chacune cache des secrets. Elle pense à tout ce que l'on dissimule, aux autres autant qu'à soi-même.

Et elle pense à Christian.

*

Florian d'Apremont s'ennuie. Il est dans son bureau, devant son ordinateur. La photo du wagon s'étale sur tout l'écran, avec les lettres en luminescence bleue qui brillent dans l'obscurité.

Je vous ai observés. Qu'est-ce que ça veut dire ?

Il voulait partir avec le reste de l'équipe. Pourquoi Batista l'a-t-il écarté ? Parfois, le patron a des réactions étranges. Il dirige cette unité spéciale comme un navire à travers la brume : on ne sait jamais vers quel archipel mystérieux il les entraîne. C'est un poète, un homme qui passe son temps plongé dans ses pensées, qui cite des écrivains ou raconte des anecdotes sur la peinture. Il aime aussi se promener sur les bords de Seine, faire du rameur et du vélo d'appartement. Voilà tout ce que Florian sait de son chef. S'il a des difficultés personnelles, il n'en parle pas. Et Valenti ou Luz sont du même genre, chacune à protéger son univers intérieur. Est-ce l'âge qui les rend ainsi ?

D'Apremont est le plus jeune de l'équipe, et il a un univers intérieur lui aussi, avec ses secrets, comme tout le monde. Mais il aimerait bien un peu plus d'esprit de famille.

D'un *Alt-Tab* du pouce et de l'index, il quitte le mode plein écran et se remet sur sa partie de *Counter-Strike*. Il sait contourner le pare-feu du commissariat. C'est Wang qui lui a montré comment. Florian aime l'action et les ambiances horrifiques, c'est pour ça qu'il adore opérer dans les souterrains de la capitale. Il peut réciter les dialogues de films comme *Alien* et s'immerger des heures dans des univers virtuels. C'est son côté geek. Et ça lui sert au boulot. L'année dernière, il a démantelé un gang de pickpockets rien qu'en observant les caméras de Châtelet et de Gare-du-Nord depuis son fauteuil. Il les a ensuite traqués sur Facebook. Ces crétins se vantaient en ligne de leurs exploits et se prenaient en photos de groupe, en portant les mêmes fringues que durant les agressions dans les gares. Leur identification a été facile. Il n'a eu qu'à relever les noms, localiser les adresses et les faire interpeller. Bon, ils étaient mineurs et ont dû être relâchés ensuite. N'empêche, c'était du bon travail.

Une main se pose sur son épaule.

— Soyez patient, d'Apremont.

— Hein ?

Il éteint précipitamment son jeu et se retourne.

— Vous voulez savoir pourquoi je vous ai demandé de rester ? interroge le commissaire en souriant.

— Euh, oui, répond Florian avec méfiance.

— C'est parce que j'ai besoin de vous.

— Ce n'est pas vrai. Je ne vous sers à rien.

— Au contraire. Vous connaissez les jeunes. Vous parlez leur langage. C'est essentiel pour gagner leur confiance. Pour moi, tout ça, les jeux vidéo, les références actuelles, le vocabulaire d'aujourd'hui, c'est de l'hébreu. L'autre jour, l'un de mes fils m'a parlé de quelque chose à propos de l'évolution de Pikachu...

— Pichu qui donne Pikachu qui évolue en Raichu ?

Batista lève les mains.

— Voilà, dit-il.

— Vous avez besoin d'un flic qui parle Pokémon ?

— C'est important pour la suite.

— Quelle suite ?

Le téléphone sonne.

— Cette suite-là, dit Batista.

D'Apremont décroche. Écoute le rapport du correspondant à l'autre bout.

— La jeune fille du métro s'est réveillée !

— J'attendais ce coup de fil.

— On va pouvoir l'auditionner, alors ?

Batista tapote son gilet à fleurs.

— La raison pour laquelle vous êtes resté, Florian.

28

J'appelle Greta tout en fonçant jusqu'à ma voiture. Surtout ne pas l'affoler. Essayer de trouver les bons mots.

— Bonjour, c'est Chris.

— Je vous écoute, dit Robert Van Grenn.

Zut. Je ne m'attendais pas à avoir affaire à lui.

— Ma femme est occupée. (Il tousse.) Des nouvelles ?

J'entends sa respiration hachée. Sa voix est nasillarde à cause du tuyau en plastique. En douceur, mon petit Christian.

— Je suis allé chez votre fille.

— Greta me l'a dit. Vous n'avez rien découvert ?

— Non. À la fac, en revanche, Justine travaillait sur quelque chose. Un genre d'œuvre d'art. Elle n'allait plus en cours.

— C'est en rapport avec sa disparition ?

— Je ne sais pas encore. Mais je l'ai retrouvée.

Son souffle s'accélère.

— Comment ça ? Parlez, bon sang !

— Elle est hospitalisée dans un service un peu spécial. Justine a eu une mésaventure. On l'a agressée. Elle est sortie de réa, je pense qu'elle va mieux, mais je n'ai pas encore tous les détails de l'histoire. Elle n'a pas complètement repris ses esprits d'après ce que j'ai cru comprendre.

— Mon Dieu…, s'étrangle Robert dans l'appareil. Bravo. Question délicatesse, j'ai fait très fort.

Greta s'empare du téléphone.

— Christian ! Qu'est-ce qui se passe ?

— Justine est à Cusco.

— À l'Hôtel-Dieu ?

— Oui.

Tandis que je monte dans ma voiture, je lui répète les renseignements dont je dispose. Greta bredouille :

— Vous êtes en train de dire que ma fille a failli mourir, qu'elle sort de réa, qu'elle n'a pas récupéré toutes ses fonctions cérébrales… et qu'elle est en prison ?

*

L'Hôtel-Dieu est une légende. L'un des plus vieux hôpitaux d'Europe. Ma mère, en tant qu'Américaine et ancienne étudiante en histoire, a toujours été fascinée par cet endroit. Elle y est venue à plusieurs reprises lorsque j'y travaillais. J'ai débuté mon cursus là-bas, avant de passer à Cochin et ailleurs. J'étais alors jeune et plus intéressé par l'apprentissage de la médecine que par les vieilles pierres. C'est ma mère qui m'a expliqué que les fondations dataient de l'an 651. « Cinq siècles avant la construction de Notre-Dame, tu te rends compte ? C'était les Mérovingiens, l'époque du roi Dagobert ! » s'exclamaitelle avec son charmant accent anglo-saxon. « Tu réalises la chance que tu as de travailler ici ? »

Non, je ne réalisais pas. Quand vous êtes occupé toute la journée à suturer le visage des femmes battues et à faire des constats de viol aux urgences médico-judiciaires, vous êtes plus préoccupé par la noirceur du monde – et accessoirement par votre santé mentale – que par la beauté architecturale des lieux.

L'Hôtel-Dieu est un endroit mythique, c'est vrai. Mais c'est aussi un secteur d'enfermement. Une prison secrète. Voilà où se trouvait la véritable légende selon les étudiants : un service pénitentiaire qui ne figure sur aucun panneau, aucune carte. Un endroit caché à l'intérieur des murs. Nous en murmurions le nom entre nous sans savoir où il se trouvait vraiment, espérant avoir la chance d'y passer un jour, collés aux basques d'un chef. Mais cela n'arrivait jamais. Les rumeurs sur son compte n'en étaient que plus fascinantes.

Cet endroit s'appelle Cusco.

— Comment s'est-elle retrouvée là-bas ? s'angoisse Greta.

— Elle a subi une agression, mais son rôle n'est pas clair. Les flics doivent vouloir l'auditionner au calme.

— Je veux la voir.

— Pas évident.

— C'est un hôpital ! Je connais du monde ! Vous aussi !

— Il vous faudrait plutôt un avocat.

— Je n'ai pas ça sous la main !

Ma surveillante est en train de paniquer. Derrière,

j'entends également son mari qui s'agite. Greta lâche le téléphone. Puis le reprend quelques secondes après :

— Robert ne se sent pas bien…

Je réfléchis en vitesse.

— Une priorité après l'autre. Occupez-vous de lui. Je vais essayer de voir votre fille.

— Vous vous rendez sur place ?

— Je suis déjà en route. Retrouvez-moi quand vous pourrez.

Je descends le boulevard Saint-Michel en voiture, quasiment au pas, otage de la circulation une fois de plus. J'ai l'impression d'y passer des plombes. Il fait froid, je mets le chauffage et de la buée apparaît sur mes vitres. Je finis par ouvrir les fenêtres. Les essuie-glaces étalent la pluie saturée de pollution sur le pare-brise comme un liquide poisseux. Chaque jour qui passe, j'ai la sensation de m'enfoncer un peu plus dans l'eau et les ténèbres. Je franchis la Seine et m'engouffre dans le parking souterrain devant Notre-Dame. Quelques minutes après, je passe les grilles noires de l'hôpital et pénètre dans le hall.

Cusco est une unité où sont hospitalisés les patients en garde à vue nécessitant une surveillance médicale. Pour les personnes extérieures, ce service n'existe pas. Pas la peine de demander où il se trouve, on ne vous dira rien. Et vous n'en trouverez aucune trace. À moins d'être flic ou magistrat, vous resterez dehors. Si la mère de Justine veut y entrer, il faut que Justine en fasse la demande par l'intermédiaire d'un avocat, qui réclamera un droit de visite de trente minutes, auquel la police pourra s'opposer sans problème car ce droit reste soumis à l'enquêteur.

Techniquement, oui, Justine est en prison. Seule. Livrée à elle-même. Il lui faut un soutien légal, et cela va prendre du temps. Mais d'ici là, je peux peut-être faire avancer les choses. À condition de tricher un peu.

J'ai volontairement conservé ma blouse et mon badge de médecin urgentiste. Je pars à gauche dans le hall, m'enfonce dans un couloir, pousse une double porte sans mention particulière, et me retrouve dans le secteur des urgences. Je connais l'endroit par cœur. J'ai littéralement grandi ici. Je passe devant le box des douches où les jeunes étudiants étaient chargés de nettoyer les SDF – un genre de bizutage que l'on nous imposait à l'arrivée pour souder l'équipe – et je pénètre dans la salle des externes.

— Salut. Docteur Kovak. Je suis le nouveau chef de clinique assistant, dis-je sur un ton autoritaire.

Ils sont deux. Un garçon, une fille. On dirait des bébés. Ils lèvent leurs petits yeux d'étudiants timides et me regardent.

— Où est l'électrocardiographe ?

L'un d'eux me montre un placard.

— Y a un gars dans une ambulance, dehors. Qu'est-ce que vous glandez ? Allez tout de suite filer un coup de main ! Je me charge de l'électro.

Les pauvres se précipitent hors de la pièce. C'est moche de leur crier dessus, mais je n'ai pas le choix. Je prends la machine à ECG sous le bras et ressors par là où je suis entré.

Je traverse à nouveau le hall. L'architecture de

l'Hôtel-Dieu ressemble à celle d'un cloître, avec des arcades et un jardin à la française. Au centre s'élève une statue du baron Dupuytren que les promotions d'internes décorent tous les six mois. En Napoléon. En robot. En Schtroumpf. Ça change sans cesse. Il y a eu de nombreuses sanctions et plaintes, mais les internes sont des rebelles. Un peu comme moi, lorsque, à la tête des *Démons d'Hippocrate*, j'ai motivé la promo pour attaquer la Préfecture de l'autre côté de la rue. Un geste qui a abouti à notre dissolution.

Un sourire en coin se forme sur mon visage.

Vous savez ce qu'on dit : « Rebelle un jour… »

Je tourne à droite, grimpe les escaliers et entre dans la galerie B. Une interminable banquette en bois court le long du mur comme un banc d'église. Je passe devant les différents secteurs. B1, pathologies professionnelles. B2, consultations d'anesthésie. B3, ophtalmologie. On y est.

Je m'arrête pour lire le panneau sur le mur. Les différents services sont indiqués par étage. Consultations d'ophtalmo, interventions laser, hospitalisation, centre de vaccination, crèche du personnel. Tout sauf le sixième étage : ce dernier est barré d'une ligne blanche. Il n'y a rien. Fermé pour travaux.

Mon œil.

Je prends l'ascenseur et appuie sur la touche numéro 6. La cabine se met en branle. La porte s'ouvre. Je me retrouve dans un cul-de-sac, face à un laboratoire d'ophtalmologie effectivement fermé. Il y a juste une porte en fer, à droite, encadrée par des tuyaux et une armoire technique, sans indications. À première vue, toute personne arrivant au dernier étage pense s'être égarée dans une zone d'entretien. Seule la présence discrète de deux caméras et d'une sonnette met la puce à l'oreille.

Mon ECG sous le bras, je me plante devant la porte et je sonne.

Pas de réaction.

J'attends, puis sonne encore, en montrant l'appareil.

La porte blindée s'entrouvre. Dans l'espace étroit se tient un officier de police en gilet pare-balles, arme à la hanche. C'est le « sassier » qui filtre les entrées et les sorties.

— Qu'est-ce que vous voulez ?

— Docteur Kovak, dis-je en montrant mon badge. Je viens des urgences. Je dois faire l'ECG de la jeune fille qui vient juste d'être transférée de Larib.

— Votre tête me dit rien.

Je hausse les épaules.

— C'est parce que je travaille à Cochin. Nous sommes du même groupement hospitalier, je remplace un collègue d'ici. (Je lui tends mon badge.) Vérifiez la base de données. J'y suis avec ma photo. Vous pouvez appeler ma surveillante à Cochin si vous voulez.

Il prend mon badge, tape sur son ordinateur, puis me le rend.

— Vous êtes bien dans la liste du groupe Paris Centre. Mais il n'y a pas de demande d'examen complémentaire pour cette jeune femme.

— Écoutez, dis-je sèchement, on m'a demandé de monter en urgence faire l'électro parce qu'elle présente un risque de trouble du rythme. Elle sort de réa. Si vous ne voulez pas que je fasse mon travail, pas de problème, je redescends, on est blindé de monde. Mais si elle fait un arrêt, vous vous débrouillez avec, d'accord ?

Le sassier hésite, puis ouvre. La menace d'une urgence médicale les stresse toujours. Il referme derrière moi – fouille corporelle –, vérifie l'appareil à ECG, puis m'inscrit sur le registre et déverrouille une deuxième porte à barreaux.

— On va vous accompagner, dit-il.

Une policière avec des clés à la ceinture me récupère. Me voilà dans la prison. Murs jaune pisseux. Peintures écaillées. Froid glacial. Nous traversons un couloir long d'une trentaine de mètres. De part et d'autre s'ouvrent neuf chambres étroites et glauques. Il n'y a pas de cloisons ni de portes, seulement des grilles permettant de voir à tout moment ce qui se passe à l'intérieur, y compris lorsque l'occupant fait ses besoins.

Cusco a été créé par les Allemands en 1943 pour interroger les membres de la Résistance. De nombreux occupants célèbres ont séjourné ici dans des conditions spartiates, comme Bernard Tapie, qui y a passé cinq jours et quatre nuits, ou Samy Naceri qui s'y est retrouvé à plusieurs reprises. À mi-parcours, j'observe un jeune policier qui patiente devant un Sud-Américain sur les toilettes.

— Encore un bouletteux ? je demande.

— Ouais, répond la flic avec un sourire.

Un bouletteux est un passeur de drogue qui se fait choper à l'aéroport avec des boulettes de cocaïne dans l'intestin. Après avoir été arrêté par les douanes, il atterrit ici pour évacuer son chargement par les voies naturelles avant d'être présenté au juge.

— Sympa, le job de votre collègue, dis-je.

— M'en parlez pas. Si on n'est pas à côté pour le surveiller, le type récupère ses trucs dans la cuvette et les ravale aussitôt.

— Et la fille que je viens voir ?

— Elle émerge. Elle a été attaquée par des rongeurs.

Je frémis tandis que la fonctionnaire me raconte brièvement les conditions horribles dans lesquelles on l'a retrouvée. Les gens se font des confidences, ici, autant par fascination morbide que par nécessité d'évacuer les traumatismes psychiques.

— Elle avait un sachet de cannabis, ajoute la flic.

— Vous pensez que c'est une dealeuse ?

— C'est ce que mes collègues veulent savoir. Entre autres.

J'atteins la dernière chambre, et mon cœur se racornit dans ma poitrine. Un lit vissé à la paroi. Des chiottes sans abattant. Un vasistas condamné par des barreaux derrière lequel on devine à peine la cathédrale. Et un froid du diable. Une forme est allongée sous les couvertures. S'il s'agissait de ma propre fille, j'en aurais les larmes aux yeux.

La policière déverrouille la porte. J'entre.

— Justine ? C'est moi, Kovak. Je suis venu t'aider. Elle se retourne. Mes paupières s'écarquillent.

Car cette jeune femme blessée, cette blonde qui me regarde à présent de ses grands yeux noirs, je ne l'ai jamais vue.

La fille agressée dans le métro n'est pas Justine Van Grenn.

29

Je m'approche de la jeune femme sur le lit.

— Qui êtes-vous ? je demande.

— Samia.

— Vous aviez dit Justine.

— Hein ?

— À l'infirmière de réa. Vous aviez donné un autre prénom.

Elle contracte ses muscles pour tenter de se redresser, puis renonce.

— Je ne me souviens pas, dit-elle. Mais je connais une Justine. Van Grenn. J'habite chez elle. Ça fait trois mois qu'elle m'héberge. J'ai peut-être prononcé son nom quand j'étais dans le gaz. Je le suis encore.

Elle porte la main à son crâne entouré d'un bandage.

— Vous auriez un miroir ?

— Non.

— Alors un portable ? Prenez une photo. Montrez-moi.

J'observe les ecchymoses autour de ses yeux. Pas de morsure, mais l'œdème est redescendu du sommet du crâne et déforme son front.

— Vous êtes sûre ? je demande.

— S'il vous plaît. Je crève de trouille.

Je prends quelques clichés et lui donne l'appareil. Elle les passe en revue. Puis me le rend, les traits moins crispés.

— Je m'en sors pas mal.

— Comment vont vos jambes ?

— Terminé les minijupes.

Je hoche la tête.

— Je connais les meilleurs chirurgiens de Paris. Il n'y a rien que l'on ne puisse réparer.

— On verra.

Elle tâte les extrémités de ses oreilles.

— Je n'ai plus mes piercings ?

— On a dû vous les retirer au bloc.

La policière intervient :

— Docteur, vous ne faites pas l'électrocardio-gramme ?

— Si. Je l'examine d'abord.

Je fais semblant d'effectuer quelques tests sur Samia tout en poursuivant notre conversation.

— Comment vous sentez-vous, niveau douleur ?

— Bien. On me file de la codéine. Mes plaies ne sont pas infectées. Apparemment, j'ai une immunité du tonnerre. Donc... vous connaissez Justine ?

— Oui. Vous êtes la fille qui aime les motos et les romans de vampires ?

Un sourire éclaire faiblement son visage.

— C'est elle qui vous l'a raconté ?

— Absolument.

— Elle ne m'a jamais parlé de vous.

— Je suis un ami de sa mère.

— Elles se sont réconciliées, alors ?

J'esquive la réponse en m'adressant à la flic.

— Je vais poser les électrodes. Ça ne vous ennuie pas de reculer un peu ? Je préfère qu'on respecte l'intimité de la patiente. Et le secret médical. Vous pouvez nous observer du couloir.

La policière acquiesce et s'éloigne.

Je retire les autocollants des électrodes et les applique sur Samia. « *Le Rouge et le Noir, le Soleil sur la Prairie* » comme lorsque j'étais externe : rouge et noir à droite, jaune et vert à gauche, de haut en bas, le reste sur le torse. Je procède avec délicatesse, sans exposer sa poitrine, puis je démarre l'ECG. Tracé correct, tout va bien. Je détache la feuille et la pose sur la machine. Je continue à voix basse.

— Quand j'ai su que vous étiez ici, je vous ai prise pour elle.

— Désolée. Je vous l'ai dit, j'ai dû prononcer son prénom.

— Ses parents et moi, nous sommes à sa recherche. Justine a disparu.

Cette fois Samia redresse la tête.

— Elle n'est pas rentrée à l'appartement ?

— Non.

— Ce n'est pas elle qui a prévenu les secours ?

— Pas que je sache.

— Elle était avec moi dans le métro, insiste la jeune femme.

Je coule un regard en arrière : la flic ne fait pas attention à nous, elle est occupée sur son portable.

— Samia, tout ce que vous me racontez est couvert par le secret médical. Vous ne risquez absolument rien. De quoi vous souvenez-vous ?

Elle se mord les lèvres.

— En fait… seulement de ce qu'on m'a dit. J'ai été frappée à la tête. Des bestioles ont grignoté ma peau. Il paraît qu'on m'a retrouvée à demi morte. Ça devait être terrible, mais en vérité je ne me souviens de rien.

Ses mains se tortillent sur la couverture.

— C'est ça le plus bizarre, poursuit-elle. Je n'ai pas été violée, mes blessures vont guérir, j'ai des agrafes sur le crâne et des pansements partout, mais en fin de compte ça va. Pourtant on me répète sans cesse que j'ai vécu une histoire horrible. Ça me fait flipper, à force.

— Je comprends.

— C'est quoi ici ? Une prison ?

— Oui.

— Pourquoi ?

— Garde à vue. C'est temporaire.

Son regard fuit à droite et à gauche, comme un oiseau effarouché qui serait entré par la fenêtre de cette chambre hostile et chercherait une issue.

Je songe aux hommes puissants qui se sont retrouvés ici, en blouse fendue, les fesses à l'air dans le froid glacial, face à un juge et des flics impitoyables. On raconte que la nuit, même les plus endurcis pleurent en silence.

Je pose ma main sur son épaule.

— Vous n'êtes accusée de rien, Samia. C'est vous la victime. Les flics veulent juste comprendre ce qui s'est passé. Comme moi.

Elle baisse la tête.

— Je n'ai rien fait de mal.

— J'en suis sûr.

— Justine et moi, on est allées faire un tour à la mer. Elle est entrée dans une maison. Elle y a pris quelque chose. Je ne sais pas quoi. Elle a tout abandonné dans un sac par la suite. Elle l'a laissé dans la voiture d'un prof, un médecin des urgences qui bosse au même endroit que sa mère et... (Elle met une main sur sa bouche.) Merde. C'est vous ?

— C'est moi.

— Vous avez trouvé le sac ?

— Il contenait des vêtements. Et du sang animal.

— C'est ce que Justine a dit.

— Il y avait aussi un objet.

— Je ne l'ai pas vu, dit Samia. En revanche, elle avait peur. Ça c'est sûr. Elle craignait qu'on la suive pour lui reprendre l'objet en question. Je n'ai pas voulu la croire.

Un fourmillement déplaisant remonte le long de ma nuque. Je n'ai jamais imaginé une seconde que détenir la tête coupée pouvait représenter une menace. J'ai soudain une furieuse envie de rappeler Zayane. Depuis qu'on s'est vus à son cours d'anatomie, elle n'a donné aucune nouvelle.

— Et si c'était vrai ? dis-je. Et si quelqu'un suivait vraiment Justine ? Et si c'était votre agresseur, vous vous rendez compte ?

— Arrêtez ! Vous me faites mal !

Je relâche mon étreinte sur son épaule.

— Pardon, dis-je. Je suis désolé.

— Tout va bien ? lance la flic depuis le couloir.

— Ça va, répond Samia en se frottant le bras.

Je fais quelques pas, les mains posées sur mes

joues. Je dois avoir des cernes sous les orbites. La fatigue me mine et mes réactions sont inadéquates, une fois de plus.

Samia me considère avec gravité.

— Alors vous pensez que Justine est en danger ?

— Oui.

— L'objet, c'était quoi ?

— Une tête humaine. Conservée dans le formol.

Elle soutient mon regard.

— Vous n'avez pas l'air choquée, dis-je.

— Non.

— Pourquoi ?

— Je ne sais pas, répond-elle. Je m'attendais à quelque chose de ce genre. On s'est rencontrées sur un forum. On est devenues amies. Elle avait besoin de fric, moi d'un endroit où dormir, elle m'a très vite proposé d'habiter chez elle. Cependant, elle me presse tout le temps de questions. C'est une fille de bonne famille, assez bourgeoise, elle est gentille, mais Justine s'intéresse beaucoup trop à la mort. Elle est obsédée. Je n'arrête pas de lui dire.

— Quel forum ?

— Un site de photos mortuaires.

J'ai l'impression que mon cœur vient de sauter un battement.

— Samia, qu'est-ce que vous faites dans la vie ?

— Garçon d'amphithéâtre.

— Garçon ?

— C'est l'appellation courante. Même pour les filles.

— En quoi ça consiste ?

— Je recouds les cadavres. Après les autopsies.

30

Dans la lumière blafarde de la cellule, tandis que la pluie tambourine contre le vasistas, Samia raconte. Sa situation d'échec scolaire. Ses emplois hasardeux, l'avant-dernier dans une supérette, à ranger les bouteilles, avec le patron qui vous colle aux fesses et vous fait des propositions lourdingues en se léchant les lèvres. Un jour, une annonce scotchée sur la caisse enregistreuse : « Recherche agent de chambre, niveau bac requis », suivie d'une adresse à l'hôpital du Val-de-Grâce. Samia y va, croyant qu'on parle des chambres des malades. Il s'agit de la chambre mortuaire. Sa première journée : *« Occupez-vous des jumeaux, mademoiselle. »* Elle doit porter deux petits corps à la peau rouge sombre, les déplier sur un linge blanc afin d'effectuer leurs radiographies, manipuler leurs membres morts, puis les remettre dans leur glacière, les transporter ensuite jusqu'à la pièce carrelée du légiste et effectuer avec lui l'autopsie des prématurés. Elle apprend à les recoudre. Ça sent l'antiseptique, l'air est climatisé, elle touche les enfants avec ses doigts à travers ses gants. *« Ça va ? »* demande le légiste. *« Ça va »*, répond Samia. Le deuxième jour, on lui montre comment récliner un cuir chevelu. Récliner signifie scalper d'une oreille à l'autre, attraper les bords de la peau et la retirer comme une crêpe pour exposer l'os crânien. Le troisième, elle se promène entre les chariots en inox, habille les morts avec le linge fourni par les familles, ou bien elle pioche dans l'armoire à costumes, ici une culotte en dentelle, là des souliers à talons. À cause de la raideur cadavérique, elle casse une cheville en deux. Le bruit du craquement est impressionnant. Elle a peur de lui avoir fait mal. À la fin de la semaine, Samia est toujours présente. « *Ça va ?* » répète le légiste. Elle lui assure que oui. Il l'engage. Le salaire est bas, mais Samia s'en fiche. Tout, plutôt que les lèvres grasses du patron de la supérette. Cela devient petit à petit son univers. Elle y bâtit ses repères. Les morts sont ses patients. Il y a beaucoup de respect, de la minutie, et de la fierté, car sa tâche est difficile et que personne n'en veut, même à l'hôpital. Elle travaille bien. Elle ne fait pas de cauchemars. Ça ne l'empêche pas de lire des livres, d'aimer les balades à moto, et de rêver de rencontrer l'amour. Elle est une jeune femme comme les autres. Quand on la licencie pour engager un homme soi-disant plus expérimenté, elle en pleure. Mais elle s'en remettra. Elle a trouvé sa voie. Son chômage est temporaire, il y aura toujours du travail. Garçon d'amphi : voilà son nouveau métier. Un surnom pratique, car il n'est pas choquant, venu de l'époque où les professeurs d'anatomie employaient un garçon pour leurs basses besognes. Samia peut vivre avec ces petits sacrifices. Quand Justine lui propose de venir habiter chez elle contre un loyer modéré, elle accepte. L'autre est un peu bizarre, fascinée par la mort. Elle s'intéresse aux photos post mortem. Samia me donne le nom du forum sur lequel elles se sont rencontrées : *Thanatos Pictures*.

Je n'apprends rien de plus. J'ai essayé de lui tirer les vers du nez, de comprendre ce qui avait pu arriver à Justine. Mais Samia n'est pas au courant de la fresque morbide géante, et je ne suis pas plus avancé qu'avant notre rencontre.

La vibration de mon téléphone nous interrompt. C'est Greta qui essaye de me joindre. Elle est peut-être déjà dans l'hôpital. Je ne réponds pas. Au contraire : j'éteins et j'enterre l'appareil au fond de ma poche. Que dire ?

« Désolé, je me suis planté sur votre fille. Elle a vraiment disparu. Peut-être qu'on la retient contre son gré. Ou pire. Mais plus je me penche sur son cas, plus j'ai l'impression de m'incliner au bord d'un gouffre. »

Je m'excuse auprès de Samia, la réconforte du mieux que je peux et lui laisse mon numéro. Elle sera bientôt dehors, sa garde à vue ne devrait pas dépasser vingt-quatre heures. Elle n'a qu'à répondre aux questions des flics. Une fois sortie, je ferai mon possible pour l'aider, je connais des chirurgiens, je connais la moitié des toubibs de cette putain de ville, nom de Dieu, fais-je en mentant avec le sourire du cancérologue venu vous annoncer que tout ira bien, elle peut m'appeler quand elle veut, on trouvera des solutions.

Et je sors. Je l'abandonne. Dans cette chambre horrible où le temps s'écoule au rythme de la pluie sur une fenêtre à barreaux. Je ne lui ai même pas demandé si elle avait des parents, des amis ou une personne sur qui compter. Je ne lui ai pas parlé du syndrome post-traumatique qu'elle devra affronter. Je ne me suis préoccupé que de moi, et de mon enquête obsessionnelle.

— L'examen est normal, dis-je à la policière en faction. Je vous laisse l'ECG, quelqu'un viendra le reprendre.

En sortant, je croise un blondinet massif comme un ours, avec un étonnant gilet à fleurs sous son blouson en cuir. Il me dévisage. Je détourne la tête. Est-ce que je l'ai déjà vu ? À force de soigner des patients, je fais des fausses reconnaissances. Ou alors c'est mon esprit fatigué qui part en vrille.

Je ressors dans les couloirs de l'Hôtel-Dieu, mes mains tremblantes cachées dans les poches de ma blouse.

La souffrance de cette fille ne me concerne pas.

La disparition de Justine ne me concerne pas.

Ni la tristesse de sa mère. Ni le cancer de son père.

Je traverse le hall, retire ma blouse et me rends dehors, sur le parvis de Notre-Dame. Je fais quelques pas. La pluie est devenue fine, à peine une caresse, comme les doigts d'une morte tapotant ma joue. Je finis par rallumer mon téléphone et appeler Greta.

— Vous êtes sur place ? je demande.

— Non.

— Je dois vous avouer quelque chose. Ce n'était pas Justine.

— Je sais, dit-elle. J'ai appelé le chef de service. La personne hospitalisée s'appelle Samia Naïm. Il y a eu une confusion sur son identité, ils l'ont enregistrée il

y a une heure. Vous faisiez fausse route. Je vous télé-
phonais pour vous prévenir. Je vous remercie d'avoir
essayé, Christian. Du fond du cœur. Ça m'a aidée. Je
sais que vous avez fait de votre mieux.

J'éloigne un instant le téléphone. Mes yeux sont
légèrement humides. Saleté de pluie.

— Vous êtes toujours là ? elle demande.

— Oui.

— Robert m'a fichue dehors. Il a fait un malaise,
mais n'a pas voulu que je m'en occupe. Je crois que
son cancer s'aggrave. On ne supporte plus de rester
dans la même pièce. Quant à Justine, eh bien, je suppose qu'elle ne souhaite pas me revoir non plus. Je
préfère ne pas imaginer autre chose pour le moment.
Je vais retourner travailler pour éviter de tourner en
rond. À plus tard.

— Attendez ! dis-je avant qu'elle ne raccroche.

— Quoi ?

— Je suis un garçon têtu, laissez-moi essayer
encore. Si je n'ai pas rapidement de ses nouvelles,
j'irai trouver la police, d'accord ?

Une main se plaque sur mon épaule.

— Mais la police est déjà là, dit Batista.

31

Le jour se lève sur la baie de Somme tandis que l'hélicoptère amorce sa descente. Dans le lointain, Audrey peut voir les lumières du Crotoy émerger de l'ombre. Les habitants doivent être en train de prendre leur petit déjeuner, un bol de chocolat chaud et des tartines posées sur une nappe à carreaux, peut-être, avec des enfants aux yeux embrumés, soulagés de laisser derrière eux cette nuit de tempête – c'est ce qu'Audrey imagine.

L'hélicoptère se dirige vers une langue de terre isolée et entourée par les sables. De la végétation y prolifère. En se rapprochant, elle voit qu'il s'agit d'une petite forêt. Une poignée d'habitations sont blotties les unes contre les autres le long d'une rue unique. À droite, la masse noire des nuages continue de déverser de la pluie. À gauche, l'océan sombre et mouvant. L'engin descend en douceur vers un phare, guidé par sa lumière intermittente, et se pose sur le « H » blanc peint sur le goudron.

— La Pointe de Horda ! On y est ! lance la capitaine Luz dans la cabine.

— On se croirait au bout du monde ! crie Blériot avec une expression ravie.

Le bruit du moteur diminue dans un long siffle-
ment, les portes s'ouvrent et Penneroux descend,
suivi par Audrey, Blériot et Luz. Chuintement des
pales. Claquement de l'air dans les oreilles. Les herbes
qui se recourbent. Une puissante odeur d'iode emplit
les poumons de chacun. Le groupe quitte l'aire d'atterrissage pour rejoindre la rue à quelques mètres.
Un comité de réception les attend : trois voitures de
gendarmerie garées sur une petite place. Au-dessus
s'élève une haute croix noire supportant un Christ
craquelé par les vents.

— Ah ! Voilà Paris qui nous rend visite ! déclare
un homme en uniforme, les bras grands ouverts.

Louise Luz se rend aussitôt à sa rencontre, la main
tendue.

Audrey s'approche de Blériot et lui demande :

— Qui est-ce ?

— Le commandant de la compagnie d'Abbeville.

— Des gradés présents à l'aube dans ce trou
perdu ?

— Bah, ils sont là pour se faire mousser un peu.

— La Préfecture nous fait débarquer en hélicoptère, ils n'allaient pas rater ça, ajoute Penneroux en
lissant ses moustaches.

Audrey examine ce dernier du coin de l'œil, mais il
n'y a aucune trace de sarcasme. Au passage, elle note
que Blériot et lui, en plus de fonctionner en binôme,
portent tous les deux la moustache à l'ancienne avec
les coins légèrement relevés. S'ils voulaient jouer aux
Brigades du Tigre, c'est réussi.

Le brigadier-chef Penneroux sort son carnet et
inscrit : « Arrivée : 7 h 38 ». Il est le procédurier de

l'unité, celui qui s'occupe de la paperasse et vérifie que toutes les règles sont respectées à la lettre. Les deux groupes s'avancent et se présentent. Tenues civiles et décontractées d'un côté, uniformes et saluts militaires de l'autre. Audrey assiste à l'échange de politesses, jusqu'à ce que Louise se penche vers elle :

— Il y a un hangar au bout de la rue. Allez-y.

— Je commence sans vous ?

— Les amabilités vont durer. Penneroux vous accompagne.

Audrey acquiesce et s'éloigne en compagnie du brigadier-chef. Elle remet sa capuche pour se protéger du vent. À deux cents mètres, effectivement, un hangar aux portes bleues s'élève à l'écart des maisons. La forêt s'étend derrière. Dans le ciel, des hordes de nuages noirs semblent lancées dans une chevauchée fantastique.

La Pointe de Horda est un hameau qui dépend de la commune de Cayeux-sur-Mer, Audrey l'a lu avant de partir, mais en cette saison les habitants se comptent sur les doigts d'une main. La plupart des maisons sont des résidences secondaires. En dehors des week-ends, elles sont vides et les volets clos. Il n'y a d'ailleurs aucune lumière dans la rue. Juste des bourrasques de crachin glacial.

Audrey frissonne.

— Riante bourgade, hein ? fait remarquer Penneroux.

— Certes.

— Au fait, dit-il, je n'ai pas encore eu l'occasion de discuter avec vous, mon lieutenant, mais sachez que nous sommes contents de vous accueillir dans l'unité.

— Merci.

— Vous étiez juge d'application des peines ?

— C'est ça.

— Pourquoi ce changement ?

— Ça me manquait, dit Audrey. Les lieux insolites. Les enquêtes à l'aube. L'ambiance. Le groupe. (Elle englobe le paysage d'un geste.) Tout ça. Vous connaissez Blériot depuis longtemps ?

— C'est mon cousin.

— Ah bon ?

— Il est plus jeune et un peu expansif. Cette promenade dans la Somme, ça le change des souterrains. Alors ça l'excite.

— Vous en parlez comme d'un chien jouant avec un os.

— C'est tout à fait lui, répond Penneroux avec un sourire.

Ils s'arrêtent devant le hangar. Il s'agit d'un vieux bâtiment en bois, entouré d'une clôture barbelée qui bouge avec les rafales. Les fenêtres sont rares et étroites, comme celles d'une église. Sur le terrain alentour traînent des palettes, des bâches recouvertes de flaques d'eau et divers objets dignes d'une déchetterie. Ils franchissent une chaîne sectionnée et pénètrent dans l'enceinte. Audrey ne voit aucun cordon jaune vif pour délimiter le périmètre. À l'inverse des images véhiculées par les séries télé la gendarmerie préfère rester discrète chaque fois que c'est possible pour éviter d'attirer les badauds. Ici, de

220

simples autocollants « *Gendarmerie nationale : zone interdite* » barrent les portes.

En faisant le tour du bâtiment, elle découvre un camion blanc à l'arrière, ainsi qu'un ballon éclairant qui luit dans la grisaille du petit matin. Une tente rectangulaire se dresse sur le côté.

— Il y a quelqu'un ? demande-t-elle sur le seuil.

Un homme émerge en se frottant les yeux. C'est un Technicien en Identification Criminelle, dans sa tenue de terrain bleue et froissée. Il a des cheveux gris, porte des lunettes et ses traits sont marqués par le manque de sommeil.

— Salut, dit le TIC. Vous êtes les gens de Paris ?

— Lieutenant Valenti. Brigadier Penneroux.

— Et moi, Éric Beauvau. Comme la place.

— Facile à retenir, dit Audrey en lui serrant la main.

— Une tasse de café, ça vous tente ?

— Avec plaisir.

Ils s'installent tous les trois autour d'une table pliante à l'abri du vent.

— Vous avez travaillé toute la nuit ? demande Penneroux.

— Dormi deux heures. Dans le camion.

— La scène était complexe ?

— Non. Mais je suis avec un stagiaire, je lui apprends le métier. Il roupille encore.

Beauvau distribue des tasses en plastique, sort une Thermos et verse une rasade de café à chacun. Audrey place ses mains en coupe autour du breuvage pour se réchauffer.

— Racontez-nous, dit-elle.

Le TIC rajuste ses lunettes comme pour remettre ses idées en place et prend une inspiration :

— Selon le médecin légiste, il s'agit d'un suicide par arme à feu. L'homme est un retraité de soixante-quatorze ans. Il habite une maison un peu plus loin au milieu des arbres. C'était un dépressif qui vivait seul et se tenait à l'écart. Les collègues du coin le connaissaient. Dimanche soir, il a dû trouver que la vie était trop triste et s'est tiré une balle dans la tempe.

— Quelle arme ? demande Penneroux en sortant son carnet.

— Pistolet Walther PPK 22 long rifle.

— Enregistré à son nom ?

— Oui. La brigade a vérifié.

— Des incohérences ?

Beauvau hausse les épaules.

— A priori non. Le gars est droitier, on a une collerette noire autour de l'orifice d'entrée sur la tempe droite. Bout touchant. On a fait les prélèvements d'usage. Tampons pour les résidus de tir sur la main et les habits, sous scellés pour les micro-analyses. Il y avait beaucoup de traces de poudre. À première vue, c'est bien lui qui tenait l'arme. Rien n'indique qu'on lui aurait tiré dessus et mis le pistolet dans la main ensuite.

Audrey intervient :

— Pourquoi avoir appelé le légiste, si le suicide est évident ?

— Pour un détail. Il s'est tué debout.

— Et alors ? demande Penneroux.

— D'après mon expérience, répond Beauvau,

c'est inhabituel. Les gens qui se suicident ont tendance à s'asseoir. Surtout les personnes âgées. Ils se posent sur une chaise et se tirent une balle dans la bouche. Ou ils s'assoient par terre, se calent contre un arbre et se tuent avec un fusil. Il est rare de voir quelqu'un se tenir debout, bien droit, et se mettre tranquillement une balle dans la tête. Mais il n'y a rien de réellement extraordinaire. C'est juste un sentiment personnel.

Audrey écoute avec attention. Dans la police, c'est l'officier gérant la scène de crime qui détermine les indices. En gendarmerie, au contraire, le Technicien en Identification Criminelle est roi. C'est souvent sa perception qui guide l'enquête.

— Il était peut-être militaire ? suggère Penneroux. Un genre de dernier salut au garde-à-vous ?

— Il ne l'était pas.

— Donc vous avez appelé le légiste, dit Audrey. Comment il a réagi ?

— Mal. Il est venu d'Amiens à minuit faire la levée de corps en traînant les pieds et en râlant. Manifestement, on lui a fichu sa soirée en l'air. On l'a aidé à déshabiller le cadavre, il a constaté la présence d'une tache verte sur le ventre et la rigidité avait totalement disparu.

Tout en buvant son café, Audrey repasse ses connaissances dans sa tête. Ça fait longtemps qu'elle n'est plus sur le terrain mais elle n'a pas oublié les bases. La tache verte abdominale apparaît au bout de quarante-huit heures à cause du pourrissement des viscères. Quant à la rigidité cadavérique, la fameuse *rigor mortis*, elle se manifeste en deux à six heures, devient maximale en douze, et disparaît progressivement au-delà de quarante-huit. Elle se souvient d'un cadavre à la morgue qui tenait parfaitement droit entre deux chaises.

— Le légiste n'a pas retrouvé de traces de lutte, poursuit Éric Beauvau. Ni griffures, ni hématomes. Et pas de lividités paradoxales, ce qui signifie qu'on n'a pas déplacé le corps. L'affaire a été pliée en vingt minutes chrono. Il a appelé le procureur, annoncé que la mort était cohérente avec un suicide, qu'elle remontait à quarante-huit heures et il est parti. On a mis le corps dans une housse et il a été transporté chez les pompes funèbres. J'ai passé le reste de la nuit à terminer la PTS[1] avec mon stagiaire pour lui montrer les procédures.

Une saute de vent fait trembler la toile de tente. Un filet de pluie ruisselle à l'entrée. Audrey termine sa tasse et la repose. Elle cherche machinalement ses cigarettes dans son blouson, puis ressort sa main vide. Fichus réflexes.

— D'accord, dit-elle. Que savez-vous du défunt ?

Beauvau replace ses lunettes au sommet de son crâne et croise les bras, comme si cette partie ne le concernait guère.

— Il faudrait demander à mes collègues. D'après ce qu'on m'a dit, il s'agissait d'un médecin à la retraite. Il ne fréquentait pas grand monde, juste bonjour-bonsoir. Pas d'enfant, pas de famille proche, pas de problèmes. Les gens d'ici parlent peu, ils sont

---

1. PTS : Police Technique et Scientifique. « Faire une PTS » signifie se rendre sur les lieux d'un incident pour en faire l'analyse.

taciturnes. Il vivait là depuis une dizaine d'années. Il soignait des phoques.

— Des phoques ? s'étonne Penneroux.

— C'était son hobby. Il existe une importante colonie de phoques en baie de Somme. Les touristes affluent en été pour les voir. Ils sont moins nombreux en cette saison. Quelques bénévoles s'en occupent, surtout des écolos. D'ailleurs, il y a un cadavre de phoque dans le hangar. Vous pouvez y aller si vous voulez, mais je vous préviens : ça schlingue. J'ai retrouvé l'animal mort dans un bac en plastique sur une table d'examen. Apparemment, il s'est vidé de son sang. Peut-être une blessure occasionnée par l'hélice d'un bateau de pêche, ce n'est qu'une supposition, je ne suis pas très bon vétérinaire, ajoute Beauvau sur un ton ironique.

— Manifestement lui non plus, fait remarquer Audrey.

— Ce hangar n'est pas une clinique, précise le technicien. Juste un endroit aménagé par un amateur. Peut-être que ça dépassait ses compétences. Ou bien le phoque est décédé après la mort du gars par manque de soins. La salle principale est assez sommaire. À part ça, il y a le bureau où on a retrouvé le corps, et des annexes avec du matériel. Mais bon, comme je vous l'ai dit, rien d'extraordinaire. On a passé la nuit à faire le tour des pièces sans rien remarquer.

— Et le domicile ? Il a été visité par vos collègues ?

— Bien sûr. La baie vitrée du pavillon était ouverte. Pas de trace d'effraction. Sans doute une négligence, il n'y a guère de cambriolages dans le secteur. Ils n'ont rien trouvé non plus.

— Pas de lettre de suicide ?

— Non.

— Des amis, à qui il aurait fait part de ses intentions ?

— Pas à ma connaissance.

— C'est un peu bizarre, s'étonne Penneroux. Pourquoi ne pas se suicider chez lui ? Pourquoi ici ? Et sans même laisser un mot ?

— Au contraire, c'est assez classique, rétorque Audrey. Les gens qui ont un véritable désir de mourir ne se ratent pas. Ils n'annoncent pas leur intention, et le moyen utilisé est imparable. De plus, ils ont souvent des scrupules à salir leur espace de vie habituel. Ils préfèrent un garage, une cave ou ce genre d'endroit. (Elle se tourne vers le TIC.) L'homme est mort dimanche soir. Nous sommes mercredi matin. Que s'est-il passé entre les deux ?

— Personne n'a signalé le coup de feu. De toute façon, avec le mauvais temps dehors, je ne vois pas qui aurait pu l'entendre. Hier vers 17 heures, une femme est venue prendre des nouvelles du phoque. C'est elle qui avait ramené l'animal de la plage la semaine dernière. Elle est entrée par la salle principale qui donne sur l'extérieur, et a trouvé l'animal mort. Elle s'est aventurée plus loin et a découvert le corps dans le bureau. Elle n'a pas pénétré dans la pièce. Elle a appelé la brigade de Saint-Valery qui est rapidement arrivée sur place pour geler les lieux. Mes collègues vous donneront ses coordonnées. C'est tout. Vous voulez vous mettre en lapins blancs ?

Penneroux et Audrey se regardent.

— Pardon ?

— Enfiler des tenues pour faire le tour du propriétaire.

— OK, dit-elle.

*

Pendant la demi-heure suivante, chacun se promène en tenue blanche jetable avec gants, masque et surchaussures pour visiter le bâtiment.

Charpente en bois, sciure sur le sol, deux enclos carrelés destinés à accueillir les animaux. De nombreux posters accrochés aux murs : anatomie des bêtes, plans de la région, photos d'oiseaux ou de paysages. Sur une table, la carcasse d'un phoque se décompose. Masse luisante, gris tungstène, dont le sang a coulé à terre tel un ichor noir. Comme annoncé, l'odeur est désagréable. Mais cela ne sent pas le poisson : le phoque est un mammifère, son pourrissement ressemble à celui des humains.

Sous sa tenue, et malgré le froid qui règne, Audrey transpire. Elle se demande comment font les techniciens pour passer des heures là-dessous. Dans les endroits étroits, la sensation est encore plus oppressante. Elle respire lentement, en essayant d'oublier le bruit de son souffle et de se concentrer sur les explications d'Éric Beauvau. Est-ce qu'elle a bien emporté ses comprimés ? Elle tâtonne sa poche : oui, elle peut sentir la petite boîte à travers le tissu. Sa mère lui a rappelé au téléphone, et Audrey déteste l'admettre, mais elle en a besoin. Elle a aussi emporté un comprimé d'anxiolytique, au cas où. Elle n'a pas envie de se remettre à étouffer comme à l'intérieur du tunnel.

De pièce en pièce, Penneroux et elle suivent les flèches de cheminement en plastique jaune disposées sur le sol. Ces flèches permettent d'établir un chemin d'accès pour les visiteurs et d'éviter de polluer la scène. Dans chaque pièce est posé un « cavalier » : un petit plot jaune portant une lettre. « A » pour le hangar, « B » pour le bureau, « C, D, E » pour les annexes. D'autres cavaliers plus petits portent des numéros « 1, 2, 3… » posés à côté des différents indices.

Audrey s'arrête devant l'indice B8 : une petite boîte sur la table du bureau.

— Qu'est-ce que c'est ? demande-t-elle.

— Une boîte à médicaments. L'homme devait passer du temps ici. Il emportait quelques effets personnels. Je les ai mentionnés dans le rapport.

— Vous pouvez l'ouvrir ?

— Bien sûr, dit Beauvau.

Il lui montre le contenu, puis referme.

— J'ai tout photographié. La scène sera disponible sur support numérique.

— Je vous remercie, répond Audrey.

Elle se sent dépitée. Doit-elle demander un test au Bluestar pour rechercher une phrase étrange tracée sur les murs ? Non. Cela n'aurait aucun sens. L'ambiance est un peu exotique, certes, mais l'affaire n'a rien à voir avec l'agression glauque dans les tunnels. Du reste, elle ne dirige pas l'enquête. Tout le monde est très poli, mais ils ne sont ici qu'en simples spectateurs, il ne faut pas l'oublier.

Ils ressortent. Audrey jette sa tenue blanche, remercie le technicien et retourne dans la rue. Le temps s'est un peu éclairci. Des rayons obliques parviennent à percer le plafond de nuages, comme une lampe à travers le couvercle d'un coffre. Le vent est tombé mais il fait toujours aussi froid. Audrey ne serait pas étonnée qu'il neige.

Luz la rejoint, tandis que Blériot va retrouver son cousin et le technicien pour boire une tasse de café. La capitaine frotte ses mains l'une contre l'autre.

— Ça caille. J'aurais dû prendre des gants.

— Les big boss sont partis ? demande Audrey.

— M'en parlez pas. Vous me faites un débrief ?

— Aucun lien avec nous. Un vieux médecin solitaire. Dépressif. Écolo. Qui soigne des phoques pour passer le temps. Il se suicide avec l'arme qui lui appartient. À moins qu'on nous sorte une surprise du chapeau, ça ressemble à une affaire banale. Elle va sûrement être classée.

Louise soupire.

— Si je passais mon temps dans ce hangar sinistre à regarder des nuages noirs, je me suiciderais aussi.

Audrey se mordille l'intérieur de la joue.

— Il y a un truc qui vous chiffonne ? dit Luz.

— Le médecin légiste est allé vite, mais sa conclusion est limpide. L'enquête est propre. Le technicien rigoureux. Sa seule remarque concerne la position. Il trouve curieux que l'homme se soit tiré une balle dans la tête en restant debout.

— Mais ce n'est pas ce qui vous dérange.

— Non.

— Quoi d'autre ?

— Il possédait un pilulier. Des médicaments pour le cœur. Il se trouve que je prends les mêmes.

— Ah ?

— Des inhibiteurs plaquettaires pour rendre le sang fluide. On doit les avaler de façon fixe. Et c'est exactement ce qu'il a fait. Dans le pilulier, la case du dimanche soir est vide.

Audrey penche sa tête sur le côté.

— Alors voilà mon problème, capitaine : pourquoi un type prendrait soin de son cœur et avalerait ses médicaments habituels s'il compte se suicider ensuite ?

32

Une heure est passée. Audrey regarde la neige
tomber sur la baie. Elle est assise au pied de la croix
noire supportant le Christ. Elle s'est adossée au socle
en pierre, les bras autour des jambes pour avoir
moins froid.

Les nuages sont toujours présents mais ils se
déplacent moins vite. L'horizon blanc se confond
avec le ciel. Bancs de sable. Étendues d'eau. Buttes
d'herbes grises. Plus près, la place est déserte, la
lumière du phare éteinte. Les trois voitures de gendarmes sont parties, comme l'hélicoptère. Paris leur
envoie un véhicule pour les rapatrier, il sera là dans
deux heures. Le groupe est arrivé en hélico, le retour
se déroulera entassés dans une voiture de service.
Un résultat piteux. Les flocons tourbillonnent et se
déposent sur son blouson.

— C'est dingue, ce temps ! grogne Louise Luz.

La capitaine revient, énervée. Audrey se remet
debout.

— Vous avez pu discuter avec la gendarmerie ?

— Je raccroche le téléphone à l'instant, dit Luz.
Les gars de Saint-Valery n'en ont rien à cirer. Pour
eux, l'histoire du pilulier ou de l'homme qui s'est

suicidé debout ne change rien. Ce n'est pas suffisant pour parler d'incohérences. Le proc d'ici est d'accord. Ils vont tranquillement attendre les conclusions du légiste et classer l'enquête.

Luz donne un coup de pied dans le socle en pierre.

— Quand je pense que le commandant d'Abbeville me faisait du gringue tout à l'heure. Ils se sont bien fichus de nous. Merci d'être venus, circulez, y a rien à voir !

— On pouvait s'y attendre.

— C'est vrai, reconnaît Luz. Chacun montre ses muscles, Paris d'un côté, la province de l'autre, mais les gendarmes ne nous laisseront jamais marcher sur leurs plates-bandes.

— On ne peut rien faire ?

— Je ne vois pas quoi. On nous met à la porte.

— On pourrait leur envoyer les Brigades du Tigre.

— Qui ?

— Blériot et Penneroux. J'aime bien leurs moustaches.

La capitaine sourit.

— Marrant. Et dans quel but ?

— Aller à la gendarmerie avec Éric Beauvau. Ce type est sympa. S'ils vont à Saint-Valery tous les trois, Beauvau pourrait plaider notre cause. Il est respectueux, mais je sens bien qu'il a des doutes. Il n'a pas beaucoup aimé la façon dont le légiste a bouclé le dossier.

— Ça ne changera rien.

— On gagnera du temps.

— Pour quoi faire ?

232

— Fureter. Je n'ai pas envie de laisser tomber si vite.

Audrey sort son portable et le tend à la capitaine.

— Regardez. C'est la photo du ticket de consommations trouvé sur la fille du métro. C'est lui qui nous a menés jusqu'ici. Deux boissons, réglées en espèces, dimanche à 17 h 54. C'était avant la mort du gars.

— Deux boissons, donc deux personnes ?

— Peut-être, dit Audrey, ou bien elle a consommé deux fois. Le bar est situé plus bas dans la rue. La proprio ne m'a pas dit grand-chose quand j'ai appelé, mais on pourrait l'interroger. Pareil pour la femme qui a découvert le corps.

Luz réfléchit.

— D'accord. On tente le coup.

Elle passe quelques appels.

Dix minutes plus tard, elles sont devant l'établissement.

*

Batista raccroche son téléphone, irrité.

En baie de Somme, les choses ne se présentent pas bien. Mais ce n'est pas ce qui le contrarie le plus. Trois fois qu'il appelle au Portugal, et Camilla ne répond pas.

Son fils aîné est trop jeune pour posséder un portable, mais Armando lui en a quand même payé un. Le modèle le plus basique, il a juste le droit de l'utiliser pour appeler son père, Camilla était d'accord. Le rituel du soir, c'est de se parler à 20 heures. Son gamin lui raconte les nouvelles de la journée, ses notes à l'école, comment vont ses deux frères plus jeunes (déjà au lit), des anecdotes sur Paola (une petite brune dont son fils est secrètement amoureux, il ne l'a avoué qu'à lui, sa mère n'est pas au courant), un « je t'aime papa », ils s'embrassent, et le gosse s'endort. C'est le cérémonial. Seulement voilà : son fils a utilisé le portable pour jouer. Camilla l'a surpris à 21 heures passées. Résultat, elle a supprimé l'appareil. Plus de coups de fil. Plus de nouvelles. Le lien est rompu. Et Armando ne parvient plus à fermer l'œil.

Sa femme le sait, bien sûr. Ce n'est pas la première fois qu'elle a recours au chantage affectif. Elle protège ses enfants – peut-être même qu'elle est convaincue de le faire pour leur bien – mais à un niveau plus profond, elle est forcément au courant des conséquences.

Elle n'est pas méchante. Et Armando pense l'aimer encore. Mais quand il fait du rameur ou du vélo d'appartement en augmentant progressivement la difficulté, les dents serrées, son crâne chauve luisant de sueur, les muscles bandés à bloc, luttant contre un adversaire invisible, il pense que couper le lien entre un père et son fils est une chose réellement difficile à admettre. Comment la personne avec qui vous avez vécu toutes ces années peut-elle se transformer en la pire des persécutrices ?

La porte s'ouvre et un secrétaire vient à sa rencontre.

— Le directeur de cabinet va vous recevoir, monsieur le Commissaire. Si vous voulez bien me suivre.

Le secrétaire conduit Batista dans le bureau du directeur de la sécurité de l'agglomération parisienne. Dans le couloir, une vitrine abrite le drapeau français sur lequel est agrafée la Légion d'honneur remise par le général de Gaulle à la Préfecture le 12 octobre 1944. C'est le seul corps de police à l'avoir reçue au même titre qu'un régiment militaire.

Le secrétaire referme la porte et Batista fait face au premier collaborateur du préfet de Paris.

— Armando ! dit le directeur en lui serrant chaleureusement la main. Comment allez-vous ?

— Bien.

— Et Camilla ?

— Ça va.

— Toujours aussi brillante cuisinière ? Mon épouse et moi-même, nous gardons un tel souvenir de ce dîner merveilleux ! Il faudra qu'elle nous invite à nouveau.

— Je lui en parlerai.

Le sourire de l'homme retombe.

— Parlons de votre nouvelle unité. Elle progresse ?

— Oui.

— Vous l'avez envoyée dans le nord, c'est ça ?

— Tout à fait.

— Vous savez que l'enjeu est important.

— Bien sûr, monsieur le Directeur.

— Vos enquêtes de l'an dernier se sont bien déroulées. Vous savez que la présidence de la région a changé. La nouvelle tendance nous impose une attitude ferme et sécuritaire.

— Je comprends.

— Les jeux Olympiques ne sont pas si loin. La réputation de notre ville se construit dans le temps. Lorsque Mme Kardashian s'est fait séquestrer, les médias se sont régalés et tout le monde en a pâti. J'ai lu votre rapport. Je ne veux pas que les médias s'intéressent de la même façon à notre réseau des transports. Pas d'incident bizarre, pas d'agresseur psychopathe, pas d'histoire glauque, on est d'accord ?

— Oui, monsieur le Directeur.

— Votre Unité de Recherches et d'Investigations doit être un modèle. Je veux que vous puissiez démontrer votre capacité à agir de façon transversale. Je vous donne les moyens. À vous de les utiliser correctement.

Le directeur de cabinet se rend jusqu'au miroir Empire accroché au mur et refait son nœud de cravate. La console qui se trouve en dessous, tout comme l'horloge noire et la plupart du mobilier dans la pièce, est d'origine.

Par les fenêtres du bureau, Batista remarque que l'on jouit d'une vue parfaite sur Notre-Dame. De façon symétrique, de l'autre côté de la pièce, le directeur a fait accrocher une photo équivalente, en noir et blanc, montrant la cathédrale dans la fumée des combats de la Libération. Le message est clair : il faut se battre pour que les choses durent. Pour la sécurité de Paris. Pour une carrière. Pour sa vie de couple. Pour tout.

Le directeur de cabinet se retourne.

— Ma cravate est bien ?

— Impeccable.

— J'ai rendez-vous avec le préfet. Il me faut des résultats. Cette enquête ne doit pas durer cent sept ans.

— L'expression vient de là, dit Batista en désignant du menton Notre-Dame par la fenêtre. Sa construction a duré cent sept ans.

Le directeur hausse les sourcils.

— Ah oui ? Eh bien, j'espère que vous serez plus rapide. Une unité spéciale doit donner un résultat spécial. Créer de la valeur ajoutée. Sinon elle ne sert à rien. Et l'État n'a pas d'argent pour subventionner l'inutile. Compris ?

— Parfaitement, dit Batista.

— Alors bonne journée.

Le commissaire se fait raccompagner jusqu'à la sortie par le secrétaire, et se retrouve devant la porte de la Préfecture. Son téléphone sonne. C'est d'Apremont.

— Chef, vous êtes toujours dans le coin ?

— À deux pas.

— Vous ne devinerez jamais qui je viens de croiser dans le service Cusco.

33

Les gouttes de pluie qui tombaient sur le parvis de Notre-Dame deviennent de plus en plus rares. J'ôte la main d'Armando Batista de mon épaule et me retourne. Il porte son ample manteau habituel, ainsi qu'un chapeau pour protéger son crâne chauve. Du look de vampire aux oreilles décollées, on passe à celui de Maigret. Déjà moins menaçant. De toute façon, il ne peut rien me faire. Le sol d'une cathédrale est une terre consacrée, c'est un peu comme de l'eau bénite, n'est-ce pas ?

J'attaque le premier.

— Qu'est-ce que vous fabriquez ici ? dis-je d'un ton sec.

— C'est plutôt à moi de vous poser la question.

— Je me promène.

— Ben voyons.

— Je suis médecin. Je sors d'un hôpital. Je n'ai pas le droit ?

— Vous étiez à Cusco il y a un instant.

J'ai l'impression de recevoir une gifle.

— Inutile de faire cette tête, Kovak, je n'ai aucun pouvoir extralucide. Un de mes hommes vous a identifié, c'est tout.

— Qui ça ?

— Florian d'Apremont. Un grand gaillard. Il fait partie du groupe Évangile qui a travaillé sur votre affaire criminelle l'an passé. Si vous ne l'aviez pas remarqué à l'époque, lui vous a parfaitement reconnu.

Je me renfrogne.

— Dois-je comprendre que vous me suivez à la trace ?

— Non. Mais maintenant que vous êtes là…

— OK, admets-je en croisant les bras. J'étais à Cusco.

— Pour quelle raison ?

— Ça me regarde.

Batista ôte son chapeau, le retourne, tapote dessus pour en ôter les gouttes, puis le remet sur sa tête.

— Ça me regarde aussi, cher docteur. Quand une jeune femme est victime d'une grave agression dans le métro, l'affaire tombe dans mon escarcelle. Si vous tombez avec, je suis en droit de me poser des questions.

— Je lui ai fait un électrocardiogramme. C'est interdit ?

— Pas vraiment.

— Donc on ne peut rien me reprocher.

— Vous avez pénétré dans le service par la ruse.

— Vous comptez m'arrêter pour ça ? dis-je. Bon courage.

Batista soupire.

— Vous avez parlé à la fille ?

— Oui.

— Puis-je savoir ce qu'elle vous a dit ?

— Non.

— Pourquoi ?

— Secret médical.

— Comme c'est pratique.

— En effet.

Re-soupir de Batista.

— Pourquoi vous ne coopérez jamais, Kovak ? Je vous ai entendu au téléphone à l'instant, vous avez dit : « J'irai trouver la police. » Je suis là. Parlez-moi. Il n'y a aucune raison d'être ennemis. Les gens se parlent quand ils sont adultes, ils n'ont pas besoin de se faire tout le temps la guerre. Quand les choses vont mal dans un couple, il faut discuter. Je ne vous veux aucun mal, bon sang, faites-moi un peu confiance.

Je remue l'index.

— Vous essayez le pouvoir hypnotique de Nosferatu ?

— Je vous demande pardon ?

— Rien.

Il fait quelques pas sur le parvis, puis revient vers moi.

— Je voudrais vous montrer quelque chose, dit-il. Vous avez cinq minutes ?

Je fronce les sourcils d'un air suspicieux.

— Ne vous inquiétez pas, ajoute le commissaire. C'est sur le quai, à deux cents mètres. Venez. Marchons un peu.

Il m'attend, les mains croisées dans son dos. Je décide de l'accompagner, les miennes fourrées dans mes poches. La blouse blanche que j'ai utilisée pour me balader dans l'hôpital est toujours coincée sous mon bras. Si ça continue je vais devoir la remettre.

Il ne pleut plus mais le froid s'intensifie de minute en minute. À tous les coups on va avoir de la neige.

Batista m'entraîne sur le quai du Marché-Neuf.

— L'ancienne morgue de Paris se trouvait juste ici, au bord de l'eau devant la Préfecture, vous le saviez ?

— Non.

— Elle avait la taille d'une maison. Elle se trouvait pratiquement à l'angle du pont Saint-Michel et du quai. On l'a inaugurée en 1804. Elle était ouverte au public toute la journée, tous les jours de la semaine. Demandez-moi pourquoi.

— Pourquoi ?

— Officiellement, pour permettre l'identification des cadavres. En réalité, parce que c'était la meilleure attraction de Paris. Les corps étaient montrés dans une salle d'exposition séparée par une immense vitrine. Attachés sur des tables inclinées, leurs vêtements suspendus au-dessus d'eux. Entièrement nus, sauf pour les parties sexuelles. Dès qu'un crime spectaculaire était commis l'affluence devenait folle. Deux cent mille visiteurs pour l'affaire de « la femme coupée en morceaux », Victor Hugo l'a écrit, il disait même que les femmes et les enfants se précipitaient au spectacle.

— Le morbide a toujours généré l'intérêt des foules.

— Pas seulement : il génère aussi celui du criminel. En 1827, une bergère a été horriblement assassinée à Ivry. Tout Paris s'est précipité pour aller voir son corps. Y compris un certain Ulbach, son assassin, venu contempler son œuvre. C'est comme ça qu'on l'a appréhendé.

Je m'arrête et le contemple.

— Que voulez-vous dire, Batista ?

— Les coupables reviennent souvent sur les lieux du crime. Ils ont besoin de regarder. De sentir leur emprise sur les gens. La peur qu'ils génèrent. C'est une attraction irrésistible. Parfois les criminels laissent une signature, un message ou une phrase, pour la postérité ou pour celui qui sera assez malin pour la découvrir. Je suis en train d'enquêter sur quelque chose qui ressemble à ça.

Il me scrute d'un air étrange.

— Je ne suis pas certain de vous suivre, dis-je. J'ai vu cette fille à Cusco. Vous pensez que je suis responsable de son agression ?

— Vous avez un lien avec elle. Pourquoi vous ne me racontez pas l'histoire ?

— Parce que j'ai fait une promesse.

— Mais encore ?

— Si je vous révèle ce que je sais, vous allez convoquer tout le monde. Des gens seront interrogés. Exposés. Leur vie disséquée en place publique. Leur domicile saccagé par des perquisitions. J'en ai fait l'expérience. Vous me demandez de vous faire confiance, mais ces personnes ont toutes les chances d'être broyées au cours du processus.

— La manifestation de la vérité est essentielle.

— Ça dépend comment.

— Je pourrais demander votre mise en examen.

— On verra.

— Vous avez rencontré cette fille, Samia Naïm.

Elle a été agressée d'une façon cruelle. Quelqu'un, là-dehors, est responsable. Vous n'avez pas envie qu'on l'attrape ?

Je le salue d'un signe de tête.

— Je vous laisse, commissaire. Je vais récupérer ma voiture au parking.

— Vous ne prenez pas le métro ? La circulation est impossible.

— Non. Je ne prends plus le métro.

Je lui tourne le dos et m'éloigne. J'ai bien compris ce qui est arrivé à Samia. Et c'est là le problème. J'ai promis aux Van Grenn de retrouver leur fille. Mais plus je creuse, et plus j'ai des doutes. Justine, l'adolescente perturbée et fugueuse. Justine, l'étudiante aux idées sombres. Justine, l'étrange collectionneuse de photos post mortem. La fille qui fait tout pour attirer chez elle une personne travaillant à la morgue. La fille qui surfe sur des forums bizarres et prend soin d'effacer son historique. La fille qui se retrouve en possession d'une tête décapitée.

Quand Samia se trouvait dans le tunnel du métro, elle n'a pas vu son agresseur. Il n'y avait pas besoin d'être costaud pour lui donner un coup sur le crâne. N'importe qui aurait pu le faire.

Une jeune femme comme Justine, par exemple.

34

Les flocons tourbillonnent sur le hameau de la Pointe de Horda. On dirait ce jouet de Noël, une boule à neige que l'on renverse, songe Audrey. Une boule à neige renfermant un village miniature et sinistre. Des petites maisons noires, de minuscules loupiotes qui s'allument et qui s'éteignent, avec de toutes petites personnes qui vivent dedans, qui se cachent et dissimulent leurs secrets, observées par l'œil énorme d'un sculpteur géant qui tiendrait cette boule dans la paume de sa main.

— À quoi pensez-vous ? dit Luz.

— Rien. Je délire. La nuit a été courte.

Elles patientent devant le bar-restaurant *L'Éléphant Rose*. C'est son nom. Le dessin représente un éléphant de mer, mais de couleur rose. Une blague de pêcheur ivrogne ? La patronne est en train de remonter le rideau de fer.

Vieilles tables qui s'écaillent. Une colonne de chaises empilées. Un sol en linoléum à la propreté douteuse. Audrey note les pancartes écrites à la main scotchées derrière les vitres : « *Moules-frites, bière pression !* » et aussi « *Utilisez les cendriers dehors, la terrasse n'est pas un dépotoir !* » et encore « *La mai-*

son n'accepte plus les chèques ! ». La patronne a l'air d'aimer les points d'exclamation.

— Bonjour, dit Audrey. Police. On peut vous parler ?

— 'tention, dit la femme en sortant la colonne de chaises.

Elle la dépose sur la terrasse avec un « *han !* » de bûcheronne, se retourne vers les deux femmes et s'essuie les mains sur un torchon sale.

— J'ai pas trop le temps, là. Faut que je dresse les tables.

Luz désigne le ciel.

— Vous pensez avoir des clients ?

— Et pourquoi pas ?

— Il neige, dit Audrey.

— Les habitués boivent un coup. Tout le monde me connaît, ici. Je suis l'unique commerce.

— Nous ne sommes pas des clientes, dit Luz, une note d'impatience dans la voix. Le lieutenant Valenti vient de vous expliquer que nous étions de la police. On va se parler à l'intérieur.

La capitaine entre dans le bar. La propriétaire la suit en grommelant. Audrey ferme la marche. La femme se laisse tomber sur une chaise, prend une carafe et se sert un verre d'eau en levant le coude comme s'il s'agissait d'une bouteille de vin. Elle se désaltère sans proposer à boire aux deux autres, puis repose son verre et annonce :

— Je vous écoute.

— Je vous ai téléphoné hier, dit Audrey en s'asseyant.

— Ah bon ?

— Je viens de Paris.

— D'accord. Je vous remets.

— Nous sommes là pour le suicide.

— Vous êtes gendarmes ?

— Policières.

La femme hoche sa tête de bouledogue.

— Je me disais aussi. Vous n'avez pas de costume.

— On dit un uniforme, lance Luz, adossée au comptoir en zinc.

La patronne hausse les épaules.

— Costume, uniforme…

— Vous connaissiez la victime ? reprend Audrey.

— Le gars qui s'est tiré dans le ciboulot ?

— Oui.

— Sans plus.

— Vous avez dit que vous connaissiez tout le monde.

— J'ai dit tout le monde me connaît. C'est pas pareil.

— Il vivait là depuis dix ans.

— Et alors ? On laisse les gens tranquilles, par ici.

— Vous n'avez rien à nous raconter d'autre ?

— J'aimerais vous aider, dit-elle en écartant les bras.

Luz s'approche et pose ses deux mains sur la table.

— Eh bien faites-le, recommande la capitaine. Montrez-vous plus coopérative, chère madame. Cherchez mieux dans vos souvenirs. Ou je m'arrange pour déclencher un contrôle sanitaire dans ce magnifique établissement quatre étoiles.

La patronne fronce les sourcils. Ses yeux vont de Luz à Audrey.

246

— Elle est sérieuse ?

— Très, dit Audrey.

La porte s'ouvre avec un tintement et trois gaillards pénètrent dans le bar. Le plus grand porte un manteau et un bonnet sur la tête, les deux autres de gros pull-overs. Leurs visages craquelés portent les stigmates des consommateurs chroniques de boissons fortes, notamment ces taches rouges en forme d'étoiles, des angiomes stellaires[1] – Audrey aime bien ce nom, c'est Chris Kovak qui lui a appris, durant la courte période où ils ont habité ensemble.

— Jésus-Marie ! À boire pour les pêcheurs ! hurle Bonnet.

— Je suis occupée, grogne la patronne.

— Ah oui ? Et c'est qui les autres ?

Audrey croise les bras.

— C'est la police.

— Non, sans blague ?

Bonnet fait semblant de renifler l'air pendant que Pull-over 1 et 2 les reluquent sans vergogne.

— Ça sent pas le flic. Ça sent plutôt la p'tite poulette !

Rire gras général. Audrey note au passage que ses dents ressemblent à une clôture aux piquets manquants. Sous son manteau, sa chemise ouverte laisse entrevoir son torse velu orné d'une grosse croix en or. Elle se lève et se dirige vers lui.

---

1. Les angiomes stellaires sont bien connus chez les patients atteints de cirrhose du foie. D'où leur mauvaise réputation. Mais ils ont en réalité toutes sortes de causes, certaines parfaitement bénignes.

— Allez les gars, on sort, dit-elle.

— Hein ? Quoi ? s'étrangle l'homme.

— Il est trop tôt pour picoler. Vous reviendrez plus tard.

Elle les repousse dehors avec gentillesse, mais fermeté, comme le ferait une mère dans un jardin d'enfants aux prises avec des petits garçons turbulents, puis elle referme la porte sur eux. Bonnet lève son poing à travers la vitre. Audrey l'ignore et retourne s'asseoir.

— Bon, dit-elle. Où en étions-nous ?

— Il faut les excuser, grommelle la patronne. Ce sont les pêcheurs du village. Ils sont au courant pour le suicide, ils ont vu les gendarmes. Ils fanfaronnent parce que la mort de votre type ne les embête guère.

— Ah oui ? dit Audrey. Expliquez-nous ça.

La femme redresse le buste.

— Eh bien, c'était un étranger, voilà tout. Il vivait dans le bois derrière, mais il n'a jamais fait grand-chose pour s'intégrer ici. Il s'occupait des phoques. Et les pêcheurs du coin, les phoques, ils peuvent pas les sentir. Ils bouffent tout le poisson. N'importe qui vous le dira. Il faudrait au moins qu'on arrête de soigner les animaux blessés ou malades, histoire que leur nombre diminue. Les gars n'ont plus de travail à cause de ces bêtes. Ça fait des années qu'on s'en plaint.

— Je parie que vous vous en plaignez moins quand ils vous amènent des touristes, fait remarquer Luz.

La patronne souffle.

— Ces pêcheurs auraient pu l'agresser ? demande Audrey.

— Non. Les gars toucheraient jamais à un vieux.

— Il avait quelles fréquentations ?

248

— Certains ont colporté des rumeurs…

— Du genre ?

— Soirées costumées bizarres. Le genre dont je me mêle pas.

— Il n'était pas marié ?

— Ce n'était pas sa tendance, si vous voyez ce que je veux dire.

— Je ne vois pas, non.

Elle esquisse un sourire.

— Il préférait les hommes. On l'a vu en bonne compagnie, quand il était plus jeune. Mais depuis quelques années, il était plutôt solitaire et triste. Ça a des chagrins d'amour, ces personnes ?

Luz lève les yeux au ciel. Audrey passe à un autre sujet de conversation.

— Parlez-nous de la femme qui a découvert le corps et donné l'alerte. Vous la connaissez ?

— C'est une ancienne institutrice de Saint-Valery. Elle se promène à la Pointe tous les matins. Elle a trouvé un phoque blessé la semaine dernière. Elle voulait voir comment allait l'animal. Vous n'avez qu'à l'interroger, elle.

— On a son téléphone fixe, dit Audrey, mais ça ne répond pas.

— Beaucoup de gens ici n'ont pas de portable. À cette heure vous la trouverez sur son parcours de marche. Ce ne sont pas quelques flocons qui l'arrêtent. Je peux vous montrer où elle va, si vous voulez.

Une alerte sonne sur le téléphone de Luz.

— D'Apremont vient de nous envoyer des photos de la fille à l'hôpital ! s'exclame la capitaine. Bien joué, Florian !

Elle dépose l'appareil devant la patronne.

— Regardez cette jeune femme. Elle a pris deux consommations chez vous dimanche. Elle était seule ? Avec quelqu'un ? Elle a dit quelque chose ? Réfléchissez.

L'autre plisse les yeux et le front, accentuant encore sa ressemblance avec un chien.

— Ben, je sais pas.

— Vous ne faites guère d'efforts !

La femme croise ses mains entre ses jambes.

— C'est mon mari qui assurait le service, j'étais en cuisine. Il y avait des touristes, mais il n'a jamais mentionné de fille blonde. Il va rentrer du marché, pourquoi vous ne lui demandez pas ?

— Pourquoi vous ne l'avez pas dit tout de suite ?

— Vous n'avez pas posé la question.

Luz arrache son téléphone de la table, prend Audrey à part, et respire un grand coup :

— Bon. En attendant que son mari se pointe, je vais essayer de recueillir la déposition de cette femme. Sauf si je la tue avant. De votre côté, vous êtes capable d'aller à la recherche de l'institutrice ?

— Je m'en occupe.

*

Audrey progresse sur le sentier bordant la baie. Le chemin qu'on lui a indiqué sillonne à travers les mollières, ou « prés salés », ces étendues où pousse la lavande de mer. Elle a ôté sa capuche pour laisser ses cheveux flotter librement. Il neige sur le sable. C'est assez beau. Les herbes oscillent dans la brise. Sur un tapis d'algues sèches, près d'elle, des crabes courent et filent dans les trous. Une escadrille de mouettes passe en poussant des cris.

Elle respire avec lenteur. Si elle avait le temps, elle aimerait se promener à la recherche des trésors abandonnés par les flots. Coquillages, os de seiche, morceaux de bois sculptés par les courants marins. Elle le ferait de préférence avec quelqu'un. Ce doit être une expérience agréable à partager.

Elle s'arrête et ferme les paupières pour mieux capturer l'instant. L'image de Christian s'impose dans son esprit. La chaleur et les associations d'idées que cela suscite en elle la surprennent – crépitement d'un feu, deux corps enlacés sous une couverture, le froid au-dehors...

Audrey rouvre les yeux.

— Mais qu'est-ce que tu fabriques ? grogne-t-elle en reprenant sa marche.

Elle aurait mieux fait de se munir d'une paire de chaussures montantes, le sable n'arrête pas d'entrer dans ses baskets.

Localiser l'institutrice de Saint-Valery s'avère plus facile que prévu. La vieille dame se trouve à la pointe de la baie, en train d'observer les phoques. Elle porte des bottes et un ciré jaune, et rit de bon cœur en voyant Audrey l'appeler et s'enfoncer dans le sable en tentant de la rejoindre. Audrey ne peut s'empêcher de rire aussi. La femme vient l'aider à s'extraire et à grimper sur une étendue stable. Son visage ridé de grand-mère respire la sympathie.

— Il y a peu d'animaux en ce moment, explique la vieille dame. Seulement quelques douzaines. Mais la colonie entière en comporte près de huit cents. Ils sont extraordinaires. Leur nombre ne cesse d'augmenter. Ils dévorent chacun deux à six kilos de poissons par jour, c'est pour ça que les pêcheurs ne les aiment pas. Cependant, si vous voulez mon avis, dit l'institutrice aux yeux pétillants, la raréfaction de certaines espèces de poissons n'a rien à voir avec ces bêtes. Il faudrait plutôt chercher du côté du changement climatique.

— Vous venez voir les phoques tous les jours ?

— À chaque fois que je peux. Ils me réconfortent.

— C'est vrai qu'ils ont l'air paisibles, reconnaît Audrey.

— Ils sont libres. Heureux. Ils me rappellent une citation de l'écrivain Édouard Limonov : « *Le bonheur est cet état d'esprit où on peut aimer le présent.* »

Audrey observe les corps gris allongés sur le sable.

— J'aimerais avoir cette sérénité, avoue-t-elle. Pour aimer le présent, il faudrait déjà que j'arrête de réfléchir. Je voudrais contrôler les choses, mais la plupart du temps ce sont les choses qui me contrôlent.

La vieille dame tapote son bras.

— Vous êtes jeune. Vieillir n'a pas que des inconvénients. Avec l'âge, les femmes apprennent à lâcher prise.

— Vous croyez ?

— Bien sûr. Il faut être plus attentive à vos désirs, et moins aux devoirs que vous vous imposez. Vous n'avez pas besoin d'être la meilleure en tout.

— Je crois que je vais inscrire cette phrase au-dessus de mon lit.

Audrey poursuit la discussion en ramenant le sujet vers son enquête. Elle apprend que le suicidé n'était pas qu'un simple médecin, mais un professeur, ancien doyen de la faculté de médecine. Un homme discret, et surtout malheureux, d'après la vieille dame. Elle n'a jamais su pourquoi. Pourtant ce suicide ne lui ressemble guère. Même si l'homme était triste, elle est surprise qu'il ait abandonné l'animal à son sort.

— Les phoques ressentent terriblement le stress, dit-elle. En particulier lorsqu'ils sont blessés. Savez-vous que leur taux de glycémie augmente alors de façon considérable ? Ils peuvent avoir plus de deux grammes de sucre dans le sang, comme les diabétiques. Il est curieux que le professeur Hoffman – c'était son nom – ait laissé souffrir cette pauvre bête. Elle aurait pu devenir agressive. Les phoques mordent quand ils ont peur.

Audrey enregistre ces détails dans un coin de son esprit, échange encore quelques mots, puis dit au revoir à l'institutrice. Elle revient en direction du phare plutôt déçue. Elle n'a pas découvert d'élément permettant de relier le suicide de ce professeur Hoffman à leur affaire parisienne. Elle marche en restant plongée dans ses pensées. À aucun moment elle ne les voit venir. Ils franchissent le sommet de la dune opposée et redescendent tranquillement vers elle, tandis qu'elle se trouve dans un creux du paysage masquant les maisons du hameau.

Les trois hommes avancent de front, sans se presser.

Quand Audrey relève la tête, il est trop tard.

— Tiens donc, dit Bonnet, en souriant de ses dents jaunies. Ça ne serait pas notre petite copine de tout à l'heure ?

35

Au premier claquement, Luz lève la tête.

— Qu'est-ce que c'était ? dit la patronne de *L'Éléphant Rose*.

— Un coup de feu.

Au second tir, la capitaine est déjà en train de courir dehors. Elle s'arrête dans la rue, incertaine.

La neige tombe. Le mauvais temps désoriente les perceptions sonores. Les lieux sont déserts, le village aux maisons noires semble prisonnier d'une gangue de coton. Du haut de sa croix, le Christ la contemple. Une mouette se pose sur sa couronne d'épines couverte de neige et lance un cri moqueur.

Luz tend l'oreille. Elle n'entend plus rien.

Cela venait-il de la baie ? Ou plutôt du hangar à phoques ?

Elle réfléchit un instant.

Puis se remet à courir en direction du hangar.

*

Audrey regarde les trois hommes s'approcher d'elle, incrédule. Elle n'arrive pas à croire ce qui est en train de se produire. Ces types viennent vraiment lui chercher des noises, là, à deux pas du village ?

Elle appuie sur un bouton de son téléphone et l'installe dans la poche de son blouson. Puis glisse l'un des écouteurs dans son oreille. Pour finir, elle pose sa main sur l'étui de son pistolet, bien en évidence. Sa posture est un peu caricaturale, façon western, cependant elle préfère prendre les devants. Bonnet n'est plus qu'à quelques pas, et elle peut sentir son haleine alcoolisée d'ici. Il tient une bouteille vide à la main. Sa croix en or ballotte au milieu des poils de son torse. Il s'arrête :

— Tu fais moins la fière, toute seule !

— Vous me tutoyez ?

— Et pourquoi pas ? Tu nous as virés comme des malpropres. J'aime pas beaucoup. Et je suis sûr que t'es même pas flic. Je te donnerais bien une petite leçon.

Les deux autres ricanent comme des hyènes. L'homme tapote la bouteille vide dans sa main comme s'il s'agissait d'une matraque. Audrey sort son pistolet avec calme, canon vers le bas.

— Vous et vos deux clowns feriez mieux de déguerpir.

— Sinon quoi ?

— Mon chef est au bout du fil. (Elle montre son téléphone.) Il m'entend parler en ce moment même. Il sait que je suis sur le chemin, juste en dessous du phare. Si vous faites un pas de plus…

L'homme fait un pas de plus. Exprès. Sourire aux lèvres.

— Tirer dans un stand est une chose, ma belle.

Tirer sur un être vivant, c'est différent. On ne fait pas que pratiquer la pêche par ici. On chasse. T'as déjà tiré un sanglier qui charge ? Mieux vaut être rapide. Sinon il t'encorne, et tu te retrouves les tripes à l'air.

— Reculez.

L'homme pointe son doigt sur elle.

— T'as pas ôté la sécurité. Et pour le téléphone, tu bluffes. (Il désigne l'extrémité de l'écouteur qui pend.) Il n'est même pas branché.

Audrey baisse les yeux. La prise casque ressort de sa poche.

— Et zut…

L'homme bondit et balaye l'arme d'un coup de bouteille. Cette dernière s'envole avec le pistolet et les deux objets retombent dans le sable. L'homme attrape Audrey par le revers de son blouson et l'attire jusqu'à lui, l'autre main lui enserrant le bas de sa mâchoire. Il est énorme, il la surplombe. Elle se retrouve collée à son torse puant, la croix ballottant devant ses yeux.

— Alors, petite ? Qui tient l'autre en respect ?

Ses deux acolytes applaudissent comme à la fête foraine.

Audrey remonte violemment son genou et percute ses parties génitales. Il la relâche dans un cri. Elle s'attend à ce qu'il s'effondre. Mais pas du tout. Tout en se tenant l'entrejambe, il se redresse et lui envoie une gifle qui la projette sur le talus. Audrey tente d'amortir sa chute. Son visage heurte quand même le sol. Sa joue brûle et se met aussitôt à gonfler.

« Chope-la ! » elle entend derrière. « Vas-y ! Vas-y ! »

256

Durant un instant, c'est la panique dans sa tête.

Elle a mal. Ses oreilles sifflent. Elle est seule. À trois contre un. Loin du village. Et il n'y a personne dehors. Elle peut toujours crier.

Quelques secondes pour prendre une décision. Vite. C'est ça ou elle va se faire violer ici. Dans le meilleur des cas.

Elle avance à quatre pattes en essayant d'atteindre son pistolet.

Le chef du trio l'attrape par les chevilles et la tire en arrière. Il la retourne. Deuxième gifle. Cette fois, Audrey a l'impression qu'un pain de dynamite lui explose au visage. Sa tête ballotte, son nez pisse le sang, elle peut en sentir le goût dans sa bouche.

— Gueule autant que tu veux ! ricane l'homme.

Pendant que ses mains s'acharnent sur elle, Audrey parvient à récupérer une poignée de sable et à lui projeter dans les yeux. Il se redresse en beuglant. Elle rampe en arrière sur les coudes. Un objet dans son dos. Le contact de la crosse. Elle se remet sur ses jambes.

Elle tient à nouveau son pistolet.

— On ne bouge plus !

« BANG ! »

Elle a tiré en l'air sans attendre. Les trois hommes sursautent. Bonnet la fixe, les yeux écarlates, tel un taureau sur le point de traverser une barrière. Il sort un couteau de sa poche. Cette fois, quelqu'un va mourir.

Audrey ne prend aucun risque : une nouvelle détonation soulève une gerbe de sable à quelques centimètres des orteils de l'homme.

— La prochaine, dit-elle en tremblant, je vous l'expédie dans le genou. La suivante entre les yeux.

Il la regarde en plissant les paupières.

— Alors t'es dans le camp du Diable, c'est ça ?

— Pardon ?

— Ton gars qui est mort, là-haut, il était dans une secte ! C'était un adorateur de Satan !

— Qu'est-ce que vous racontez ? fait Audrey.

Le pêcheur se signe la poitrine, porte la croix à sa bouche et la relâche.

— Il recevait des gens masqués, en habits noirs avec des capuches pointues ! La patronne te l'a pas dit ? Je les ai vus, moi, quand il s'est installé il y a dix ans ! Je relevais des pièges à renards dans le bois, ils sont arrivés dans leurs voitures, ils sont sortis et ont mis leurs bidules sur la tête ! Des costumes du Diable ! Ça s'est reproduit à plusieurs reprises ! C'est pour ça qu'il vivait à l'écart ! (Ses yeux roulent comme des billes dans son visage d'ivrogne.) J'ai rien à me reprocher, moi ! J'ai pas peur de dire ce que je pense devant Not' Seigneur ! Les gens comme ça, on n'en veut pas chez nous ! Ni d'eux, ni des vendus comme toi qui les protègent !

— Eh bien vous allez nous expliquer tout ça au calme, déclare Luz depuis le haut de la dune, l'arme à la main. Mais après un petit séjour en cellule de dégrisement.

Audrey essuie son nez plein de sang.

— J'ai cru que vous n'arriveriez jamais.

— J'étais partie dans la mauvaise direction,

s'excuse Louise. Heureusement que Batista m'a appelée pour m'expliquer où vous étiez. Pas mal, l'idée de laisser votre portable allumé. Il a tout entendu et a pu me prévenir. Mais pourquoi l'avoir appelé lui ?

— Le numéro du commissaire est le seul que je possède en appel automatique. Désolée, j'ai pas vraiment eu le temps de fouiller mon répertoire, dit Audrey.

*

Une heure plus tard, Blériot et Penneroux débarquent du camion blanc du TIC. Les trois agresseurs sont repartis menottes aux poignets dans une voiture de gendarmes. Audrey applique une poche de glace sur sa joue. Son nez ne saigne plus. Il n'a pas l'air cassé.

— Comment va notre héroïne ? demande Penneroux.

— Ça va, répond Audrey.

— Racontez-nous ! dit Blériot en se dandinant sur ses jambes.

Louise Luz prend la parole la première.

— J'ai interrogé le mari de la patronne séparément. Figurez-vous qu'il se souvient très bien de Samia Naïm. *« Une jeune motarde super sexy, avec des piercings et des tatouages »*, selon ses propres termes. Pas étonnant qu'il ne l'ait pas mentionnée devant son acariâtre de femme. Et l'autre fille aussi était mignonne. Elles étaient bien deux. Blondinettes l'une et l'autre, la vingtaine à chaque fois. Florian est en train de l'interroger : Samia Naïm a effectivement demandé au restaurateur où habitait le docteur Hoffman, c'est lui qui a indiqué le chemin conduisant à la maison dans le bois. On tient enfin notre lien entre les deux affaires ! (Elle se tourne vers Audrey.) Lieutenant Valenti, vous nous résumez la situation ?

Audrey sourit malgré les ecchymoses sur son visage.

— Dimanche soir, les deux filles débarquent à la Pointe de Horda. Elles boivent un coup et traînent un peu. Plus tard dans la soirée, elles se rendent au domicile du professeur Hoffman. Avant ou après sa mort, on n'en sait rien. Mais il se suicide dans son hangar à peu près en même temps. Les circonstances sont louches : Hoffman se tue en position debout, il prend ses médicaments avant, il abandonne un animal blessé alors que d'habitude il les soigne. En outre, le type est bizarre : professeur de médecine et ancien doyen de la fac d'un côté, homosexuel amateur de soirées costumées de l'autre, voire carrément membre d'une secte. En tout cas, l'histoire de la baie de Somme se termine, et les filles rentrent à Paris. Mais dès le lendemain matin, Samia Naïm se fait agresser dans le métro, et un cinglé écrit un message sur la rame avec son propre sang.

Blériot tripote sa moustache avec excitation.

— Waouh ! Des capuches pointues façon Ku Klux Klan, des rituels satanistes, un gars qui sacrifie une fille dans le métro en la livrant aux rats, les deux affaires sont forcément en rapport !

— Et le proc de Paris est d'accord avec ça, entérine Luz. On a de la chance, ce magistrat nous a carrément à la bonne.

— Ce n'est pas de la chance, dit Audrey en baissant les yeux. C'est mon ex.

— Quoi ? dit Luz.

Un silence tombe sur le groupe tandis que tous les regards convergent vers Audrey. Elle se mordille la lèvre inférieure, comme à chaque fois qu'elle stresse. Puis finit par relever la tête. Qu'a dit la vieille institutrice, déjà ? Lâcher prise.

— J'ai été mariée avec ce procureur. J'ai divorcé. Je crois qu'il essaye de me remettre la main dessus. Alors il joue au type sympa. Je n'ai pas répondu à ses sollicitations pour le moment, et ça risque de finir par me jouer des tours. Voilà, dit-elle d'une voix de plus en plus faible. De toute façon, vous l'auriez su un jour ou l'autre. Autant que ce soit moi qui vous l'apprenne.

Luz fronce les sourcils.

— Batista est au courant de cette situation ?

— Bien sûr. C'est un calcul de sa part.

— C'est pour ça qu'il vous a recrutée ? demande Blériot.

— Pas pour vos compétences ? ajoute Penneroux.

Cette fois Audrey ne répond pas. Elle a l'impression de rapetisser sur place. Louise la prend par les épaules.

— Vous savez quoi ? dit-elle. On s'en tape. Valenti, vous avez fait un super boulot. Qu'il s'agisse de votre ex ne change rien. Il a appelé le procureur d'ici. Les gendarmes de la Somme ont été dessaisis de l'enquête.

La capitaine Luz contemple le groupe, les yeux flamboyants.

— À partir de maintenant, l'affaire est à nous.

36

Je suis de retour chez moi, au dernier étage de mon immeuble, dans mon bel appartement blanc. Dehors, Paris est en train de blanchir aussi sous une fine couche de neige. Le blanc. Le vide. Comme les murs de cette pièce. Comme mon cerveau. Cette affaire me fait tourner en bourrique, elle me rend dingue, et toute cette pâleur immaculée m'énerve.

J'ai appelé Zayane au moins dix fois, mais elle ne répond pas. Pourquoi m'ignore-t-elle ? Combien de temps lui faut-il pour examiner une tête décapitée ? Et Batista ? Comment se fait-il qu'il soit collé à mes basques dès que je descends dans la rue ?

J'ouvre mon réfrigérateur : il est vide. Quant au congélateur, il contient toujours les mêmes plats individuels, bien sûr. La petite souris n'est pas passée pour recomposer mes menus gastronomiques durant mon absence.

Je retire ma veste, mes chaussures et mes chaussettes, et je me promène pieds nus. Pas besoin de nourriture, ni de sommeil. Je suis maigre et je m'en cogne, de toute façon je ne vais même plus me peser dans la salle de bains. Qui a dit « on n'est jamais trop mince, ni trop riche » ? Je sais comment reprendre des calories. J'en ai marre de tout ce blanc chez moi. Il me faut quelque chose de plus sombre. De plus corsé.

J'ouvre le tiroir du bas du congélateur, il contient une bouteille de vodka Zubrowka à l'herbe de bison. Réserve spéciale en cas d'urgence. Je mets aussi de la musique. J'ai une chouette enceinte wi-fi – devinez la couleur – sur laquelle je balance « You want it darker » de Leonard Cohen, voilà qui fera parfaitement l'affaire. J'écoute sa voix rouler comme des galets dans les profondeurs d'un torrent. Je prends la bouteille à la main. Contact glacial. Je ne l'ouvre pas.

« I struggled with some demons », susurre la musique, *« you want it darker… »*

J'ai commis des erreurs de jeunesse, c'est sûr. Et à l'âge adulte également. Je n'ai pas été un mari exemplaire. Ni un amant parfait, puisque Audrey m'a rayé de son existence. J'ai menti, triché à plusieurs reprises. Mais j'avais l'impression ces derniers mois d'être parvenu à un certain équilibre : un environnement sobre, pas de bêtises au quotidien, un travail intensif qui m'empêchait de réfléchir. Jusqu'à la semaine dernière, tout allait bien encore, notamment grâce à l'aide bienveillante de Greta.

Et puis Justine a disparu. La famille Van Grenn s'est mise à vaciller. Et moi avec.

« We kill the flame… »

C'est idiot à dire, mais Greta était un peu le rempart qui me protégeait du vide. J'ai toujours admiré sa droiture, la façon dont elle gérait le service et, au-delà, notre bien-être. Elle a toujours su me préserver de mes démons. Jusqu'au moment où elle a dû affronter les siens. À présent, je la sens désemparée et fragile. Les incertitudes qui entourent la disparition de sa fille l'ont affaiblie. Elle est devenue aussi frêle que moi. Il n'y a plus personne sur qui je puisse compter.

J'observe mon reflet déformé à la surface du verre, en faisant rouler la bouteille glaciale entre mes paumes. Je pose la bouteille sur le comptoir et dévisse le bouchon.

« *I'm ready, my lord* », murmure Lenny.

Le problème est le suivant : Justine s'est penchée au bord d'un gouffre. Et elle est tombée dedans, j'en suis certain. Un puits ténébreux. Sans fond. Horrible. Où vos éclats de voix résonnent à l'infini, et dont vous n'avez aucune chance de sortir. Si je veux comprendre ce qui lui est arrivé, je dois sauter dans les ténèbres avec elle. En empruntant le même chemin.

Comment Justine et Samia se sont-elles rencontrées ? Cette dernière me l'a dit en prison : sur un forum spécialisé dans les photos post mortem. Le sujet passionnait Justine. Elle n'arrêtait pas de poser des questions dessus. Je me souviens du nom : *Thanatos Pictures.*

J'ai un ordinateur à écran plat installé sur le comptoir de la cuisine. Il n'est jamais éteint, il me sert de télé. Je remue la souris et l'écran s'allume. Je tape les mots dans le moteur de recherche, puis *Entrée*. Une liste de sites apparaît en lettres bleues. Celui que je recherche se trouve là, en tête : *thanatospictures.com*. Je n'ai plus qu'à cliquer dessus.

Je bois au goulot. Une bonne lampée. Le liquide descend dans ma gorge comme une coulée de métal en fusion.

« You want it darker… »

Je repose ma bouteille sur le comptoir. À portée de main.

Allons-y.

37

Je clique sur le lien. Une image s'affiche.

C'est une photo ancienne, aux tons sépia. Elle représente cinq femmes qui pleurent. Elles portent de vieux chapeaux noirs et des tenues élégantes. Elles cachent leurs visages dans des mouchoirs blancs.

Bienvenue sur le forum THANATOS PICTURES.
Photographies post mortem et scènes de deuil.

Dans un encadré, plus bas, je peux lire que la photographie a été réalisée en 1886. Ces femmes sont des pleureuses professionnelles, engagées pour les enterrements afin de rendre hommage aux défunts. Au premier plan, ce qui ressemblait à un morceau de tissu s'avère être la chevelure d'une jeune fille. Les cinq femmes sont penchées sur un cadavre allongé sur un lit. Je peux voir la blancheur du cou de la morte. La masse noire de ses cheveux dégouline vers moi.

Je recule un peu de l'écran et avale une nouvelle gorgée d'alcool.

En bas du site se trouvent deux boutons sur lesquels il est possible de cliquer. L'un annonce « EXEMPLES

DE PORTRAITS », et l'autre « FORUM : RÉSERVÉ AUX MEMBRES ». Je déplace le curseur de la souris sur le premier bouton et j'appuie. Une nouvelle page s'affiche.

Cette fois, c'est une galerie d'images, toujours en noir et blanc. Une femme avec la tête posée sur un coussin. Un jeune homme en habits du dimanche, penché en arrière dans une chaise. Un bébé enveloppé dans ses langes. Un vieillard sur un lit, avec trois enfants posés à côté sur la couverture. Deux sœurs debout, les yeux grands ouverts, appuyées tête contre tête.

Tout le monde est mort.

C'est marqué en bas.

En regardant de plus près, on peut voir les visages affaissés de certains cadavres, la bouche ouverte de l'un, ou les orbites creuses de l'autre. Pour les deux sœurs, elles sont bloquées dans cette position grâce à des cales, avec de fines coutures pour maintenir leurs paupières ouvertes – ça aussi, c'est expliqué dans un encadré.

Je trouve cela stupéfiant. Je connaissais l'existence de ces photos anciennes, mais je n'en avais jamais vu. Et je ne savais pas qu'on les exposait aujourd'hui sur le web.

La page que je suis en train de consulter porte le numéro 1. Il y en a une douzaine d'autres accessibles. Je les feuillette. La présentation est minutieuse à chaque fois. Toutes les images sont proposées sur fond noir, dans leur cadre d'origine, qui peut être un tableau richement décoré avec des dorures, ovale ou rectangulaire, ou bien dans un médaillon, ou encore une simple photo sur papier brut. De temps en temps on peut trouver une date inscrite en dessous : 1849, 1867, 1901… Et parfois quelques mots : « Mme Williams, allongée chez elle, dans son canapé, le doigt posé sur la page d'une bible, marquant son psaume favori. » « Jeune homme décédé de la lèpre (Madagascar, 1862), le visage partiellement reconstitué, les mains noires. » « Bébé Lizbett (Vienne, 1930) et sa poupée Guita. » Bébé Lizbett est une petite fille morte présentée sur un lit en dentelle, les yeux fermés, les mains jointes sur le ventre. Guita la poupée est collée contre son corps, dans la même position, mais les yeux du mannequin sont ouverts et regardent de côté. Ce mimétisme est volontaire, si l'on en croit l'explication fournie : la défunte est là-haut avec les anges, pendant que la poupée représente son âme qui regarde ici-bas.

Il y a même des animaux : « Toby le chien, mon seul ami (mot écrit par Pierre, 8 ans, Paris, 1939) » ou encore le lapin blanc « Némo », allongé dans un cercueil capitonné de satin, avec un bouton de culotte à la place de l'œil.

Je crois que je n'ai jamais rien vu d'aussi sinistre.

Je passe d'une image à l'autre, les pupilles agrandies, tantôt horrifié, tantôt fasciné, incapable de détourner le regard.

D'où vient ce frémissement qui remonte le long de mon échine ? Je n'ai pas éprouvé cela en voyant les photos de la fresque de Justine. Peut-être parce que je ne l'ai pas bien observée, ou pas assez longtemps. Ou bien ce sont les explications qui accompagnent les images. Les noms, les dates, les textes courts, ces éléments sont là pour vous faire prendre conscience de la réalité des choses. Vous n'êtes pas simplement en train de contempler des corps : ces gens sont réels. Ils ont existé. À un moment, ils étaient aussi vivants que vous et moi, ils avaient des parents, des proches qui les chérissaient, et puis ils sont morts, et leur cadavre est là, figé à jamais dans cette ultime représentation photographique.

Je comprends l'origine de mon émotion. À la morgue, pendant les études de médecine, les corps sont désincarnés. On fait tout ce qu'il faut pour qu'ils restent ainsi, des cadavres anonymes disséqués par Zayane et ses élèves à la faculté des Saints-Pères. Mais ici, c'est le contraire : les corps sont *incarnés*. Ce sont des personnes.

Différents sentiments continuent de me traverser telle une procession de spectres. Fascination. Répulsion. Compassion. Tristesse. Et une idée s'impose à moi : *Thanatos Pictures* n'est pas un simple site web.

C'est un mémorial où l'on vient pleurer les défunts.

*

Dehors, la nuit est tombée. Je grelotte. À force de rester courbé devant mon ordinateur, les pieds nus, j'ai sûrement attrapé froid. À mon poignet, les aiguilles de ma montre prétendent que j'ai passé plusieurs heures sur le site. Je ne m'en suis absolument pas rendu compte. Je me lève de mon tabouret. La bouteille de vodka sur mon comptoir est largement entamée. Je marche dans la pièce en passant mes ongles dans mes cheveux. Je me suis aventuré plus loin que prévu.

Je suis descendu dans le puits.

Je voulais comprendre pourquoi Justine fréquentait cet endroit, alors je suis retourné à la page d'accueil de *Thanatos*, et cette fois j'ai choisi le bouton « FORUM : RÉSERVÉ AUX MEMBRES ».

On m'a réclamé un pseudonyme et un mot de passe. Comme je n'en possédais pas, je suis allé dans la section « *Nouveau membre : enregistrez-vous* ». J'ai consciencieusement rempli le questionnaire, nom, prénom, adresse, téléphone, mail, en fournissant de fausses informations, bien sûr. Pour le mail, j'en ai créé un bidon pour l'occasion, afin d'éviter tout message publicitaire. J'imaginais déjà le genre : « *Au Joyeux Funérarium : deux cercueils pour le prix d'un ! Promos exceptionnelles sur le bois de sapin !* » À ce moment-là, j'avais encore un peu d'humour noir en réserve.

Une fois le questionnaire rempli, j'ai été surpris par les conditions qui sont apparues :

Quelle formule souhaitez-vous ?
1) Accès uniquement au Forum (1 an / 19 euros) ;
2) Forum + Galerie A : POST MORTEM ET DEUIL (1 an / 199 euros) ;
3) Forum + Galerie B : MÉDECINE ET ANATOMIE (1 an / 299 euros) ;
4) Forum + Galerie A + Galerie B (1 an / 399 euros).

Je ne savais pas que la connexion était payante. Ni que de tels montants pouvaient être nécessaires. Qui serait prêt à payer des sommes pareilles ? Et pour voir quoi ? Cela n'a fait qu'exciter ma curiosité.

Avant de régler quoi que ce soit, j'ai effectué quelques vérifications de base. Références du site, société, siège, tout m'a semblé correct. Le paragraphe « Qui sommes-nous ? » explique que la société *Thanatos Pictures* a plus de douze ans d'existence et qu'elle achète des photos anciennes dans le monde entier. Généralement à des familles qui souhaitent les vendre, mais aussi à des collectionneurs, à d'anciens photographes qui se débarrassent de leurs fonds, ou lors de brocantes. Elle authentifie chaque cliché, son origine, et les publie ensuite. Toutes les photos sont la propriété de *Thanatos Pictures*, les reproductions sont interdites.

J'ai choisi pour commencer un abonnement simple. J'ai réglé puis, muni de mon mot de passe et de mon pseudo, je me suis connecté au forum. Les fils de discussion étaient lugubres, mais je n'ai rien découvert d'extraordinaire. « Comment devenir thanato-practeur ? », « Prendre des photos de cadavres est-il interdit par la loi ? », ou « Qui connaît une société de pompes funèbres réalisant des photos ? » étaient les sujets les plus exotiques. Cela parlait aussi de jeux vidéo sanglants, de fringues gothiques ou de romans d'épouvante. Des sujets morbides, mais classiques pour des étudiants en médecine comme Justine, des professionnels comme Samia, ou des curieux comme moi.

La surprise n'est pas venue de là. Elle a commencé lorsque je me suis intéressé aux galeries, dont les abonnements étaient nettement plus chers.

Justine était venue sur ce site. Elle avait fabriqué une fresque avec des photos. Où avait-elle pu se les procurer, sinon dans les sections A et B ? Il fallait que je les explore.

La première, je l'avoue, m'a un peu secoué.

Pour la seconde, j'ai été forcé d'éteindre l'écran.

*

Je me promène dans l'appartement. Les images me hantent encore.

Jeune homme au visage éclaté par un train. Avant et après reconstitution. Amputations multiples chez une vieille dame encore vivante (Memphis, 1890). Frères siamois décédés à la naissance, cerveaux et visages en commun (carte postale). Monsieur Monroe, dit « l'homme incomplet », le crâne ouvert par une trépanation, toujours conscient.

Ce ne sont que des exemples. Il y a des centaines de pages. Des milliers de photos. C'est comme ça que je suis tombé sur celle de la femme décapitée. Elle était là, dans son bocal de formol, exposée sur ce site web depuis le début, sans date ni légende.

Les images sont terribles, difficilement soutenables, mais s'il y a des amateurs pour les voir, ça ne me concerne en rien. Les questions qui m'obsèdent, en revanche, sont les suivantes :

Qui a placé ici celle de la tête décapitée ? Pourquoi Justine s'est-elle intéressée à cette image précise ? Et surtout, comment a-t-elle retrouvé la véritable tête ensuite ?

Je n'ai aucune réponse. Il faut que j'aille plus loin.

Plus sombre.

J'ôte le reste de mes fringues et prends une douche brûlante. Je sors. Me sèche. Bois un coup de plus. Règle les radiateurs à fond et déambule à poil devant les baies vitrées. Je n'ai pas de voisins, j'en ai rien à foutre.

Il faut que j'examine à nouveau la fresque de Justine. Lorsque j'étais sur place, j'ai pris toute une série de clichés. Je reprends mon portable et feuillette mon album numérique. Voilà : la fameuse spirale qui recouvre un mur entier. La tête tranchée se trouve au centre, et d'autres photos mortuaires se déploient autour. J'en choisis une au hasard, je pose deux doigts sur mon téléphone et les éloigne pour agrandir l'image. Pas pratique. Je pourrais peut-être transférer ça sur mon ordinateur ?

Non. J'ai une meilleure idée.

Plus sombre.

Je file dans mon dressing. Lorsque j'organisais des staffs aux urgences les années précédentes, il m'arrivait d'utiliser un petit vidéoprojecteur portable. On peut y relier n'importe quoi, du moment qu'on possède le bon câble. Je l'ai rangé lors de mon déménagement. Mais où ?

Je fouille dans un tiroir, je jette les vêtements par terre. Il n'est pas là. J'en ouvre d'autres. Pas là non plus. J'écarte mes costumes noirs sur leurs cintres et tire un gros carton. Je le renverse sur le sol, sors enfin le vidéoprojecteur, cours dans le séjour, branche la prise et connecte mon téléphone dessus.

Ça y est : je peux maintenant balancer les photos

sur le mur. La fresque de Justine apparaît sur toute la hauteur de mon appartement.

Des images énormes. Quasiment taille réelle.

Mon intérieur se couvre de portraits effroyables.

Est-ce que je remarque quelque chose ? Non. Est-ce que ces images proviennent bien du site *Thanatos Pictures* ? Oui, il me semble. J'en ai déjà repéré une ou deux. Il faut que je vérifie pour le reste. Je le fais, et ça me prend du temps, mais j'en obtiens l'assurance : Justine a bien copié toutes les photos de sa fresque sur le site *Thanatos*. Elle les a soigneusement sélectionnées dans les galeries A et B, une par une. Je suppose que, à chaque fois, elle a dû les transférer sur une clé USB, puis se rendre dans un magasin de tirage et les faire imprimer en grand format, avant de les installer sur le mur par la suite. Ça a dû lui prendre des jours. Peut-être des semaines. Une tâche longue, difficile, et incontestablement perturbante. Pas étonnant qu'elle ait eu des idées noires, que Samia l'ait sentie bouleversée, et que l'on ne trouve aucun historique de navigation sur son ordinateur.

Mais pourquoi *ces photos-là*, précisément, et pas d'autres ?

Je tape du poing sur le comptoir.

— Qu'est-ce qu'elles ont de spécial, nom de Dieu ?

Mon énergie se vide. Dans l'armoire de la salle de bains, il me reste deux comprimés d'amphétamines sur une vieille plaquette. Je les avale d'un trait avec ce qui reste de vodka.

Mes forces remontent un peu.

Je tremble de tous mes membres.

— OK. On continue.

Maintenant je fais défiler les images. Une autre. J'avance, je recule. Je danse comme un diable dans mon appartement, au milieu de morts gigantesques et flous. Je ricane tout seul.

Qu'est-ce que tu voulais me montrer, Justine ?

Quel était le message, avec ta foutue fresque ?

Plus sombre.

Je diminue. J'agrandis à nouveau. Il y a un truc. Un petit rectangle noir en bas à droite.

Je règle la netteté au maximum. L'image actuelle montre un vieillard sur son lit de mort, mais il y a bien un rectangle noir en surimpression. Comme si on avait retouché la photo pour masquer quelque chose.

Je choisis une autre photo : le même rectangle. Je les vérifie toutes pour en être certain : toujours pareil.

— D'accord, dis-je d'une voix rauque que je parviens à peine à reconnaître.

Toutes les photos de Justine possèdent un rectangle noir en bas à droite, manifestement rajouté. Comme si on avait voulu masquer quelque chose. Qu'est-ce qu'on trouve en bas d'une photo ? Un numéro ? Une inscription ?

Je reviens à mon ordinateur sur le comptoir de la cuisine et compare avec d'autres images disponibles sur *Thanatos Pictures.* Lorsque je clique et que j'agrandis au maximum, je ne retrouve jamais de rectangle noir, sauf sur celles sélectionnées par Justine.

Je reviens à la fresque sur mon mur. C'est curieux, quand on les observe toutes ensemble, les photos paraissent homogènes. Soignées. Elles ont le même grain. On dirait presque des tableaux.

Plus sombre.

Des photos harmonieuses. Semblables entre elles. Comme si elles étaient réalisées par… un même artiste. Et qu'est-ce qu'un artiste inscrit sur ses tableaux ?

Sa signature.

En bas à droite.

Voilà. J'ai trouvé. Parmi toutes les photos post mortem disponibles sur *Thanatos Pictures*, Justine a découvert un lien. Des images semblables, dans un même style, marquées par un même bandeau noir.

Un seul artiste. Un seul auteur. Dont le nom a été effacé. Justine les a rassemblées dans une fresque. Exposées sur un mur.

Mais ce n'est pas les photos qu'elle montre.

Elle désigne le photographe.

38

Une jeune femme blonde se penche vers moi.

C'est Justine.

Je suis allongé sur le sol de mon appartement. Elle me parle. Mais je n'arrive pas à comprendre. Je cligne des yeux. Ses cheveux lui font un halo doré autour de la tête, on dirait un ange. Elle s'adresse à nouveau à moi. Ses lèvres bougent, mais aucun son ne me parvient. Elle se penche plus près, et je vois son visage qui change. Ses yeux se creusent. Ils rentrent dans leurs orbites, se dessèchent et les pupilles basculent vers le haut. La peau de son cou devient pâle. Se craquelle. S'effrite comme des flocons d'avoine. Ses cheveux noircissent, s'allongent et tombent sur mon torse tel un nœud de vipères grouillantes.

Justine est morte. Ce n'est plus qu'un cadavre immonde et ricanant.

Pourtant la chose continue de descendre vers moi. Ouvre sa bouche ornée de dents pourries et s'approche de mon visage. Je peux voir la noirceur de son palais. À l'intérieur, sa langue remue comme un gros ver rose dans une plaie béante.

« …ooovakkk… ooooous m'eeeeenteeeendeeeez ? »

Je pousse un hurlement.

Le cadavre me jette un verre d'eau à la figure.

— Docteur Kovak, ça va ? demande Samia Naïm. J'émerge en secouant la tête.

— Hein ? Qu'est-ce qui s'est passé ?

— Vous avez pris une cuite, fait-elle en tamponnant mon front avec une serviette éponge. Désolée pour le verre d'eau.

Je m'assois. Mon dos est calé contre mon matelas. Je suis au milieu du séjour. Mon appartement ressemble à un champ de bataille. Il y a du verre brisé, de l'eau sur le sol, des vêtements répandus dans la pièce. À l'intérieur de mon crâne, une entreprise de travaux publics s'applique à bâtir un gratte-ciel – du moins est-ce l'impression que ça me donne.

Samia se penche, m'attrape par les épaules et m'aide à me relever. Sa figure est encore marquée par les ecchymoses, mais elle n'a plus de bandage autour de la tête. Pour le reste, je ne peux pas voir, elle a ses vêtements. Je réalise alors que moi, je n'en porte aucun.

— Hé ! Je suis à poil !

— J'avais remarqué.

— Qu'est-ce que vous faites ?

— Je vous conduis sous la douche. Vous êtes glacé. Il faut vous réchauffer.

— Je suis capable de me doucher seul.

— Mais j'espère bien ! me crie-t-elle dans les oreilles. Et si vous râlez encore une fois, je repars et je vous laisse en plan. Quand je pense que c'est moi qui sors de l'hôpital…

*

278

J'émerge de la salle de bains plus tard, lavé, rasé, habillé. Ça m'a pris du temps pour reprendre figure humaine. Mais pas question de me montrer avant. Il est midi, j'ai dû m'effondrer à l'aube et passer toute la matinée dans l'inconscience totale. Cette jeune femme que je connais à peine m'a vu dans le pire état possible. Peut-on imaginer situation plus affligeante ?

— Hum. Bonjour, dis-je en revenant.

Samia a posé une doudoune sur le comptoir. J'ai noté aussi la présence d'un sac polochon dans un coin de la pièce. Elle termine de ramasser le verre dans l'entrée avec une pelle et une balayette. Je poursuis :

— Vous n'aviez pas besoin de faire ça.

— Je sais, dit-elle en jetant les débris dans le vide-ordures.

Elle range les accessoires sous l'évier et s'essuie les mains. Je hoche la tête en direction de la porte.

— Comment êtes-vous entrée ?

— C'était ouvert.

— Ah bon ?

— Votre veste traînait sur le palier. Vous avez dû essayer de sortir. Vous auriez pu vous couper. Vous étiez, euh…

— Nu.

— Surtout ivre.

— Je me sens gêné.

— Bah, j'ai souvent vu mon père dans cet état.

— Où est-il, ce brave homme ? dis-je en tentant l'humour.

— En Algérie. Avec ma famille.

Samia a remis une bonne partie de ses piercings. Ses bagues clinquantes. Et ajouté des bracelets. Tout ce bazar fait du bruit quand elle bouge les bras. Je ne vois pas de sang dessus. Je suppose qu'elle a tout nettoyé minutieusement. Elle s'est maquillée en mettant du noir autour de ses yeux pour masquer ses ecchymoses du mieux possible.

— Vous êtes sortie de Cusco ce matin ?

— Oui. Le reste sera fait en consultation externe.

— Je craignais des blessures plus graves.

— Elles le sont. Mes jambes sont dans un état pitoyable. J'ai droit à des pansements par une infirmière tous les jours. Mais je n'ai pas subi d'intervention lourde. Je dois revoir le chirurgien dans une semaine pour ôter les points. Il m'a dit que ma guérison prendrait du temps. J'ai des ordonnances pour les antalgiques. Et une lettre pour aller voir un psy.

— Comment s'est passée votre garde à vue ?

— J'ai fait comme vous m'aviez dit. J'ai expliqué tout ce que je savais. Ils n'avaient pas de motif pour me retenir, alors ils m'ont laissée tranquille.

Elle s'assoit sur mon tabouret de cuisine et me raconte tout en détail. Je me contente de marcher dans la pièce en l'écoutant. Dehors, la neige tombe encore, mais de façon modérée, juste de quoi laisser quelques traînées blanches sur les trottoirs. La Seine charrie des flots sombres et boueux. Samia m'explique sa balade à moto dans la baie de Somme, la discussion qu'elle a eue dans le tunnel avec Justine, et son interrogatoire par les flics. Elle est courageuse, mais je sens qu'elle a besoin de parler, d'évacuer le traumatisme de ces derniers jours.

— Le plus dingue, conclut-elle, c'est que la police pense que Justine pourrait être mon agresseur.

— J'avoue que ça m'a traversé l'esprit.

— Pourquoi ?

— On ne sait pas qui vous a frappée. Elle a disparu ensuite.

— Elle ne ferait pas de mal à une mouche !

— À chaque fois que vous interrogez les voisins d'un tueur en série, ils vous racontent que c'était un gars formidable.

Samia lève les bras au ciel dans un cliquetis de bracelets.

— C'est n'importe quoi ! Justine avait peur de quelqu'un !

— Que personne n'a vu.

— Il se trouvait dans la maison, à la Pointe de Horda. Elle était persuadée qu'il nous suivait.

— Les flics, qu'est-ce qu'ils en pensent ?

— Ils ne me racontent pas leurs hypothèses.

— Et vous ?

— J'ai la trouille. La police m'a demandé de rester à sa disposition, d'être prudente et de rentrer chez moi. Je l'ai fait, mais l'appart de Justine est devenu sinistre. Maintenant j'ai peur d'y dormir seule.

— Vous n'avez pas d'amis ? Un petit copain ?

Elle regarde ailleurs, gênée.

— J'ai quelques plans. Mais personne qui me laissera simplement squatter un peu, au calme, le temps que je me retourne.

— Alors que le brave docteur Kovak...

Elle hausse les épaules.

— Qui vous a donné mon adresse ? fais-je en soupirant.

— Le commissaire.

— Batista ?

— Il a dit que je serais en sécurité. Il vous aime bien.

— Batista ?

— Ça fait deux fois que vous prononcez son nom.

— C'est la surprise.

Je prends mon téléphone.

— Qu'est-ce que vous faites ? elle demande.

— Je vais l'enguirlander.

Elle récupère sa doudoune sur le comptoir.

— Pas la peine. Je vais partir.

— Non !

— Vous ne voulez pas m'aider.

— Mais si !

— Alors quoi ?

Je range mon téléphone.

— Alors j'ai faim. Allons déjeuner, mademoiselle Samia.

*

Elle termine de manger. Je la regarde. Je n'ai jamais vu quelqu'un dévorer autant de crêpes aux pommes caramélisées à la suite. En sortant de l'appartement, les flocons tombaient toujours et je trouvais les trottoirs glissants. J'ai préféré qu'on se réfugie dans une crêperie pas loin. Le décor est sympa, tout en boiseries, avec des box individuels et pas trop de lumière.

Parfait pour se retrouver au calme. On prend notre temps, on discute, parfois Samia pianote simultanément sur son portable, un sourire distrait sur les lèvres en répondant à ses copines. Dans le monde d'Internet, la tchatche ne s'arrête jamais. Je regarde au-dehors. Avec un peu d'imagination, je pourrais être dans une station de ski à deux pas des pistes.

Samia repose son téléphone.

— Désolée. J'annulais une séance de tatouage. C'était prévu de longue date. Je crois que les tatouages, c'est fini pour moi. En tout cas pour le moment.

— Vous en avez beaucoup ?

— Oui. Je les dessine.

— J'en porte quelques-uns, dis-je avec fierté.

— Je sais.

Je rougis un peu.

— Pardon, ajoute-t-elle. C'était difficile de ne pas les voir. Un dragon sur votre jambe gauche et une salamandre sur celle de droite. Plus un troisième sur le torse. Ils sont sympas.

— Souvenir de mes années étudiantes.

Elle boit son cidre. Je ne touche pas au mien. Elle repose son gobelet sur la table.

— Alors je peux rester chez vous ? Seulement quelques jours. Je discute avec d'autres gens. Je vais trouver une solution.

— Pas de problème.

Ses doigts parcourent le bord du gobelet.

— Je dois quand même vous demander un truc. Promettez-moi de ne pas vous vexer.

— Allez-y.

— Vous êtes un alcoolique ?

Sa question me prend par surprise. Je mets quelques secondes à répondre.

— Non. Cette nuit était un accident.

Elle me regarde d'un air de reproche.

— Mon père boit. Et ce n'est pas « un brave homme », comme vous avez dit. J'ai quitté ma famille pour des raisons diverses. Celle-là en est une.

Je mesure soudain toute la souffrance qui peut se cacher derrière une telle déclaration.

— Je ne bois pas.

— C'est ce qu'ils prétendent tous.

— Vous ne risquerez jamais rien en ma compagnie, Samia. Je vous le promets. J'ai trop tiré sur la corde ces derniers jours. J'étais fatigué, et j'ai cherché à reprendre mon énergie de la mauvaise manière. Je n'ai pas vraiment d'excuse. À part le fait d'enquêter sur une histoire troublante.

— Vous *enquêtez* ?

— En y réfléchissant, c'est le terme exact.

— Racontez-moi.

Elle met ses mains sous son menton, les coudes appuyés sur la table en bois, attendant la suite.

Décidément, cette fille est directe. Mais pourquoi ne pas lui dire, après tout ? Je lui narre l'histoire depuis le début. Ma rencontre avec Justine, la tête coupée, l'opinion de Zayane sur la question, mon équipée dans les profondeurs de la fac – j'omets le passage où je cambriole son appartement –, la découverte de la fresque, puis ma visite sur *thanatospictures.com* et mon hypothèse concernant les rectangles noirs, qui cacheraient la signature d'un même artiste. Ses yeux s'agrandissent lorsque je livre cette dernière partie. Elle réfléchit, puis demande :

— Donc un seul photographe aurait pris ces clichés ?

— C'est ce que je pense.

— Et on aurait caché sa signature ? Chelou !

— Peut-être. Je ne sais pas comment l'interpréter.

— En tout cas, il a été repéré par Justine. Mais pourquoi elle s'intéressait à lui ?

— C'est ce que j'aimerais bien savoir.

Samia se tapote la pointe du nez.

— Ce gars, ce serait celui qui habite dans la Somme, alors ?

— Il y a des chances. La tête était là-bas.

— Vous croyez qu'il est dangereux ?

— Possible.

— Il pourrait être mon agresseur ?

— Si ce n'était pas Justine.

— Arrêtez avec Justine…

— On ne peut pas exclure cette hypothèse, je réplique.

— Elle n'est pas cinglée !

— Bien sûr.

— Je m'occupe de cadavres et je ne suis pas folle !

— D'accord ! admets-je en levant les mains.

J'attends que Samia se calme. Elle lâche un soupir :

— Je peux la voir, cette fameuse fresque ?

— Tenez, dis-je en lui donnant mon portable.

Elle passe les clichés en revue.

— Rien n'est vraiment affreux. À part la tête.

— Et le fait qu'ils soient morts.

— Celui-ci était joli garçon.

— Lequel ?

Elle me montre un jeune homme à la barbe naissante, allongé de profil sur un épais coussin. Son
visage est tourné vers le plafond, les yeux clos. Il
est vêtu d'une élégante chemise blanche. Il a l'air
paisiblement endormi. L'arête de son visage est bai-
gnée de lumière. Derrière lui, le fond est d'un noir
uniforme, probablement grâce à un drap tiré par le
photographe. Seul le contraste entre l'ombre et la
lumière permet de comprendre que le jeune homme
est décédé et qu'il s'agit d'un hommage post mortem.

— C'est vrai, reconnais-je. La mise en scène est
belle.

Elle le regarde pensivement.

— C'est drôle, j'ai l'impression de l'avoir déjà vu.
Les traits de ce garçon me sont familiers.

Mon portable vibre. Un message. Le réseau de
mon opérateur capte mal dans cette crêperie. J'ai dû
louper un appel. J'espère que ce n'est pas l'hôpital ou
bien la fac pour me prévenir que je me suis planté
une fois de plus.

— Excusez-moi, dis-je à Samia en portant le téléphone à mon oreille.

J'appuie sur la touche de la messagerie.

Une voix résonne.

Hachée. Terrible. À peine reconnaissable.

« Christian, c'est Greta… Je… je… Il est arrivé
quelque chose… Est-ce que vous pouvez venir à
Boulogne… Je vous attends… »

Et ça raccroche.

39

À 11 heures du matin, Audrey Valenti n'est toujours pas habillée. Elle est en short et T-shirt, le corps
en sueur, dans son appartement au troisième étage
de la rue Léopold-Robert à Paris. Elle tape dans un
sac de sable.

Elle est rentrée hier soir de la Somme. Étant donné
ses blessures au visage après son agression, elle n'a
pas eu le droit de travailler aujourd'hui. « Rentrez
chez vous, allez consulter un médecin, a ordonné le
commissaire Batista, je ne veux pas vous revoir ici
avant deux jours. »

BONK.

Un coup dans le sac.

Il est accroché à une poutre et pend au milieu de la
pièce. L'endroit est censé être une chambre d'enfant.
Mais comme Audrey n'en a pas, autant la transformer en zone de combat.

Elle est allée voir son docteur comme prévu. Il
lui a diagnostiqué une contusion des os propres du
nez, une ecchymose de la joue gauche (taille géante,
l'ecchymose), et des abrasions multiples. Il lui a remis
un certificat médical descriptif des lésions avec interruption totale de travail de trois jours, un arrêt de

la même durée, et une ordonnance pour effectuer des radiographies. « Vous n'êtes pas enceinte ? » a-t-il demandé avec le sourire. Non. Elle ne l'est pas. Pourquoi cette question, elle a pris des kilos en trop ? « Du tout, a-t-il répliqué, c'est pour ajouter des anti-inflammatoires. Vous en aurez besoin parce que votre joue va gonfler, et ces comprimés sont contre-indiqués en cas de grossesse. »

BONK.

Nouveau coup.

Comment serait-elle enceinte, puisqu'elle ne fréquente personne ?

Elle est sortie de chez le médecin, a jeté tous les papiers dans une poubelle, puis est allée s'acheter du paracétamol et des pochettes de glace.

À son arrivée chez elle, nouvelle surprise : un petit mot doux de son banquier l'attendait sur son répondeur. Apparemment, ses revenus ont baissé de façon importante. Depuis qu'elle n'est plus juge d'application des peines, son salaire de lieutenant de police ne suffit plus à payer son loyer. Surtout quand on habite « un appartement de prestige dans un quartier chic du XIVe arrondissement », dixit le conseiller. Il lui recommande de déménager, ou de prendre un crédit, voire les deux, car les réserves sur son compte vont s'épuiser rapidement si elle continue de la sorte. C'est un conseil amical, rien ne presse, mais il préfère agir de façon préventive.

Un appartement de prestige, ça ? Elle a de la moisissure dans toutes les pièces, elle doit se battre contre les invasions d'insectes, et les gens du rez-de-chaussée ont vu des rats dans la cour intérieure. Des rats. En plus Audrey ne peut pas déménager maintenant, c'est impossible, pas en pleine enquête. Quant au crédit, elle n'a ni le temps, ni l'envie d'accomplir les démarches. Et puis il faudrait que quelqu'un se porte caution. Qui ? Rosa ? Plutôt mourir que d'appeler sa mère et lui parler de problèmes d'argent. L'autre ne la raterait pas. « Je te l'avais bien dit, ma fille. Changer de situation professionnelle à ton âge, ce n'était pas raisonnable ! Et regarde un peu l'état de ta figure. Qu'est-ce qui va t'arriver la prochaine fois ? »

BONK.

Des cris résonnent à l'étage du dessus. Une fenêtre s'ouvre dans la cour. « Qui c'est qui tape ? C'est pas bientôt fini ce bordel ? »

BONK ! BONK ! BONK ! termine Audrey, dans une dernière salve.

Elle ôte ses gants et les laisse tomber sur le sol. De toute manière sa séance était finie. Elle entrebâille la fenêtre pour aérer la pièce. L'air du dehors s'insinue à l'intérieur de l'appartement. Une caresse froide, et même glaciale, qui hérisse tout son épiderme. C'est agréable.

Le toit en face est recouvert de neige. À la télé, ils disent que la situation va empirer. Un peu comme ses problèmes courants. Elle les a passés en revue jusqu'à 1 heure du matin, dans son lit, les uns après les autres. Le manque d'argent. Les conflits avec sa mère. Sa situation professionnelle. Son absence de vie amoureuse. Ses soucis de santé. La relation avec ses collègues du groupe. Puis on repart pour un tour. Le sommeil a fini par venir. Crise d'angoisse à 4 heures, d'un coup. Suffocante. Elle a réussi à ne rien prendre. Ni médicament, ni cigarette. Une petite victoire dont elle est fière. Il fut un temps où elle se serait précipitée en pleine nuit sur le boulevard du Montparnasse jusqu'à dénicher un établissement vendant des clopes.

Audrey va prendre sa douche, ressort et s'examine dans la glace. C'est vrai qu'elle a une sale tête. Cet enfoiré à la Pointe de Horda n'y est pas allé de main morte.

Elle s'habille, teste une écharpe pour masquer les traces de doigts sur sa gorge, ainsi que divers maquillages avec des couleurs en opposition. « La clé d'une opération dissimulation réside dans le choix de vos couleurs ! » clame gaiement la brochure accompagnante. « Si vous avez la peau d'une carnation claire, un correcteur rose est le plus indiqué afin de neutraliser les tons rouges et violets ! » Faites-vous tabasser, les entreprises de cosmétiques trouveront encore le moyen de faire leur beurre sur votre dos.

À midi, on sonne à sa porte. C'est un livreur de fleurs. Il apporte un bouquet de roses. Pas les plus belles, ni les plus chères, mais un petit mot gentil les accompagne : « Ma chérie, j'ai appris pour ton agression. J'espère que tout va bien. Tu es une battante. Voyons-nous chez ta mère ce week-end. Je voudrais qu'on discute. » Son ex-mari, bien entendu. Elle remercie le livreur, lui donne une pièce, puis referme.

Vous n'avez pas besoin d'être la meilleure en tout. C'est bien ce qu'a dit la vieille institutrice ? Alors pourquoi s'acharner ? Il suffit qu'elle renonce.

Elle observe son appartement. Ici, elle a fait l'amour avec Chris Kovak dans toutes les pièces. Elle n'a jamais connu une telle relation. Une telle union des âmes. Ni ressenti une telle trahison lorsque leur relation s'est terminée.

Son cœur est fragile. Physiquement fragile. Elle ne peut pas le remettre à l'épreuve sans cesse. Il suffirait qu'elle se remette avec son ex, et la moitié de ses problèmes seraient résolus. Il suffirait qu'elle redevienne juge, et ils seraient résolus en totalité.

Vous n'avez pas besoin d'être la meilleure.

Peut-être. Mais si l'on s'interdit de courir après ses rêves, à quoi rime l'existence ?

Elle ôte son maquillage, retire son écharpe et enfile son blouson.

— Allô, capitaine Luz ? Ici Valenti… Non, je n'ai pas pris d'arrêt… Oui, je me sens bien… Une réunion de groupe dans une heure ? J'arrive.

*

Évangile. Une forteresse de dehors. Une fourmilière en dedans. Ils sont plusieurs centaines à y travailler. L'Unité de Recherches et d'Investigations n'est qu'un petit groupe, considéré comme des cowboys par certains, comme du personnel superflu par d'autres. Pourquoi leur allouer ces nouveaux crédits alors qu'il existe tant de services spécialisés ailleurs ? Même en interne, l'évolution de l'URI est un enjeu.

Audrey franchit le mur d'enceinte et le portillon de couleur crème, grimpe l'escalier, marche sur la passerelle, tourne à droite et s'introduit dans le bunker. Dernier étage. Salle de réunion. Elle s'arrête devant la porte en retenant son souffle. Quelle va être sa crédibilité, maintenant qu'elle a révélé au groupe que son ex-mari est le magistrat en charge de l'enquête ?

Elle prend une inspiration. Puis entre. Des sourires spontanés l'accueillent. Blériot et Penneroux hochent la tête en même temps, Florian d'Apremont lui adresse un clin d'œil, Wang dessine un « O » avec sa bouche – probablement en découvrant ses ecchymoses – et la capitaine Luz la regarde avec fierté. Batista se contente de hausser un sourcil.

— Lieutenant Valenti. Je vois que rien ne vous arrête. Ni la neige, ni les ivrognes barbares du Grand Nord, ni le sublime salaire que l'on vous offre, ni les ordres de votre patron.

Rires autour de la table.

Audrey s'assoit et se détend un peu.

— Je tiens à vous présenter mes excuses, poursuit le commissaire. À vous, Valenti, et à tout le monde par la même occasion. J'aurais dû annoncer à l'équipe qui était votre ex. C'était une erreur de ma part. Elle vous a mise dans une position inconfortable et j'en suis désolé. Tout le monde est d'accord pour dire que vous faites un travail formidable. Vous méritez votre place. Chacun d'entre vous la mérite. Les adversaires qui nous dénigrent sont partout, chez les gradés de la gendarmerie, à la Préfecture, et ici même, au sein de ce bâtiment. Ils adoreraient nous boulotter d'un bon coup de canines. Il faut boucler cette enquête, sinon la Géante Jalouse va nous avaler tout rond.

— Qui est la Géante Jalouse ? chuchote Blériot à l'oreille de Penneroux.

— Aucune idée.

— Capitaine Luz, dit le commissaire, c'est à vous.

Louise se lève.

— Wang a fait des recherches sur le docteur Hoffman, l'homme qui s'est suicidé dans la Somme. Wang ?

Ce dernier sourit de ses dents irrégulières. Ses cheveux noirs sont coiffés en désordre, avec des pointes maintenues par du gel, probablement dans une tentative de coupe de cheveux à la mode, se dit Audrey. Il s'empare d'un dossier rempli de feuilles volantes, de notes manuscrites et de Post-it.

— J'ai fait un mémo. Je l'ai envoyé sur vos mails, dit-il en ouvrant son dossier. En résumé, Howard Philippe Hoffman a eu son diplôme de docteur en médecine à l'université Descartes. Interne des Hôpitaux de Paris, puis chef de clinique, il est devenu professeur agrégé, chef de service de gynécologie, et finalement doyen de la fac.

— Le plus haut poste ? s'étonne Florian.

— Et ce n'est pas tout. Au niveau international, Hoffman était une pointure : vice-président de la conférence internationale des doyens et des facultés de médecine d'expression française, membre de l'*European Society of Gynecology,* attaché à la Mayo Clinic de Jacksonville, chevalier de la Légion d'honneur, et j'en passe. Il a beaucoup voyagé à l'étranger. Afrique du Nord, Angleterre, États-Unis. Il a été le trait d'union entre de nombreuses universités de médecine.

— La Mayo Clinic est l'une des institutions américaines les plus connues, explique Audrey.

— Il n'a pas fait de découvertes exceptionnelles, poursuit Wang. En revanche, il a beaucoup œuvré pour faire évoluer la pensée médicale en général. Notamment auprès du grand public. On retrouve son nom dans de nombreuses commissions : éthique, procréation assistée, protection maternelle et infantile... Tout est dans le mémo.

— Un homme d'influence, fait remarquer Luz.

— Il ressemble à un mec bien, dit Penneroux.

— Rien de plus croustillant ? demande Blériot.

— Non, répond Wang en haussant les épaules. Sa carrière monte, puis redescend. Il a pris sa retraite il y a une dizaine d'années, à l'âge de soixante-quatre ans. Ça correspond à son déménagement dans la Somme.

— Ce n'est pas jeune pour un médecin ? intervient Florian.

— Oui et non, dit Audrey. Il a pu cesser de pratiquer tout en continuant de collaborer à des revues.

Wang épluche ses notes d'une main, tout en essayant d'aplatir l'une de ses mèches enduites de gel de l'autre.

— Hoffman apparaît effectivement dans quelques articles. Puis plus rien. J'ai passé des coups de fil : on m'a parlé de syndrome dépressif sévère. Cela semble cohérent avec son suicide.

— Pas de procès ni de plaintes ? demande Batista.

— Uniquement des louanges.

— Et côté vie privée ? interroge Luz.

— Il n'était pas marié. Ni femme, ni enfant. On m'a fait comprendre à demi-mot qu'il était homosexuel, dit Wang. Mais sans compagnon officiel. Je n'ai déniché aucune histoire sordide. Et encore moins de messes sataniques avec des gens habillés en noir et portant des cagoules pointues.

Audrey croise les bras.

— Le pêcheur de Horda avait pourtant l'air sûr de lui.

— Et Hoffman s'était retiré du monde, renchérit Luz. Vous verriez l'endroit. C'est étrange. Il faut qu'on creuse.

— Sans famille, il était peut-être malheureux ? suggère Batista d'un air pensif.

Luz ignore la remarque.

— On va faire rapatrier le corps d'Hoffman à l'IRCGN[1], dit-elle. L'autopsie aura lieu à Pontoise.

— Pourquoi pas Écully ? demande Blériot. Nos investigations scientifiques se font là-bas, d'habitude.

La capitaine lève trois doigts en l'air.

— Pour trois raisons. Un : l'Institut de Recherche Criminelle de la Gendarmerie Nationale dépend de la gendarmerie, comme son nom l'indique. Donc pour eux, la pilule sera plus facile à avaler. Deux : Écully se trouve à Lyon, alors que Pontoise est à côté. Et trois : l'État veut faire de l'IRCGN la nouvelle plateforme commune. Donc, bon gré, mal gré, nous devons développer nos liens.

— Et pour la maison d'Hoffman ? demande Penneroux.

— Perquise, bien entendu. Vous y retournez avec votre cousin et vous la passez au peigne fin.

— Pas moi ? demande Audrey.

— Non, dit Luz. Je n'ai pas envie que vous traîniez à la Pointe de Horda. Les trois abrutis sont en cabane, mais ils ont peut-être des copains sur place. Et j'ai besoin de vous ailleurs.

— Où ?

— Amiens. Vous allez à la CIC, la Cellule d'Iden-

---

1. IRCGN : Institut de Recherche Criminelle de la Gendarmerie Nationale.

tification Criminelle où travaille Éric Beauvau. Vous vous entendez bien. Rapatriez tout ce qu'il vous remettra comme matériel. Et d'Apremont vous accompagne, sinon il va encore pleurnicher qu'on le laisse sur la touche.

Ce dernier sourit.

— Hey ! J'offre la tournée de cafés !

— Si ça vous fait plaisir, soupire Luz.

Florian se jette sur la machine et distribue les gobelets. La capitaine regarde Audrey, puis Batista.

— Il nous reste un dernier point, dit-elle. La petite Samia Naïm. D'Apremont et le commissaire l'ont auditionnée hier. Elle n'a pas demandé d'avocat. Elle a dit tout ce qu'elle savait. L'herbe qu'on a trouvée sur elle n'était pas la sienne.

— Samia est clean, précise d'Apremont. Testée négative. Le sachet de cannabis ne comportait même pas ses empreintes. Son agresseur aurait voulu nous envoyer sur une fausse piste qu'il ne s'y serait pas pris autrement !

— En revanche, reprend Luz, et c'est l'information importante, elle se trouvait dans le tunnel du métro en compagnie d'une autre fille. La personne chez qui elle loge. L'hypothèse logique est donc que cette deuxième fille serait son agresseur. Bien que Mlle Naïm conteste farouchement ce point.

Luz distribue une photo à chacun.

— Voici de qui on parle. Justine Van Grenn. Une étudiante en médecine jusqu'ici sans histoires.

— Elle n'a pas la tronche de quelqu'un qui tracerait des lettres de sang sur un métro, dit Blériot.

— Encore un médecin, dit Audrey. Quelle fac ?

— Descartes. Comme notre doyen, sourit Luz.

— Samia est sympa, intervient d'Apremont en déposant le reste des cafés sur la table. Elle m'a longuement parlé de Van Grenn. Et j'ai tendance à la croire. Samia est garçon d'amphi, vous vous rendez compte ? Elle recoud les cadavres. Et en plus elle fait de la moto !

Tout le monde le regarde. Louise Luz le considère d'un air pincé.

— Hum. Samia par-ci, Samia par-là, dites-moi d'Apremont, vous l'avez interrogée, ou vous êtes juste tombé amoureux d'elle ?

Florian devient cramoisi, bafouille quelques mots et termine en avalant son café de travers. La capitaine reprend :

— Bref. Justine Van Grenn a entraîné Mlle Naïm à la Pointe de Horda. Et c'est Justine, et elle seule, qui est entrée chez Hoffman. Or, cette fameuse Justine a disparu. La retrouver pour l'interroger devient donc une priorité. Je m'en charge, avec Wang. Nous allons questionner ses parents.

— Et Christian Kovak, ajoute Batista.

Audrey se redresse.

— Quoi ? Kovak est mêlé à cette histoire ?

— Oui.

— De quelle façon ?

— Il connaît les Van Grenn. Mère et fille.

— C'est un drôle de hasard !

— Pas vraiment, dit Batista. Justine Van Grenn, Christian Kovak et Howard Philippe Hoffman sont tous les trois issus de la même faculté de médecine. Curieux, non ?

40

Je me gare avenue Robert-Schuman, devant la haute maison aux allures de demeure victorienne. Samia est restée chez moi. Je sors de la voiture. La portière claque avec un bruit mat. Il n'y a pas de vent. Aucun son. On dirait que la neige a étouffé toute activité humaine. La rue est figée dans une blancheur immobile.

La porte de la maison s'ouvre et un homme vêtu d'un manteau sort sur le perron. Il porte une sacoche. Il se tourne vers Greta et touche son poignet avec sollicitude, puis descend à ma rencontre.

— Vous êtes le docteur Kovak ?

— Oui.

— Toutes mes condoléances.

— Que s'est-il passé ?

— Embolie massive. C'est mon avis.

— Vous n'avez rien pu faire ?

— Il était mort à mon arrivée. Je suis vraiment désolé.

Greta semble m'observer depuis le seuil, mais en réalité elle ne me voit pas. Son regard me traverse, fixé sur un point connu d'elle seule. Elle se tient de côté. Un peu penchée. Une main agrippée au chambranle de la porte. Elle ressemble à un marin sur le pont d'un navire dans la tempête.

— Monsieur Van Grenn souffrait d'un cancer métastasé, ajoute le médecin. Les embolies sont fréquentes. Mais sa femme ne s'attendait pas à ce décès brutal. Vous êtes un confrère et un ami de la famille. Je préfère vous expliquer la situation.

Une voiture s'arrête un peu plus bas. Deux hommes en descendent, un brancard entre les mains. Les pompes funèbres s'excusent et passent devant nous.

— Je les ai appelés pour qu'ils s'occupent du corps, dit le médecin. On ne peut pas le laisser. Madame n'habite pas ici. Ils vont l'emporter à la chambre funéraire. Elle pourra aller le voir si elle le souhaite. Faut-il prévenir quelqu'un d'autre ?

— Ils ont une fille.

— Je vous laisse vous en charger ? Mme Van Grenn ne s'exprime pas beaucoup. Je lui ai proposé un décontractant mais elle n'en a pas voulu. J'espère que vous l'aiderez mieux que moi.

Il s'éloigne.

Greta se retire, à reculons, dans l'ombre de la maison.

Je m'avance, et j'entre dans les ténèbres avec elle.

*

Le corps de Robert repose sur le parquet ciré, au fond du couloir dépourvu de meubles. Sa peau est pâle et semble déjà froide. La maison sent la cire d'abeille, comme avant. Mais la lumière semble encore plus tamisée que d'habitude. Le silence qui règne est à peine troublé par les gestes précis et délicats des pompes funèbres, accompagnés par les claquements de la pendule.

Greta se tient sur le côté. Elle ne prend guère de place. Elle ne dit rien. Elle ne renifle pas. Quand je m'approche, elle bouge lentement, comme si elle était constituée de verre et que le moindre de ses gestes menaçait de la faire éclater en morceaux. Peut-être est-ce ce qu'elle ressent. Une pression intérieure insoutenable. L'impossibilité de maintenir tous les fragments de sa personnalité ensemble.

Je l'entraîne plus loin.

— Une voisine m'a appelée, murmure-t-elle. Elle a dit qu'il avait fait un malaise.

Sa voix n'est plus qu'un souffle.

— Il est sorti chercher son courrier. Debout. Sans fauteuil roulant. Il faisait froid dehors. Il est allé jusqu'à la boîte.

Elle tourne ses yeux vers moi.

— Robert n'était pas un handicapé, vous savez ? Il pouvait encore prendre sa voiture. Il était autonome.

Je ne prononce pas un mot. Elle poursuit.

— La voisine l'a salué depuis la rue. Il lui a rendu son salut. Il paraissait crispé, la main droite accrochée à la poitrine. Sur le moment, elle a cru qu'il lui lançait des jurons. Robert avait un fichu caractère.

Les employés des pompes funèbres entourent le corps d'un drap-housse. Délicatement. Comme on recouvre un bébé qui dort. Leur visage est grave, professionnel. Ce n'est pas ridicule. C'est très bien.

— Robert est reparti sans son courrier, en titubant. Il est tombé dans l'entrée. La voisine a franchi le portail et couru jusqu'à lui. Il lui a demandé d'appeler un médecin. Elle l'a fait immédiatement. Puis il lui a dit de m'appeler, moi.

La glissière remonte le long du corps, et le visage de Robert Van Grenn disparaît de la surface de la terre.

— Il me téléphonait parfois, dit Greta. C'était devenu rare, mais il le faisait encore. Même maintenant. Je détestais ses appels. Ses gémissements, ses plaintes. Souvent, je ne me donnais même pas la peine de lui répondre. Mais jamais, jamais, il n'a demandé à quiconque de m'appeler à sa place. C'était la première fois. J'ai compris aussitôt.

Elle prend ma main. La sienne tremble.

Elle va se briser. Comme une statuette, là, sous mes yeux.

Parfois je ne sais pas quoi dire. Alors je ne dis rien.

*

Dans l'après-midi, je ramène Greta aux urgences de l'hôpital Cochin. Elle a quitté son service en catastrophe lorsque la voisine l'a appelée. Toutes ses affaires sont restées là-bas.

Willy nous accueille au milieu d'une consultation dense, l'air mi-jovial, mi-agité.

— Hey ! V'là le doc et la patronne !

En découvrant mon expression, son sourire idiot s'évanouit.

— Qu'est-ce qui se passe ? il bredouille.

— Il y a un box de libre ?

Il m'en indique un à l'écart. Je le prends et y installe Greta. Elle n'a pratiquement pas dit un mot.

Elle se laisse faire. On dirait qu'elle n'attend plus rien. J'explique à Willy la situation en deux mots.

— Elle est sous le choc, me glisse-t-il à l'oreille. Tu veux une perf ?

— Une ampoule de Valium.

— Comme si c'était fait.

Je m'assois à côté d'elle pendant que Willy la perfuse. Quelques têtes passent dans l'encadrement de la porte. Elles s'éclipsent aussitôt. J'ai le temps de voir des larmes. Nous vivons dans un petit monde. Quand la foudre s'abat sur l'un d'entre nous, chacun peut la ressentir comme si elle circulait le long d'une chaîne.

— Ça va aller, dis-je à Greta. Les médicaments vont vous faire du bien. Ils vont vous mettre en retrait. On soigne tous les types de douleurs, ici. Et cette douleur passera, comme les autres. Je vous le promets. Il faut juste vous laisser du temps.

Fermer les portes. Compartimenter.

Elle ne répond pas. Willy m'entraîne à l'écart.

— Tu crois qu'il va falloir l'hospitaliser ?

— Je ne pense pas. On attend la perf, puis je la ramène chez elle. Je vais lui prescrire un arrêt de travail. Comment ça se fait que tu bosses encore ?

— Addiction au boulot, tu connais, dit-il en agitant les mains. J'aime pas rester sans bouger, faut que ça enquille !

Je crois voir en lui une autre version de moi-même. Décidément, il semble que l'on carbure tous à l'adrénaline.

— Oui, eh bien ne tire pas trop sur la corde, je réplique. Je ne suis pas un exemple à suivre. Veille sur elle. Je vais chercher ses affaires.

Je traverse les couloirs en regardant par terre, pour

éviter les visages et surtout les questions. Son bureau n'est pas fermé. Je pousse la porte. J'entre.

Je suis à nouveau dans l'espace professionnel de Greta. Sa bibliothèque en ordre. Ses capsules de thé de toutes les couleurs. Ses petites manies. Je récupère ses effets personnels sur la table. Au moment où je m'apprête à sortir, mon regard s'attarde à nouveau sur les photos accrochées au mur.

La petite fille en train de jouer devant son château de sable.

Et l'autre, à côté. Je l'avais presque oubliée. Greta, plus jeune, en train de se promener sur une plage. En compagnie de la même petite fille, et d'un garçon adolescent. Il est très beau. Il lui ressemble.

Je m'arrête de respirer.

Je sors mon téléphone. Accède aux photos de Justine. La spirale de clichés mortuaires. Je m'arrête sur le jeune homme à la barbe naissante, celui qui porte une chemise blanche, la tête allongée sur un oreiller, le visage baigné par la lumière.

Je compare les deux.

Je décroche le cadre. Le retourne et sors la photo. Est-ce qu'il y aura une inscription au dos du papier ? Parfois, les gens en mettent une.

C'est le cas. Je reconnais l'écriture de Greta.

« Adam, Justine et moi »

Adam Van Grenn.
Justine a un frère aîné.
C'est le jeune homme de la fresque.

41

Je tourne un moment dans les couloirs de l'hôpital en essayant de me calmer. Donc, Greta aurait un fils aîné ? Et ce dernier serait mort ? Mais si c'est vrai, pourquoi ne me l'a-t-elle pas dit ?

Cette pensée m'énerve. En y réfléchissant, je réalise que je ne peux pas m'empêcher de ressentir cela comme une trahison. Les personnes en qui j'ai une telle confiance se comptent sur les doigts d'une main. L'agacement se transforme en colère. Je n'arrive plus à me concentrer. La redescente d'amphétamines et mon manque de sommeil sont aussi à l'œuvre. Je m'arrête à la cafétéria et m'envoie ma quadruple dose de caféine habituelle. J'ai besoin de récupérer un cerveau en marche.

Première étape, vérifier l'information.

Je pourrais m'adresser directement à Greta, mais je n'ai pas envie qu'elle mente encore. Je décide d'appeler plutôt le directeur de l'hôpital. Ils se connaissent très bien. Lui poser la question de manière détournée est plus simple pour en avoir le cœur net.

Je lui téléphone, lui annonce le décès brutal de Robert Van Grenn, l'état psychologique dans lequel se trouve notre surveillante, et la nécessité de la remplacer plusieurs jours. « Surtout après le drame qu'elle a déjà vécu avec son fils », j'ajoute à la fin.

Il y a un instant de flottement.

— Vous êtes au courant pour Adam ? dit le directeur.

— Bien sûr. À quand cela remonte, déjà ?

— Plusieurs années. Mais restez discret. Mme Van Grenn y tient. Je peux compter sur vous ?

— Naturellement.

Je raccroche. Je reviens dans le box des urgences. Je ferme la porte et bloque la poignée avec un chariot de réanimation. Je n'ai pas envie qu'on nous dérange.

Je jette la photo sur la poitrine de Greta.

— Justine avait un frère.

Malgré les calmants, ma surveillante ouvre les yeux. Je poursuis sur un ton sec.

— Vous savez quoi ? Votre fille faisait des recherches depuis des semaines. Elle s'intéressait à des sujets franchement macabres. Et je pense que ses recherches sont liées à lui. À Adam. Je ne sais pas ce qu'elle a découvert, mais c'est dangereux. Elle s'est ramenée ici avec une tête décapitée dans un sac. Et tout a dérapé ensuite.

Je m'approche de Greta. Sur le moment, je n'éprouve plus aucune pitié pour elle.

— Vous m'avez demandé de retrouver votre fille. Et j'ai accepté, peu importent mes motivations, dis-je en balayant l'air d'un geste. Je me suis penché sur son cas, j'ai étudié la gentille Justine, une petite étudiante bien sous tous rapports, en apparence, mais dont vous m'aviez prévenu qu'elle était perturbée. Et en effet, plus je creusais et plus je la trouvais bizarre, étrange, presque inquiétante. Comment pouvait-on avoir de telles idées noires ? Qu'est-ce qu'elle cherchait ? Et soudain, je découvre qu'elle a un frère. Mort depuis des années. Une information majeure, qui éclaire le comportement de votre fille sous un jour complètement nouveau. Sauf que vous n'avez jamais jugé utile de m'en faire part !

Je m'arrête pour reprendre mon souffle. Puis je poursuis :

— Je sais que vous êtes affectée par la mort de votre mari. C'est un coup terrible. Mais il faut se concentrer sur les vivants. Vous. Et Justine. Voilà ce que je pense : elle a été traumatisée par la mort d'Adam. Elle s'est lancée dans une sorte de quête. Et cette quête a mal tourné. Toute l'histoire est liée à ça. Alors expliquez-moi : qu'est-ce qui s'est passé dans votre famille ? Pourquoi vous ne m'avez rien dit à propos de votre fils ?

Greta Van Grenn tourne sa tête vers moi.

— Adam n'est pas simplement mort. Il a disparu. Ça fait sept ans.

*

Greta se redresse lentement et s'assoit en tailleur sur son brancard. Elle observe ses mains posées sur le drap rêche des urgences, paumes tournées vers le haut. Sa peau est marquée par des ecchymoses, là où Willy a dû s'y reprendre à plusieurs reprises pour poser l'aiguille à perfusion. Ses veines sont fines, abîmées, elles claquent pour un rien. Ma surveillante est âgée, tout simplement.

Elle réunit ses mains. Puis raconte.

— Nous sommes toujours allés en vacances en Floride. Adam, Justine et moi. Dans divers hôtels, depuis qu'ils sont jeunes. C'est là où mes enfants ont appris à nager. La famille de Robert avait de l'argent, son père était un riche industriel, il lui a légué sa fortune, nous n'avons jamais manqué de rien. Alors nous en profitions. La Floride, c'était un peu notre Normandie à nous. La photo que vous avez sortie de son cadre, celle où nous marchons tous les trois sur la plage, tout comme celle où Justine a construit son château de sable, vient de là-bas. Pour moi, il s'agissait d'un endroit magique. Hors du temps.

Greta respire lentement et sa tête retombe un peu sur sa poitrine.

— Robert n'était pas avec nous, l'année de cette photo. Ni les autres. Il ne l'était jamais. Je trouvais toujours un prétexte pour l'écarter. Ou bien il en trouvait un lui-même pour ne pas venir. Les vacances étaient le seul moment de l'année où nous n'étions pas obligés de faire semblant d'être une famille unie. C'est affreux, je sais. Et je ne vous demande pas de comprendre. À l'époque, je me racontais que je faisais ça pour le bien-être de mes enfants, il fallait maintenir une sorte d'équilibre pour chacun. Adam était au début de ses études de médecine. Il avait brillamment réussi son concours. C'était un être exceptionnel. Solaire. Si vous l'aviez vu...

Son visage s'éclaire brièvement, avant de s'assombrir à nouveau.

— Il était intelligent. Gentil. Drôle. Le garçon parfait. Tout le monde l'adorait, et il aimait tout le monde. Sa sœur était littéralement en extase devant lui. C'était son héros. Et un peu le mien, je l'admets. Cela s'est produit durant les vacances, aux premiers jours de mars, à la même époque que maintenant. Nous avions traversé l'océan tous les trois pour aller nous réchauffer. Justine avait quinze ans. Adam vingt et un. C'est cette fois qu'il a compris.

Ses mains se serrent l'une contre l'autre.

— Nous étions dans un endroit calme en dehors des grandes villes. Des amis d'Adam étaient venus à Miami en même temps que lui, mais il avait préféré rester avec nous. C'est une époque de l'année où beaucoup d'étudiants se retrouvent pour faire la fête. Ils affluent de toute l'Amérique, du Canada et même d'Europe. Ils envahissent les hôtels. Nous avions réservé une chambre dans un secteur isolé pour éviter la foule, et j'étais fière que mon fils ait fait le choix de rester en famille. Je ne savais pas combien de temps ça allait durer, je redoutais le moment où il allait nous quitter pour voler de ses propres ailes. Alors ces vacances-là, je me suis laissée aller plus que d'habitude. J'avais besoin de m'étourdir un peu.

Elle baisse la tête.

— J'étais encore jolie. Je regardais les hommes. Adam n'était pas bête. Il a commencé à avoir des soupçons en observant mon comportement équivoque avec certains serveurs de l'hôtel. Parfois, je buvais un verre. Un jour, il a vu l'un des serveurs m'embrasser dans le cou. Il a voulu lui casser la figure. La scène a été terrible. Après ça, il ne m'a plus regardée de la même façon. Il me parlait moins. Ou bien il s'adressait à moi sur un ton désagréable.

Il s'est mis à citer plusieurs épisodes des années précédentes, des moments où je m'étais comportée de façon ambiguë avec d'autres hommes. Puis il a fait le lien avec certaines de mes absences répétées à l'hôpital.

Elle pousse un long soupir.

— Je n'étais pas en tort à chaque fois, bien entendu. J'avais bien eu quelques liaisons amoureuses, mais Adam me soupçonnait de tout et de n'importe quoi. Cela devenait horrible. Cent fois pire qu'avec Robert, car nous avions un accord tacite entre adultes. Mais Adam, lui, se comportait en véritable mari jaloux. Nous nous sommes disputés plusieurs fois. Un jour, il m'a même jeté un verre à la figure. Justine n'y comprenait rien. Son frère ne lui avait pas mentionné ses soupçons concernant mes infidélités. Elle a simplement cru qu'Adam et moi traversions une crise. Il ne s'était jamais rebellé durant l'adolescence, elle a pensé qu'il se rattrapait d'un coup. Jusqu'à sa disparition.

Greta s'arrête un instant de parler. Les bruits du service des urgences deviennent une rumeur lointaine. J'ai l'impression de ne plus être ici. J'entends le murmure des gens sur la plage. Le vent froid qui charrie les nuages et souffle dans les parasols. Le son des vagues qui s'écrasent sur la grève…

— Nous étions à la fin de l'hiver, reprend Greta. À la jonction de février et mars. Le temps était maussade, même pour la Floride. Une température à peine tiède dans la journée, et le soir nous mettions des pulls. Il pleuvait souvent quelques gouttes. Ce jour-là, Adam était aussi triste que le ciel. Soudain, il a décidé qu'il en avait assez, et qu'il voulait retrouver ses copains à Miami. Il a loué une voiture et il est parti. Comme ça. Il avait son permis de conduire. Vingt et un ans. Rien ne l'empêchait de le faire. J'ai d'abord cru qu'il allait revenir. Nous sommes restées toute la journée à l'attendre, Justine et moi, en essayant de plaisanter à son propos, imaginant nos retrouvailles, notre réconciliation le soir. Mais il n'a pas reparu. Nous avons contacté ses amis. Ils nous ont appris qu'ils ne l'avaient jamais vu. On a retrouvé sa voiture sur une petite route des Everglades, garée près d'un ponton, trois jours plus tard...

La voix de Greta est monocorde. Comme si elle contemplait une scène passée et repassée des milliers de fois dans sa tête.

— En fin de compte, Adam n'était pas parti vers le sud, à Miami. Il avait roulé vers le nord, au hasard, à l'intérieur des terres. Une bouteille d'alcool vide se trouvait dans sa voiture. La police pense qu'il s'est arrêté sur ce ponton pour une raison inconnue et qu'il est tombé à l'eau. Ils ont dit qu'il s'agissait soit d'un accident, soit d'un suicide. Il n'y avait aucune trace de violence, et on n'a jamais retrouvé son corps, alors que voulez-vous penser ? Robert est arrivé le jour même en avion. À l'époque, il se trouvait à un congrès médical de cancérologie à Los Angeles, de l'autre côté du pays. Il a discuté avec les autorités locales, le consulat, le FBI a même été sollicité pour mener une enquête. Nous avons tous été interrogés, y compris ses copains. Nous avons engagé un détective. Cela n'a rien donné. Nous sommes restés quatre mois sur place, à nous disputer encore et encore.

La saison des ouragans est arrivée, la pluie a commencé à noyer le paysage, les recherches n'avaient plus aucune chance d'aboutir. Nous avons fini par rentrer en France. Justine avait perdu son année scolaire. Nous l'avons changée d'établissement. Chacun a tenté de prendre un nouveau départ.

Le silence retombe dans la pièce. Les rumeurs de l'hiver outre-Atlantique s'éloignent et je reprends pied dans la réalité.

— Nous n'avons plus jamais eu de nouvelles d'Adam, dit Greta. Je suis retournée plusieurs fois en Floride. Nous n'avons jamais su ce qui s'était passé. Notre famille n'y a pas résisté. Justine m'en a voulu. Elle a compris à son tour la situation entre Robert et moi, et s'est mise à penser que tout était ma faute. Elle n'a jamais admis la disparition de son frère. Selon elle, Adam ne pouvait pas se suicider. Cela n'avait aucun sens. Pour moi non plus, d'ailleurs. Pourquoi aurait-il fait une chose pareille ? La thèse de l'accident était la plus probable. Il avait bu, il était en colère, il avait dû s'arrêter sur ce ponton et sortir de la voiture pour satisfaire un besoin naturel. Peut-être qu'il était malade, qu'il a glissé et qu'il est tombé à l'eau. Des plongeurs ont fouillé le secteur sans rien trouver, mais il pleuvait à l'intérieur des terres, et les zones inondées changeaient constamment de place. Et puis il y a des alligators, des serpents géants, toutes sortes de prédateurs capables de faire disparaître un corps. Sans compter la vitesse de décomposition dans les marécages. La police nous a dit que s'il s'était noyé dans les Everglades, les chances de retrouver sa dépouille étaient quasi nulles. Plus tard, dès que Justine a eu son bac, elle est partie vivre de son côté. J'ai quitté la maison de Boulogne, et je suis partie du mien. Justine a suivi les traces de son frère dans les études. Je travaillais sans cesse. Je consommais des anxiolytiques. Parfois, j'en prenais trop. Mais presque personne n'était au courant des détails du drame.

Greta me regarde dans les yeux, pour la première fois depuis que je suis entré.

— Je n'avais pas besoin de vous en parler, Christian. Ici, c'est mon lieu de travail. Mon univers. Mon service est le dernier endroit où je suis encore libre de penser à autre chose. Alors non, je ne vous ai pas raconté la disparition de mon fils. Même si c'est la raison qui a fracturé ma famille. C'est mon problème. Je ne l'aurais jamais fait, si vous ne l'aviez pas découvert.

Je reste un moment silencieux, à me demander si je dois aller plus loin. Soit je me tais, soit je montre la photo à Greta. Si je ne fais rien, je n'aurai pas de réponse. Mais si j'agis, je vais la blesser encore plus. Jusqu'où faut-il aller pour découvrir la vérité ? Je suis un homme d'instinct. Je sors mon portable.

— Regardez cette image, Greta. Il s'agit apparemment d'une photo mortuaire. Justine l'a découverte sur un site Internet spécialisé dans ce genre de choses. Si on n'a jamais retrouvé le corps de votre fils, pourquoi cette image existe ?

Elle la regarde longuement, avec désarroi.

— Je… je ne sais pas…

— Est-ce que vous pensez que c'est lui ? Ou vous avez des doutes ? Son aspect est-il le même qu'au moment de sa disparition ?

— Oui, dit-elle après quelques instants. C'est bien

Adam. J'en suis certaine. Il portait un peu de barbe, ce jour-là. C'était son look mal rasé. Et je reconnais sa chemise blanche, elle avait ce col spécial, avec des lacets… D'où tenez-vous cette photo ?

— Réfléchissez. Est-ce que ça ne pourrait pas être un montage ? Un genre de blague qu'Adam aurait fait en France avec des copains de médecine bien avant sa disparition ?

— Impossible ! La chemise blanche qu'il porte a été achetée la veille à la boutique de l'hôtel ! C'est sa sœur qui la lui a offerte. Et vous dites que c'est Justine qui a trouvé ça ?

Ses mains s'agrippent soudain à moi.

— Comment ma fille peut-elle posséder cette photo ? Pourquoi elle ne m'en a pas parlé ? Où est Justine ?

Ses yeux s'écarquillent.

— Je ne me sens pas bien… Qu'est-ce qui se passe ?… Mon Dieu, qu'est-ce qui se passe ?

Je débloque la porte du box.

Willy surgit.

Greta est en train de se cramponner au brancard.

— Crise d'agitation, dis-je.

— Je m'en occupe, lance Willy.

Une infirmière arrive. Puis une autre.

Greta se met alors à crier. Une longue plainte. Un hurlement déchirant. Animal. Effroyable. Un cri puissant qui emplit le couloir, nous traverse de part en part, et pulvérise notre cœur à tous.

Je m'enfuis du service des urgences.

Quand je sors dans la rue, son cri résonne toujours.

42

Je remonte le trottoir en direction du boulevard de Port-Royal, le col relevé pour me protéger du froid. La neige fondue forme des rigoles qui s'écoulent dans le caniveau. Elle ne va pas tenir, dans Paris intra-muros, la neige ne tient jamais, même si les flocons continuent d'être projetés par le vent comme des poignées de météores.

Je passe devant quatre entreprises de pompes funèbres côte à côte – la Mort ne manque pas de travail près d'un hôpital – et j'atteins le boulevard. J'ai besoin d'un solide remontant. Le cri terrible de Greta résonne encore dans ma poitrine.

J'entre dans un café, secoue mes cheveux et commande un Ginger Grog : rhum, jus de citron, eau, miel, sirop de gingembre. Autour de moi, les gens sont vêtus de manteaux et d'écharpes. Certains sirotent des boissons chaudes, d'autres sont en train de rire, de lire leur journal ou de faire leur tiercé. Leur insouciance me paraît tellement loin de mes préoccupations. Pourquoi faut-il que je me retrouve toujours dans des situations inextricables ?

Parce que cela te maintient en vie, murmure une voix intérieure.

La serveuse dépose ma boisson sur la table et j'en commande immédiatement deux autres.

— Vous attendez des gens ? demande-t-elle.

— Non. Ça pose un problème ?

Elle repart en haussant les épaules. Je bois mon grog et tente de rassembler mes esprits.

Greta a authentifié la photo. L'histoire de la chemise blanche m'a paru crédible, et la réaction de ma surveillante était spontanée. Si l'image n'est pas truquée, alors quelqu'un a bien pris ce cliché *après* sa disparition. Adam a-t-il été assassiné ? Son meurtrier est-il l'auteur de la photo ? C'est le plus probable. Autre hypothèse, plus folle : Adam n'est pas mort. Il a fait cette photo et se cache quelque part.

Toutes ces questions tournent dans ma tête. J'imagine la réaction de Justine en tombant dessus. Elle a dû se poser les mêmes.

Je prends mon téléphone et j'appelle Samia.

— Salut. C'est Christian.

— Salut.

— Tout va bien ?

— Je suis sortie. J'en avais marre de rester dans l'appart.

— Tant mieux. Il faut vous aérer.

— Je vais chez un psy. J'ai rendez-vous.

— Bien.

— C'était grave votre urgence ? Vous êtes parti en trombe.

— On en parlera plus tard, dis-je. J'ai une question. Vous avez rencontré Justine sur le forum *Thanatos*. De quoi parliez-vous au début ?

— Des photos. Quel effet ça faisait de voir des

défunts. Comment on pouvait savoir s'ils étaient vraiment morts sur une image. Ce genre de choses.

J'avale une gorgée de rhum puis repose la tasse.

— Comment on pouvait savoir s'ils étaient vraiment morts, vous dites ?

— C'est ça. Je lui ai répondu qu'on ne pouvait pas. Sauf si le gars avait l'aspect d'un cadavre.

Je prends une inspiration, puis je lâche l'info.

— Le type à la chemise. C'était son frère.

— Le beau garçon au visage illuminé ?

— Oui.

— Justine a perdu un frangin ?

— Il y a sept ans.

— Qu'est-ce que sa photo fabriquait sur le site ?

— C'est toute la question. Elle vous en a parlé ?

— Jamais. (Samia réfléchit quelques secondes.) En revanche, ça explique pourquoi j'avais l'impression de l'avoir vu. Il ressemble à Justine, voilà pourquoi. Il est blond, ils ont des traits similaires.

— Vous pensez que Justine a pu tomber sur cette image par hasard ?

— C'est très possible. Le site est populaire parmi les étudiants en médecine. Ils sont nombreux à venir discuter sur le forum. Certains se refilent les codes pour accéder aux galeries. Elle n'a probablement pas payé l'accès.

Je réfléchis en même temps.

L'enchaînement logique des choses se met en place. Imaginons que Justine fréquente *Thanatos Pictures* pour passer le temps. Un intérêt compréhensible, je l'aurais éprouvé à son âge. Elle découvre par hasard la photo de son frère. C'est le choc. Elle se pose des tas de questions. Elle enquête. Remarque le rectangle noir, déniche d'autres photos similaires, et suppose qu'elles proviennent toutes d'un même photographe. Elle expose tout ça sur un mur. Peut-être pour les étudier en version agrandie. Est-ce qu'elle pense que le photographe a tué son frère ? Possible. Elle n'a jamais cru au suicide. Et la thèse de l'accident paraît bancale. Alors un meurtre, pourquoi pas ? Mais l'histoire s'est déroulée il y a longtemps, dans les Everglades, à sept mille kilomètres. Comment Justine a-t-elle fait le lien avec un gars qui habite dans la Somme ?

— Samia ?

— Je suis toujours là.

— Pourquoi êtes-vous allées dans la Somme ?

— C'était une idée de Justine.

— Elle a donné des explications ?

— Aucune.

— Vous en avez parlé avec la police ?

— Oui. Ils s'en occupent. Ils n'ont rien dit d'autre.

J'attaque le deuxième grog. Bon, si la police est déjà sur le coup, je n'ai pas besoin d'aller fouiner dans cette direction. Je n'ai pas envie de croiser le commissaire Batista – et encore moins Audrey dans un rôle de flic, je serais doublement gêné face à elle. En outre, j'ai en tête une autre piste.

Dans l'appareil, j'entends Samia monter dans un bus.

— Ça ne vous dérange pas qu'on continue de parler ? dis-je.

— Du tout. Votre enquête m'intéresse.

— Les photos post mortem sont habituellement anciennes.

— C'est vrai.

— Pourtant celles choisies par Justine semblent récentes.

— J'ai vu. Leur définition est bonne. Et il n'y a aucune date. On les a peut-être passées dans un filtre, genre *Photoshop* ?

— De nos jours, on a le droit d'en faire ? C'est légal ?

— Eh bien, dans une certaine mesure…

Je la sens hésiter. J'insiste.

— Vous, Samia, vous l'avez déjà fait, au travail ?

— Oui, finit-elle par avouer. Certains médecins légistes nous demandent de photographier les enfants mort-nés et les fœtus.

— Ah bon ?

— Nous informons les parents que ces photos existent. Et s'ils nous les demandent, on leur donne. Ce sont souvent les mères qui les conservent. Comme des reliques. Elles nous les réclament parfois des mois plus tard. Il arrive que le père ne soit pas au courant.

Elle a chuchoté ça dans le combiné tandis que je collais l'oreille pour entendre. J'imagine la tête des voisins du bus.

— Je ne connaissais pas ces pratiques, admets-je.

— Elles sont répandues. C'est juste qu'on n'en parle pas.

— Et pour les photos d'adultes ?

— Interdites. Sauf sur demande de la famille.

— Ça doit arriver, pourtant.

— Pas avec moi ! s'offusque-t-elle.

— Je ne vous accusais de rien.

— J'espère bien ! Je suis respectueuse des patients.

C'est la base du métier. Celui qui diffuserait ce genre de cliché sans l'accord des proches s'exposerait à de sérieux problèmes.

— Si je veux en savoir plus, il y a des spécialistes à Paris ?

— Je n'en sais rien. Au XIXe siècle, les entreprises funéraires travaillaient avec des photographes. Aujourd'hui je crois que ça n'existe plus. Mais j'ai vu une discussion sur le forum à ce sujet. Vous voulez que je regarde ? Je peux y accéder avec mon portable.

J'acquiesce. Elle me rappelle vingt minutes plus tard. Dans l'intervalle, j'ai eu le temps de terminer de boire, d'aller uriner et de contempler mon visage dans la glace des toilettes. Ma mine est encore pire. On dirait un revenant.

— J'ai un nom, dit Samia. *Galien Lespinasse.* Le magasin se trouve dans le passage des Panoramas. Ça se trouve dans le IIe arrondissement, en face du musée Grévin.

Je la remercie, lui annonce qu'elle pourra récupérer mon matelas en rentrant et s'installer dans la chambre vide si elle le souhaite. Je me débrouillerai. Et aussi qu'elle ne s'inquiète pas pour la nourriture, je ferai le plein. Quelques instants plus tard, mon téléphone sonne à nouveau. Numéro masqué. Je ne réponds pas, mais j'écoute le message ensuite : « *Docteur Kovak ? Ici la capitaine Luz. Nous nous connaissons, je travaille avec le commissaire Batista. Rappelez-moi rapidement.* »

Les flics ? Qu'est-ce qu'ils me veulent encore ?

J'appelle Willy aux urgences.

— Comment va Greta ?

— Hospitalisée en psy.

— Merde.

— Il y a autre chose. Un commissaire a téléphoné. Il insiste pour discuter avec Van Grenn et toi.

Je sens comme une paire de canines approcher de mon cou.

— Il a parlé d'interrogatoire officiel ?

— Non.

— Proféré des menaces ?

— Non plus.

— Il peut questionner Greta ?

— Pas dans son état actuel.

— Alors tu ne m'as jamais eu au téléphone, Willy.

Et je raccroche. Je consulte mon navigateur Internet. *Galien Lespinasse, photos et timbres de collection, passage des Panoramas, fermeture du magasin à 19 heures.*

J'ai encore le temps d'y être.

À travers ses jumelles, Louise Luz observe Kovak sortir du café.

— Qu'est-ce qu'il fait ? demande Batista.

— Il s'apprête à monter dans un taxi.

— Il ne reprend pas sa voiture ?

— Non.

— Elle est peut-être garée trop loin, marmonne le commissaire à moitié pour lui-même. Il n'aime pas le métro, alors il fait autrement, voilà tout...

Armando est en train de se limer les ongles. Il s'est retourné celui du pouce à force de s'énerver sur son rameur d'appartement. Si seulement Camilla voulait bien décrocher son fichu téléphone et accepter de discuter. Personne ne veut lui parler, il est devenu un pestiféré ou quoi ?

— Kovak a l'air pressé ? demande-t-il.

— Oui.

— À mon avis, nos coups de fil lui ont fichu la pression.

Louise ôte ses jumelles. Le commissaire et elle sont dans une voiture banalisée garée à quelques mètres à peine, renfoncés dans leurs sièges, chauffage à fond. Ils étaient venus à l'hôpital rencontrer Kovak. Ils l'ont surpris en train de marcher sur le trottoir, l'ont vu entrer dans le café, et ont décidé d'attendre.

— Je peux l'arrêter, dit-elle. Vous n'avez qu'un mot à dire.

— Pour quel motif ?

— Vous ne souhaitiez pas l'interroger ?

— Si.

Louise écarte les mains.

— Et donc ?

— Et donc, j'ai changé d'avis, dit Armando en rangeant sa lime. On va le prendre en filature.

— Une filoche ? Là maintenant ? Seulement à deux ?

— Conduire sous la neige, n'est-ce pas romantique ?

Luz fronce les sourcils.

— Pardon, dit Batista. Je ne voulais pas être incorrect.

— Ce n'est pas ça.

La capitaine démarre et se met à suivre le taxi. Elle ne dit plus un mot.

— Qu'est-ce qui ne va pas, Louise ?

— Je ne vous comprends plus.

— Allez-y. Je vous écoute.

— Parfois, vos décisions nous laissent dans le brouillard. On ne comprend pas où vous allez. Je croyais qu'en devenant commissaire, votre but était de vous recentrer sur le travail administratif. Or, vous êtes sans cesse sur le terrain.

— Eh bien, j'innove.

— Vous ne vouliez pas passer plus de temps en famille ?

— En ce moment, ce n'est pas nécessaire.

— Pourquoi on suit Kovak ? On dirait qu'on va à la pêche.

— Précisément, Louise : on va à la pêche.

Il se tourne vers elle.

— Christian Kovak ne veut rien nous dire. Je pense qu'il cache des éléments importants. Il ne révélera rien au cours d'un interrogatoire. Alors j'ai posé un appât chez lui.

Louise se concentre.

— Samia Naïm ?

— Exactement. J'ai poussé la demoiselle à se réfugier chez le charmant docteur, en lui distillant quelques éléments de l'enquête. Juste ce qu'il faut pour intéresser Kovak. Leurs discussions à tous les deux pourraient bien faire émerger quelque chose. Et maintenant regardez : la curiosité naturelle de Kovak est en train de l'entraîner ailleurs.

— Comment savez-vous que c'est en rapport avec notre enquête ? dit-elle. Il pourrait aller faire ses courses. Se rendre au cinéma. Faire n'importe quoi d'autre.

— Avec un tel empressement ? Sans récupérer sa voiture, ni répondre à nos appels ? J'en doute.

— Vos manipulations sont brumeuses.

— J'ai confiance en mon instinct. Regardez-le : il fuit. Nous lui avons offert un appât, voyons où file le poisson. Avant de le ferrer, pour rester dans la métaphore.

Le taxi me dépose sur le boulevard Montmartre.
Le passage des Panoramas est là, devant moi, encadré par de hautes colonnes. On dirait une crevasse
étroite et sombre, à peine éclairée par des globes
lumineux. Je m'y engouffre en compagnie du vent.

Sitôt à l'intérieur, j'ai l'impression que mes perceptions changent. La lumière diminue, les bruits
s'estompent. La galerie couverte est remplie de
vieilles boutiques. Le passage est encombré de tables
et de chaises, de lanternes basses, d'enseignes en
fer forgé qui grincent dans les courants d'air. Il y
a des boiseries partout. Derrière des vitrines aux
lumières tamisées, ou parfois éteintes, s'accumulent
des cartes et des parchemins, des timbres dans des
cartons, des bouteilles et des fioles, toutes sortes de
choses anciennes et poussiéreuses. Les sons habituels
de Paris ont entièrement disparu. L'impression est
ensorcelante. À droite, un café entièrement en bois
sculpté attend ses clients. Plus loin, l'échoppe d'un
parfumeur abaisse son rideau. Je m'attendais à voir
plus de monde. Sans doute le mauvais temps retient-il
les promeneurs chez eux.

Je m'enfonce dans ce labyrinthe tandis que la nuit

étend ses ailes noires sur la voûte en verre. Il y a plusieurs embranchements. Dans un recoin, je déniche ma boutique : « *Galien Lespinasse* », avec inscrit en plus petit : « *Photos et timbres de collection, entrée libre.* »

Je pousse la porte, persuadé de la trouver close. Elle est ouverte. Pas de clochette. À l'intérieur, on se croirait dans un musée. Je suis seul. Sous un plafond bas soutenu par des poutres apparentes massives, de vieilles photos en noir et blanc s'empilent sur des présentoirs, ou sont exposées dans des vitrines. Il y a également des timbres, par milliers, la plupart sous forme de plaquettes rangées dans des cartons. D'antiques enseignes publicitaires sont accrochées aux murs : les paquebots de Normandie, une réclame pour Air France…

Je me rends jusqu'au comptoir et pose mes doigts sur le bois patiné. Ça sent la poussière et la colle. Il n'y a personne. Des livres anciens traînent sur une étagère. J'en prends un au hasard, une traduction d'un ouvrage horrifique de Lovecraft. Je lis un passage à voix haute :

— « *N'est pas mort ce qui à jamais dort…*

— … *Et au fil des âges peut mourir même la Mort.* »

Je lève les yeux. Un vieux monsieur en robe de chambre émerge de l'arrière-boutique en traînant des pieds. Je peux voir qu'il a des pantoufles. Des charentaises. Il suit mon regard.

— Désolé, j'ai les pieds froids.

— Ce n'est rien, dis-je en reposant le livre.

— Que puis-je pour vous ? À part réciter un passage du *Mythe de Cthulhu* ?

— Je m'intéresse aux photos funéraires.

— Je n'en fais plus.

— Un forum Internet vous en désigne comme le spécialiste.

— Ah, Internet. Je n'y comprends pas grand-chose. Et je n'essaye pas vraiment. S'il n'y avait pas mes commandes de timbres, je ne m'en servirais pas du tout. Je vends et j'achète mon stock presque uniquement comme ça, aujourd'hui. Je n'ai plus beaucoup de clients en chair et en os.

— Eh bien me voilà.

— Voulez-vous du thé ?

— Ma foi… pourquoi pas ? dis-je, un peu surpris par la proposition du vieil homme.

Il repart en traînant les pieds, et revient avec deux tasses. Il s'assoit de l'autre côté du comptoir comme s'il s'agissait d'un bar.

— Je m'intéresse aux photos actuelles, dis-je. Est-ce que certains photographes réalisent encore des clichés post mortem ?

— Bien sûr ! Il y a des artistes célèbres ! Andres Serrano, par exemple.

— Qui ?

— Je vais vous montrer.

Il retourne une fois de plus dans sa pièce, et réapparaît avec un carton rempli de livres. Il fouille à l'intérieur et dépose un album sous mes yeux.

— *The Morgue*, dit-il en tapotant sur la couverture. L'exposition originale date de 1992 à New York. Andres Serrano s'est introduit à la morgue et en a tiré ces clichés.

Il avale son thé à petites gorgées pendant que

j'ouvre l'album. Des portraits en couleur. Et en gros plan. Essentiellement des visages, toujours en partie dissimulés par un tissu de couleur vive. À première vue, les photos sont beaucoup moins dérangeantes que sur le site *Thanatos*. Mais toute l'astuce réside dans le titre : il donne le motif du décès. Et chacun vous frappe avec la puissance d'un uppercut.

Un enfant entouré d'un drapé semblable à un berceau, laissant entrevoir ses paupières fermées, aux longs cils, avec un front clair. *Abus sur mineur 1.*

Juste une joue et une oreille féminines avec sa petite boucle dorée. *Abus sur mineur 2.*

Un drap rouge entourant le haut de la tête d'une vieille dame, comprimant ses narines. *Pneumonie infectieuse.*

Un tissu sombre et lourd, comme s'il était imbibé de sang, enveloppant totalement le visage d'un homme à la manière d'une cagoule de bourreau. *Homicide.*

Un bracelet-montre dépourvu de cadran passé autour d'un avant-bras ressemblant à un morceau de charbon. *Accident d'avion.*

— Choquant, n'est-ce pas ? dit le vieil homme.

— Oui, reconnais-je en refermant l'album.

— Serrano est un artiste contemporain. Il tente de réveiller nos consciences. Jadis, la mort faisait partie du quotidien. Nous vivions avec elle. Elle était supportable. Aujourd'hui, elle se déroule ailleurs, de façon neutre et aseptisée, si bien que sa représentation choque. Donc elle nous angoisse.

— C'est le moins qu'on puisse dire.

— Pourquoi êtes-vous intéressé par ces photos ?

— Je suis médecin. Prof à la fac. Je donne un cours.

Le vieil homme se redresse fièrement dans sa robe de chambre.

— Mon arrière-grand-père travaillait en 1842 dans l'atelier Frascari. Il proposait des portraits à domicile de personnes décédées. Eugène Lespinasse a créé son propre atelier photographique en 1853. La tradition est passée de père en fils. J'en ai réalisé quelques-uns dans ma jeunesse, mais je n'en fais plus depuis longtemps. Il n'y a pas de demande. Je me suis reconverti dans les collections de photos et de timbres. Mais j'ai écrit quelques articles. C'est pour ça que mon nom traîne encore ici et là.

Il me sourit.

— Galien Lespinasse, dit-il en me tendant la main.

*

Je passe l'heure suivante à discuter à bâtons rompus.

Galien Lespinasse m'explique que les représentations de la mort sont en réalité très anciennes. Les photos post mortem constituent l'aboutissement d'un processus remontant à la nuit des temps.

— « Ni le soleil, ni la mort ne peuvent se regarder en face », disait La Rochefoucauld. La destruction de l'être aimé est insupportable. Il a donc bien fallu inventer des procédés de conservation. Et parmi ceux-là, l'image était le plus simple, poursuit le vieil homme.

Il me raconte comment, dès l'Antiquité, on

retrouve la présence de sculptures d'enfants sur des stèles de tombes grecques et romaines. Les enfants étaient alors représentés vivants, entourés de leurs jouets ou de leurs animaux familiers.

— À la fin du XVIIIᵉ siècle, dit Lespinasse, ce genre de représentation a connu un essor considérable avec l'apparition de la sensibilité romantique. En particulier grâce à la peinture, car les familles bourgeoises commandaient des tableaux coûteux de leur enfant défunt.

— Avec la vitesse de décomposition des corps, cela ne devait pas être simple, fais-je remarquer.

— C'est sûr ! Voilà pourquoi l'avènement de la photographie a tout changé. Au XIXᵉ siècle, la plupart des ateliers parisiens proposaient ce service à un prix modeste. Mon grand aïeul, Eugène, était prévenu dès les premières heures de la mort. Généralement il s'y attendait car la commande était passée avant. Il devait alors se rendre au domicile du défunt en toute hâte avec son matériel, et le disposer pour capturer une dernière image.

— Comment s'y prenait-il ?

— Il fallait attendre la fin de la rigidité cadavérique pour pouvoir reproduire une apparence de vie. Il ouvrait les yeux du cadavre et le maintenait assis, ou debout, avec des coussins et des cordes. Il utilisait parfois son *porte-mort* : une sorte de portemanteau avec des tiges articulées réglables et des cales pour soutenir la nuque, le dos et les bras. Mais certains collègues usaient d'artifices plus sinistres, comme des aiguilles à tricoter que l'on passait à travers le corps. Souvent l'épouse du photographe se chargeait du maquillage en ajoutant du rose aux joues. Et puis Kodak est arrivé en 1889, et tout a changé.

— Kodak ? dis-je, surpris.

— « *Pressez sur le bouton, nous faisons le reste !* » C'était leur slogan. À partir de là, les photographes professionnels ont été de moins en moins sollicités. C'est pour cela que la plupart des photos post mortem datent d'une période allant de 1880 à la Seconde Guerre mondiale.

— Pas au-delà ?

— Les horreurs de cette guerre ont traumatisé les gens. La représentation de la mort est devenue taboue ensuite. Mais la tendance revient aujourd'hui dans d'autres pays. En Europe de l'Est, par exemple.

Nous parlons encore un peu, puis je l'entraîne vers le sujet de *Thanatos Pictures*. Galien Lespinasse connaît le site, mais il ne fait pas de commerce avec eux. Pour lui, il s'agit de racolage morbide. Cela n'a rien à voir avec de l'art. Je lui montre les photos de Justine. Il leur reconnaît une certaine qualité.

— Les images sont très propres, dit-il en les inspectant à la loupe. Certainement l'œuvre de quelqu'un qui utilise un appareil numérique. Et probablement des logiciels.

— Vous savez qui pourrait être l'artiste ?

— Impossible à dire. En revanche, il connaît ses classiques. Le jeune homme allongé là, en chemise blanche, est une réplique de la mort de Victor Hugo.

Je regarde la photo d'Adam.

— Pardon ?

— C'est évident, dit Galien Lespinasse. La photo originale a été prise par Nadar, le célèbre photographe, le 23 mai 1885. Certainement la photo post mortem la plus célèbre d'entre toutes. (Il me montre l'originale.) Regardez le corps de Victor Hugo : même position de gauche à droite, même jeu de lumière sur le visage, et l'utilisation du drapé noir dans le fond.

Je contemple longuement les deux photos. Effectivement, la ressemblance est frappante. Mais qu'est-ce que cela signifie ?

Je redresse la tête.

— J'achète tous vos livres. Le carton entier.

— Vous êtes sûr ? Vous risquez de faire des cauchemars.

— Il faut que j'étudie tout ça. Merci, monsieur Lespinasse.

Il m'empaquette le tout avec un sourire que je trouve un peu sinistre, et pousse le carton vers moi.

— Cette discussion m'a fait plaisir, dit-il. C'est drôle, peu de gens s'intéressent à ces choses.

— Ah bon ? fais-je distraitement en soulevant les livres.

— Oui. Au cours de ces dernières années, je n'ai connu qu'un seul individu aussi passionné que vous. C'était un homme. Je ne connais pas son nom. Mais je n'ai jamais oublié son allure. On aurait dit qu'il sortait lui-même de l'une de ces photos. Il portait une barbe fournie, des lunettes noires et un grand manteau. Il me rappelait ce tableau de Magritte : *L'Homme au chapeau melon*.

Il me raccompagne à la porte, toujours en raclant ses jambes raides contre le sol.

— Bonne soirée, monsieur.

45

Je quitte la boutique de photographie avec une sensation de froid glacial dans le dos. En sortant, le passage me paraît anormalement sombre et désert, encore plus étroit, rempli de boutiques sinistres aux angles biscornus. Les formes à l'intérieur des vitrines éteintes ont pris des allures menaçantes, comme ces mannequins de polystyrène qui semblent se tourner sur mon passage pour me présenter leur face lugubre et vide. Les enseignes en fer forgé grincent de manière hystérique, agitées par un vent démoniaque, et les globes luminescents me font mal aux yeux. Les rares visiteurs sont encagoulés, le dos courbé, comme s'ils se murmuraient des secrets, et je ne parviens pas à distinguer leurs visages – sûrement emmitouflés à cause du froid, me dis-je, en me hâtant vers la sortie avec mon carton de livres sous le bras.

J'émerge du passage des Panoramas le front en sueur, le souffle court, les cheveux hérissés sur la nuque, le cœur battant à tout rompre, en proie à une terreur profonde et inexplicable, quasiment certain que si je retourne sur mes pas, je ne retrouverai pas la boutique, seulement un emplacement vide et rempli de poussière qui n'a jamais été occupé par personne,

et ce depuis des lustres, car Galien *Eugène* Lespinasse est le patronyme d'un seul et même individu,
mort depuis cent cinquante ans.

Je monte dans un taxi.

— Vous vous sentez bien, monsieur ?

— Non, dis-je en touchant mon front brûlant de
fièvre. Je crois que je suis malade.

Je lui donne mon adresse. L'impression d'avoir
attrapé un virus se confirme durant le parcours, lorsque
je me mets à trembler de tous mes membres et à claquer
des dents. Je ne suis jamais grippé. J'ai une santé de
fer. Ce germe doit être particulièrement coriace. Le taxi
m'arrête à Asnières. J'ai la sensation qu'on me rentre
des aiguilles dans les yeux. En grimpant chez moi, je
m'arrête à l'étage du dessous pour emprunter un matelas chez un voisin. Ce dernier me le glisse par la porte
sans discuter, pressé de voir mon visage disparaître.
Samia m'accueille en fronçant les sourcils.

— Qu'est-ce qui vous arrive ?

— La grippe, à mon avis.

Je lâche mon carton de livres, traîne le matelas
comme un boulet jusqu'au centre du salon, et le
lâche à son tour.

— L'infirmière est déjà passée pour refaire mes
pansements aux jambes, dit Samia. Ça fait mal, mais
il me reste de la codéine. Je vous fais fondre un comprimé ?

— Non.

— Je ne vous propose pas d'appeler un médecin ?

— Non plus. (Je sors ma carte bancaire et la lui
donne.) En revanche, vous pouvez appeler un traiteur.
Commandez ce que vous voudrez. Je ne mange pas.

Je m'enferme dans la salle de bains et prends une douche brûlante. L'eau chaude est le meilleur moyen de vous réchauffer. L'alcool est un leurre : il abaisse votre température corporelle d'un demi-degré tous les cinquante grammes absorbés, et aggrave en réalité votre risque d'hypothermie.

Je me frotte au savon et passe sur mes tatouages, le dragon sur ma jambe gauche, la salamandre à droite, et le troisième, situé sur ma poitrine, comme pour laver les souvenirs de mes années d'étudiant, mes anciennes frasques, mes blagues morbides, une jeunesse qui m'est revenue en mémoire tandis que je marchais dans les pas de Justine au cours de ces jours étranges.

Je sors et me rhabille – pantalon, pull noir, comme d'habitude, je n'ai pas envie de déambuler en pyjama devant Samia – puis je retourne au salon. Cette dernière est attablée devant un repas chinois, en train de tourner les pages de l'un des livres.

— Gore, comme lecture, commente-t-elle.

— Mmm.

— Ça vient de la boutique ?

— Oui.

Elle désigne un carton de nouilles avec ses baguettes.

— Vous en voulez ?

— Sans façon, fais-je en levant la main.

— Vous êtes sûr que ça va ?

— Mieux que tout à l'heure.

— Vous avez le regard d'un type qui a fumé du shit.

— J'aimerais bien.

— Vous tirez trop sur la corde. Vos propres mots.

— Juste une drôle de réaction. À cause de la fièvre. Je crois voir des menaces partout. Il m'a même semblé qu'une voiture me suivait en rentrant. Je dois faire une fixation sur ce commissaire Batista.

Le repas de Samia sent bon. En voyant mon regard, elle réitère son offre, et je décide d'accepter un rouleau de printemps.

— À propos de Batista, dit-elle, il m'a raconté un truc sur mon agression. Quelque chose d'important. Je ne vous l'ai pas dit parce que ça me fichait la trouille. Mais j'en ai parlé au psy cet après-midi, et il m'a recommandé de vider mon sac pour mieux gérer mon traumatisme.

— De quoi s'agit-il ?

— La personne qui m'a agressée. Elle a… hum… utilisé mon sang pour inscrire une phrase. Sur la paroi du wagon. Un genre de message.

— Quel message ?

— *« Je vous ai observés. »*

Je repose le rouleau de printemps.

— Quoi ?

— *« Je vous ai observés. »* C'est le message.

— Vous êtes certaine de la phrase ?

— C'est ce qu'a dit Batista.

Je cesse de manger.

Prétextant la maladie, je ne dis plus un mot jusqu'à la fin du repas. Samia me lance des regards inquiets à plusieurs reprises. Je finis par me détourner d'elle.

Lorsqu'elle quitte la pièce, dans la soirée, après avoir lavé les couverts, je suis encore debout devant la baie vitrée, le regard plongé dans les ténèbres de la ville.

— Bonne nuit, dit-elle d'une voix mal assurée.

— À demain, je me contente de répondre.

La phrase de Samia. Les mots de Galien Lespinasse à propos d'un homme au chapeau melon. La similitude avec la silhouette que j'ai aperçue l'autre jour sous la pluie, en sortant de la faculté des Saints-Pères.

Les trois incidents viennent de se télescoper dans mon esprit. De se fondre. Pour n'en faire qu'un.

J'ai vu cette silhouette dans la rue, même si je ne lui ai accordé aucune importance sur le moment. Il s'agissait d'un homme en long manteau, aux petites lunettes rondes de couleur noire, coiffé du fameux chapeau.

Et je connais la signification de ces choses. Elle remonte à un lointain passé. Un passé où j'avais moi-même l'âge de Justine, celui d'un jeune étudiant. L'époque des *Démons d'Hippocrate*. Je n'ai raconté ces histoires à personne. Dans une fraternité, c'est la règle. Mais cette phrase et cet homme ne peuvent pas exister. C'est impossible. Parce qu'ils ne sont pas réels. Il s'agit de coutumes, de simples traditions, de légendes.

Mon regard se perd dans les lumières de Paris.

Un frisson m'anime à nouveau. Plus fort que les précédents. La fièvre est en train de s'emparer de moi. Je décide de la laisser faire. Lorsque vous ne comprenez pas ce qui se passe, lorsque des symptômes étranges se manifestent, il faut parfois les laisser s'installer. Regarder grandir la maladie. C'est le seul moyen de comprendre.

Attendre qu'apparaisse le Mal.

46

Samia Naïm se réveille au milieu de la nuit.

Il y a du bruit dans le salon. Elle tend l'oreille. On dirait que quelqu'un est en train de parler.

Elle se lève, enroulée dans sa couette, et entrebâille la porte de la chambre. Quelqu'un parle, en effet. Elle avance dans le couloir jusqu'au salon. Christian est là, ramassé en boule sur son matelas, le front en sueur. Un rayon de lune éclaire la pièce et tombe sur les murs blancs. Il est agité. Il murmure des choses.

— Ça va ? demande Samia, hésitante.

Pas de réponse. Il parle dans son sommeil. Elle s'approche.

« … *Non… Partez…* »

Elle s'arrête. Kovak se retourne dans son lit.

« … *Le Diable… Le Diable en Chapeau Melon…* »

Samia fronce les sourcils.

« … *Il t'observe… Vos aspexi… Vos aspexi… Tu aspectus es…* »

Elle fait demi-tour et fonce dans sa chambre, referme la porte, saisit son téléphone et se met à taper frénétiquement.

Samia :

                                        « Florian ? T là ? »

« … »

                                        « Ptn, T là ou quoi ? »

Florian d'Apremont répond :

« Il est 4 h du matin. »

                                        « Faut qu'on parle. »

« On a sms tt la journée. »

                                        « Problème. C'est différent. »

« C'est quoi alors ? »

                                        « Kovak est malade. »

« Et alors ? »

                                        « Il a l'air fou. Je reste pas ici. »

« Quoi ? »

                                        « Je reste pas. J'ai peur. »

« Comment ça, t'as peur ? »

                                        « Ton patron disait qu'il était OK. »

« Batista est fiable. »

                                        « Kovak délire dans son sommeil. »

« Tu plaisantes ? »

                                        « Il parle en latin. Comme possédé. »

« ??? »

                                        « Il est alcoolique. Il me fait peur. Je pars. »

« ?????? »

Samia laisse son téléphone sur le lit et s'habille en vitesse. Elle fourre ses affaires dans son sac. Le jette en bandoulière autour de son cou. Une salve de SMS. Elle coupe le son. Puis attrape ses chaussures à la main, et sort sur la pointe des pieds. Ses pansements lui font mal en pliant les jambes. Tant pis.

Elle referme la porte de sa chambre en douceur.

Lorsque le pêne claque, elle serre les dents, le visage déformé par une grimace.

Elle prend une seconde pour écouter les sons en provenance de l'appartement. Rien. Elle relâche sa respiration et traverse le couloir. La porte d'entrée se trouve de l'autre côté du séjour.

Elle voit le lit. Elle s'avance jusqu'à la couette. Passe devant, le cœur battant, ses pulsations sourdes cognant dans sa gorge.

Samia s'arrête.

Le lit est vide. Kovak n'est pas dedans. Ce n'était que la couette, enroulée sur elle-même.

Des pas résonnent, juste derrière elle.

Seigneur...

Le cœur de Samia va éclater.

Seigneur, s'il vous plaît...

Elle entend un écoulement. Kovak se trouve à l'intérieur de la salle de bains. Il est en train d'uriner dans les toilettes.

Samia fonce jusqu'à la porte, ouvre, se glisse dehors, referme derrière elle, puis descend l'escalier. Un étage. Un autre. Elle manque de glisser sur l'une des marches, se rattrape, et continue à descendre. Ce n'est que tout en bas, au rez-de-chaussée devant la porte vitrée, qu'elle se décide à remettre ses baskets en vitesse.

Elle appuie sur le bouton. Un buzz retentit et la porte s'ouvre.

Puis Samia Naïm s'enfuit dans la rue.

Le Chien est d'humeur joyeuse.

La nuit est passée. Et pour une fois : pas de cauchemars. Pas d'adversaire lancé à sa poursuite. Pas d'ombre qui le rattrape en posant sa main sur son échine. Il en bondirait presque de joie. En plus ses projets évoluent, et son enquête avance. Donc tout va bien.

Il sort dans la rue. Le soleil brille dans le froid glacial. Il chausse ses lunettes à verres miroirs, s'achète un sac de friandises à l'épicerie, et se balade en grignotant.

Il aime se promener devant les gens à la terrasse des cafés, comme s'il était invisible. Parfois il s'assoit parmi eux. Il les étudie. Les flaire. Leurs instincts sont tellement endormis qu'aucun d'entre eux ne voit la menace réelle qu'il représente. L'année dernière, il a tué plusieurs personnes. Aujourd'hui, qui s'en douterait ? Le monde est un endroit joyeux, plein d'odeurs et de divertissements !

Un nuage passe dans le ciel et assombrit l'endroit où il se trouve. Rayon de soleil à nouveau : des couleurs vives dansent sur le sol. Le Chien lève les yeux.

Une église. Des vitraux. Saint Michel et le Dragon. Voilà la fresque.

Un avertissement d'En-Haut, à l'évidence.

— Pardon, murmure-t-il. Je ne faisais rien de mal.

Il se redresse.

Se reprend.

Les forces pour lesquelles il travaille n'aiment pas qu'il se laisse distraire. L'inattention est le pire ennemi du limier. Un instant de relâchement, et c'est la catastrophe. On perd la piste. La proie s'échappe. La traque s'arrête. Ce n'est pas le moment de se comporter comme un animal fou.

Inquisiteur est un boulot à temps plein. Il doit reprendre son entraînement.

Il lance son sac de friandises dans une poubelle, surprenant un chat au passage. Le félin se ramasse sur lui-même, redresse la queue et son poil se hérisse. Ces créatures ont toujours eu plus de présence d'esprit que les humains.

Il l'ignore et se met à courir. D'abord à petites foulées, puis de plus en plus vite. Son souffle devient régulier. Son pas s'allonge. Le sang pulse dans ses membres. Il aime ça.

Les rues défilent. Passants, voitures deviennent des ombres. Il bondit. Rapide. Sûr de lui. Ses pensées se mettent à fourmiller d'idées. Les connexions se font dans chaque synapse. Il est temps de reprendre son rôle. Son apparence. Ses plans. D'intégrer la meute et de redevenir comme les autres.

Tous les pions sont en place : Blériot et Penne-roux, d'Apremont et Wang, Batista et Luz, Valenti et

Kovak, et la petite Samia. Il les a tous sous les yeux. Il ne les a pas lâchés une seconde. Il est là, présent depuis le début.

— Au travail, dit le Chien.

TROISIÈME PARTIE

Le chapeau melon

48

Audrey est garée sur le trottoir du quai Anatole-France, au pied des immeubles. C'est ici qu'elle a rendez-vous.

Devant elle, à droite, le pont de la Concorde est d'une blancheur éclatante sous le soleil hivernal. L'édifice a été bâti grâce aux pierres arrachées aux ruines de la Bastille après la Révolution française. La destruction amène à la construction, et vice versa, c'est une alternance nécessaire, en biologie comme dans la civilisation humaine. C'est Kovak qui lui a raconté cette anecdote.

Une ombre passe devant la voiture. Audrey se penche du côté passager et entrouvre la portière, puis repose ses deux mains sur le volant. Florian d'Apremont pénètre à l'intérieur de l'habitacle et installe son corps massif sur le siège.

— Mais qu'est-ce que vous fichiez ? dit-elle.

— Désolé, répond d'Apremont en s'essuyant les cheveux avec une serviette éponge. Je sors de la douche. Je ne commence jamais la journée sans avoir fait mon jogging.

— Vous habitez ici ?

— Mes parents ont un appartement. Je le squatte.

— On va être en retard à Amiens.

— Ma fin de nuit a été compliquée…

Il jette sa serviette sur la banquette arrière et se recoiffe tandis qu'Audrey démarre. Elle s'engage dans la circulation en forçant le passage, et suit les indications de son application mobile pour rejoindre l'autoroute A15.

— Ceci dit, mon réveil était chouette ! ajoute Florian.

— Mouais.

— Vous avez l'air en forme, lieutenant Valenti.

— Et vous un peu trop joyeux.

— Je suis content de voyager.

— Eh bien pas moi, réplique Audrey. J'ai le sentiment que ce périple ne sert à rien. J'aurais préféré retourner avec Blériot et Penneroux à la Pointe de Horda. Ils sont partis avant l'aube. Ils doivent déjà être au travail.

— Ils perquisitionnent la maison d'Hoffman ?

— Oui. J'espère que nos joyeuses Brigades du Tigre vont dénicher quelque chose, parce que pour l'instant, c'est pas terrible. Sur le professeur, on a rien.

D'Apremont sourit.

— Ils savent que vous les appelez comme ça ?

— Inutile de leur répéter.

— Une tombe, dit Florian en levant la main.

Audrey traverse la Seine et remonte l'avenue des Champs-Élysées en direction de la Porte Maillot. En vérité, elle est plutôt contente, ce matin. Elle a été réveillée par un rayon de soleil, elle a constaté dans la glace que ses ecchymoses se voyaient moins, et sa mère lui a laissé un message sympathique sur son répondeur. En plus, elle était tellement dans ses pensées qu'elle a oublié d'avoir envie d'une cigarette après le café. Elle a déjà l'impression de moins ressentir le manque. Peut-être qu'arrêter de fumer sera moins dur que prévu.

— Vous savez où sont les autres ? demande Florian. Tout le monde semble injoignable.

— Luz et Wang essayent de retrouver Justine Van Grenn. Ils ont prévu de visiter l'appartement qu'elle partage avec Samia Naïm. Ils ont obtenu l'accord de cette dernière pour y jeter un œil. Mais je suppose que vous êtes déjà au courant...

— Euh, non, pourquoi le serais-je ?

— Quant au commissaire, poursuit Audrey, il doit assister à l'examen du corps d'Hoffman rapatrié à Pontoise. Apparemment Batista déteste les autopsies. Mais il est obligé de s'y rendre, c'est lui qui l'a réclamée en urgence.

Florian tripote son gilet. Aujourd'hui il est de couleur rouge, motifs cachemire, avec une chemise blanche, et toujours son blouson en cuir par-dessus.

— Au fait, dit-il, vous êtes sortie avec Kovak ?

Audrey regarde vers lui, puis à nouveau la circulation.

— Brièvement. Pourquoi ?

— Il n'était pas un peu bizarre ?

— Bizarre comment ?

— Parler dans son sommeil. Ce genre de choses.

Elle se renfrogne.

— D'Apremont. Vous êtes en train de questionner votre supérieur hiérarchique sur sa vie privée, ou je rêve ?

— Pardon.

— J'aime mieux ça.

— Désolé, mon lieutenant.

— Et reprenez votre serviette.

— Pourquoi ?

— Il vous reste du rouge à lèvres dans le cou. Joli cœur.

— Hein ?

— Regardez dans la glace, dit-elle en tapotant le pare-soleil.

Il le rabat tout en relevant le menton.

— Et merde, soupire Florian.

*

Audrey quitte la région parisienne par l'autoroute A16. Durant un moment, ils roulent dans un creux cerné par des forêts qu'aucun soleil ne perce. Elle ne peut alors s'empêcher de plonger son regard dans l'ombre des bois en se demandant ce qu'il s'y passe. Parfois l'âme des gens lui semble aussi mystérieuse et impénétrable que ces forêts. Plus loin le terrain s'ouvre et redevient plat. De temps en temps, de formidables éoliennes promènent leurs pales géantes au-dessus des champs recouverts de neige. En fin de matinée, ils arrivent à Amiens.

Audrey suit les indications de son GPS et s'engage dans l'agglomération par la route de Paris où de petites maisons de poupées se serrent les unes contre les autres, à l'anglaise, telles des sœurs jumelles jaillies d'un même ventre de briques rouges. Un dernier embranchement et ils atteignent enfin la CIC.

La Cellule d'Identification Criminelle fait partie d'une caserne de gendarmerie ayant la particularité d'être bâtie sur le site d'un ancien cloître, à deux pas de la cathédrale. Audrey franchit un portail et gare la voiture devant des arcades gothiques. Ils entrent dans un bâtiment, passent devant les restes conservés de pierres médiévales, grimpent un escalier, parcourent un long couloir et entrent dans le bureau d'Éric Beauvau.

Celui-ci les accueille avec un sourire.

— Café ? propose-t-il d'emblée en sortant des tasses.

— Votre Thermos ne vous quitte jamais ! constate Audrey.

— Mon plus fidèle ami, répond le gendarme. Bon voyage ?

— Plutôt froid, dit Florian en frottant son gilet.

— Les derniers sursauts de l'hiver peuvent parfois surprendre, dit Éric.

D'Apremont s'empare d'une tasse et avale le liquide brûlant en examinant le décor : des murs jaunes, un carrelage blanc, du mobilier sommaire, une photocopieuse au couvercle défaillant maintenu par un ruban rouge de gendarmerie « *Scellé-ne pas ouvrir* ».

— C'est spartiate, chez vous, fait remarquer d'Apremont.

— Certes, dit Éric, on n'a pas l'habitude de débarquer en hélicoptère.

— C'est votre efficacité qui compte, s'excuse Audrey.

— On essaye. Vous connaissez le dicton : « La gendarmerie, c'est des volontés d'Américains avec des moyens d'Africains. »

Elle sourit.

— Je vous ai préparé un *Panotour*, dit Beauvau. Tout est dessus.

— De quoi s'agit-il ? demande Florian.

— Une visite 3D de la scène de crime, répond Audrey.

— Vraiment ?

— C'est une promenade virtuelle, explique Éric, un peu comme si on visitait une maison sur ordinateur dans une agence immobilière.

Il ouvre une valise et sort un trépied muni d'une potence.

— Dès l'arrivée, les techniciens d'investigation criminelle gèlent les lieux. Puis on pose ce trépied dans chacune des pièces et on fait un *fisheye* : c'est le nom de cet objectif, dit-il en leur plaçant l'appareil entre les mains pour qu'ils le manipulent. *Fisheye* signifie « œil de poisson ». Ça prend des photos à 185°. La potence comporte trois positions permettant de photographier successivement la pièce, le sol, et le plafond, ce qui nous donne au total une image à 360°. On la reconstitue ensuite à l'aide du logiciel *Panotour*.

Beauvau s'assoit sur une chaise munie de roulettes et, d'un mouvement du pied, se déplace jusqu'à son ordinateur. Il replace ses lunettes rectangulaires devant ses yeux et examine l'écran.

— Regardez le résultat.

Il clique sur le logiciel. Le hangar de la Pointe de Horda apparaît.

— Voilà. Nous sommes à l'entrée du hangar à phoques. Vous pouvez faire une rotation ici, et tout observer en détail, agrandir, fouiner, faire ce que vous voulez. Ou bien cliquer là (il actionne une flèche), et hop, vous passez dans la pièce suivante.

— J'en avais entendu parler, mais le tester c'est génial ! s'exclame Florian.

— Vous pouvez même agrandir les indices.

Éric Beauvau clique sur un objet intitulé B8. Une fenêtre s'ouvre et l'objet apparaît en grand.

— Tenez, lieutenant Valenti. Voici le fameux pilulier qui a attiré votre attention. Mon chef m'en a parlé par la suite, c'est vrai que le docteur Hoffman semble avoir consciencieusement avalé ses comprimés, alors qu'il s'est suicidé après. Ce qui est plutôt discordant. Cela vaut le coup de pousser les investigations. Je ne l'avais pas remarqué, et c'était bien joué de votre part, dit-il en hochant la tête.

— Merci, dit Audrey.

Le TIC appuie sur le bouton d'éjection, place le CD dans une pochette et le remet à Audrey.

— Tenez. C'est pour vous. L'original a été placé sous scellés. Mais je suis autorisé à vous remettre cette copie en main propre pour que vous puissiez la transmettre à votre commissaire. Il pourra ainsi observer la scène sans même bouger de chez lui.

— C'est très pratique.

— Je vais vous remettre aussi les dossiers papier, et tout ce que vous pourrez emporter avec vous. La suite des investigations sera prise en charge par mes collègues de l'IRCGN. Ce sont eux les spécialistes. Nous, les TIC de province, nous sommes un peu les médecins généralistes chargés de déblayer le terrain.

— Et vos compétences, tout comme votre intuition, sont primordiales, dit Audrey.

Ils continuent de discuter tous les trois, lorsque le téléphone d'Audrey se met à vibrer dans sa poche. Elle s'éloigne des deux autres et décroche.

— Lieutenant Valenti, dit-elle.

— Salut, c'est Penneroux.

— Comment ça se passe chez Hoffman ?

— Sans plus.

— Qui pousse des cris, derrière ?

— Le brigadier Blériot. Il s'excite sur ses trouvailles.

Audrey lève un index. D'Apremont et Beauvau cessent de discuter et se tournent vers elle, attentifs.

— Vous avez découvert quelque chose ? demande-t-elle.

— En fin de compte, votre pêcheur ivrogne avait dit la vérité. On a bien une tenue noire. Elle était rangée parmi ses affaires. Toge, capuche pointue, la totale. Le parfait costume du petit Ku Klux Klan, en version sombre.

— Donc il participait bien à des soirées.

— Oui.

— Des indices inquiétants ?

— Non. Il y a toute une équipe de gendarmes avec nous, mais on n'a rien trouvé de satanique. Pas de restes de sacrifices d'animaux dans les poubelles, ni de corps humain enterré dans le jardin. Je plaisante, dit Penneroux, mais je suis déçu. J'ai peur que tout cela soit surtout du folklore. Je ne sais pas ce que fichait Hoffman, mais s'il trafiquait quelque chose de louche, je pense qu'on l'aurait déjà trouvé. J'ai simplement déniché un carton à dessin rempli de planches, de photos et de notes. Je vous en envoie deux exemples sur votre portable.

Audrey marche dans la pièce, le téléphone collé à l'oreille.

— Pourquoi Blériot s'excite, alors ?

— Parce qu'il aime bien l'ambiance gothique de cette maison isolée, soupire Penneroux. Je vous l'ai dit, mon cousin est un chien fou dès que ça sort de l'ordinaire. Il y a plein de gadgets de toubib, ici. Des spéculums, de vieux scalpels, des planches anatomiques, même d'anciens microscopes. En ce qui concerne les dessins bizarres dans le carton, Blériot dit que ça lui rappelle de la BD, ou le cinéma d'horreur des années 1980 comme les films de Dario Argento. Je vous répète ce qu'il me raconte, moi je n'y comprends rien. Vous n'aurez qu'à montrer ça à d'Apremont. Il s'y connaît également.

— D'accord, dit Audrey. C'est tout ?

— Il y a une vitrine, au rez-de-chaussée. On l'a retrouvée ouverte. Il y a un rond de poussière d'environ soixante centimètres au centre. Un objet au socle rond devait se trouver là. Il a disparu. Samia Naïm a dit que Justine Van Grenn était entrée ici pour y prendre quelque chose. C'est peut-être l'objet qu'elle a dérobé. On va rechercher ses empreintes sur la vitrine pour en être sûrs. On les comparera à celles que la capitaine Luz fera relever dans son appartement, puisqu'elle doit s'y rendre.

Un tintement résonne sur le portable d'Audrey.

— Vos photos sont là, dit-elle. Je regarde.

— À plus, dit Penneroux.

Audrey consulte le message. La première photo envoyée par le brigadier-chef ressemble effectivement à une planche de bande dessinée. On y voit des adorateurs encapuchonnés se prosterner devant un autre personnage, tous dans la même tenue noire à chapeau pointu. Ils sont rassemblés dans une crypte. Le style de dessin fait penser aux albums de Blake & Mortimer qu'Audrey lisait dans sa jeunesse. Sur le mur derrière les personnages est peint un message. Audrey le lit à voix haute.

« Icar ! Icar ! Icar invokkhats ! »

— Du latin ? demande d'Apremont en dressant l'oreille.

— Non, dit Beauvau. J'ai fait latin. Ces mots ne veulent rien dire.

— Il y a une phrase crayonnée à côté de la bande dessinée, dit Audrey : *« Projet de fresque pour la fin du semestre »*. Ça n'a pas l'air bien méchant.

Son index balaye l'écran et elle passe à la photo suivante. Celle-ci est au format A4. On y voit une tête de diable, la bouche ouverte, peinte au pochoir sur le mur d'un bâtiment officiel. D'Apremont regarde la photo par-dessus son épaule.

— Ça, je connais, dit-il. Et vous aussi. Vous vous rappelez ?

— Dans le tunnel du métro, dit Audrey.

— Le logo des *Démons d'Hippocrate*. Ce diable

représente Orcus, le seigneur des Enfers dans la mythologie romaine. Je vous ai raconté que les étudiants en médecine de cette association l'avaient tagué un peu partout dans les années 1990. Notamment sur le mur de la préfecture de police. Voilà la photo exacte. Elle est parue dans le magazine officiel. J'ai la même à la maison.

Il tapote l'écran du téléphone avec son ongle.

— Après ça, l'association a été dissoute.

Audrey relève la tête.

— Vous êtes sûr ?

— C'est ce que disait l'article. Une association étudiante aux blagues potaches qui était allée trop loin. D'où la dissolution.

— Je comprends, dit Beauvau. Provoquer ouvertement le préfet de Paris, c'était fort.

Audrey les dévisage.

— Alors, si ces *Démons d'Hippocrate* n'existent plus, qui sont les types en noir qui se réunissent chez le professeur Hoffman ?

49

La grille s'ouvre et Armando Batista gare sa voiture sur le parking des visiteurs. Puis il se rend à pied à l'intérieur du poste de garde.

C'est la première fois qu'il a l'occasion de venir à l'IRCGN. Auparavant le laboratoire des sciences forensiques de la gendarmerie se trouvait à Rosny-sous-Bois, mais les personnels ont tous été transférés ici depuis 2015. Il paraît qu'ils sont plus de deux cent cinquante, là-dedans, la moitié constituée de spécialistes scientifiques. Batista a l'impression de pénétrer sur le site du FBI à Quantico, ou sur une zone militaire sensible – ce qui est le cas, en fin de compte.

Le gendarme derrière le comptoir vérifie son identité, s'assure qu'il a bien rendez-vous, puis appelle quelqu'un au téléphone pour signaler sa présence. On lui remet ensuite un badge au bout d'un cordon bleu, qu'il enfile autour de son cou.

— Je conserve votre pièce d'identité, dit le gendarme. C'est tout droit en sortant, au bout de la route, le grand bâtiment au fond.

Armando ressort du poste de garde et met son chapeau sur sa tête. Il fait froid. Le soleil est parti. La neige tient par plaques. Quand il avance, son souffle produit un long panache.

Il met ses mains dans ses poches et marche sur le trottoir le long de la route. Au bout de la perspective, un bâtiment plat d'allure ultramoderne s'étire sous un ciel immense aux nuages d'argent. Les yeux d'Armando étudient leurs moutonnements, allant du gris clair au gris profond, teintés d'un scintillement presque blanc là où un peu de lumière s'infiltre. Il se demande ce qu'un peintre comme Pissarro aurait tiré d'un tel paysage. Le trottoir est dans les nuances de rose, en revanche, il ne l'aime pas trop, même si le contraste est fort. Ce rose lui rappelle la couleur de la chair, comme en prélude à l'autopsie qu'il redoute.

Le commissaire Batista a déjà molesté des vivants au cours de sa carrière, mais il n'apprécie pas que l'on violente les morts. C'est ainsi. Cela relève quasiment de la superstition. Sans doute est-ce un trait hérité de sa mère. La brave femme était dure avec ses enfants – lui, en particulier – mais elle leur a toujours inculqué le plus grand respect envers les défunts. Armando tient à respecter cette éducation, il porte d'ailleurs toujours le médaillon de saint Antoine qu'elle lui a légué, il le manipule en ce moment même, il vient de s'en rendre compte, comme pour conjurer un mauvais sort.

Il replace sa main dans sa poche avec un soupir.

Il atteint les énormes grilles et franchit un tourniquet à l'aide de son badge. Au-delà, l'immeuble rectangulaire est constitué de verre, de métal, et aussi de bois placardé en longues bandes horizontales, sans doute pour offrir un peu de chaleur visuelle.

Il marche sur les dalles grises. On vient l'accueillir à l'entrée : c'est une jeune technicienne, la vingtaine, en blouse blanche, aux cheveux aile de corbeau.

— Si vous voulez bien me suivre, commissaire, dit-elle avec un sourire.

Ils franchissent des portes vitrées ornées des lettres verticales « IRCGN ». Batista a l'impression de pénétrer dans le hall d'un aéroport. Encore du bois sur les murs, des tourniquets avec des vitres comme dans le métro. Il passe à nouveau son badge. Une petite porte à gauche – et badge une fois de plus. Combien de fois va-t-il devoir le faire ? Il en a déjà perdu le compte. Il descend un escalier menant au sous-sol.

La jeune femme à la chevelure aile de corbeau le précède. Armando remarque qu'il n'y a pas d'indications à l'intérieur. Sans sa guide, il se serait déjà perdu dans ce labyrinthe qui ressemble aux couloirs de l'Étoile Noire, avec ses sous-sols silencieux, parfaitement propres, aux parois blanches uniformes dans lesquelles on a du mal à repérer les portes, et ses tuyaux et grilles métalliques qui courent au plafond.

Il atteint un secteur signalé par des bandes jaunes et comprend qu'il a rejoint l'aire de médecine légale. Ils entrent dans un vestiaire à la lumière violente, entièrement carrelé. Pourquoi ce carrelage uniforme ? se demande Armando. Ce revêtement, classique chez les légistes, lui a toujours paru répugnant, comme si des fluides allaient forcément éclabousser les murs.

— Inutile de vous mettre en tenue, dit la technicienne.

— Pardon ? fait Armando qui enlevait déjà son manteau.

— Vous n'avez pas besoin d'entrer dans la salle d'autopsie.

— Pourquoi ça ?

— Tout est filmé.

— Je peux éviter de me trouver dans la pièce ?

— L'un de nos avantages. Vous observerez tout sur écrans, depuis un siège confortable. Vous aurez même droit à un bon café, commissaire.

— C'est merveilleux, commente Batista.

— Nous traversons la salle d'anthropologie, explique la jeune femme. Nous sommes presque arrivés.

Des paillasses et des casiers. Comme en classe de sciences naturelles, en terminale. À l'époque, Armando avait hésité à s'inscrire en médecine. Ici tout est neuf, beau et propre, on pourrait presque déjeuner par terre, dirait Camilla. Des vitrines à droite contiennent une vingtaine de crânes humains.

— Et voici la salle déportée, fait la jeune femme en l'entraînant dans la pièce suivante. On l'appelle ainsi car elle est déportée par rapport à la salle d'autopsie, qui se trouve derrière. C'est notre centre de commandement, vous êtes arrivé.

La pièce est occupée par une grande table de réunion ovale, en bois blanc, avec des fauteuils comme dans les conseils d'administration. Des ordinateurs et des instruments scientifiques sont répartis le long des parois. Face à Batista, deux écrans géants sont accrochés au mur.

La porte de la salle d'autopsie s'ouvre et une femme d'une quarantaine d'années, à la prestance naturelle, vêtue d'une blouse blanche, vient à sa rencontre.

— Docteur Durance, chef légiste, dit-elle. Bienvenue parmi nous.

Armando serre sa main tendue. La poigne est militaire, mais l'attitude chaleureuse, ce qui l'étonne un peu, car il a exercé quelques pressions pour accélérer la procédure.

— Je vous fais travailler vite, dit-il.

— Nous sommes là pour ça, répond-elle avec un sourire.

— Comment se présente l'affaire ?

— Bien. Regardez.

Elle l'entraîne devant un ordinateur sur sa gauche.

— Scanner complet avec injection. Réalisé ce matin.

— Vous disposez d'un scanner sur place ?

— Dans la pièce adjacente.

— Avec injection, vous dites ? Mais le sang ne circule plus.

— Il s'agit d'une nouvelle technique, explique la légiste. La virtangiographie. On installe le cadavre sur la table, on introduit un cathéter dans les artères ou les veines fémorales, l'appareil met en place une pression, et on injecte de la paraffine liquide mélangée avec du produit de contraste. C'est comme s'il était vivant. Les images sont spectaculaires.

Le docteur Durance pose sa main droite sur le clavier.

Un clic.

— Voici le professeur Hoffman. En chair et en os. En 3D.

Un autre clic.

— Le même, sans la chair, uniquement les os.

Encore un clic.

— Et là, vous voyez son crâne, avec ses artères.

L'index de la légiste se déplace à la surface de l'écran.

— Observez l'interruption des vaisseaux sanguins, en rouge, et la déformation de l'os temporal, en bleu, dit-elle en faisant pivoter l'image dans les trois dimensions. Entre les examens externes et le scanner, nous avons progressé. La virtopsie, c'est-à-dire l'autopsie virtuelle, ne remplace pas la vraie, mais elle nous livre déjà des informations précieuses.

— Lesquelles ?

— Eh bien, si quelqu'un avait fermement tenu le canon du pistolet sur la tempe d'Hoffman, par exemple, il aurait probablement enfoncé et écrasé sa chair. De même, si un meurtrier avait tiré de loin, l'impact et les dégâts internes seraient différents. Ici, l'aspect est celui d'un canon posé. C'est compatible avec un suicide classique.

— Aucun argument pour un meurtre, alors ?

— Pas pour le moment.

Batista s'assoit à la grande table. La technicienne s'installe à côté, devant deux consoles de commande. Chacune est dotée d'un joystick, comme dans une régie de télévision. Elle appuie sur un bouton et une image apparaît sur l'écran géant supérieur.

— Voici votre vision d'ensemble, commente le docteur Durance. Elle est retransmise par une caméra tourelle. Elle vous montrera la table d'autopsie et tout ce que nous allons faire.

La technicienne actionne la deuxième console et l'écran du bas s'allume à son tour.

— Et voilà pour les gros plans. Les détails sont filmés par trois caméras grossissantes. Maintenant, avant de commencer, je voudrais vous montrer quelque chose.

La légiste adresse un signe de tête à la technicienne, et celle-ci pousse le joystick en avant. La caméra zoome sur le corps d'Hoffman allongé sur la table. Son thorax, toujours intact, grandit jusqu'à occuper toute l'image.

— Nous avons trouvé ça, dit le docteur Durance.

— Des tatouages sur le torse ?

— Il y en a deux. De part et d'autre du sternum.

— Je distingue les lettres « MM » à droite.

— Absolument, confirme la légiste.

— Et à gauche ? C'est un personnage ? On dirait un ange.

— Agrandissez encore, demande le docteur Durance.

La technicienne pousse le joystick à fond.

— Qu'en pensez-vous ? demande à nouveau la légiste.

— C'est bien un ange, confirme Batista. C'est très beau. Précis. Extrêmement minutieux. Il doit mesurer à peine trois ou quatre centimètres, non ?

— Exact. Vous ne trouvez pas cela étrange ?

Armando se redresse dans son siège.

— Pourquoi donc ? Le professeur Hoffman était un homme d'un certain âge, mais il a eu une jeunesse, comme nous tous, et des fréquentations diverses. Je suppose qu'il s'est fait tatouer à l'époque. C'est original, mais ça devait faire partie de son mode de vie.

— Ce n'est pas ça qui est curieux, dit la légiste. Zoom arrière, s'il vous plaît.

L'image recule un peu.

— Regardez, insiste-t-elle. Ces tatouages sont de petite taille. Ils ont perdu leur couleur parce qu'ils sont anciens, mais ils devaient déjà être discrets. En outre, ils sont volontairement placés dans les zones les plus pileuses de son épiderme. À la moindre repousse, ils sont invisibles. D'ailleurs ils l'étaient : nous les avons découverts par hasard, en rasant le torse.

Elle se tourne vers le commissaire.

— Les gens qui portent des tatouages en ont souvent à plusieurs endroits. Lui non. Nulle part ailleurs, j'ai vérifié. En outre, on les dessine dans un secteur imberbe, ou bien on s'épile, sinon quel intérêt ?

— Peut-être qu'il se rasait le torse à l'époque, et qu'il ne se rasait plus ensuite, hasarde Batista.

— Ce n'est pas mon avis. Hoffman était bien professeur et chirurgien gynécologue, n'est-ce pas ? Il se déshabillait fréquemment au bloc ?

— Oui, je suppose.

Durance sourit.

— Donc, il portait ces deux symboles sur sa peau. Un ange, et ces lettres MM. Cela comptait pour lui. Mais il voulait les garder cachés.

50

Audrey ne l'entend pas venir dans son dos. Quand sa main se pose sur son épaule, elle sursaute.

— Hé ! s'exclame-t-elle.

— Pardon de vous avoir fait peur, dit Florian d'Apremont.

— Vous êtes plus discret qu'un chat !

— Vous étiez plongée dans vos pensées.

Audrey se détourne de la fenêtre. Elle était en train de regarder la neige tomber sur l'ancien cloître des Ursulines en réfléchissant aux différents indices. Un suicide étrange, des cagoules noires, une obscure association étudiante, un seigneur des Enfers peint sur les murs, des phrases sibyllines… Si ce n'est pas l'œuvre d'une secte satanique, cela sent quand même le soufre.

— Il neige à nouveau, fait remarquer Florian.

— Vous avez terminé de charger la voiture ?

— Éric Beauvau a rangé le matériel à l'intérieur.

— Alors on décolle.

— Batista vient de nous envoyer un mail. C'est pour ça que je suis revenu. Il veut qu'on examine les pièces jointes sur un écran plus grand que celui de nos téléphones.

Beauvau pénètre à son tour dans le bureau.

— Vous pouvez utiliser mon ordinateur, si vous voulez.

Florian s'installe, se connecte à sa messagerie et lit le texte du commissaire :

Je suis à l'IRCGN. Le docteur Durance coopère bien. Pas d'argument s'opposant à la thèse du suicide pour le moment. Deux tatouages découverts sur le corps d'Hoffman. Ça vaut peut-être le coup qu'on s'y intéresse. Jetez un œil. J'ai envoyé des copies à tout le groupe. B.

Florian ouvre les pièces jointes et découvre les tatouages, les lettres MM et l'ange.

— Marrant, dit-il. Il était un peu rock'n'roll, le professeur !

— En tout cas il connaissait la Somme, dit Beauvau.

— Pourquoi ça ?

— L'Ange Pleureur est l'un de nos plus célèbres symboles.

— Ah oui ?

— Il se trouve dans la cathédrale. C'est à deux pas.

Florian fronce les sourcils.

— Vous pouvez nous expliquer ?

— Avec plaisir, répond Beauvau.

Le gendarme fait quelques pas, index et majeur levés, joints devant les lèvres.

— Si je me souviens bien, l'Ange Pleureur a été réalisé en 1636 par Nicolas Blasset. Comme vous le voyez sur la photo, il représente un angelot en train de pleurer, tandis qu'il se tient le front avec la main droite. Mais si vous observez mieux, vous verrez que son coude s'appuie sur un crâne humain, alors que sa main gauche repose sur un sablier. C'est sinistre, mais toute la symbolique est là : le chagrin face à la Mort, représentée par le crâne, et la brièveté de la Vie, montrée par le sablier. L'Ange Pleureur est devenu célèbre dans les années 1920 après la bataille de la Somme. Cette bataille a opposé les forces franco-britanniques aux Allemands. Elle a fait plus d'un million de victimes. Des centaines de milliers de cartes postales ont alors été imprimées à l'effigie de l'Ange Pleureur et envoyées dans le monde entier par les soldats du Commonwealth pour tenir au courant leurs familles, et leur annoncer de bonnes ou de mauvaises nouvelles. La popularité de l'Ange Pleureur n'a cessé de s'accroître par la suite. Le chagrin qu'il incarne face à la destruction inéluctable est un langage qui nous parle à tous. La statue a été copiée dans de nombreux cimetières et églises de par le monde, y compris au Père-Lachaise, et déclinée sur de nombreux supports. Aujourd'hui encore, vous trouverez cette statue à Amiens dans toutes les boutiques touristiques : médaillons, sculptures, et même des sucreries.

— Intéressant, commente Florian. Et les lettres MM ?

— Aucune idée, dit Beauvau.

D'Apremont lisse ses cheveux en arrière devant l'écran d'ordinateur.

— Voyons, et si je tape « MM » dans le moteur de recherche, ça donne quoi ?

Il lit les résultats :

— Marilyn Monroe, Marilyn Manson, Mickey Mouse, millimètres, 2000 en numérotation romaine, Mexique dans les codes d'aéroports, les bonbons M&M's…

Il se tourne vers Audrey.

— Mon lieutenant ? Est-ce que tout va bien ?

— Ça va, dit Audrey.

— On ne vous entend plus.

— Je réfléchis.

— À quoi ?

— Au fait que je voudrais voir cet angelot. On pourrait se rendre à la cathédrale ?

— Quoi, maintenant ? dit Florian.

— Tout de suite.

*

Audrey prend des photos de l'ange. Sous tous les angles. Il est comme sur le tatouage : mignon, petit, touchant, avec son front appuyé sur sa main, et sinistre à la fois, quand on regarde le crâne reposant à son flanc et le sablier qui s'écoule.

L'angelot se trouve tout au fond de la cathédrale, à gauche, dans un recoin discret. Il faut lever les yeux pour l'apercevoir : il est assis sur une poutre de marbre noir, les jambes pendues dans le vide, comme s'il s'était posé là avant de s'envoler et de disparaître. En réalité, l'Ange Pleureur fait partie d'une sculpture plus vaste.

Audrey range son téléphone, croise les bras et le contemple. Elle est seule. Il n'y a pas grand monde. Le silence règne, à peine troublé par le bruit des pas feutrés et quelques murmures. L'air est chargé d'encens, comme dans toutes les églises.

Éric Beauvau est resté à la caserne. Ils se sont dit au revoir tout à l'heure, il a du travail. Seul d'Apremont est venu avec elle. Audrey se retourne, prête à s'en aller. C'est alors qu'elle les aperçoit. Trois moines, avec leurs capuches noires, tournés dans sa direction. Ils ne bougent pas. Ils semblent l'observer. On dirait des statues, eux aussi.

Elle retourne dans la nef chercher d'Apremont. Il agite un prospectus en venant vers elle.

— Vous avez lu la doc ? chuchote-t-il, plein d'enthousiasme. La cathédrale est tellement vaste que Notre-Dame de Paris pourrait tenir en entier à l'intérieur. Il y a même un labyrinthe géant dessiné sur le sol. Les gens d'ici aiment les énigmes !

— Il y a trois moines, dit Audrey.

— Quoi ?

— Des gens en noir. Dissimulés sous des capuches.

— Je ne comprends pas.

— Venez, dit-elle en tirant Florian par la manche. Elle l'entraîne jusqu'à la statue.

— Où ça ? demande-t-il.

— Ils se tenaient là. Juste dans mon dos.

— Hum.

— Je n'ai pas rêvé.

— On est dans une église. Il peut y avoir des moines.

— Ils avaient l'air menaçant.

D'Apremont sourit.

— Genre les types cagoulés d'*Assassin's Creed* ?

— Arrêtez de vous moquer de moi.

— Que voulez-vous que je vous dise ? fait-il en écartant les mains. J'ai l'impression que vous êtes contrariée. Je peux le comprendre. Après tout, nous avons fait ce trajet pour rien, à part écouter de vieilles histoires et rapporter du matériel qu'on aurait sûrement pu rapatrier par estafette. Mais bon, la promenade était sympathique.

Elle se mordille la lèvre inférieure.

— On rentre à Paris.

De tout le trajet retour, elle ne dit pas un mot. Florian tente vainement de la dérider, puis se résout finalement à rester dans son coin, à échanger des SMS sur son téléphone. Arrivée à Paris, Audrey s'arrête près d'une station de métro et confie la voiture banalisée à d'Apremont, avec la consigne de la ramener au commissariat pour y déposer le matériel. Elle préfère rentrer en transports en commun. Une fois dans sa rue, elle coupe son téléphone, s'achète une bouteille de vin, remonte dans son appartement, se sert un verre, et le boit d'une traite.

Puis elle le repose sur la table.

Parfois, Audrey a l'impression d'être prisonnière d'une toile d'araignée aux proportions épiques. Le monde est là, autour d'elle, constitué de fils d'argent qui tremblent doucement dans la brise. C'est le règne de l'invisible. Un monde de forces et de réseaux. Un univers dans lequel se promènent des tueurs et des victimes, des *Démons d'Hippocrate* et des Anges Pleureurs, la Mort et son Sablier. Et au milieu, il y a elle, Audrey Valenti, qui tente de dénouer les fils.

Car tout cela a un sens. Bien sûr. Il suffit qu'elle le découvre. Qu'elle s'extraie de la toile et la contemple dans son ensemble.

L'Ange Pleureur, Audrey le connaît bien. Elle a posé sa tête contre lui à tellement de reprises, au cours de ses nuits. Il est dessiné sur la poitrine de quelqu'un. Exactement au même endroit.

C'est l'un des tatouages de Christian Kovak.

51

J'émerge de mon appart au petit matin et me traîne jusqu'à un café. L'air glacé me fait du bien au visage. La neige s'est transformée en boue grise. Impression de plomb fondu. Sur les trottoirs comme dans ma tête. Au moins les flocons ont-ils cessé de tomber continuellement sur la ville.

Je pousse la porte d'un établissement sordide. Un vieux bar où je ne mets jamais les pieds. Je l'ai choisi parce qu'il était proche et que je n'avais pas envie de traîner ma carcasse plus loin. Des visages hostiles se tournent. Regard tout aussi hostile de ma part. Ils reviennent à leurs verres de blanc.

Je pose mes fesses près d'une fenêtre sale et commande deux cafés doubles. Le serveur s'étonne. Je confirme d'un hochement de tête.

J'ai passé une nuit horrible, remplie de cauchemars provoqués par la fièvre. Un démon ancien et puissant, tantôt humain et coiffé d'un chapeau melon, tantôt monstrueux, voulait me faire la peau. Je mourais à chaque fois. Et finissais sous la forme d'une photo en noir et blanc épinglée dans son album à côté de victimes innombrables. Durant tous ces rêves d'épouvante, la voix du vieux Galien Lespinasse caquetait :

« *N'est pas mort ce qui à jamais dort ! Ni le soleil, ni la mort ne peuvent se regarder en face !* » Le vieillard riait et se dandinait comme un dément.

Je masse mon crâne, avec la sensation qu'il est hérissé de clous.

Un SMS de Samia m'attendait au réveil sur mon téléphone. Un message laconique. « *Je suis partie. J'ai trouvé quelqu'un pour m'héberger. Je ne vous dérange pas plus longtemps. Merci.* » Je ne lui en veux pas d'avoir filé à l'anglaise. Elle n'avait pas envie de rester chez moi, je la comprends, vu mon état physique et mental.

Les cafés arrivent. Je m'envoie les deux, coup sur coup, telle une purge. Je dois m'éclaircir les idées.

Nous sommes vendredi. Quatre jours que Justine a disparu. Et un nouveau personnage vient de s'inviter à la fête : le « Diable en Chapeau Melon », comme nous le surnommions à l'époque. Une fiction inventée par des étudiants. Il signait ses crimes d'une phrase : « *Je vous ai observés.* » Comment ce fantasme pourrait-il avoir pris corps ?

Mes yeux se promènent au hasard. Sur la table voisine, le dernier numéro du *Parisien* attire mon attention. En première page, l'un des titres annonce :

« *Conflit en baie de Somme : le suicide d'un doyen de médecine ravive l'affrontement entre pêcheurs et écologistes.* »

La photo d'illustration est celle du professeur Hoffman, mon ancien doyen.

Je m'empare du journal, fébrile. Qu'est-ce que c'est que cette histoire ?

L'article est axé sur le conflit entre protecteurs des phoques et défenseurs de la pêche. La mort d'Hoffman n'est qu'un prétexte pour développer la polémique. Mais cela raconte qu'il souffrait de problèmes psychologiques et mentionne l'endroit où il s'est suicidé dimanche.

Dimanche. Jour où Justine était là-bas.

L'article continue en page 13. Il y a même une photo de sa maison.

Je repose le journal sur la table. Une idée me vient. Je prends un cliché et l'expédie à Samia, avec le SMS suivant : *« Désolé pour cette nuit. J'étais malade. Question : regardez cette photo, est-ce la maison où vous vous êtes rendues, Justine et vous ? »*

J'attends un peu.

« On dirait bien », me répond Samia.

C'est un peu court, mais tant pis. Ce sera suffisant.

Je déglutis. Une pièce capitale du puzzle vient de se mettre en place. Justine est allée chez mon ancien doyen. C'est là qu'elle a récupéré la tête décapitée. Je n'ai pas connu Hoffman personnellement, juste suivi ses cours comme tout le monde. Sur le plan professionnel il m'a toujours semblé honnête. Un type qui se battait pour faire progresser l'enseignement de la médecine. Se pourrait-il qu'il ait eu un double visage ? Justine pensait-elle avoir découvert l'auteur des photos et le tueur de son frère ?

Mon front est chaud. Courbatures. La sueur perle entre mes omoplates. Merde, pas le temps d'être malade. Je prends du paracétamol codéiné dans ma poche et commande un verre de rhum. L'alcool va potentialiser l'action des médicaments, supprimer ma fièvre et faire disparaître mes douleurs.

Je téléphone à la fac des Saints-Pères.

— Je voudrais parler à Zayane Nyira.

— Elle n'est pas joignable.

— Je suis le docteur Kovak. Je lui ai confié un travail.

— Désolé, docteur, votre consœur a disparu. Une enquête est en cours. D'ailleurs, si vous pouviez nous renseigner sur…

Je raccroche.

Bon sang, cette fois il est arrivé quelque chose, c'est sûr. Justine, Zayane, Hoffman, l'Homme au Chapeau Melon. Tout est forcément connecté. Les racines du Mal semblent plonger au cœur de ma faculté de médecine. Ne serait-ce pas le moment d'aller voir les flics ? Non. Je ne dispose pas d'éléments suffisants. Et je suis lié à cette histoire de bien trop de façons. Pas question de lâcher. Je veux comprendre.

J'appelle mon service des urgences.

— Ici Kovak. Je suis de garde ce soir ?

— Oui, me confirme-t-on.

— Désolé. Je ne viendrai pas.

— Quoi ? Mais enfin, pour quelle raison ?

Je raccroche à nouveau. Pas le temps non plus pour les justifications stériles.

— Nom de Dieu, fais-je en écrasant mes joues.

Le serveur qui passe m'observe d'un air bizarre.

— Qu'est-ce que vous regardez ? je demande sèchement.

— Rien du tout, monsieur.

— Alors cassez-vous.

Il dégage sans demander son reste.

Je dois donner un cours d'amphi cet après-midi à la fac. Je réfléchis. Puisque toute cette enquête me ramène là-bas, c'est peut-être le moment de filer un coup de pied dans la fourmilière. Parfois, c'est un excellent moyen de faire bouger les choses. Et je n'ai plus beaucoup de temps. Pour l'instant les flics me fichent la paix, mais ça ne va pas durer. Je n'ai pas reçu d'appel aujourd'hui, mais ils vont bientôt débouler. Je sais ce qui arrivera : ils vont me soupçonner de ci, de ça, la liste de mes problèmes va s'allonger à l'infini.

Retrouver Justine est la seule chose qui m'importe. Je dois la sauver, *elle*. Elle me ressemble. C'est comme si je me sauvais, moi. Le reste, j'en ai rien à foutre.

— Il y a un problème avec mon serveur ? dit le patron.

Ses sourcils sont rassemblés en une vilaine barre broussailleuse. Le serveur a dû cafter. Je me lève. L'homme est grand, mais moi aussi. Surtout, j'ai l'air beaucoup plus dingue. Je le vois à mon reflet dans la glace du bar. Voilà ce qui se passe quand vous mélangez l'alcool et les médicaments.

— Aucun problème, dis-je, à deux centimètres de sa figure, le front en sueur, les pupilles rétrécies comme des lasers à cause de la codéine. Pourquoi y en aurait-il ?

Il est en train de mesurer le danger dans mes yeux.

Je sors avant de commettre un acte idiot.

Je rentre à mon appartement et prépare ma prochaine action dans un état de fébrilité absolue. Je trace les grandes lignes de mon cours à venir, le transfère sur clé USB, et imprime quelques affichettes. Puis j'appelle l'association du Bureau des Arts et demande à parler au barbu de l'autre jour.

— Bonjour, Président ! dit-il en se souvenant de moi.

— Salut. J'ai besoin de vous.

Je lui explique ce que je compte faire. Il se montre enthousiaste. Normal, ça va remplir les caisses de son asso, la rendre populaire, et lui rapporter des adhérents.

Le coup de pied dans la fourmilière est amorcé. Mais pour que ça marche, il faut que je sois certain d'avoir du public. Une méthode imparable : rendre le cours obligatoire. J'envoie un mail à toute la promo. Le cours d'aujourd'hui est nécessaire pour valider la matière, avec signature à l'entrée. C'est un sale coup, mais je ne serai pas le premier à l'utiliser pour avoir du monde en amphi.

J'envoie ensuite mon affichette à tous les étudiants sous forme électronique. J'irai aussi en coller à la fac, à l'hôpital, aux urgences et dans l'ancien service d'Hoffman. Le but est de mettre un maximum de gens au courant. Quand on tape dans une fourmi-lière, il faut beaucoup de fourmis.

Voici ce que mes affichettes racontent :

Cours d'Interrelations des Êtres Vivants,
par le Dr Kovak.
Thème d'aujourd'hui : LA MORT.
Exposition exceptionnelle de photos mortuaires.
Avec la participation du Bureau des Arts.

Et en dessous, je colle la photo post mortem d'Adam Van Grenn.

52

Le plan fonctionne au-delà de mes espérances. À l'heure dite, mon amphi à la faculté Descartes est plein à craquer.

Lorsque je monte sur l'estrade dans mon plus beau costume noir, élégant comme pour une première à Cannes, les regards de plusieurs centaines d'étudiants sont braqués sur moi. Personne ne se doute que j'ai trente-neuf de fièvre, le cerveau chargé à bloc par diverses substances et l'esprit filant comme un météore.

— Bienvenue à tous, je lance au micro. Et merci d'avoir accepté mon invitation, même si elle était un peu brutale. Mais la Mort est un sujet brutal, n'est-ce pas ?

J'appuie sur une touche de l'ordinateur. L'image d'Adam Van Grenn apparaît, gigantesque, envoyée par le rétroprojecteur.

— Considérons ce jeune homme, fauché dans la fleur de l'âge. Et voyez comme le photographe s'est attaché à rendre sa mort esthétique. Pourquoi ce souci de créer une belle image du défunt ? Et au-delà, pourquoi les images mortuaires et le morbide en général nous fascinent autant ?

Silence dans l'amphi.

— Je vais vous le dire : parce que la mort nous rappelle que nous sommes égaux. Nous allons tous mourir, c'est une certitude. Et pour nous y préparer, les générations précédentes avaient développé une forme d'expression artistique.

J'attends, avant de lancer la suite des images.

— Les photos que vous allez voir sont difficiles. Elles font partie de l'art étrange de la photographie post mortem. Une pratique ancienne, qui n'est pas là pour vous faire peur, mais pour vous aider à prendre conscience de cette présence, de cette ombre qui plane autour de nous, et qui nous unit. Je les ai sélectionnées parmi les albums d'une vieille boutique, piochées sur un site Internet, et dans l'exposition d'une de nos étudiantes. Ces photos représentent toutes des défunts. Nous ferons le cours ensuite. Mais voici mon message : la mort existe. Elle est terrifiante et elle frappe n'importe où. Vos études sont là pour vous armer, vous préparer à l'affronter. Cependant, il y a une autre façon de vous battre : célébrez votre vie. Ce n'est pas le temps qui reste, qui compte. C'est ce que l'on en fait.

*

L'heure passe. Je poursuis le cours sur ma lancée. Les phrases s'enquillent, elles sortent seules, je n'ai aucun effort à faire sur ce thème, c'est l'histoire de mon existence. Ma femme est morte. Je recherche Justine, alors qu'elle est peut-être décédée elle-même. Je suis un spécialiste de la mort. La danse macabre de la Blouse Blanche et de la Cape Noire ne s'arrête pas. Alors je continue, je tiens des propos enflammés et probablement choquants, tant pis, je suis sous l'emprise de la fièvre, je vous rappelle, si vous avez des plaintes à formuler à l'encontre du docteur Kovak, prenez un ticket et allez rejoindre la putain de file d'attente.

À un moment, le garçon barbu du Bureau des Arts qui assiste au cours me demande si je veux bien parler de mon ancienne association. Après tout pourquoi pas ? C'est comme ça que je raconte les *Démons d'Hippocrate.*

— Nous étions une poignée d'étudiants, dis-je, au début de nos études de médecine, tout comme vous. Il y avait mon amie le docteur Zayane Nyira, qui est votre professeur de dissection…

Des têtes se tournent. Ça murmure dans les rangs.

— Et aussi mon beau-frère, le docteur Sam Shahid. Un sacré chirurgien, actuellement à l'étranger, mais un type formidable, puisqu'il est capable de me supporter au quotidien.

Cette fois ça rigole.

— Et puis il y avait moi, et aussi quelques autres. Et tous, nous étions effrayés par la mort. Nous avions besoin de l'apprivoiser. Des associations et des fraternités existent en médecine. Je les connais, j'ai été comme vous. Il y a l'AVC, Ebisol… (des mains se lèvent, il y a des applaudissements et des cris enthousiastes)… le Bureau des Arts, les défenseurs du pôle Olympe (d'autres cris, des sifflets de joie)… le BdS, les nobles faluchards, bien sûr (grondement de pieds et coups de poing sur les tables)… et d'autres fraternités, dans cette fac, à travers le pays et partout dans le monde. Et toutes ces associations sont là pour nous réunir, rassembler nos énergies, communier, nous enseigner leurs codes et leurs rites. Nous avons décidé de créer la nôtre : les *Démons d'Hippocrate.*

Je tapote du bout du pied sur l'estrade, comme pour désigner les étages inférieurs.

— Il y a longtemps, j'étais populaire au Sanctuaire, le club des assos qui se trouve au sous-sol. J'y ai même dessiné une fresque : le démon Orcus, seigneur des Enfers. Le nom *Orcus* a d'ailleurs donné le mot *ogre*, vous le saviez ? En tout cas cet ogre, pour nous, représentait la mort. Nous l'avions peint au pochoir dans tous les lieux de la ville, nous l'avions tagué partout, par défi. Nous voulions l'apprivoiser. C'était mon idée de président d'asso, mais elle n'était pas nouvelle. Personnifier la Mort pour la rendre familière et moins effrayante, d'autres cultures et d'autres fraternités plus anciennes y ont eu recours bien avant nous. Quoi qu'il en soit, nous commettions des bêtises…

Je vois des visages qui sourient.

— En voici une, dis-je en projetant une photo choisie dans le répertoire de ma clé USB. Ceci est un projet de fresque. L'image que vous observez ressemble à une planche de bande dessinée. J'ai copié le style des albums de Blake & Mortimer, désolé pour mon piètre trait de crayon. Vous voyez des adorateurs en capuches noires se prosterner devant leur maître. Sur le mur derrière eux est écrit « Icar ! Icar ! Icar invokkhats ! » comme une acclamation. Mon projet était de peindre ça dans le hall de l'Hôtel-Dieu pendant la nuit. Je parle d'une fresque de plusieurs mètres. Ç'aurait été un super coup, dis-je avec le sourire, mais ça n'a pas marché. L'arrivée des gardiens nous a obligés à filer comme des voleurs.

— Que signifient ces mots ? demande une étudiante.

— Disons qu'il s'agissait d'une blague, et en même temps d'une énigme. D'ailleurs, le premier qui la résoudra d'ici la fin du cours recevra un cadeau de ma part : le livre de médecine de son choix.

Certains sortent des stylos et des feuilles et se lancent dans le décryptage, tandis que je continue :

— Les *Démons* ont fait des bêtises, comme je vous le disais. Nous n'avions rien à cacher, nous étions une asso comme les autres. Mais nous voulions être célèbres. Il nous fallait notre heure de gloire. Et nous avons attaqué la préfecture de police. Un jour, nous avons réuni tous les étudiants de l'hôpital et nous les avons armés de bombes à eau, de seringues remplies de colorants, de farine, d'œufs, et de tous les projectiles possibles. Puis nous avons lancé la bataille. Durant deux heures, la rue de la Cité, entre l'Hôtel-Dieu et la Préfecture, a été envahie par une horde barbare vêtue de blouses blanches. Circulation coupée. Barricades. Combat avec des couvercles de poubelle en guise de boucliers. Une guerre pour rire, mais impressionnante. Il a fallu l'intervention des pompiers pour nous disperser à la lance à incendie. Il y a eu de nombreuses vitres cassées, des dégâts sur les voitures, des listes de plaintes, et le logo d'Orcus peint à l'encre indélébile sur la façade des flics. Après ça, le doyen de l'époque, le professeur Hoffman, nous a priés de cesser nos pitreries. Et notre asso a été dissoute.

Des « booouuuhhh » et quelques sifflets résonnent.

— Il avait raison, dis-je en calmant l'ambiance d'un geste. Nous étions allés trop loin. Et c'était le but de ma démonstration. La Mort peut être photographiée, moquée ou honorée, si cela vous aide à mieux l'accepter. De nombreux pays ont des rites populaires dans ce sens : la fête des Morts au Mexique, la fête des Fantômes en Chine. Mais cela ne doit pas vous entraîner à faire n'importe quoi.

Je leur adresse mon clin d'œil le plus démoniaque.

— Car un jour ou l'autre, Orcus vient toquer à la porte, vous annonce que c'est l'heure, et vous emporte avec lui.

Je donne encore quelques recommandations, les points importants à réviser pour les partiels, et je termine mon cours là-dessus. Les étudiants plient leurs affaires, rangent leurs feuilles et leurs magnétos et se bousculent vers la sortie. La vie ordinaire reprend ses droits. Quelques-uns viennent vers moi munis de leurs notes. La jeune femme intervenue tout à l'heure se rapproche.

— *Icar*, c'est vous, n'est-ce pas ?

— En effet, dis-je. Chacun porte un surnom dans une fraternité. Krypto, Icar... vous avez résolu l'énigme ?

— Oui. Il suffisait de changer les lettres de place.

Elle me montre sa feuille.

— *Icar invokkhats...* devient *Christian Kovak*. Vous vouliez que l'hôpital entier vous acclame dans une fresque ?

— Ça aurait eu de la gueule.

— Un peu mégalo, peut-être ?

— Non. Mégalo, c'est quand on regarde son prof en face en le traitant de mégalo.

Elle devient écarlate. Je ris.

— Je plaisante, mademoiselle. Bravo pour votre esprit de déduction. Vous avez gagné un livre.

Je m'éclipse. L'intérieur de mon crâne ressemble à un feu d'artifice. Je m'enferme dans les toilettes. Souffle. Respire. Prends mon pouls. 120. C'est bon. Je gère encore. Trop d'amphétamines pour cette fois. Je n'aurais pas dû mélanger. À force de grimper, puis de redescendre, ça devient compliqué. Pas grave. Il suffit d'attendre que ça passe.

Je sors au bout d'une heure et m'essuie le visage. C'est maintenant que mon plan revêt tout son sens. Le contenu de mon discours n'était pas important. Seules les photos l'étaient.

J'ai fait circuler celle d'Adam Van Grenn par mail, et je viens d'en montrer plusieurs tirées de la fresque de Justine. Je voulais les exposer. Les montrer au maximum. Si ces photos posent un problème à quelqu'un, il y a des chances que cela provoque une réaction.

Pourquoi Justine a-t-elle subitement décidé de se rendre chez Hoffman ? Comment a-t-elle fait le lien entre lui et les photos de *Thanatos Pictures* ? Quelqu'un l'a mise sur la piste. Il doit se trouver ici, à la fac ou à l'hôpital, dans l'entourage d'Hoffman. Et en montrant ces images partout, je vais peut-être réussir à l'affoler. Maintenant que j'ai tapé dans la fourmilière, voyons le résultat.

Je file voir mon ami barbu du BdA.

— Beau discours, Président, dit-il.

— Merci.

— J'ai déjà des inscriptions. Ils veulent voir l'exposition réalisée par Justine. On fera payer cinquante centimes la visite, comme vous l'avez suggéré. Ça nous fera de quoi fabriquer des T-shirts.

— Chouette. Sinon, vous avez reçu des appels ?

— De qui ?

— Je ne sais pas. De personnes qui n'auraient pas aimé les photos.

Il se gratte la barbe.

— Maintenant que vous le dites. La permanencière qui me remplaçait m'a parlé d'un gars.

Mes oreilles se dressent.

— Un interne. Il a appelé plusieurs fois en posant des questions sur votre cours. Il a vu votre affichette, il voulait y assister. Il a aussi parlé de Justine et de sa fresque en forme de spirale.

— Comment ça ? Il connaissait l'existence de la fresque ?

— Apparemment.

— Vous avez son nom ?

Il fouille dans un tiroir et sort un Post-it.

— Ma remplaçante l'a noté : docteur Thibault De Luca. Il a demandé que Justine le rappelle. Il a tenté de la joindre, mais elle ne répond pas à ses messages.

— Il a dit où il travaillait ?

— Non.

— D'accord. Merci, dis-je.

On dirait que ma fourmi est sortie du lot.

Je quitte la fac. M'arrête dans une pharmacie pour

faire le plein de médicaments, puis je retourne me mettre au calme, chez moi, et me laisse tomber sur le matelas du séjour. Je croque quelques comprimés de calmants – il faut bien que ma tachycardie et mon excitation s'arrêtent – et me mets à pianoter sur mon téléphone.

— Qui es-tu, cher Thibault De Luca ? Et pour commencer, voyons si tu possèdes un compte Facebook…

Il en a un. Même pas difficile à trouver.

Docteur T. De Luca. Interne à l'hôpital Cochin. Service de gynécologie. Études : chirurgie à l'université René-Descartes. Habite à Paris.

Ce gars est interne dans l'ancien service du professeur Hoffman. Il a le même cursus que moi, que Justine, qu'Adam. Comme par hasard.

Ses photos sont-elles consultables ? Oui.

— Montre-moi un peu ton visage, mon cher Thibault.

Il est plutôt beau gosse. Vingt-huit ans, cheveux noirs, courts, un air de jeune premier de la Comédie-Française. Allons bon, je suis jaloux ou quoi ? Je ris tout seul. J'épluche ses photos Facebook. Les gens sont fous de mettre leur vie en accès libre sur le Net. Je vois que Thibault est interne, en fin de cycle. Donc il sera bientôt chef de clinique assistant. Il a été pris dans l'ancien service du professeur Hoffman. Ce qui n'est forcément pas un hasard. Je continue de feuilleter les photos. Il se trouvait à une fête, la semaine dernière. Et devinez qui je retrouve, pendue à son cou…

Justine.

Justine Van Grenn. La fille sage, celle qui ne sort jamais, et qui n'a pas de petit ami. Accrochée comme une tigresse à Thibault De Luca.

Je me redresse sur le matelas d'un coup.

De quand date cette photo ?

Vendredi. Juste avant de partir en baie de Somme. Juste avant que toute cette foutue histoire ne commence.

Le lien, c'est lui.

Justine est sortie avec ce type. Elle lui a montré les photos post mortem, la fresque. Et Thibault lui a parlé d'Hoffman. C'est sûr. Voilà comment les choses se sont enclenchées.

Il faut que je contacte ce docteur De Luca immédiatement.

Je me lève. Trop vite. Le décor tourne. J'ai pris trop de calmants. Je tombe.

Puis c'est le noir absolu.

53

Thibault De Luca se réveille lentement. Il est allongé sur une table. Le corps attaché. Sanglé au niveau de la taille, des poignets et des chevilles. Il se sent mou. Ses pensées ont du mal à se mettre en place. Une perfusion coule dans son bras droit. Une ampoule nue est suspendue au plafond, elle est d'intensité faible mais descend près de son visage et lui fait mal aux yeux. Il détourne la tête et peu à peu ses pupilles s'habituent. Il découvre la cave, les murs en béton brut, les recoins, les zones d'ombre. Pas d'issue apparente.

Il renifle. Ça sent la moisissure et l'humidité. Le détergent, aussi. Ses ongles grattent le bois de la table. Il a l'impression qu'une autre odeur en provient. Plus douceâtre. Une odeur dont Thibault n'est pas sûr de l'origine.

Le décor, en tout cas, lui rappelle l'un de ces bunkers de la Seconde Guerre mondiale. Il en a visité un dans le sous-sol de la gare de l'Est pendant les Journées du patrimoine.

Comment est-il arrivé ici ? Il se rappelle être sorti de l'hôpital Cochin dans la soirée. Il avait terminé ses interventions au bloc opératoire. Un inconnu l'a interpellé sur le parking devant le service de gynécologie, il a senti une piqûre dans le cou, puis plus rien.

Il essaye de bouger. Impossible. Les sangles sont solides, et il est trop fatigué de toute façon. Tout ça n'est pas normal. Il devrait être terrorisé. Pourquoi n'éprouve-t-il aucune angoisse ? Sans doute à cause des différents produits branchés en haut de sa perf.

Un mouvement trouble les ténèbres à ses pieds. Thibault redresse péniblement la tête.

— Il y a quelqu'un ?

Pas de réponse.

— Hé ! Vous êtes là ?

Un clic. Une lampe s'allume sur une autre table. Une silhouette se tient debout, derrière. Elle devait être présente depuis le début. Un manteau sombre, une barbe épaisse, un chapeau melon et de petites lunettes noires dans lesquelles se reflète la lueur de l'ampoule.

— Bonjour, Thibault.

— Qui êtes-vous ?

— Un *Memento Mori*. Comme toi.

Il écarte légèrement son manteau noir, entrebâille sa chemise et expose son torse nu. L'Ange Pleureur est là. Le sigle MM aussi. Un long poignard argenté est également passé à sa ceinture. Une arme que Thibault trouve des plus inquiétantes, parce qu'elle a l'air vraie. Si c'est une blague, elle est terriblement réaliste.

L'homme referme son manteau.

— Je suis là pour te poser quelques questions. Je sais que tu as parlé récemment à une fille qui s'appelle

Justine, puis au professeur Hoffman. Raconte-moi l'enchaînement des évènements.

Thibault cligne des paupières. Malgré les produits qui circulent dans ses veines, il sent monter une onde de panique.

— On... on se connaît ?

— Non.

— C'est un test ?

L'homme s'approche de la perfusion et modifie le débit des différentes substances.

— Ne réfléchis pas, dit-il. Raconte.

Thibault sent sa volonté diminuer et son esprit s'éclaircir. Il ravale sa salive et fait un effort de concentration.

— Tout va bien, susurre l'autre. Nous sommes entre amis.

— Je... J'étais... à une fête, dit Thibault.

— Oui ?

— Cette fille a débarqué. Je ne la connaissais pas. Elle s'est jetée à mon cou. Nous avons terminé la nuit dans mon appartement.

— Ensuite ?

— Le samedi matin, elle m'a annoncé qu'elle s'appelait Justine Van Grenn. La sœur d'Adam Van Grenn. Adam était l'un de mes amis, au début de mes études.

— Je sais qui est Adam, commente l'homme.

— Justine m'a montré une photo de son frère. Il était allongé sur un lit. Il avait l'air mort. J'ai trouvé ça bizarre. Adam a disparu dans les marais, en Floride. Ça doit faire six ou sept ans, personne n'a jamais retrouvé son cadavre.

388

— Que sais-tu d'autre à propos de cette photo ?

— Justine a prétendu l'avoir trouvée sur un site. Elle a dit qu'il y en avait plusieurs, prises par la même personne. Elle a composé une sorte d'œuvre avec ça. Une fresque. Elle me l'a montrée sur son téléphone portable. (Thibault déglutit encore.) Elle pense… elle pense que tous ces gens ont été assassinés.

L'homme sourit.

— Et toi, Thibault, qu'en penses-tu ?

— Rien du tout. Cette Justine avait l'air fêlée. Je connaissais Adam, c'était mon ami. J'étais en Floride aussi quand il a disparu. J'ai été interrogé, comme tout le monde. Hoffman m'avait ordonné de ne rien dire à propos de la fraternité, alors je n'ai rien dit. La sœur d'Adam, je m'en souvenais même pas, j'ai dû la voir seulement une fois quand elle était jeune. Lorsqu'elle m'a parlé de tout ça, j'ai pensé qu'elle avait couché avec moi dans le but d'obtenir des informations sur son frère. Elle insistait, elle répétait que j'étais avec lui, que je devais forcément savoir quelque chose sur sa disparition. Elle avait un côté hystérique. J'ai préféré appeler immédiatement le professeur Hoffman pour le mettre au courant.

— Justine était avec toi quand tu as téléphoné ?

— Non. Elle se douchait dans ma salle de bains.

— Comment es-tu certain qu'elle n'a rien entendu ?

— Pourquoi dites-vous ça ?

— Je ne sais pas, répond l'homme en s'approchant. Simple supposition. Cette fille n'est pas bête. Elle aurait pu te faire croire qu'elle était sous la douche, laisser couler l'eau et entrebâiller la porte pour écouter. Ensuite, Justine aurait emprunté ton téléphone en profitant d'un moment de distraction et regardé les coordonnées de ton interlocuteur. Si ça se trouve, tu as bêtement noté le nom et l'adresse du professeur Hoffman dans ton répertoire.

L'homme sort son poignard, remonte le pantalon de Thibault de quelques centimètres sur sa jambe, et pose la lame sur sa cheville nue.

— Qu'en penses-tu, docteur De Luca ?

— Il fallait que je parle à Hoffman, j'étais obligé !

— Pourquoi donc ?

— Il est le Grand Maître. S'il se passe quelque chose avec les *Memento*, je dois le mettre au courant, c'est la règle.

— Et tu respectes les règles de ta fraternité, Thibault ?

— Bien sûr !

— Donc tu n'as parlé à personne d'autre qu'à Hoffman ? Tu n'as rien dit ? Même ce soir, après avoir vu les affichettes posées par le docteur Kovak dans ton service ? Les affichettes qui montrent la photo de ton ancien camarade disparu ? Le docteur Kovak en a mis partout, tu sais ? Aux urgences, à la faculté, absolument partout. Ce pourrait être ennuyeux.

— Je n'ai rien dit à personne !

L'homme retire sa lame d'un air satisfait.

— Bien. Justine a plus ou moins tenu le même discours. Donc je pense que tu dis la vérité.

Thibault écarquille les paupières.

— Quoi ? Justine est ici ?

— La pièce mitoyenne.

— Vous lui avez fait du mal ?

390

— Tout ira bien, ne t'inquiète pas, dit l'homme en tapotant sa jambe avec la paume de sa main d'un air sincère.

Thibault se relâche. C'était donc ça. Encore une initiation.

— Comment suis-je arrivé ici ? il demande.

— Un homme m'a aidé. Il s'appelle Vasil. Il accomplit des tâches pour mon compte.

— C'est un *Memento*, lui aussi ?

— Non. Un simple sbire, raconte l'homme d'une voix distraite tout en s'affairant avec du matériel installé sur la seconde table. Vasil n'est au courant de rien. Je le paye, et il exécute. C'est lui qui se trouvait sur le parking de l'hôpital. Il t'a appelé, je suis arrivé par-derrière et je t'ai injecté un anesthésique. Je procède souvent ainsi. Avant je le faisais seul. Maintenant, il m'arrive parfois de demander de l'aide. Surtout avec des sujets jeunes et vigoureux dans ton genre. Vasil t'a installé dans ma voiture. Puis j'ai disparu. C'est toujours ainsi que ça se passe. Vasil n'a aucune idée de la suite. C'est mieux. C'est un toxicomane, un homme vénal et sans scrupules, mais je doute qu'il approuve mes occupations. Même un homme tel que lui serait capable d'être choqué.

Sans prévenir, l'homme entaille la jambe de Thibault avec son poignard. Celui-ci pousse un cri. Un filet de sang épais se forme. L'homme le recueille dans un petit récipient en métal, le mélange lentement à l'aide de sa lame, comme on procéderait avec un pot de peinture, puis dépose le liquide obtenu sur une fine lamelle rectangulaire, et manie la pointe de son arme avec délicatesse en écrivant quelque chose.

Il recommence ses entailles jusqu'à ce que son texte soit inscrit en entier sur la lamelle. Thibault crie à chaque fois. L'homme finit par augmenter le débit de la perfusion et une onde de bien-être parcourt le corps du docteur De Luca.

Des sons étouffés résonnent un peu plus loin. On dirait d'autres cris. Thibault identifie des voix différentes.

— Qu'est-ce qui se passe ? demande-t-il d'une voix pâteuse. Il y a d'autres personnes enfermées ici ? Vous séquestrez des gens ?

L'homme ne répond pas. Thibault se remet à avoir peur.

— Qui êtes-vous ? Répondez…

Les lunettes noires se tournent vers lui.

— Allons, Thibault, on ne se rappelle pas les légendes de la fraternité ?

— Je ne comprends pas… Vous n'existez pas, vous n'êtes qu'un mythe, du folklore…

— La preuve que non.

— Vous êtes fou !

— Si ça peut te consoler, dit l'homme, sache que ta mort n'a rien à voir avec les *Memento*. J'aime la photographie. D'habitude, je choisis des personnes au hasard. C'est impossible à repérer. Mais ces derniers temps, j'ai été obligé de commettre quelques entorses à ma règle. Tu sais trop de choses. Je ne peux pas me permettre que tu les divulgues.

— Je ne dirai rien ! crie Thibault en tirant sur ses sangles. Et puis tout ça n'est pas méchant… ce sont des traditions… vous n'êtes pas sérieux… c'est une plaisanterie !

Thibault sourit, tandis que son esprit s'illumine.

— Oh putain… bien sûr… les gars, vous êtes vraiment des crétins ! C'était ça les cris des gens enfermés, hein ? Vous m'avez foutu une trouille de tous les diables. Qui est là ? Allez, sortez… Tout le monde a mis les cagoules ? C'était une initiation ? C'est une sacrée blague, les mecs…

— Non, ce n'est pas une blague.

L'Homme au Chapeau Melon saisit un tranchoir à viande. Coupe sa tête d'un coup sec. Pose la petite lamelle à côté. Et prend une photo de l'ensemble.

Thibault De Luca a lu dans une étude médicale que l'activité électrique cérébrale persistait plusieurs secondes après la mort. En théorie, une personne guillotinée serait capable de se contempler elle-même, et de voir son corps sans tête durant quelques instants.

Aujourd'hui, Thibault constate que cette histoire est vraie.

54

Ils se présentent chez moi le samedi matin. Ils sont plutôt corrects. Presque respectueux. C'est la capitaine Luz qui sonne à ma porte.

— Docteur Kovak.

— Capitaine.

— Vous connaissez la raison de ma présence ?

— Je l'imagine.

— À partir de… (Elle consulte sa montre)… 7 h 30, vous êtes en garde à vue.

Elle entre, suivie d'un molosse en gilet rouge. Lui, je l'ai déjà rencontré à la prison de l'Hôtel-Dieu. Luz me notifie mes droits, tandis que Gilet Rouge me pousse dans l'appartement. Je n'oppose aucune résistance. Je suis habillé, à peu près dégrisé, et réhydraté. Je me suis réveillé il y a vingt minutes dans mon costume de la veille, j'étais allongé sur le matelas où j'ai sombré hier soir après avoir abusé des anxiolytiques. J'ai déjà eu le temps de boire une bouteille d'eau minérale et de me faire un café. Mon crâne cogne beaucoup moins. Ma température semble correcte et mon rythme cardiaque normal.

Gilet Rouge promène son regard dans la pièce comme si je dissimulais une arme, un pic à glace ou

je ne sais quoi. Il pénètre dans mon dressing en arrachant presque la porte.

— Puis-je vous aider ? je demande.

Il braque sa tête d'ours dans ma direction.

— Je parie que vous planquez de la drogue.

— Non.

— Samia Naïm pense que vous êtes un drogué.

— Uniquement des médicaments sur ordonnance.

— Vous mentez.

— Du tout.

— On va vous faire des prélèvements.

— Mais je vous en prie.

— Et tout passer au peigne fin.

— Peignez donc. Mon appartement est vide.

Gilet Rouge se tourne vers la capitaine.

— Il répond toujours comme ça ?

— Souvent, dit Luz en haussant les épaules.

— Je peux le secouer un peu ?

— Du calme, d'Apremont. Le commissaire a dit :
« Pas de grabuge. »

— C'est ça, renchéris-je, pas de grabuge, d'Apremont.

Il fait volte-face.

— Arrêtez de jouer les comiques.

— Vous avez du rouge à lèvres sur le col.

— Quoi ?

— Là, dis-je en pointant mon doigt sur sa chemise.

La capitaine intervient :

— Laissez tomber, Florian.

— Je peux au moins lui passer les menottes ?

— C'est inutile, dit-elle en me prenant par le bras.

395

Vous voyez bien qu'il est coopératif. Allez, on descend à la voiture. (Elle se tourne vers moi.) Batista veut vous interroger dans nos locaux.

— Je vous suis.

— Vous ne demandez pas pourquoi on vous arrête ?

— Pourquoi on m'arrête ?

— On a perquisitionné l'appartement de Justine Van Grenn. On voulait récupérer ses empreintes. Et là, surprise, on en a trouvé d'autres. Il y en avait partout : sur l'ordinateur, les tiroirs, même dans la salle de bains. La base de données a craché le résultat tout de suite. Devinez à qui elles appartiennent…

— À moi.

— Vous avez une explication ?

— Oui.

— Tant mieux. Parce que Samia Naïm a été très choquée de l'apprendre. Cet endroit est aussi chez elle.

— Je comprends, dis-je.

— Cela fait de vous un excellent suspect dans la disparition de la petite Van Grenn. Sans compter d'autres éléments troublants qui réclament des réponses.

Luz m'entraîne vers la sortie. J'entends des bruits de casse en provenance de mon dressing.

— Quand il aura fini de détruire mes tiroirs, dis-je à la capitaine, demandez à votre officier d'embarquer mon ordinateur, celui qui se trouve sur la table de la cuisine. Il y a des photos dedans que j'aimerais vous montrer. Comment va Samia ?

— Vous lui avez fait peur.

— C'est pour ça qu'elle a fichu le camp ?

— Oui.

— Je suis désolé. Pour ses jambes, je connais un chirurgien. Mon beau-frère, Sam Shahid, est très doué, il pourra certainement améliorer les dégâts causés par les morsures. Je ne souhaitais pas l'effrayer. Transmettez-lui mes excuses.

— Vous les lui présenterez vous-même, dit Luz. Elle sera là pour une confrontation. Tout le monde vous attend.

*

J'arrive à Évangile. Il n'y a personne dans les rues et il pleut un crachin glacial. Peut-être neigera-t-il encore, me dis-je en appuyant la tête contre la vitre pour me rafraîchir le front. La grille d'entrée coulisse. L'énorme bunker du commissariat nous surplombe, avec son mur sans fenêtres, ses colonnes et son toit en pente. On dirait un temple antique balayé par le vent.

La voiture se gare. On sort et on m'amène dans une salle d'attente. En guise de banc, un bloc de béton fait le tour de la pièce. Des interpellés sont menottés à des arcs en métal scellés dans le banc lui-même, face à un flic derrière un comptoir. Ils sont une demi-douzaine attachés comme des chevaux à leur anneau. On me conduit dans un autre endroit. Les individus sont habituellement mis en caleçon pour la fouille, mais on m'épargne cette étape. Délicate attention. Quelqu'un me tend une feuille expliquant mes droits, une fois encore.

— Lisez, dit Luz. C'est la règle.

Je lis.

— Vous voulez un avocat ? Un médecin ?

Je fais non de la tête. Je place mes affaires personnelles dans une caisse en plastique, j'enlève ma ceinture, mais pas mes lacets puisque mes chaussures n'en comportent pas, puis un fonctionnaire de police me fouille sans ménagement, mais sans agressivité non plus. Je demande à Luz si elle veut bien conserver mon téléphone avec elle, car il servira lors de mon interrogatoire. Elle accepte et m'entraîne dans un nouveau couloir. Ça entre, ça sort, il y a toujours du monde. Des gens sont poussés vers des cellules, ils beuglent. Je m'attends à faire partie du lot. Pas du tout. On bifurque vers un ascenseur, direction le dernier étage.

À l'évidence, je bénéficie d'un traitement de faveur. Est-ce bon signe, ou au contraire, cela annonce-t-il le pire ?

Encore des couloirs. Une porte s'ouvre et je me retrouve dans une pièce de taille moyenne avec une table, trois chaises, une caméra sur trépied posée dans un angle, et la classique vitre sans tain. Il n'y a pas de fenêtre. Sage précaution. J'ai déjà récupéré des gens aux urgences qui s'étaient volontairement défenestrés durant leur garde à vue. Dans ces cas-là, j'établis juste le constat de décès.

Batista m'attend, debout, les mains dans les poches. J'essaye de deviner ses intentions mais son visage reste impénétrable.

— Bonjour, Kovak. Avant de commencer, je vous signale que tout est filmé, dit-il en montrant le témoin rouge de la caméra. Florian et la capitaine vont vous interroger. Le but est d'éclaircir votre emploi du temps des derniers jours pour savoir si vous avez un rôle dans la disparition de Mlle Van Grenn. On passe rapidement sur votre entretien de personnalité et vos références, on a déjà tout. Vous avez compris ?

— Oui.

— Toujours pas d'avocat ?

— Non.

— Bien. Avant tout, j'ai une question.

— Je vous écoute.

— Avant-hier soir, vous vous êtes rendu dans le passage des Panoramas. Vous avez discuté avec un homme dans un magasin de timbres et de photographies anciennes. Il s'appelle Galien Lespinasse. Que lui vouliez-vous ?

Sa question me surprend.

— Vous me suiviez ?

— Répondez, s'il vous plaît.

— Je cherchais des renseignements sur les photos post mortem. Ce type est un spécialiste.

— Nous vous avions pris en filature, en effet. J'ai voulu interroger M. Lespinasse à mon tour après votre visite. Un homme étrange. Guère coopératif. Il a refusé de répondre et fermé son magasin. La boutique n'a pas rouvert depuis. En fait, ce Galien Lespinasse semble avoir disparu. Sauriez-vous pourquoi ?

— Aucune idée. Mais vu le mauvais temps et l'absence de clients, il a peut-être fermé pour le week-end…

— Il pourrait être impliqué dans la disparition de Justine ?

La voix du vieil homme résonne dans ma tête. *« N'est pas mort ce qui à jamais dort, et au fil des âges peut mourir même la Mort. »*

— Pas que je sache, dis-je. Je crois qu'il s'agit juste d'un vieil original.

Le commissaire tapote ses doigts d'un air pensif.

— D'accord. Je vous laisse. Je ne serai pas loin, fait-il en montrant la caméra. À bientôt, docteur Kovak.

Il quitte la pièce et referme la porte.

La capitaine Luz et Florian d'Apremont m'épargnent le duo gentil flic-méchant flic torturant le suspect à coups de questions pièges. Ils veulent juste connaître mes récents faits et gestes dans le moindre détail. Tant mieux, car je n'ai aucune intention de leur mentir. Je raconte tout depuis le début. Ma rencontre avec Justine sur le parking des urgences, la tête dans le bocal à formol, mes discussions avec Greta, ma promesse de retrouver sa fille, mon passage à la fac des Saints-Pères où j'ai demandé l'aide de Zayane, mon incursion dans l'appartement rue de Tocqueville, l'enquête à la fac et la découverte de la fresque derrière le rideau rouge, comment je me suis introduit à Cusco pour rencontrer finalement Samia, mes explorations ensuite sur le site de *Thanatos Pictures*, la découverte de l'existence d'Adam Van Grenn, et sa mystérieuse disparition il y a sept ans, dans des circonstances étranges, au milieu d'une région marécageuse située à sept mille kilomètres d'ici. Je complète en leur racontant l'histoire des *Démons d'Hippocrate*, puis termine par mon idée principale : selon moi, le professeur Hoffman est au centre de tout. Pour en savoir plus, je suggère aux flics d'interroger le docteur Thibault De Luca, un interne qui travaille dans son ancien service. À mon avis, ce type détient une partie des réponses.

Afin d'appuyer mon témoignage, je leur montre les photos contenues dans mon portable et mon ordinateur. Celle d'Adam les intrigue. Celle de la femme décapitée – et probablement torturée – les fait frémir. De temps en temps, d'autres gens entrent et sortent de la pièce. Je comprends que je suis observé avec attention derrière la vitre sans tain. Mais je ne vois jamais Batista. Ni Audrey non plus.

On me pose de nombreuses questions. Notamment sur le docteur Zayane Nyira, qui semble avoir également disparu. Je réponds du mieux possible, en détaillant mon emploi du temps et en donnant les noms des gens qui pourront le confirmer. Mais j'ai l'impression que de nombreuses disparitions ont eu lieu au cours de cette histoire. Comme de vieilles photographies qui s'envolent d'un album feuilleté par le vent.

Quand j'ai terminé, je demande à boire un verre d'eau. Ils me l'accordent. Puis font entrer Samia, et on recommence. Cette fois, la capitaine Luz demande pourquoi j'ai réagi de façon si bizarre lorsque la jeune femme m'a cité la phrase : « *Je vous ai observés* » inscrite en lettres de sang. Samia confirme mes réactions : elle dit que j'ai plongé dans un mutisme total, puis que j'ai déliré pendant la nuit en prononçant des phrases en latin et en parlant du diable. Florian d'Apremont abonde dans ce sens, persuadé que je cache encore des choses.

Je soupire. Réclame un autre verre.

Je ne vais pas pouvoir y couper. Je m'attaque donc au plus étrange. Au plus fou.

Il est temps de parler des *Memento Mori*.

Et de l'Homme au Chapeau Melon.

55

Je les contemple tous les trois : Samia Naïm, Louise Luz, Florian d'Apremont. La première se tient assise, les deux autres debout. Je regarde aussi la vitre sans tain, derrière eux, afin de m'adresser à ceux qui m'observent.

— En médecine, il existe une fraternité secrète, dis-je. Cachée à l'intérieur des autres associations et fraternités. Dans toutes les facs. Dans tout le pays. Ses membres s'appellent les *Memento Mori*.

Malgré l'eau que je viens de boire, j'ai la bouche sèche.

Je n'ai pas le droit de révéler ça.

— Les *Memento* ont plus de cent ans d'existence. On ne connaît pas leur identité, même si on pense qu'ils sont en réalité peu nombreux. Théoriquement ce groupe n'existe pas. *Memento Mori* signifie « *Souviens-toi que tu vas mourir* ». Les esclaves romains prononçaient cette phrase à l'oreille de leur empereur, durant son défilé triomphal, en tenant sa couronne de laurier au-dessus de sa tête, pour lui rappeler qu'il n'était qu'un homme ordinaire. Depuis cent ans, les *Memento* sont des étudiants choisis pour défendre les mêmes idées : la fragilité de la vie terrestre, la nécessité d'aller à l'essentiel, le besoin de faire avancer les hommes dans la bonne direction, car la vie est courte, et le temps nous est compté.

— Choisis par qui ? demande Luz en fronçant les sourcils.

— Personne n'en sait rien. Les réunions sont secrètes. En petit groupe. Tout le monde porte la toge noire. Comme je l'ai dit, on ne connaît pas l'identité des autres membres. On ne demande pas à devenir *Memento*. C'est un parrain qui vous désigne.

Florian d'Apremont accroche ses mains à son gilet d'un air dédaigneux.

— C'est quoi, un genre de secte ? Et vous seriez l'un de ces *Memento Mori*, Kovak ?

Je baisse la tête.

— Non.

— Alors comment êtes-vous au courant ?

— J'ai failli le devenir. Je ne suis pas allé au bout. Les *Memento* portent deux symboles tatoués sur le torse : l'Ange Pleureur lorsqu'ils sont parrainés. Puis le double M lorsqu'ils sont adoubés. J'ai interrompu mon initiation.

— Pourquoi ? demande Luz.

— J'avais des problèmes personnels à l'époque. J'ai préféré me consacrer à mes études. Et à ma femme. Cependant, j'ai créé les *Démons d'Hippocrate*, ma propre association, en m'inspirant de leurs rites.

Luz s'assoit, les index joints devant les lèvres.

— Continuez, dit-elle.

— Je pense que les *Memento* n'ont pas apprécié que je quitte la fraternité. Ni le fait que je dévoile certaines de leurs coutumes, comme les toges noires.

À l'époque, j'étais un rebelle, j'en avais rien à faire de tout ça, et oui, pour répondre à votre question, d'Apremont, je trouvais qu'ils ressemblaient un peu trop à une secte.

— Et Hoffman, là-dedans ? interroge la capitaine. Vous entreteniez des liens avec lui ?

— Aucun. Il était le doyen de ma fac, c'est tout. Mais j'avoue l'avoir toujours soupçonné d'être un *Memento*. Et même l'un des plus importants. Ça expliquerait sa réaction, lorsqu'il a dissous mon asso dès que l'occasion s'est présentée. J'ai lu dans le journal qu'il s'était suicidé. Je suppose que vous avez mené votre enquête. Examinez son cadavre : si vous découvrez l'Ange Pleureur et le double M, vous aurez la réponse.

Luz et d'Apremont se regardent. Je poursuis :

— Hoffman était vice-président de la conférence internationale des doyens. Il voyageait dans le monde entier et faisait progresser l'enseignement dans les facs. Les idées à propos de la fécondation in vitro. La GPA. Le clonage. Il était membre de plusieurs comités d'éthique. Tout à fait le genre de sujets sur lesquels les *Memento Mori* veulent avoir de l'influence. Cette fraternité secrète n'est pas la seule à pratiquer ça. Les *Skull & Bones*, aux États-Unis, font exactement pareil et recrutent leurs membres parmi l'élite. Les étudiants en médecine constituent un terreau idéal. Ils sont passionnés, idéalistes, ils se sentent inutiles au début de leurs études, et ils veulent agir, alors on les enrôle facilement. Plus tard, ils deviendront des personnes d'influence.

D'Apremont se penche vers la capitaine.

— Ça fait quand même très secte, dit-il. Les pêcheurs de la Pointe de Horda avaient peut-être raison.

Samia ne me lâche pas des yeux. J'ai l'impression d'être pris pour un fou. Et ça ne va pas s'arranger dans les minutes qui suivent. J'imagine Batista en train de m'observer derrière la vitre sans tain. Ou peut-être sur un écran vidéo dans son bureau, seul, tandis que les nuages noirs caracolent au-dehors et que la pluie tape contre ses fenêtres. Je donnerais cher pour savoir à quoi le commissaire pense en ce moment.

Luz reprend la parole.

— Admettons qu'Hoffman soit l'un de ces... *Memento*, dit-elle. Des témoins du village où il habite nous ont parlé de messes noires. Quant à vous, vous auriez cité le diable en dormant, et prononcé des phrases latines. Que pouvez-vous nous dire là-dessus ?

Je déglutis.

— Ça va vous sembler dingue...

— Allez-y, dit Luz, les yeux mi-clos. Depuis que j'écume les bas-fonds de cette ville et que j'enquête sur les mœurs des gens, je ne suis plus à une dinguerie près.

— Il y a une tradition chez les *Memento*. La Mort est représentée par un personnage qu'ils appellent le Diable en Chapeau Melon. C'est un être imaginaire. Un homme en costume noir, sans visage, portant le chapeau. Je ne sais pas s'il a été inspiré par le fameux tableau de Magritte, ou si cette légende est plus vieille encore. Mais ce personnage est là pour rappeler que nous sommes mortels. On dit que lorsque notre temps est venu, le Diable en Chapeau Melon vient nous chercher. J'ai repris cette histoire dans ma propre association, en lui donnant le nom d'Orcus. C'est comme ça que ça fonctionne, chaque génération d'étudiants rajoute sa propre couche de mythes et de traditions à son asso. Ce sont les rituels qui nous unissent. Notre folklore. On le transmet, on le peint sur les murs de nos salles de garde, on le retrouve dans nos chansons, et on le murmure lors de nos initiations traditionnelles. Des blagues macabres pour apprivoiser la Mort.

— Mais ? dit Luz.

— Je l'ai vu.

— Qui donc ?

— L'Homme au Chapeau Melon. Orcus. Ou quelle que soit la façon dont on l'appelle.

— Hein ?

— Il était devant la fac des Saints-Pères le jour où j'y suis allé. Puis Zayane a disparu. D'après le mythe, l'Homme au Chapeau Melon emporte ses victimes en signant *« Je vous ai observés »,* ou *« Vos aspexi »* en latin, ou encore *« Tu aspectus es »*. Ce sont des variantes qui signifient à peu près la même chose. Il est là, il vous observe, et quand votre heure est venue, il vous emmène avec lui. Or vous avez retrouvé cette phrase dans le métro. Et Justine a également disparu.

Luz écarquille les yeux. Florian d'Apremont pose ses poings sur la table.

— Vous rigolez ? Vous êtes en train de nous raconter qu'une légende urbaine enlève des gens ?

Un personnage imaginaire, issu d'une secte dont nous ne savons rien ? Et vous pensez qu'on va gober ça ?

— L'Homme au Chapeau Melon existe, dit Samia.

Tous les regards se tournent vers elle. C'est la première fois qu'elle s'exprime. Elle tient ses jambes mutilées repliées sur sa chaise, protégées par ses mains tremblantes.

— Je n'en ai parlé à personne, sauf au psychiatre… Aucun de vous n'est au courant… Vous m'auriez prise pour une folle… J'ai un métier bizarre… Je m'habille en gothique… Ma vie est loin d'être stable, et je n'ai pas fait d'études comme vous tous… Je n'étais pas sûre de ce que j'avais vu… Vous auriez pensé que je voulais me rendre intéressante…

Son visage est envahi par les larmes. Elle se tourne vers chacun, terminant par Florian.

— Il m'a frappée à la tête. Je suis tombée. Il était là. Son chapeau. Ses lunettes noires… Il voulait que je meure. Il m'a abandonnée aux rats. Je… je voudrais qu'on l'attrape… S'il vous plaît.

56

Lorsque Kovak pénètre dans la salle d'interrogatoire, Audrey est déjà installée de l'autre côté de la vitre sans tain. Elle est assise sur un canapé en tissu vert, mou et plutôt confortable, même s'il est déchiré par endroits. Deux fauteuils assortis sont disposés autour d'une table basse. L'ensemble est du mobilier de récupération : l'ancien salon de Wang, d'après ce qu'Audrey a compris. Il y a aussi une lampe de chevet, un minibar, des assiettes en carton contenant des restes de chips, des affiches de films d'action punaisées au mur – *Rambo*, *Pinot simple flic*, *Les Sept Samouraïs* – et un vieux baby-foot auquel Audrey n'a pas encore été conviée à jouer.

À part ça, la moquette est grise, les murs jaunes, et l'unique fenêtre recouverte de papier noir. En dehors de l'ampoule discrète, la pièce est plongée dans la pénombre pour ne pas gêner l'effet de la vitre sans tain.

— Tu aimes notre salle de repos ? demande Wang.

Wang et elle se tutoient. Ils sont les seuls à le faire. C'est elle qui a commencé : il faut dire qu'il a l'air un peu drôle, avec ses mèches noires maintenues par du gel. Son âge est difficile à deviner. Par moments, on dirait un enfant.

— Ton canapé est confortable, dit-elle.

— Ce n'est pas le mien. Il vient de ma tante.

Il se penche de son fauteuil et récupère une Thermos.

— Cette boisson aussi. *Baesuk*. Tu veux goûter ?

— C'est quoi ?

— Thé traditionnel. Cannelle gingembre.

Il fait couler le breuvage dans un gobelet en plastique, pendant qu'Audrey regarde Christian s'installer.

— Tu t'es maquillée ? Pas habituel chez toi, dit Wang.

— Je dois aller chez ma mère, explique Audrey en rougissant. Je me suis simplement préparée à l'avance.

Elle avale la boisson chaude. Son goût est délicieux.

— C'est chinois ?

— Je suis coréen.

— Désolée.

— C'est toujours comme ça, dit-il avec un sourire. Je suis attentif, je remarque beaucoup de choses, mais les gens ne me posent guère de questions, ni ne font attention à moi. La malédiction de l'Asiatique de service. Je ne m'en plains pas. En un sens ça m'arrange : j'aime bien faire mon travail tranquille.

Penneroux et Blériot entrent dans la pièce.

— Comment ça se passe ? demande le brigadier-chef.

— Ils viennent de commencer, dit Wang.

— On a raté un truc ?

— Kovak raconte comment la fille Van Grenn s'est retrouvée dans sa voiture. Apparemment, elle lui a fait cadeau d'une tête humaine dans un bocal, et aussi de vêtements sanglants. Il a fait analyser le sang dans un labo. Origine animale. Deux grammes de sucre par litre.

— Un bocal de ce genre doit faire dans les soixante centimètres, commente Audrey à voix basse. Voilà l'objet dérobé chez Hoffman dans la vitrine où on a retrouvé ses empreintes. Et le sang animal est celui du phoque dans le hangar. Quand ces animaux stressent, ils font de l'hyperglycémie.

Les têtes se tournent vers elle. Elle les ignore, concentrée sur la conversation. Les voix de Luz et Kovak résonnent dans les haut-parleurs, enchaînant les questions et les réponses. Un moment s'écoule. Audrey sort un carnet et commence à prendre des notes au crayon.

— Tout est enregistré, fait remarquer Blériot.

— Je sais.

— Alors pourquoi écrire, mon lieutenant ?

— Il vient de parler d'une femme médecin disparue à la fac des Saints-Pères. (Elle arrache la feuille du carnet.) Voilà son nom. Allez vous renseigner, Blériot. Tout de suite.

Il quitte la pièce en grommelant. Penneroux sourit.

— Vous devriez mener la danse. Vous êtes efficace.

— J'aurais voulu. Batista me l'a interdit.

— Ah bon ?

— Il pense que ma présence fausserait l'interrogatoire.

Un peu plus tard, Audrey arrache une autre feuille sur laquelle elle inscrit *thanatospictures.com* et la tend à Wang.

— C'est toi le spécialiste en informatique, chuchote-t-elle.

Il répond en joignant silencieusement le pouce et l'index pour former un « O », puis se met à pianoter sur son smartphone.

Blériot revient dans la pièce, rejoint par deux autres personnes, et parle à l'oreille de Penneroux. Apparemment la disparition de la professeure des Saints-Pères se confirme.

Audrey tend une nouvelle feuille : « *Adam Van Grenn mort en Floride »,* puis une autre « *Thibault De Luca, ancien service Hoffman ».* La pièce se remplit peu à peu de monde et de chuchotements. Le groupe Évangile est connu pour ses enquêtes hors normes. L'étrangeté de sa dernière affaire s'est ébruitée dans les couloirs. Des exclamations ponctuent l'apparition des premières photos, en particulier celle de la tête décapitée. Audrey ordonne à certains de sortir, aux autres de se taire. Sa distribution de feuilles continue.

Quand arrivent les *Memento Mori*, elle lève son stylo et s'arrête d'écrire. Elle n'a pas parlé du tatouage de Kovak. L'Ange Pleureur, elle le garde pour elle. Elle veut entendre les explications.

À la fin, lorsque Samia confirme l'existence de l'Homme au Chapeau Melon, de nombreux regards incrédules s'échangent.

Batista entre à son tour dans la salle de repos.

— C'est quoi, ce bazar ? Tout le monde dehors. L'interrogatoire est terminé. Ils vont ramener Kovak au dépôt. Wang, Valenti : restez là.

La pièce se vide. Batista referme la porte.

— Alors, dit-il. Qu'en pensez-vous ?

— Il faut enquêter chez *Thanatos Pictures*, dit Wang. C'est une société française. Leur siège est à Lille. Si on a l'accord du proc, on peut envoyer nos collègues de la brigade sur place. Pas besoin d'y aller nous-mêmes. Ils peuvent s'y rendre dès aujourd'hui, si c'est ouvert.

— Dans quel but ? demande le commissaire.

— Kovak nous a montré des photos provenant de chez eux. D'après ce que raconte la société sur son site, *Thanatos* les achète un peu partout et devient propriétaire des droits. S'ils font les choses dans les règles, ils sont obligés de conserver les factures, avec l'adresse du vendeur. On saura qui leur a procuré ces clichés.

— Accordé. Et vous, Valenti ? Le Chapeau Melon ?

— Kovak l'a vu. Samia aussi. Donc il existe.

Le commissaire fronce les sourcils.

— Vous croyez à cette légende ?

— Non. Je crois plutôt que quelqu'un s'identifie à elle. Un déséquilibré, qui connaît le mythe et qui endosse le rôle.

— Comment ça ?

Audrey réfléchit en mâchonnant son crayon.

— Ce pourrait être un paranoïaque. Un individu qui a développé un délire particulier. Il se prend pour la Mort en personne, et fait disparaître les gens. Ce n'est qu'une hypothèse.

— Vous me décrivez un tueur en série.

— C'est parti pour.

— En effet, dit Batista en se frottant les joues. Je veux qu'on suive toutes ces pistes. Personne ne dort, personne ne quitte le commissariat jusqu'à demain matin ! On va réinterroger Kovak si besoin. Il me faut des résultats !

Il sort en claquant la porte.

— Qu'est-ce qui lui prend ? demande Wang.

— La pression, dit Audrey. Pendant une semaine on a eu les mains libres, mais le délai de flagrance se termine et notre enquête est pleine de trous. Les pistes se multiplient trop. Ça ne va pas plaire au parquet. Ni à la Préfecture. Le commissaire pense que la Géante Jalouse va nous broyer.

— Qui ?

— Laisse tomber, dit-elle.

De toute façon, elle n'avait pas prévu d'aller chez sa mère avant demain. Ça ne lui pose aucun problème de rester au commissariat ce soir. Elle repense à Christian. Il n'a pas demandé de ses nouvelles. À aucun moment. Pourtant il savait qu'elle était là, derrière la vitre. Ça faisait longtemps qu'elle ne l'avait pas revu. Il lui a paru plus mince. Plus nerveux. Plus inquiétant. Plus… sombre. Voilà le mot.

Alors pourquoi ressent-elle ce qu'elle ressent en ce moment même ?

— Wang, tu fumes ?

— Non. J'ai arrêté.

— Quand est-ce qu'on arrête d'avoir envie de quelque chose d'interdit ?

Il la regarde en souriant.

— Ça ne cesse jamais, Audrey. On doit vivre avec.

57

L'enfant quitta la ferme de ses parents et se rendit au village. Son sac était rempli d'œufs frais et de fromages blancs destinés à l'épicerie où il comptait les vendre. Son petit chien trottinait avec lui. L'animal n'avait pas de nom, il était jeune et l'enfant n'en possédait pas d'autre, alors il l'appelait simplement « le chien ».

Le village était le dernier de la vallée. Seule la ferme de l'enfant se trouvait plus loin encore. Bâti en pente sur un éperon rocheux, le hameau comportait quelques rues horizontales en terre battue. Les rues en pente, en revanche, étaient pavées. En été, l'enfant s'amusait parfois à les dévaler à fond la caisse. Mais pas à cette époque, car il aurait pu se rompre le cou à la moindre glissade en raison du gel.

L'endroit possédait un passé féodal. Pendant des siècles, les gens y avaient vécu sous la férule de seigneurs qui n'hésitaient pas à pressurer les habitants. Son architecture s'en ressentait encore : le village s'établissait sur la rive gauche de la vallée, en haut de son roc, avec au sommet le château seigneurial – du moins ce qu'il en restait – et les maisons biscornues agglutinées autour. Le hameau était jadis entouré d'un mur de fortifications avec des portes, dont certaines tenaient encore debout : porte de France, porte de Sainte-Madeleine, porte de Notre-Dame-des-Douleurs... À l'intérieur de cette enceinte, les habitations se serraient les unes contre les autres, parfois imbriquées, créant une promiscuité à laquelle les occupants étaient habitués. Puis l'étreinte s'était relâchée avec le temps, la muraille s'était partiellement écroulée et les portes élargies. Les maisons avaient débordé, laissant des quartiers plus aérés. Les habitants étaient passés de quelques dizaines à quelques centaines, guère plus. Une petite école primaire avait poussé comme un champignon – avec une classe unique, dont l'enfant faisait partie –, puis l'évolution s'était arrêtée là. Le lieu était trop isolé pour attirer du monde. Et peu de voyageurs empruntaient la route du col, cette route que l'enfant descendait à présent avec son chien.

Il passa devant l'école, fermée en raison des vacances d'hiver, et l'animal stoppa devant la porte pour gambader joyeusement dans une flaque. L'enfant siffla pour le ramener près de lui. Il n'aimait pas cet endroit. Il vivait à l'extérieur du village et ne participait guère à ses activités.

Il était spécial. Cela avait toujours été ainsi. Il apprenait avec une facilité déconcertante. Lecture, écriture, sciences, mathématiques. À tel point qu'il minimisait souvent ses progrès pour ne pas avoir l'air d'un monstre. Ses camarades pensaient du mal de lui. Certains le disaient ouvertement : il n'avait rien à faire chez eux. D'une part, parce qu'il était adopté – ses parents l'avaient pris en charge à l'orphelinat à la naissance –, mais surtout parce qu'il était trop différent.

Pour les vacances, il avait emprunté deux ouvrages à

l'institutrice. Le premier était un vieux tome de *L'Encyclopædia Britannica* qu'il déchiffrait déjà en anglais. Les passages sur Tomás de Torquemada lui semblaient extraordinaires. Mais rien ne lui faisait autant plaisir que le second livre, un roman envoûtant qu'il relisait sans cesse : *Le Fantôme de l'Opéra* de Gaston Leroux.

L'enfant progressa dans le village et leva les yeux pour observer une compagnie d'étourneaux s'envoler des tuiles. Il aurait voulu être l'un d'eux. Pouvoir s'échapper et voler jusqu'à Paris, plutôt que de rester à jamais prisonnier des montagnes.

Il échangea ses œufs et ses fromages contre une miche de pain et quelques pièces. L'épicière offrit des bouts de gras pour son petit chien, et il reprit le chemin de la ferme.

Tout en marchant, il songea au repas du soir. L'enfant aimait ce moment privilégié. C'était celui où sa famille se trouvait réunie : son père, sa mère et lui. La journée, ils étaient dispersés entre les champs et la ferme. Mais le soir les ramenait autour de la grande table, chacun à sa place habituelle. Le potage ouvrait alors le repas : soupe à l'oignon, au serpolet, aux choux, au vermicelle, pot-au-feu. Puis il y avait la veillée d'hiver. Ses parents regardaient peu la télévision – la réception était de toute façon très mauvaise –, ils préféraient les ragots du village, raconter des contes, ou commenter l'actualité autour d'un feu de bois, en grillant parfois quelques châtaignes, en écossant des haricots ou du maïs, ou en tricotant tout en surveillant le lait sur le feu.

L'enfant arriva à la ferme plongé dans ses pensées.

— C'est ta maison ? demanda l'étranger.

Il sursauta. Il ne l'avait pas vu, assis dans sa voiture noire garée dans les fourrés au bord du chemin.

— Oui, j'habite ici, répondit l'enfant.

— Et ça, c'est quoi ? fit l'homme en désignant l'animal qui jappait en arrière, comme pour le prévenir.

— Mon petit chien.

— Eh bien, tu n'en auras plus besoin, dit l'Homme au Chapeau Melon.

L'étranger prétendit être le remplaçant du docteur Esperandieu qui vivait dans la vallée, à plus de trente kilomètres. C'était faux, bien entendu : Esperandieu avait disparu, et personne ne le revit jamais. L'enfant ne retrouva jamais non plus son chien. Quelques heures après, l'animal alla gambader dehors, il aboya dans les fourrés, puis cessa d'un coup, et se volatilisa ensuite, comme de la neige fondue avalée par le sol.

Mais l'Homme au Chapeau Melon, lui, demeura.

Sept jours durant, il soigna sa famille, son père et sa mère, tombés gravement malades. Pour protéger l'enfant de la contagion, il l'enferma à l'écart dans l'ancien chenil, derrière une porte grillagée et obturée par des planches. L'enfant y survécut emmitouflé dans des couvertures, en mangeant des pommes sèches et en buvant de l'eau glaciale. Il eut froid. Il eut mal. Et il eut des visions. De sainte Madeleine. De Notre Dame des Douleurs. Et d'autres figures divines lors de ses phases d'inconscience.

Quand l'homme lui ouvrit la porte, au soir du septième jour, il s'évada et dévala la pente d'une traite au milieu des champs neigeux.

L'Homme au Chapeau Melon lui courut après, un long poignard à la main.

— Reviens, mon petit chiot ! Qu'est-ce que tu fabriques ? Qui penses-tu trouver là-bas ? Tes parents sont malades. Très malades. Il vaudrait mieux que tu ne les voies pas dans cet état !

L'enfant était poursuivi. Il pouvait presque sentir le souffle de l'homme effleurer sa nuque. Il parvint à la ferme, se précipita dans la chambre et découvrit ses parents.

Il vit d'abord son père. Puis sa mère, cette brave femme qui l'avait aimé. Ou plutôt ce qu'il restait d'eux. Ils semblaient avoir trouvé une mort horrible. Sa mère, en particulier, était décapitée, la tête posée sur le lit, à côté du tronc. La partie gauche de son visage était encore belle, avec sa peau lisse, sa pommette saillante et son œil aux longs cils. Mais la partie droite ne ressemblait plus qu'à un magma terrifiant, une chair fondue et ravagée, laissant voir l'os à l'intérieur du visage.

Il s'approcha sans trembler. Sans ressentir autre chose qu'un grondement étrange venu des profondeurs de ses entrailles. Il alla prendre un couteau dans la cuisine et fit quelques pas dehors, résolu à combattre.

Il n'y avait plus personne. Uniquement le vent sous la lune, balayant les montagnes blanches. Alors l'enfant attrapa un sac, empaqueta précipitamment ses affaires, et quitta la ferme en courant.

Il n'y revint jamais.

*

Le Chien s'éveille d'un bond.

Encore le même rêve. La sensation d'être poursuivi. L'autre qui se rapproche. La main qui se pose sur son épaule. Le grondement au creux de son ventre tandis qu'il se retourne pour se battre, prêt à lui bondir à la gorge.

Mais il n'y a personne.

Et comme d'habitude, le Chien est en sueur. La peur lui hérisse les poils de la nuque. Il s'était assoupi dans son coin. Heureusement qu'aucun des autres ne l'a vu.

Il passe une main sur son visage et s'essuie. Sa montre indique 5 h 30. Il faut qu'il sorte, qu'il coure, qu'il respire.

Il enfile sa grande veste à capuche et quitte discrètement le commissariat Évangile. Au cœur de la nuit, personne ne remarquera son absence. Il court seul dans les rues faiblement éclairées par les lampadaires. Pas de musique dans ses oreilles cette fois. Il a besoin de tous ses sens. L'odorat, le toucher, le goût, l'ouïe, son excellente vision nocturne, bien sûr, mais surtout son instinct de prédateur. Car depuis quelques heures, tout a basculé. Aussi incroyable que cela paraisse, l'Homme au Chapeau Melon est de retour, après toutes ces années. C'est *lui*, le tueur que Dieu envoie sur son territoire, par tous les saints, n'est-ce pas la preuve de Sa volonté toute-puissante !

Cela fait des années que le Chien travaille pour atteindre cette position stratégique. Ses ruses ont favorisé l'émergence du groupe Évangile, consolidé sa place au contact des flics, et personne n'a la moindre idée qu'il existe. Il est un manipulateur exceptionnel ! Kovak en a déjà fait les frais par le passé. Pourtant, lorsque ce dernier durant l'interrogatoire a montré la photo de la tête dans le formol, le Chien a eu un mal fou à contenir son émotion. Il l'a découverte en même temps que les autres. La rage l'a envahi. Il était presque impossible de continuer à jouer son personnage.

Il est un animal de guerre. Un tueur inégalé.

Mais il n'en demeure pas moins un être humain.

Il accélère sa cadence, faisant jouer ses muscles et rouler ses épaules. Il ressent toujours dans sa poitrine le grondement de tout à l'heure, cependant il a changé : il s'est transformé en une sorte de hoquet irrégulier, une chose déplaisante qui menace à présent de remonter dans sa gorge. Ce n'est pas normal. Il ne peut pas rester avec ça.

Le Chien bifurque d'un coup sec et se dirige vers une bouche de métro. Les portes sont déjà ouvertes à cette heure, il connaît bien cette station. C'est là qu'il doit se rendre. Il a besoin de descendre chez lui, sous terre, dans son royaume. Il pourrait se balader dans les égouts ou les catacombes – son labyrinthe favori –, mais pas aujourd'hui. C'est d'autre chose dont il a besoin.

Il descend les escaliers, ouvre une porte et s'engage dans un couloir de service réchauffé par le système de ventilation. Il s'agit d'une zone de débarras dans laquelle se réfugient parfois les SDF. Ses yeux s'accoutument vite à la pénombre. Quelques formes se trouvent effectivement là, endormies. Le Chien en compte au moins six qui roupillent.

Il resserre sa capuche et se faufile parmi les corps.

Il se rapproche des visages qui ronflent la bouche

ouverte, paisibles et sans défense. Il écarte ses doigts crispés comme des griffes. Se penche.

Et s'assoit au chaud. Parmi eux.

Un corps remue.

— Dégage, grogne le SDF.

— Je ne fais rien de mal, dit le Chien.

— Qu'est-ce que tu veux ?

— Juste me reposer une minute.

L'autre marmonne puis se rendort, tandis que le Chien se pelotonne contre lui. L'émotion en provenance de son ventre a atteint sa gorge. Il n'essaye plus de la contenir. Il est en sécurité. Dieu a toujours un plan. Si c'est là sa nouvelle épreuve, il saura l'affronter.

— Je peux vous montrer quelque chose ? murmure-t-il dans le noir.

Le SDF remue dans son sommeil.

Le Chien sort tout de même son portable et fait apparaître la photo. Il l'a copiée tout à l'heure, pendant que tout le monde circulait dans la salle de repos du commissariat. Il se trouvait là, avec les autres.

L'image est celle de la femme décapitée. La moitié de son beau visage est mutilée. L'autre, avec sa paupière aux longs cils, semble endormie. L'Homme au Chapeau Melon ne s'est pas contenté de l'assassiner. Il a conservé ensuite sa tête dans un bocal, exposée comme un vulgaire trophée de chasse, toutes ces années durant.

— C'était ma mère, dit le Chien dans l'obscurité.

L'autre ne regarde même pas.

Il éteint son téléphone. Puis repose sa tête en silence.

Et pendant que personne ne le voit ni ne l'entend, là, sous la terre, il se met à pleurer.

58

Ma cellule de garde à vue n'est pas confortable. Murs blancs. Sol en carrelage. Banquette en béton recouverte d'un fin matelas bleu plastifié. Il y règne une odeur humaine, mélange de rance et de tabac froid. Pas de toilettes, bien sûr. Et la vitre transparente permet que l'on vous scrute en permanence dans la lumière crue électrique.

C'est éprouvant. Même si vous n'avez rien fait, vous vous sentez coupable.

En fin d'après-midi, j'ai droit à des pâtes horribles dans une sauce béchamel. Je n'y touche pas. Je ne peux pas me reposer. J'ai faim. J'ai soif. J'entends à tout moment les voix des policiers qui s'animent et plaisantent, les entrées et sorties d'autres individus, des cris, parfois des menaces ou des invectives. Je n'ose même pas m'allonger sur la banquette, alors j'appuie ma tête contre le mur – c'est idiot, je ne me pose jamais ce genre de questions aux urgences, il m'est arrivé cent fois de dormir sur un brancard.

Je tente de tromper le temps en comptant les carreaux. J'examine les irrégularités du sol. Je feins de trouver un intérêt à scruter les microfissures présentes dans le béton, m'imaginant qu'elles sont une version réduite du Grand Canyon. Le jeu m'occupe un moment, puis me lasse.

La soirée avance avec une lenteur insupportable. En cellule tout s'arrête, mais l'esprit continue de tourner. Il fait froid. J'ai mal au cou et je change de position, les jambes repliées contre le torse pour tenter de me réchauffer. Mais je sens alors la dureté du béton sous mes fesses, et c'est pire.

Peu après minuit – si je me fie à mon horloge interne – je trouve le sommeil. Je dors quelques minutes… puis me réveille en sursaut, désorienté ! Depuis combien de temps suis-je ici ? Je n'ai rien pour compter les heures, on m'a enlevé ma montre et mon portable.

« *Du calme* », dis-je à mon cerveau avec force. Je m'oblige à respirer lentement. Puis je clos à nouveau les paupières pour essayer d'abolir le monde qui m'entoure.

Des bruits résonnent. Un groupe de garçons et de filles passe dans le couloir devant moi, les gamins ont tous la tête basse, ils ont l'air de sortir d'une fête, les voix des gardiens s'animent encore, les verrous claquent, les clés tintent, les portes grondent, ouverture, fermeture, quatre filles sont placées dans une cellule collective, trois garçons dans une autre, quelques phrases sèches, claquement des portes à nouveau.

Je regarde tout ça les yeux écarquillés.

Qu'est-ce qu'ils ont fait, ces gosses ? Pourquoi sont-ils ici ? Ils doivent avoir le même âge que Justine. J'ai pitié d'eux. En fait, je réalise que je m'identifie : c'est de moi que j'ai pitié en ce moment. Et encore, j'ai de la chance. On aurait pu me coller dans une cellule avec plusieurs délinquants.

Le silence retombe. Je préférais quand il y avait du bruit.

Je resserre ma veste autour de mon cou. Je regrette de ne pas avoir mangé les pâtes immondes de tout à l'heure. Le froid, la faim et les courbatures sont vraiment difficiles. Je décide de me lever pour faire quelques pas. Je marche en plissant les yeux, jusqu'à brouiller ma vision. C'est comme si j'étais libre. Je pourrais être en train de me promener sur les quais, voir la lumière des réverbères se refléter dans les eaux noires de la Seine. Respirer l'air en rentrant chez moi après une promenade nocturne...

J'ai l'impression d'avoir la poitrine dans un étau. Du mal à retrouver mon souffle.

Qu'est-ce qu'ils fabriquent, Batista et les autres ? Pourquoi personne ne vient ? Pour quelle raison me garde-t-on, si ce n'est pas pour m'interroger ? J'ai envie d'appeler un gardien et de lui dire que c'est une erreur. En fait je voulais un avocat. Je veux discuter avec quelqu'un. Tant pis si on est au milieu de la nuit, je veux parler à un responsable, bon sang !

Mon cerveau logique est en sommeil. Il ne reste que mes émotions brutes.

Je retourne sur le matelas bleu, testant toutes les positions possibles, puis je finis par m'abandonner à l'épuisement, allongé n'importe comment, les membres douloureux, l'esprit happé dans un tourbillon noir.

À un moment, je pense être devenu fou.

Je dors.

*

Peu avant l'aube, ma porte s'ouvre. Un gardien m'extrait de ma cellule. Retour à la fouille. Mais cette fois, pour me rendre mes affaires. On me présente la caisse en plastique contenant mes objets personnels. Je glisse ma ceinture dans mon tour de pantalon, repasse ma montre à mon poignet, signe une feuille, tandis que le gardien balance quelques coups de tampon sur un document officiel, et on me conduit dans un nouveau couloir. Je me recoiffe un peu. La bouche pâteuse. J'entre dans une pièce.

Batista est là. Seul. La porte se referme.

La fenêtre derrière lui montre l'obscurité de la nuit et les lumières des lampadaires. Le jour n'est pas encore levé, mais ça fait du bien de contempler le paysage extérieur.

— Comment allez-vous ? demande-t-il d'une voix presque aussi fatiguée que la mienne.

— J'ai vécu mieux.

— La GAV est une épreuve. Certains l'affrontent quatre jours de suite. Puis on les défère et ils partent en maison d'arrêt.

— Ce n'est pas ce qui va se produire ?

— Non. Vous êtes libre.

— Pourquoi cette décision ?

Batista passe ses mains sur son crâne chauve.

— Je voulais connaître votre implication dans la disparition de Justine Van Grenn. La nouvelle version de Samia Naïm vous innocente. Le bornage de votre téléphone aussi, nous avons reconstitué votre

425

parcours à la trace, vous étiez loin de la scène de crime. Et les différents témoins que nous avons interrogés vous fournissent des alibis. Nous pourrions vous accuser d'avoir pénétré par effraction chez Mlle Van Grenn, mais quel intérêt ? J'en ai parlé avec le procureur. Vous êtes hors du coup. (Ses bras retombent le long de son corps.) Ça nous a pris du temps de vérifier tout ça. Aucun membre du groupe n'a dormi. Les premiers viennent seulement de partir se reposer. Même la petite Naïm a passé la nuit sur place.

— Vous avez l'air déçu de ne pas m'inculper.

Il me fixe de son regard pénétrant.

— Vos problèmes ne sont pas terminés pour autant. Voudriez-vous m'accompagner une minute ? Il y a plusieurs choses que je souhaiterais vous dire.

— Ai-je le choix ?

— Bien sûr. Vous êtes libre.

Je soupire.

— Je vous suis, commissaire.

Il m'entraîne dans les couloirs. On reprend le même ascenseur qu'hier pour le dernier étage. Mais au lieu d'aller vers la salle d'interrogatoire, on tourne à droite. On s'arrête devant une pièce avec de belles fenêtres au fond.

— Mon bureau, explique Batista.

Il entre. Fouille dans une armoire. Ressort avec deux couvertures à la main et m'en donne une.

— Prenez ça.

Il s'arrête devant une machine à café, introduit des jetons dedans, fait couler deux cafés, en prend un et me tend l'autre.

— Ça aussi, dit-il.

Il ouvre une porte avec une clé. Je crois d'abord qu'il s'agit d'un local technique, mais c'est un escalier en colimaçon. On monte. On se retrouve sur le toit. La vue est spectaculaire.

— Le soleil va se lever, dit-il. Sud-est en cette saison. En face, c'est les Buttes-Chaumont. Ne vous approchez pas du bord, il n'y a pas de barrière.

Je l'imite. M'enroule dans la couverture. Bois le café chaud. Entre deux gorgées, mon haleine produit de petits panaches blancs. Le soleil apparaît progressivement sous le couvercle de nuages gris et l'horizon s'embrase.

— Regardez, dit Batista. On dirait des franges de soie rouge. Monet n'a pas son pareil pour peindre ces paysages. Je viens souvent ici contempler ma ville. J'ai l'impression d'être un lilliputien qui marche sur son torse. Je peux sentir battre son cœur.

— Pourquoi on est ici ?

— Pour que je vous raconte.

Il le fait. Il me parle de l'enquête qui a débuté dans le métro par la découverte de Samia. Les déductions qui ont entraîné Audrey et Luz en baie de Somme. Les tatouages sur le corps d'Hoffman, et même les conclusions de la chef légiste de l'IRCGN.

— D'après le docteur Durance, il s'agit bien d'un suicide. Rien n'indique un crime. Si je recoupe nos investigations et les vôtres, j'obtiens la chronologie suivante : la petite Van Grenn trouve une photo de son frère sur un site, elle se met à penser qu'il s'agit d'un meurtre, elle va poser des questions à Thibault De Luca, lequel téléphone au docteur Hoffman pour le prévenir – nous sommes certains de cet appel, nous avons le relevé d'Hoffman. Justine récupère l'adresse du professeur, se rend chez lui et découvre une tête décapitée, ce qui renforce son idée qu'Hoffman est un personnage trouble impliqué dans la mort de son frère. Après quoi elle rentre à Paris, persuadée d'être suivie. Ce qui est probablement vrai. Elle va voir sa mère aux urgences, dans l'intention de lui demander son aide, mais finalement renonce. Vous la prenez alors en stop. Elle descend de votre voiture et va se réfugier dans le métro. Le mystérieux inconnu, que nous appellerons l'Homme au Chapeau Melon, débarque, frappe Samia et disparaît avec Justine. Jusque-là, la séquence vous paraît logique ?

— Oui, dis-je en hochant la tête.

— Bien. Mon idée est la suivante : l'Homme au Chapeau Melon se trouvait également à la Pointe de Horda, cette nuit-là. Il est allé voir Hoffman dans son hangar. Qu'est-ce qu'ils se sont raconté ? Mystère. Mais le professeur s'est suicidé ensuite. Puis l'Homme au Chapeau Melon s'est rendu dans la maison, et il est tombé sur Justine. Quand il a vu qu'elle embarquait la tête dans le bocal à formol, il l'a suivie jusqu'à Paris.

Je le regarde avec des yeux ronds.

— Comment déduisez-vous ça ?

— Avec ceci, dit-il en sortant un CD de sa poche. C'est une reconstitution en 3D de la scène de crime, photographiée avec un *fisheye* et reconstruite par logiciel. Ça fait trente-six heures que nous l'analysons sous tous les angles. On y voit clairement des empreintes de chaussures dans la sciure recouvrant le sol du hangar. J'ai demandé des investigations complémentaires.

Les experts de l'IRCGN sont sur place en ce moment même. Selon leurs premiers résultats, Justine a bien traversé ce hangar, elle s'est approchée du corps du phoque retrouvé dedans, et elle est repartie ensuite. Elle n'est jamais allée jusqu'au bureau d'Hoffman. Elle ne s'est jamais approchée de son cadavre. En revanche, une autre personne l'a fait : un homme qui chausse du 44 et qui porte des souliers de marche. Et ce même homme s'est introduit dans la maison d'Hoffman en passant par sa baie vitrée, car nous retrouvons les mêmes empreintes dans la maison et le jardin. Qu'est-ce qui s'est passé ? Impossible à dire, mais Hoffman semble s'être réellement suicidé. C'est tout. L'Homme au Chapeau Melon ne l'a pas tué, ni n'a laissé aucune trace, à part ses empreintes de pas. Inutile de vous dire que ce n'est pas avec ça qu'on va le retrouver. Donc en résumé : on n'a rien. Pas le moindre élément pour poursuivre notre enquête. On est arrivés au bout, Kovak. Terminus. La piste s'arrête ici.

Ses yeux sont braqués sur les nuages noirs, comme s'il y lisait un avenir funeste.

— D'autres dossiers de disparition ont été ouverts. Votre amie Zayane Nyira fait l'objet d'une enquête par un service différent. De Luca aussi, il a également disparu.

La température sur le toit commence doucement à remonter, tandis que de timides rayons solaires viennent à présent frapper le zinc.

— Tout nous échappe, dit Batista. Tout nous file entre les pattes. Vous savez ce qui va se passer ?

— Non.

— Nous sommes spécialisés dans les investigations criminelles impliquant le réseau des transports.
Si Hoffman s'est suicidé, nous n'avons plus aucun
crime dans notre affaire. Samia Naïm est vivante. Son
agresseur est peut-être un tueur en série. Ou peut-
être pas. On est dans le domaine de l'imaginaire. On
n'a aucun cadavre. Les disparitions de Nyira et De
Luca ne dépendent pas de nous. Quant à la disparition d'Adam Van Grenn en Floride il y a sept ans, je
n'en parle même pas.

— Mais Justine dépend de vous ! Elle a disparu
dans un tunnel désaffecté !

— Ça ne suffit pas. Nous avons trop peu d'éléments concrets. Cette enquête est un fiasco. Le procureur est comptable des deniers publics, il va passer
la balle à d'autres. Dès demain, tout le monde me
tombera dessus. On me reprochera d'avoir fait des
investigations coûteuses et inutiles. C'est un très mauvais point pour l'avenir du groupe. Quant à l'Homme
au Chapeau Melon, il s'évanouira comme s'il n'avait
jamais existé. (Il pointe son index sur moi.) Et vos
problèmes reprendront de plus belle, car vous serez
interrogé dans toutes ces affaires connexes. Et par
des gens moins cléments que moi.

— Pourquoi vous me racontez tout ça, commissaire ?

Sa silhouette se découpe à contre-jour tel un morceau de ténèbres qui aurait pris vie. Avec son crâne
chauve et ses oreilles décollées, il ressemble plus que
jamais à un vampire jouant ses dernières cartes tandis
que l'aube se lève.

— Parce que vous pouvez encore être utile, dit

Batista. À vous, et à moi. Luz est efficace, Valenti fait de l'excellent boulot. Mais vous…

— Moi ?

— Vous êtes différent. Vous marchez à l'instinct. Vous ressentez les choses. Comme je ressens le pouls de cette ville.

Il sort un papier de sa poche.

— Nous avons enquêté auprès de *Thanatos Pictures*. Leur société est basée à Lille. Nos collègues lillois ont passé la nuit dans leurs locaux. Les photos que vous avez vues, celle d'Adam Van Grenn, de la tête décapitée et toutes les autres portant un rectangle noir : toutes ont été fournies par une seule personne. *Thanatos* les a achetées via un site de vente en ligne. Ils ont conservé les coordonnées du vendeur. Ils ont été obligés de nous les fournir. Mon enquête s'arrête là. Je ne peux pas aller plus loin. Mais sur ce papier, il y a un nom et une adresse.

Il me le tend.

— J'ai une proposition à vous faire, docteur Kovak.

59

Je retourne aux urgences dimanche soir, après être passé chez moi me doucher et me reposer un peu. Quand j'arrive dans la salle d'attente, à peine quelques patients sont assis sur les fauteuils en fer. Le mauvais temps continue de maintenir les gens à domicile. Il y a une semaine, jour pour jour, je débutais ma garde en compagnie de Willy. Mon infirmier est encore là ce soir pour effectuer le tri des malades. Je lui adresse un signe de tête.

— Salut, vieux.

— Chris, mon pote ! Qu'est-ce que tu fiches ? dit-il.

Il expédie deux inscriptions et me rejoint dans le bureau des seniors. Il a l'air fatigué lui aussi. Pas mal agité. Sous pression. Je suppose qu'il multiplie ses gardes pour gagner plus. Et aussi parce que ça l'éclate, on est tous forgés dans le même moule.

— Je viens d'inscrire un gars avec une morsure au pénis, et sa femme avec une brûlure à l'épaule, dit-il en rigolant. Tu veux l'histoire ?

— Vas-y.

— La fille était à genoux. Elle lui taillait une pipe pendant qu'il faisait sauter des crêpes. D'émotion, il n'a pas rattrapé la crêpe. Elle est retombée sur l'épaule de la meuf. D'où la brûlure. Du coup, elle a sursauté en lui mordant la bite.

— Marrant.

— J'ai vu tes affichettes dans le service, dit-il. Tu as fait une conf à la fac ? Des photos post mortem ? Ça devait être morbide.

— Ça l'était. Tu as des nouvelles de Greta ?

— Toujours en psy. Le directeur va nommer quelqu'un.

Il se dandine d'un pied sur l'autre.

— À propos du directeur. Un recommandé t'attend dans ton casier.

Willy a dit ça avec une grimace de mauvais augure.

— Aïe, fais-je. J'en déduis que ce n'est pas bon.

— Ce type est un con, grogne Willy. T'en as rien à foutre !

— Te voilà bien agressif. Tu ne l'aimes pas ?

— Je me suis déjà engueulé avec.

— Voyons ce recommandé, dis-je en récupérant la lettre.

Le texte est assez froid. Ça parle de manquements répétés à mes obligations professionnelles. Abandon de service sans justificatif. Ça se termine par une mise à pied avec effet immédiat. Je n'ai plus le droit de travailler à l'hôpital pour le moment. Les sanctions définitives seront établies plus tard.

— Le directeur dit quoi ? demande Willy.

— Que je suis en vacances. (Je jette la lettre à la poubelle.) Parfait. Je comptais partir.

— Hein ? Où ça ? Tu me laisses tomber ?

Je lui explique en quelques mots où je vais me rendre. Les yeux de mon infirmier s'agrandissent.

— Je te raconterai la suite, dis-je. Promis.

Je l'abandonne, récupère ma blouse et mes affaires dans mon casier et je monte en psychiatrie, vêtu une dernière fois de ma tenue de médecin des urgences.

— Docteur Kovak, dis-je à l'accueil. Je viens voir Greta Van Grenn.

Ils ne font aucune difficulté pour me laisser entrer. Je la retrouve allongée dans son lit. Les yeux fixés sur le plafond. Le regard dans le vide. Greta n'est plus que l'ombre d'elle-même. Quand je pense à la légendaire surveillante générale qui a mené notre service à la baguette pendant des années, j'ai du mal à croire qu'il s'agit de la même personne.

— Bonsoir, dis-je dans un murmure, comment allez-vous ?

Elle tourne lentement la tête. J'ai l'impression que son regard me passe au travers.

— Christian ?

— Je suis là.

— Vous avez retrouvé Justine ?

— Pas encore.

Elle s'enfonce un peu plus dans le matelas et regarde à nouveau le plafond.

— D'accord, dit-elle d'une voix neutre.

— Je n'ai pas laissé tomber.

— Vous pouvez. Elle est morte.

— Ne dites pas ça.

— C'est ce que je ressens. Tout le monde est mort.

Je prends sa main et la serre.

— Je n'y crois pas une seconde. Votre fille est

vivante. Quelque part. Je vais chercher dans une autre direction. La clé de l'énigme est peut-être ailleurs. Là où Adam a disparu. Vous vous rappelez le nom de l'endroit exact ?

Elle me le donne.

— Mais ça ne sert à rien, ajoute-t-elle d'une voix faible. Il est décédé lui aussi. Vous courez après des fantômes, Christian.

Elle relâche ma main, allonge le bras le long de son corps et ferme les yeux. Elle ne prononce plus un mot. Je finis par quitter sa chambre.

Je sors de l'hôpital à pied. À droite, les quatre boutiques de pompes funèbres sont illuminées pour la nuit, certaines avec des enseignes clignotantes. La Mort ne s'arrête jamais de danser. Je sors un papier de ma poche. C'est celui que m'a donné Batista. Il est écrit dessus :

Elizabeth Cullen
4500 Joe Overstreet Rd, Kenansville,
Florida 34739, États-Unis.

J'ai recherché l'adresse sur Internet : il n'y a rien à cet endroit. C'est une route située au milieu de nulle part. Elle s'arrête au bord d'un lac. Je n'ai trouvé qu'une petite boutique à proximité, où ils louent des bateaux pour aller dans les marécages. Il n'y a pas de numéro de téléphone au nom d'Elizabeth Cullen. Ni aucun autre renseignement disponible. Pas d'autre habitation dans le secteur. Même pas de *Google Street View* pour voir à quoi ça ressemble. Mais une chose est sûre : une femme habitant à cet endroit a posté les photos qui ont déclenché toute l'affaire. Celle d'Adam en faisait partie. Et sa voiture a été retrouvée, il y a sept ans, à moins de vingt kilomètres. Greta vient de me le confirmer.

Ce n'est pas tout. Hoffman voyageait beaucoup, certes, mais notamment aux États-Unis, et en particulier en Floride. Le professeur travaillait régulièrement avec un établissement qui se trouve à moins de trois heures de route. C'est Batista qui m'a fourni ce renseignement.

Toutes les pistes nous ramènent dans la même région.

Qui est cette Elizabeth Cullen ?

Le commissaire ne peut pas aller plus loin. Il va être dessaisi de l'enquête. Avant qu'une autorité quelconque ne réexamine ces éléments, ne décide qu'ils sont exploitables et qu'une coopération franco-américaine ne soit mise en place, il se déroulera des mois.

Pour que les choses avancent, il faudrait que quelqu'un se rende là-bas tout de suite. À titre personnel. En touriste. Sans autorisation des flics ni couverture. Quelqu'un d'assez fou pour faire le voyage par curiosité. Rencontrer cette Elizabeth Cullen qui vit dans les marais, et lui poser des questions.

J'ai déjà pris mon billet.

Je pars demain.

60

Audrey quitte le commissariat tôt le dimanche matin en compagnie du reste du groupe.

Florian monte à l'arrière sur la moto de Samia, déclenchant quelques sifflets admiratifs, puis les deux disparaissent dans un grondement de moteur. Audrey n'apprécie pas que le jeune homme soit collé ainsi à sa nouvelle conquête. Elle n'a rien à faire avec eux. Mais bon, elle est trop fatiguée pour râler, et la gamine s'en sort bien, après ce qu'elle a subi. Elle a vu Samia se bourrer discrètement d'antalgiques. Elle espère juste qu'elle n'aura pas d'accident.

Penneroux, Blériot et Wang se dirigent à pied vers le café de la place Hébert où ils ont leurs habitudes. L'établissement va bientôt ouvrir ses portes, Audrey et Louise veulent-elles se joindre à eux pour les croissants ? Audrey décline. Trop claquée. Elle prend le métro, descend à la station Vavin et rentre chez elle. Nouveau message du banquier sur son répondeur. Elle écrase la touche d'effacement avec rage : ce type lui en veut personnellement, ou quoi ?

Elle observe le contenu de son réfrigérateur, puis le referme. Elle devrait peut-être réduire son budget courses. Tous ces plats préparés allégés en calories lui coûtent une fortune. Avant, elle avait le temps de faire la cuisine.

Elle prend une douche, enfile un jogging, et part courir dans la rue. Elle doit déjeuner chez sa mère dans quelques heures, si elle s'endort maintenant, ça va être pire. Elle respire à fond l'air frais des boulevards déserts, jusqu'à ce que ses poumons la brûlent et que la fatigue disparaisse. Nouvelle douche au retour. Elle se sent déjà mieux.

Elle choisit des vêtements élégants, une touche de maquillage et de rouge à lèvres. Juste ce qu'il faut.

C'est parti pour la rencontre avec Rosa. Et son ex-mari.

*

— Tu reprends du café ? dit Rosa Valenti, la bouche en cœur.

Audrey acquiesce. Le repas s'est bien déroulé. Mieux que prévu. Sa mère ne lui a fait aucune remarque désagréable, n'a pas mentionné ses récentes traces d'ecchymoses – à peine visibles – et son ex-mari s'est montré charmant. Il a apporté des fleurs, lui a tiré la chaise pour s'asseoir à table, et a lancé quelques plaisanteries de bon goût. Audrey s'est même surprise à le dévisager de temps à autre.

Il a minci. Il est plus musclé. Il paraît en forme. Il ressemble davantage à l'homme qu'elle a rencontré avant leur mariage. Avant qu'il ne la trompe, ne mente, et ne la trompe encore. Avant qu'elle ne fasse un malaise cardiaque et qu'elle ne remette en question sa vie entière. Les accidents changent souvent notre point de vue de façon radicale.

— À quoi penses-tu ? demande-t-il en lui prenant la main.

— À rien, répond-elle en la retirant.

Durant une seconde, le visage de son ex-mari se fige de contrariété. Puis il récupère son sourire.

— Tu aimes ton nouveau travail ? dit-il d'une voix enjôleuse.

— Oui.

— Le changement n'est pas trop difficile ?

— Non.

— Elle a failli mourir ! intervient Rosa.

— Maman…

— Je parlais de tes difficultés d'argent, renchérit son ex.

Audrey hausse les sourcils.

— Pardon ?

— Ton banquier m'a téléphoné. Mon nom est toujours sur notre ancien compte commun, même s'il est vide. Il m'a fait part de tes difficultés financières. Je lui ai expliqué que ce n'était pas grave. Que tout cela pouvait se résoudre.

Audrey en a le souffle coupé. D'autant que sa mère n'était au courant de rien. Maintenant elle a honte.

— Ce requin t'a téléphoné *à toi* ?

— Ce n'est rien. Passons. J'ai appris aussi que ton commissaire Batista avait des ennuis.

— Quels ennuis ? demande Audrey, désarçonnée par ce changement brusque.

— Votre enquête risque de ne pas aboutir. Je suppose que tu es au courant. Ce n'est pas bon pour votre groupe. En tout cas pour la carrière de Batista. Il y a des pressions politiques, tu sais comment ça marche. Si cette nouvelle unité donne des résultats, tout le monde se congratule et se tape dans le dos. Mais si ça foire, la hiérarchie va couper les vannes. Il risque d'y avoir des mutations au cours des prochaines semaines. Ce qui ne serait pas forcément mauvais pour ta carrière, ajoute-t-il avec le sourire.

— Je ne comprends pas, dit Audrey.

Son ex lui reprend la main. Cette fois plus fermement.

— C'est pourtant simple. Si Batista dégage, tu montes en grade dans la boîte. Surtout si tu as l'appui des bonnes personnes. Des gens de ma connaissance. Ta vie pourrait s'améliorer. Pareil pour la banque.

— Ah oui ? réplique-t-elle d'une voix glaciale. Et quel serait le prix à payer pour ces immenses privilèges ?

Elle arrache sa main à son étreinte tandis que Rosa se précipite entre eux.

— J'ai de l'eau-de-vie à la poire Williams ! Tout le monde aime l'eau-de-vie à la poire Williams, n'est-ce pas ? dit-elle en servant des verres. C'est le frère d'Audrey qui la rapporte du magasin où il travaille.

— Tiens ! Il travaille celui-là ? fait remarquer son ex en sortant un paquet de cigarettes. (Il tend une clope à Audrey.) T'en veux une ? J'ai pris la marque que tu préfères.

Elle regarde le paquet en clignant des yeux, puis se lève et part dans la cuisine. Rosa la rejoint au bout de quelques secondes.

— Audrey, qu'est-ce que tu fabriques ?

— J'essaye de me calmer.

— Tu es énervée ?

— Non. Je vais juste le buter avec mon arme de service.

— Tu me laisses seule avec ton mari.

— On a divorcé. Tu te rappelles ?

Rosa souffle.

— Il tenait à venir, qu'est-ce que je pouvais faire ?

— Pourquoi mon frère n'est pas là ?

— Il ne supporte pas ce type.

— Ah ! Enfin un point commun dans la famille !

Elle serre les poings et ferme les yeux, sentant venir les larmes. Elle sent que ses nerfs lâchent. Soudain les bras de Rosa l'entourent.

— Tout va bien, ma fille.

Elle rouvre les paupières, surprise. Sa mère a rarement ce genre de témoignage d'affection. Rosa la relâche et chuchote :

— Va-t'en.

— Hein ?

— Tiens, dit Rosa en lui donnant son sac et son blouson. Fiche le camp de ce traquenard. Je m'occupe de ce crétin.

Elle la pousse jusqu'à la porte et la met dehors. Audrey se retrouve dans la rue. Et comme un fait exprès, il se remet à pleuvoir. Elle prend la direction du métro. Elle se demande si elle ne va pas se rendre au stand de tir, histoire de se détendre. Dans ces cas-là, faire quelques cartons sur des cibles l'apaise.

Un SMS apparaît sur son téléphone :

Il y a du nouveau.
RDV au commissariat.
Batista.

61

Les couloirs du commissariat sont calmes. Il n'y a presque personne dans les étages. On est dimanche après-midi, se dit Audrey, il faut bien que les équipes soufflent. Elle cherche le groupe sans trouver personne. Elle finit par les dénicher dans la salle de repos. Wang est affalé dans le canapé, il joue sur son portable, tandis que Blériot affronte son cousin au baby-foot.

— Vous n'êtes pas rentrés chez vous ? s'étonne Audrey.

— Non, dit Blériot.

— Pourquoi rentrer ? dit Wang. On est bien ici.

— Dis tout de suite que t'as pas de vie, fait Penneroux.

— J'ai pas de vie. Et toi non plus.

— But ! hurle Blériot. Buuut !

— Roulette. Ça comptait pas.

La porte s'ouvre en coup de vent. La capitaine entre, sourcils froncés.

— Je prends les rouges, dit-elle. Valenti : avec moi. Les garçons, vous avez les bleus.

Blériot se frotte les mains.

— Sérieux ? On va vous mettre la piquette !

— Vous êtes des filles, renchérit Penneroux. Préparez-vous au massacre.

— C'est ce qu'on va voir, dit Luz.

— Valenti sait jouer ? demande Wang en redressant la tête depuis son canapé.

Il s'ensuit un échange endiablé. La balle en liège roule sur le terrain. Les poignées tournent. Les barres claquent. La balle file vers le goal. Contre. Elle repart à l'envers tel un missile. Nouveau blocage. Elle dégage en diagonale. Les pieds en bois d'un joueur la stoppent net, tournent autour dans un sens, dans l'autre, et la balle claque au fond des buts.

Les deux cousins regardent le résultat, bouche ouverte. Audrey déplace le boulier qui sert au décompte.

— Un à zéro. Mon frère adore le baby-foot. J'y jouais tout le temps. Je ne vous l'ai jamais dit ?

— Vous allez mourir, ricane Luz.

— « *Ça sent le sang, ééécarlate* », chante Wang en imitant le refrain du Grand Orchestre du Splendid.

Tout le monde éclate de rire.

Florian d'Apremont arrive peu après, toujours accompagné de Samia. La capitaine lui fait les gros yeux. Il hausse les épaules, les mains levées en signe d'impuissance. Samia Naïm dépose timidement un paquet de viennoiseries et une Thermos remplie de café frais de chez *Starbucks*. Les hommes se jettent sur les pâtisseries. Louise a l'air irritée, mais ne dit rien.

Audrey chuchote à l'oreille de Wang.

— Pourquoi la capitaine accepte la présence d'une civile ?

— Consigne de Batista. Samia va se caser.

— Avec Florian ?

— Je parle sur le plan professionnel. La petite a entendu parler d'une place à l'IRCGN. Ils manquent d'un garçon d'amphi. Elle a demandé à Batista de la pistonner pour avoir le job, et il est d'accord. Il va parler d'elle à la chef légiste. En fait, ça arrangerait le commissaire.

— Pourquoi ?

— S'il case Samia à l'IRCGN, il aura des infos de l'intérieur. C'est tout à fait le genre de calcul dont notre patron est capable. Au cas où tu ne l'aurais pas remarqué.

— J'ai remarqué, dit Audrey en songeant à la façon dont elle a été recrutée elle-même dans le groupe.

— Les gens ont l'impression que Batista progresse à l'aveuglette, continue de chuchoter Wang. Mais ne crois jamais une chose pareille. Il pousse ses pions à chaque minute. Et il a toujours un coup d'avance.

— Le commissaire est arrivé ! lance soudain la capitaine Luz. Tout le monde en salle de réu !

*

Batista contemple son équipe, la mine sombre. Il vient de leur faire le débriefing complet de la situation. Le même, à peu de chose près, que celui de Kovak le matin même.

— Donc c'est fini ? dit Luz d'une voix amère.

— Exact, confirme Batista.

— C'est pas possible ! s'exclame d'Apremont.

445

— On a bossé comme des malades ! renchérit Blériot.

— J'ai abattu une montagne de paperasse, fait remarquer Penneroux. J'ai tapé tellement de PV que j'ai une tendinite au poignet. Tout ça pour des nèfles.

— Et l'Homme au Chapeau Melon ? dit Wang. On ne saura jamais s'il existe ?

Audrey étudie son patron. Batista soupire.

— Il nous faut des résultats. J'ai des comptes à rendre. Pendant qu'on court après un fantôme, le reste s'accumule. La hiérarchie veut des chiffres.

Il dépose des dossiers sur la table et les fait glisser vers eux.

— Voici trois affaires : un vol de six cents kilos de câbles électriques au dépôt de la gare de l'Est, des Roumaines qui jouent les pickpockets dans le RER à Saint-Michel, et un frotteur qui a tenté de violer une fille. Dans le cas des Roumaines et du frotteur, on a leurs visages grâce à nos caméras de surveillance. Ce ne sera pas difficile de les coincer. Il faut me résoudre ça en vitesse.

Audrey prend la parole :

— Et l'adresse aux États-Unis ?

— Quoi, l'adresse ? répond Batista.

— Celle que l'on a obtenue chez *Thanatos*. Il y a une femme, de l'autre côté de l'Atlantique, qui a posté toutes ces fichues photos. Parmi elles se trouve celle d'Adam Van Grenn, le propre frère de la fille que nous cherchons. C'est cet incident, précisément, qui semble avoir déclenché toute l'histoire. Cette piste-là, personne ne l'exploite ?

Batista se masse les joues.

— Si. Le docteur Kovak va s'en charger.

Luz met une main en coupe derrière son oreille.

— Pardon ? s'exclame-t-elle. J'ai mal entendu…

Silence de mort dans la pièce. C'est la première fois que la capitaine s'adresse ainsi à son supérieur. Le visage de Louise est écarlate.

— Vous nous expliquez ? lance-t-elle sèchement.

— Bien sûr, dit Batista.

Il pose ses mains sur la table et les dévisage un par un.

— Le groupe Évangile est obligé d'arrêter l'enquête. C'est fini. On n'ira pas plus loin. Mais Kovak, lui, le peut. Je l'ai engagé à titre de consultant. Il n'est plus suspect, j'ai le droit de le faire.

— Qu'est-ce que ça veut dire ? demande Penneroux.

— Rien de précis, dit le commissaire. Je discute avec lui, et il me donne son point de vue. Il est officiellement consultant médical. Je lui parle de ce que je veux en rapport avec son domaine, il respecte une clause de confidentialité, et c'est tout. Les actions qu'il entreprend de son côté ne me regardent en rien. Il est civil, il est libre, il peut voyager où il veut, faire ce qu'il souhaite, il n'a de comptes à rendre à personne.

— En clair, dit Luz d'une voix tranchante, s'il déniche quelque chose en Floride, vous tirerez les marrons du feu. Mais s'il lui arrive malheur, vous n'y serez pour rien.

— Exactement ! dit Batista en tapant du poing sur la table.

Tout le monde sursaute.

— Ça vous choque ? Tant pis ! Je vous rappelle qu'il nous a fait tourner en bourrique à plusieurs reprises. Alors s'il peut nous être utile, pour une fois, ça ne sera pas plus mal ! Je ne l'ai pas forcé, je vous signale, je lui ai fait une proposition et il a accepté, tonne le commissaire. Il a juste envie de résoudre cette affaire, comme moi, comme vous tous ! Je n'ai pas renoncé, il n'y a tout simplement pas d'autre solution !

Un long silence suit. La tension retombe peu à peu. Luz finit par hocher la tête.

— D'accord, dit-elle. Je comprends. Mais c'est moche, on voudrait pouvoir agir...

— Envoyez-moi ! intervient Audrey.

— Quoi ? dit Batista.

— Je peux aller sur place. Rencontrer la police locale. Vous n'avez qu'à m'envoyer là-bas en prétextant la récupération de documents. Ceux qui concernent la disparition d'Adam.

Le cœur d'Audrey se met à battre plus vite. Son index tapote sur la table, tandis que ses idées s'enchaînent.

— L'enquête n'est pas officiellement close, n'est-ce pas ?

— Non. Sept jours de flagrance, ça tombera d'ici lundi soir ou mardi matin.

— Alors on recherche toujours Justine. Donc on s'intéresse à son frère. Vous ne pouvez pas envoyer la capitaine, elle doit rester ici pour diriger le groupe. Mais moi oui. Je suis la plus gradée en second. Je vais en Floride, je joue officiellement le coursier pour récupérer un carton de paperasse chez les flics, et je rentre. Je ne mène pas d'enquête. Pas d'arme. Pas besoin d'un cadre de coopération. J'effectue juste la navette. Vous m'avez envoyée à Amiens pour les mêmes raisons, je vous signale.

— Ce n'était pas la même distance. Ni le même budget.

— Si on ne fait rien, l'enquête est morte, réplique-t-elle.

Luz se frotte le menton, puis annonce :

— Ça pourrait marcher. Si vous effectuez juste l'aller-retour.

— Quarante-huit heures, ajoute Audrey. Je rencontre réellement les collègues sur place. Je copie les documents et je reviens. Sauf qu'entre-temps, j'ai du temps libre. J'en profite pour pister Kovak.

Batista réfléchit, les mains jointes.

— Si je donnais mon accord, vous n'auriez pas le droit d'intervenir. Pas de port d'arme. Aucune autorité. Le moindre écart vous coûterait cher. Et vous ne disposeriez d'aucune aide.

— Elle sera en contact avec nous, intervient Florian. On ne lâche pas Audrey… je veux dire le lieutenant Valenti. On reste en communication. On peut l'aider 24/24.

— Et mener les autres enquêtes en parallèle, dit Luz.

— Blériot et moi, on s'occupe du frotteur, dit Penneroux.

— Je jouerai le touriste asiatique pour attirer les pickpockets à Saint-Mich, dit Wang. Avec Florian, on les tapera.

— Et je prends l'enquête sur les câbles volés, dit

Luz. J'irai aussi jeter un œil aux Saints-Pères. Kovak a donné la tête décapitée à ce médecin disparu. L'objet semble important pour l'Homme au Chapeau Melon. J'apprendrai peut-être quelque chose.

Batista les regarde.

— Et vous dormirez quand ?

— Quand on sera morts, dit Luz. (Elle claque dans ses mains.) Allez, tout le monde au taf.

— Je n'ai pas donné mon accord, dit Batista.

La capitaine penche la tête sur le côté.

— C'est encore moi qui dirige ce groupe ?

— Oui.

— Alors c'est tout vu.

La salle se vide. Audrey reste seule en compagnie du commissaire.

— Vous le saviez, n'est-ce pas ? dit-elle.

— Quoi ?

— Que je voudrais partir. Que le groupe réagirait ainsi.

— Je n'en étais pas sûr.

— Vous n'avez jamais envisagé de laisser tomber.

— Non. Cet Homme au Chapeau Melon est habile. Mais il est également orgueilleux. C'est son défaut. Les gens orgueilleux commettent des erreurs. Il a tenu à signer son crime et, à mon avis, ce n'était pas la première fois. Si ces photos nous conduisent à d'autres indices, il reste peut-être une chance de l'avoir.

Batista sort un billet d'avion de sa poche.

— Vous partez demain à l'aube. Votre vol précède celui de Kovak. J'ai fait la réservation. Ça vous laissera le temps de l'accueillir sur place.

— Toujours un coup d'avance, murmure Audrey.
— Pardon ?
— Rien.

62

Vasil est debout dans la lumière des phares de la voiture. L'Homme au Chapeau Melon se tient face à lui. Les moteurs des deux véhicules sont coupés. L'odeur du sous-bois est forte, comme d'habitude. Dans les hauteurs des branches agitées par le vent, une chouette pousse un cri lugubre.

Vasil frissonne. Il déteste ces rendez-vous en pleine forêt. Normalement cette rencontre sera la dernière. Il préfère cependant conserver sa main posée sur le pistolet dans la poche de son blouson. Ça le rassure. L'Homme au Chapeau Melon est beaucoup plus rapide qu'il n'en a l'air, et Vasil n'a aucune envie de tester sa vitesse de réaction.

— Voilà, dit-il. Je vous ai raconté les derniers évè- nements.

— Vous m'avez appris des choses intéressantes.

— Tant mieux, dit Vasil.

— Je dois donc changer mes plans.

— Ça, c'est votre problème.

— Donc vous me quittez ? dit l'homme sur un ton neutre.

— Oui.

— Parce qu'on va découvrir la femme des Saints-Pères ?

— Ça devient trop dangereux si je reste.

— Où irez-vous ?

— Vous n'avez pas besoin de le savoir.

— Où ? répète l'homme.

Ses petites lunettes noires le scrutent comme si elles fouillaient son âme. Vasil déglutit.

— Je rentre chez moi. En Serbie.

— Je vous propose autre chose.

— Je ne veux rien de votre part.

— Mais si. Vous aimez la cocaïne. Et l'argent.

L'Homme au Chapeau Melon fait un pas dans sa direction. La main de Vasil se crispe sur l'arme dans sa poche. Une enveloppe atterrit sur le sol. Plusieurs liasses de billets s'en échappent.

— Une avance, dit l'homme. Vous aurez le triple.

— En échange de quoi ?

— Un dernier service.

Malgré le froid, Vasil transpire. Ses yeux ne peuvent pas s'empêcher de regarder les billets, mais il ne commet pas l'erreur de se baisser pour ramasser l'enveloppe. Si ce vieux fou pense qu'il peut le piéger aussi facilement…

Il sort son pistolet et le braque.

— Et si je vous tuais, là, tout de suite ?

— C'est possible.

— Je vais vous liquider et prendre cette enveloppe !

— Faites, dit l'homme en levant les mains en l'air.

Vasil fait mine d'appuyer sur la détente.

— … Mais j'ai déjà payé d'autres gens, poursuit

l'homme. Des gens comme vous. (Il secoue la tête.) En fait, des personnes *pires* que vous. Leur contrat consiste à vous retrouver. À vous retenir prisonnier. Et à vous découper en morceaux. Chaque semaine, ils trancheront un bout de votre anatomie et l'enverront à mon notaire. En échange de quoi ce dernier leur versera une somme d'argent. Cet homme est très corruptible. Quant à vos tortionnaires, plus longtemps ils vous maintiendront en vie, plus ils seront riches. Vous risquez de trouver les prochains mois désagréables.

Vasil écarquille les yeux.

— Vous bluffez.

— Non.

— C'est impossible de prévoir un truc pareil.

— J'ai beaucoup d'argent. Je ne sais pas quoi en faire. C'est une utilisation comme une autre.

Vasil abaisse son arme, s'agite, se gratte la tête avec le canon, le pointe à nouveau sur l'homme.

— Annulez ce putain de contrat !

— Trop tard.

— Démerdez-vous !

— Alors prenez l'enveloppe.

Une saute de vent secoue les branches. L'Homme au Chapeau Melon rajuste tranquillement sa barbe postiche. Vasil finit par ramasser les billets.

— D'accord ! Je les prends ! Vous êtes content ? Que dois-je faire ?

Le visage de l'Homme au Chapeau Melon se fend d'un sourire.

— Un voyage. Mais pas celui que vous aviez prévu.

63

Le jingle des informations retentit dans les haut-parleurs de Roissy-Charles-de-Gaulle. Je suis enregistré sur le vol American Airlines de 10 h 30. Il est 8 heures du matin. J'ai obtenu la validation de mon formulaire ESTA au dernier moment. Un instant, j'ai cru ne pas pouvoir partir aux États-Unis. *« Comptez-vous vous livrer à des activités terroristes ? »* demandait le formulaire. Il y a vraiment des gens qui répondent oui à ça ?

Je fais la queue devant les tapis de contrôle des bagages. Je n'ai qu'un petit sac. Pas de valise en soute. J'ai juste l'intention de me rendre à l'adresse fournie par Batista et de revenir aussitôt. Je suis tendu comme une corde.

Ça fait quelques années que je ne suis pas retourné en Amérique, même si ma mère est new-yorkaise. « Tu vas voir tes cousins ? » m'a-t-elle demandé au téléphone quand je lui ai parlé du voyage hier soir. « Non, ai-je répondu, juste un saut en Floride, c'est pour le travail. » « Pendant le *Spring Break* ? Ce sera rempli de jeunes alcoolisés ! » *Spring Break* est le nom des vacances de printemps aux États-Unis. Elles s'étalent sur l'ensemble du mois de mars, en fonction des États. Les élèves ont l'habitude d'envahir les hôtels regroupés par universités et par fraternités étudiantes. Il y a sept ans, la famille Van Grenn a voyagé à la même époque. Je suis en train de marcher dans leurs traces. Ils ne se doutaient pas que ce serait leur dernier voyage ensemble. « Prends soin de toi, mon fils », a ajouté ma mère. Je l'ai embrassée au téléphone et j'ai raccroché avec un brin de nostalgie.

La file progresse à son rythme. J'ai remarqué que l'on scannait désormais nos passeports biométriques à des bornes pour obtenir la carte d'embarquement. Il y a de moins en moins d'humains partout, c'est vrai dans tous les métiers. J'ai lu à l'instant dans le *Miami Herald* que l'intelligence artificielle interpréterait bientôt les radios mieux que les radiologues.

Mon tour arrive enfin. Je dépose mes objets personnels dans une caisse en plastique. Passe les contrôles. Récupère mes affaires. Patiente dans la salle. On appelle les passagers. J'embarque.

J'ai acheté un billet *business*. Autant être frais pour l'arrivée. Je m'installe dans l'avion, sourire de l'hôtesse, sourire du voisin, tout le monde me sourit. On décolle. Mon voisin sélectionne un film sur l'écran digital encastré dans le dossier du siège. J'essaye de lire les journaux, mais je n'y parviens pas. Mes pensées sont entièrement occupées par deux images. Adam en chemise blanche, allongé sur son lit de mort, le visage paisiblement tourné vers le ciel. Et Justine quittant ma voiture, triste et apeurée, croisant mon regard une dernière fois.

Quand l'hôtesse revient en poussant son chariot, je refuse mon repas. À la place, je prends une bouteille de bourbon. J'avale un comprimé entier d'anxiolytique avec.

Je pose un masque de voyage sur mes yeux.

Le sommeil vient.

Quand je me réveille, je suis à Miami.

*

Mon téléphone affiche désormais 15 h 50. Il s'est réglé automatiquement sur le nouveau fuseau horaire. Je retarde les aiguilles de ma montre pour qu'elle donne la même heure. Pas question d'aller me coucher. J'ai du pain sur la planche.

Je remonte les immenses tapis roulants. Ciel de marbre gris au-dehors. Le temps est maussade, et il ne fait pas si chaud que ça. Je vois même tomber des gouttes.

Le troupeau des passagers ralentit et je suis obligé de patienter – encore – dans la longue file d'attente qui se forme à l'arrivée pendant que les fonctionnaires américains enregistrent nos données biométriques. J'en profite pour passer un coup de fil à Sam Shahid, mon beau-frère. C'est un brillant chirurgien orthopédiste, qui a décidé d'arrêter de travailler comme un dingue pour voyager un peu. Il est homo, il est parti avec son copain. Il veut respirer. Vivre, tout simplement. Une excellente décision, si vous voulez mon avis. Qui sait combien de temps il nous reste dans l'existence ?

— Hello, Sam.

— Chris ! C'est bon de t'entendre. Tu es où ?

Je lui explique. Il n'en revient pas. Comme la file

d'attente s'éternise, j'ai le temps de lui raconter les grandes lignes de l'histoire.

— Tu te rappelles les *Démons d'Hippocrate* ?

— Tu m'étonnes ! On se marrait bien.

— Et les *Memento Mori* ?

— Eux, je t'avais dit de ne pas les approcher, dit Sam. Tu voulais les intégrer. Ça n'a pas marché.

— Le professeur Hoffman était l'un d'eux. Je l'ai appris hier.

— C'est pas vrai ! Notre ancien doyen ?

— Un haut responsable, probablement.

— Je l'aimais bien. Il devient quoi ? Tu sais qu'il était gay lui aussi ?

— Il est mort.

Je lui décris la situation sans donner trop de détails, même si les gens autour de moi ne font pas attention.

— Hoffman voyageait souvent en Floride, dis-je. Il était vice-président de la conférence internationale des doyens. Il s'occupait des relations avec les grandes universités. Or toutes les fraternités universitaires se retrouvent ici pendant le *Spring Break*. Les *Skull & Bones* de Yale, les *Saints A's* de Columbia, les *Bullers* d'Oxford, en Angleterre. Les *Memento* devaient être là, bien sûr. Je suis certain qu'Hoffman rencontrait ces groupes quand il venait sur place.

— Possible, dit Sam. Je suis sorti avec un *Memento* une fois.

— Je sais. C'est pour ça que je t'appelle.

— Il avait le même tatouage que toi sur le torse.

— Tu es resté longtemps avec lui ?

— Un an. Plus ou moins.

— Tu te souviens s'il est parti en Floride ?

Il réfléchit.

— Effectivement. Il s'est rendu à Orlando. Il a prétexté y aller pour les vacances, mais il a refusé que je l'accompagne. Je l'avais mal pris, à l'époque.

Je change mon téléphone d'oreille, attentif.

— Tu es sûr ?

— Certain, dit Sam.

— Tu te souviens d'autres détails ?

— Non. Il est resté vague. Il m'a juste dit qu'il avait séjourné dans un établissement sympa, avec de magnifiques salons de réception et des piscines immenses.

Mon front se plisse sous la concentration.

— Cet hôtel devait être un centre de convention, dis-je. La majorité d'entre eux sont à Orlando. À tous les coups, la fraternité *Memento* s'est réunie là-bas ! C'est pour ça qu'il ne voulait pas que tu viennes !

— Chris, tu t'intéresses aux *Memento* ?

— Pas à la fraternité entière. Seulement à l'un d'eux.

Je préfère ne pas trop lui donner de détails macabres, il n'a pas besoin de ça. Mais si un criminel a endossé le rôle de l'Homme au Chapeau Melon, la personnification de la Mort au sein de la fraternité, c'est qu'il en connaît parfaitement les rites et les secrets. Il doit donc en faire partie.

— Je pense qu'il y a un fruit pourri au sein de leur association, dis-je. Un homme qui pourrait être responsable de la disparition de l'une de mes étudiantes à la fac. Et aussi de son frère, quelques années auparavant.

— Fais attention, dit Sam. Ces gens se comportent comme une secte. Je t'ai déjà prévenu.

— Ne t'inquiète pas. Prends soin de toi, mon frère.

Et je raccroche. Donc les *Memento*, et probablement Hoffman, se réunissaient à Orlando. Adam Van Grenn, le jour où il a disparu, voyageait en direction du nord, c'est-à-dire d'Orlando. Et Orlando n'est pas loin de l'adresse que m'a donnée Batista. L'Homme au Chapeau Melon était sûrement là, lui aussi, à rôder dans le secteur.

Le filet se resserre sur une même zone géographique.

Je passe les contrôles, franchis la douane et cherche des yeux la zone des locations de voitures. Il faut que je prenne immédiatement la route.

Une main se pose sur mon épaule. Je me retourne.

Face à Audrey Valenti.

64

Mes yeux se plissent avec méfiance. Audrey est toujours aussi séduisante, mais c'est le cadet de mes soucis. Je m'adresse à elle sur un ton sec.

— Qu'est-ce que tu fais là ?

— Je guettais ton arrivée.

— Pardon ?

— Ça n'a pas l'air de te plaire.

— C'est une combine de Batista ?

— Évidemment. À quoi tu t'attendais ?

Au départ elle arborait un demi-sourire. Celui-ci a complètement disparu.

— Tu croyais qu'on allait en vacances ? dit-elle, d'une voix devenue aussi sèche que la mienne.

— Bien sûr que non.

Elle pose son sac sur son épaule et commence à marcher, m'obligeant à la suivre si je veux continuer cette conversation. Ce qui m'énerve encore plus.

— J'essaye de retrouver Justine, dis-je pour me justifier.

— Elle n'a pas disparu en Floride.

— Son frère, si.

— Tiens donc. Te voilà enquêteur ?

— C'est mon étudiante.

— Et alors ?

— Leur mère est une amie proche.

— Qu'est-ce que ça change ?

— J'ai découvert un tas de choses, à moi tout seul !

— Ce n'était pas ton boulot.

— Je n'ai pas besoin d'un garde-chiourme !

Elle s'arrête de marcher.

— Garde-chiourme ? Tu ne m'appelais pas comme ça, avant. Quand tu avais besoin de moi.

— Cela n'a rien à voir…

Elle se remet en route. Et moi à la suivre.

— Je ne suis pas un chien que l'on tient en laisse ! poursuis-je. Je n'ai aucune intention d'être manipulé !

Elle s'arrête à nouveau.

— Et en manipulation tu t'y connais, pas vrai ?

Elle repart sans attendre ma réponse et se dirige vers les comptoirs des locations de voitures. Des gens tournent la tête et nous regardent comme si nous étions un vieux couple se donnant en spectacle. Je la suis en fulminant. Je ne vais quand même pas faire exprès de partir en bus juste pour ne pas me retrouver avec elle.

Elle fait la queue dans la file d'attente tandis que je ronge mon frein. Un défilé d'étudiants passe en beuglant l'hymne d'une fraternité, mené par une cheftaine tenant un drapeau vert. Je finis par retourner voir Audrey.

— Qu'est-ce que tu fabriques ? dis-je.

— J'achète des fleurs. Ça se voit pas ?

C'est une pique, mais je ne peux m'empêcher

de sourire – du moins intérieurement. Ma pression retombe un peu.

— Quel est ton programme ? fais-je d'une voix plus douce.

Elle lâche un soupir.

— Passer chez les flics récupérer le dossier Van Grenn. La démarche est officielle, c'est pour ça qu'on m'envoie. Je dois ensuite te coller aux basques et me rendre à l'adresse d'où sont parties les photos.

— Tes collègues sont au courant ?

— Tu plaisantes ?

— Tu aurais pu tenter ça dans ton coin…

— Tout le monde n'est pas kamikaze. Il y a des règles. Si on les contourne, il faut le faire avec finesse. Je suis là pour exploiter la dernière piste dont on dispose. Et t'éviter de foncer tête baissée dans les ennuis. Parce que, apparemment, c'est devenu ta spécialité.

Audrey arrive au comptoir. Elle dépose son passeport et son permis de conduire sur la table. L'employée abaisse ses lunettes et tapote du doigt sur un modèle de voiture exposé dans le catalogue.

— « Nissan 2 portes, catégorie éco, sans GPS » ? lis-je par-dessus son épaule. Il est radin, ton patron.

— Tout le monde n'a pas tes moyens non plus !

Je tente un sourire.

— Tu es fatiguée ?

— Un peu.

— Je pourrai conduire.

— C'est moi qui loue.

— On ne va pas prendre deux véhicules…

Je pose ma carte bancaire sur le comptoir. Audrey

résiste, mais je suis plus têtu, et elle finit par laisser tomber. J'en profite pour choisir un modèle confortable.

Un métro aérien nous transporte jusqu'à un immeuble à distance de l'aéroport, une sorte de parking géant sur plusieurs niveaux. On passe de l'air climatisé à l'atmosphère normale, gagnant dix degrés au passage, mais la canicule estivale est encore loin. J'ai emporté un pull pour le soir et je pense m'en servir. D'autant que le crachin de l'océan Atlantique semble nous avoir poursuivis jusqu'ici.

On se retrouve devant le SUV que j'ai loué. Portières ouvertes. Clés à l'intérieur. On grimpe. Le moteur démarre en appuyant sur un bouton. J'allume le GPS.

— C'est quoi l'adresse des flics ?

En fait de flics, c'est au siège local du FBI que nous devons nous rendre. L'endroit est à une demi-heure, mais on met le double tant la circulation est dense.

Le soir monte en douceur. La couleur des nuages vire lentement au pourpre. On ne se dit pas grand-chose. La gêne et la fatigue se sont installées.

Je me gare sur le parking des visiteurs. Audrey pénètre dans un immeuble moderne aux angles biscornus qui me rappelle les toits argentés de la Philharmonie de Paris sur le périphérique parisien.

Elle ressort une demi-heure plus tard. Munie d'une armada de documents.

— Ils m'avaient préparé des copies.

— L'efficacité américaine, fais-je en hochant la tête.

464

— Dis ça aux pauvres gens à qui le gouvernement est en train de faire sauter leur couverture santé.

— Tu suis les actualités ?

— J'ai des yeux pour lire un journal. Tu veux bien conduire, comme prévu ? dit-elle.

— Pas de problème.

Elle se met à pianoter sur son téléphone.

— Je dois contacter le commissariat pour expliquer où j'en suis. Ils se relaient en permanence en attendant de mes nouvelles. Je vais leur dire que j'ai les documents, que je suis avec toi et qu'on est en route. Combien de temps ?

Je vérifie le GPS.

— Pour aller au 4500 Joe Overstreet Road, à Kenansville, il nous faudra un peu plus de trois heures en roulant vers le nord. D'abord en rejoignant l'autoroute 95, puis par les routes secondaires. C'est au milieu de nulle part.

— Alors ne perdons pas de temps.

Audrey continue d'échanger des SMS avec ses collègues. Parfois elle sourit. J'avoue que ça m'énerve. Je suis jaloux de la complicité qui s'est installée entre elle et eux. Surtout que ces flics viennent de me coller vingt-quatre heures en garde à vue, ne l'oublions pas.

On avance tandis que la nuit tombe. Le GPS me fait passer par la 869 longeant les Everglades. À ma gauche, des pavillons modestes aux toits sales et aux grillages défoncés. À droite, la fin de toute civilisation : une étendue hostile remplie d'eau, d'alligators et de serpents qui n'a pas changé depuis des siècles. L'Amérique clinquante est très loin.

J'augmente la fréquence des essuie-glaces. La pluie s'est mise à tomber plus fort.

Audrey se tourne soudain vers moi, le visage livide.

— Quoi ? dis-je. Qu'est-ce qu'il y a ?

— Je viens de recevoir un message.

— Et ?

— Ils ont retrouvé ton amie Zayane.

65

Le Chien est en colère. Une rage froide qu'il a du mal à contrôler.

Il a prié en silence. Il est allé courir. Il a frappé contre un mur. Il s'est assis dans l'obscurité d'une crypte, à vingt mètres de profondeur, pour essayer de méditer au calme. Il a invoqué les puissances auxquelles il croit. Rien n'y fait. Le visage de sa mère mutilée par un monstre flotte toujours devant ses yeux.

Cet état d'esprit est dangereux. Il va finir par se faire prendre. Il n'a jamais éprouvé un tel mélange de désarroi et de violence intérieure.

En plus l'enquête est officiellement close, ça y est, l'annonce a été faite. Depuis lundi soir, plus question pour les flics d'Évangile de traiter le dossier Van Grenn, ni l'agression de Samia Naïm. Hoffman est mort d'un suicide. Affaire classée. On refile la suite. Le groupe se relaie pour maintenir le contact avec le lieutenant Valenti, mais les autres n'y croient plus guère. Il s'agit surtout d'un soutien fraternel entre membres d'une même famille. Personne ne voit où pourrait mener cette piste fragile, ce coup de poker de dernière minute, et de toute façon Valenti doit rentrer au plus vite car son déplacement professionnel a été qualifié d'inutile, voire d'abusif. Le moral est au plus bas dans la maison. Chacun a pu observer le commissaire, la capitaine Luz, les cousins, Wang, d'Apremont et même Samia Naïm traîner dans les couloirs à n'importe quelle heure, la tête basse, dans une ambiance mortifère. Cette nuit encore ils étaient plusieurs à dormir sur place. Personne n'ose rien leur dire, ils sont chez eux, l'élite des enquêteurs, les spécialistes du monde *underground*, ha-ha, elle est bien bonne !

Et pendant ce temps l'Homme au Chapeau Melon court toujours. Avec son poignard, sa barbe postiche et son manteau cauchemardesque. Il continuera de hanter les rêves du Chien. De le poursuivre nuit après nuit.

Il ne peut pas l'accepter !

Un claquement sec dans sa main – le stylo qu'il était en train de manipuler vient de se briser, lui occasionnant une entaille. Il passe sa langue sur le filet de sang.

Il n'y a qu'un seul spécialiste, ici : lui. Ses méthodes ont fait leurs preuves. La loi est un soutien, mais la loi divine est supérieure. Il est Inquisiteur, nom de Dieu, ça doit servir à quelque chose !

Il se prend la tête entre les mains et se masse le crâne. Inutile de s'énerver. Ni de jurer ainsi. Il doit se concentrer. Reprendre les informations dont il dispose.

D'où est née sa colère ? De la découverte du corps de Zayane Nyira. Un appariteur l'a retrouvée dans un tiroir de la chambre froide de la faculté des Saints-

Pères, dissimulée sous un autre cadavre. Il faut dire qu'il y en a des tas, sur place, destinés au cours de dissection anatomique. Mais quoi, personne n'avait pensé à chercher là ? Apparemment non.

Le technicien était en train de préparer une nouvelle série de défunts pour les prochains cours des étudiants, c'est comme ça qu'il s'en est rendu compte. On ne change pas souvent les cadavres de place dans ces chambres froides. Et les crétins de l'autre section de recherches n'ont jamais effectué de vérifications. Ils se sont contentés de faire leur job de façon mécanique, et vas-y que j'interroge les proches, que je m'assure qu'il s'agit bien d'une disparition inquiétante, que je recueille des témoignages et que je remplis des PV…

On vient d'annoncer la nouvelle au lieutenant Valenti de l'autre côté de l'Atlantique. Kovak doit être estomaqué. Sa copine le docteur Nyira était morte depuis six jours ! Six jours, bon sang ! Et personne n'a retrouvé la tête dans le bocal de formol, évidemment, son assassin est reparti avec !

Le Chien tourne en rond dans la pièce.

Voilà ce qui arrive quand on respecte les règles. Ça ne peut plus durer. Que l'enquête soit close, il s'en tape. Il va faire à sa façon.

Il s'assoit dans un bureau. Il s'est isolé dans une pièce. Ici, il est plus de 2 heures du matin, personne ne rôde là où il se trouve, il jouit d'une paix royale.

Il allume l'ordinateur et rentre les codes – il a tout ce qu'il lui faut, depuis le temps qu'il fréquente des flics de la boutique –, et le voilà connecté au réseau de surveillance de la RATP. Plus de 40 000 caméras sont à sa disposition, réparties sur toutes les lignes : bus, métro et RER. 458 rien qu'à Châtelet, avec de nouveaux systèmes de détection d'évènements anormaux, comme les bagarres de voyageurs ou les intrusions dans les tunnels. Et il a accès à un certain nombre d'enregistrements, bien sûr. Cela nécessite en principe une réquisition, seulement voilà : il n'en a rien à foutre. De toute façon les codes d'accès ne sont pas les siens.

Ses doigts agiles pianotent. Il va répartir les images sur les trois écrans devant lui pour aller plus vite.

Voyons voir, au début, ils ne savaient pas ce qu'ils cherchaient. Mais maintenant si. La petite Van Grenn a disparu lundi dernier dans un tunnel de maintenance à Villiers. Si elle est entrée, elle est forcément ressortie. On n'a rien vu, d'accord. Mais on recherchait une fille blonde. Et si on cherchait plutôt… un homme avec un chapeau melon ?

Il tape sur le clavier et remonte le temps. Caméras de surveillance de la station Villiers, sept jours plus tôt. Voilà. Il divise chaque écran pour observer plusieurs images à la fois. Le processeur ne rame pas pour autant, loué soit le Seigneur, le matériel est correct.

Allons-y. Justine s'est introduite dans le souterrain le matin. Elle a dû ressortir dans la journée. Son point d'entrée habituel était une porte de service qui ferme mal, située sur le côté d'un escalier, le Chien est au courant. Aucune caméra ne filme cet endroit. En revanche, il y en a d'autres, situées avant et après. Voyons ce qu'elles donnent.

Il repasse toutes les vidéos de la journée, sous tous

les angles. Ce travail a déjà été effectué mais ce n'est pas grave, il recommence. Et au bout d'un certain temps, il le repère.

Le rythme cardiaque du Chien pique une accélération.

Il y a bien un chapeau melon qui passe, là, en empruntant les portes battantes vers la sortie. Son bras est posé sur les épaules d'un adolescent vêtu d'une capuche, comme s'il s'agissait d'un ami masculin… ou d'une jeune femme dont on aurait dissimulé la chevelure. Ni l'un ni l'autre ne montre son visage. Ils baissent la tête et portent des écharpes. Évidemment. L'Homme au Chapeau Melon n'est pas un amateur. Le jeune sous sa capuche marche cependant d'un pas mal assuré, on voit même qu'il titube. L'action d'une drogue ?

Le Chien réfléchit.

Probable. C'est ce qu'il aurait fait. Une piqûre de tranquillisant dans le tunnel, il drogue Justine, lui passe la capuche sur la tête, ressort avec elle par l'endroit le plus simple et se mêle à la foule. Ça colle.

Ses yeux reviennent à l'écran.

L'Homme au Chapeau Melon semble avoir un peu de mal à monter les escaliers du métro avec son bras autour des épaules de Justine – car c'est eux, le Chien en est persuadé, son épiderme se hérisse jusque dans son dos. Cette faiblesse de l'Homme au Chapeau Melon est discordante avec la mort de Zayane Nyira : la femme a eu le visage fracassé et les vertèbres cervicales brisées. Un décès brutal, l'œuvre d'un sauvage doté d'une certaine force. Ça ne correspond pas avec ce qu'il est en train de voir.

Le Chien étrécit les paupières.

Tiens, tiens, mais qui voilà sur l'image ? Un autre homme descend l'escalier pour filer un coup de main. Il aide à remonter Justine vers la surface. Les trois personnages disparaissent.

Il frappe du poing sur la table.

Non ! Pas maintenant ! C'est trop tôt ! Il n'a même pas vu sa tête !

Il continue d'observer les caméras, désespéré... et l'homme redescend.

Cette fois ça y est : il le voit bien. La trentaine. Un casque de moto à la main. Il a dû garer son véhicule quelque part pour circuler tranquillement, le Chien se souvient que le vent et la pluie étaient particulièrement terribles en début de semaine, ça ne devait pas être la joie pour les deux-roues. Ce n'est pas l'Homme au Chapeau Melon, mais il s'agit sûrement d'un complice. Et s'il le retrouve, il pourra peut-être remonter jusqu'à lui.

L'homme descend vers le quai. Un métro arrive. Il monte. Ligne 2, direction Nation.

Le Chien s'active, déplace son fauteuil à roulettes et bascule sur un autre écran. Nouveau réseau de surveillance. Il laisse tourner les minutes comme s'il effectuait ses observations en direct. À la prochaine station, il doit vérifier sur les caméras des quais si l'homme ne descend pas de la rame. C'est une véritable course à travers Paris qui s'engage. S'il le perd de vue ne serait-ce qu'une seconde, c'est fichu : réseau ou pas, l'autre s'évanouira comme une bulle dans une boisson gazeuse. Pffftt : disparu à jamais.

Le Chien le piste avec toute la concentration dont

il est capable, ses doigts courant sur le clavier, jonglant d'une caméra à l'autre, se tordant le cou entre les écrans et roulant sur son fauteuil tel un danseur.

L'homme continue sur la ligne 2. Non, il n'est plus là... Où est-il passé ? Il est descendu à Barbès ! Le Chien a failli le perdre ! Il a repéré le casque à son bras au dernier moment ! L'homme change de quai pour prendre la correspondance. Il marche vers la ligne 4 direction Porte-de-Clignancourt. Le métro arrive, les portes s'ouvrent, il monte dans la rame, s'en va, il reste dedans à la station suivante, puis redescend. Où se trouve-t-il ? Marcadet-Poissonniers. Il se dirige vers la sortie. Remonte les escaliers. Il sort. Il l'a perdu !

Les épaules du Chien retombent.

Zut. Bien sûr. Il a quitté la zone du métro, ça devait arriver... À moins... qu'il ne se connecte à présent au réseau de surface.

Ces caméras de vidéosurveillance sont peu nombreuses. Et très sécurisées, puisqu'elles filment les rues de Paris. En outre, y accéder pose un véritable problème au Chien : il faut employer un code électronique traçable par la préfecture de police et utilisable une seule fois. Il en a volé un, il attendait une grande occasion pour s'en servir. Est-ce le moment ?

Il regarde quelles sont les caméras extérieures auxquelles il pourrait avoir accès. Du côté Villiers, là où est entré le type au casque de moto et où sont sortis Chapeau Melon et Justine, il n'y a aucune caméra utilisable. En revanche, ici, à Marcadet, il en existe une.

D'accord. Le Chien décide de tenter sa chance.

Il pianote. Entre le code à usage unique. Se

connecte. Sélectionne la caméra souhaitée. C'est fait. L'objectif est situé sur un toit, avec un angle de vision à 360°. Le Chien fait correspondre les chronos et observe avec attention les rues voisines. Notre homme est là ! Il remonte la rue Boinod, il le voit de dos, qui se promène en balançant son casque !

Le Chien jubile, il est vraiment le meilleur.

L'homme s'arrête au croisement avec la rue du Simplon, et discute avec un autre sur le trottoir, devant une épicerie de produits exotiques. Ils parlent. Ils rigolent. Ils échangent encore. Ils finissent par entrer dans l'épicerie, bras dessus, bras dessous, et n'en ressortent pas.

OK. Ces deux-là se connaissent bien. Il y a quoi, à cet endroit ? Le Chien vérifie : c'est une épicerie serbe. Il y a des Serbes partout dans la rue. La rue du Simplon est surnommée la Petite Serbie.

Il se redresse. Se gratte. Ça fait des heures qu'il travaille, mais il est fier. Il a accompli un exceptionnel travail de pisteur. Il doit maintenant éteindre et effacer ses traces. Après quoi il ira faire un tour en Serbie. Pas loin.

C'est le moment qu'il préfère.

Après la traque, il frappe sa proie.

66

Je ne dis rien, complètement abattu par la mort de Zayane. Lorsque nous nous arrêtons pour prendre de l'essence, Audrey me propose de conduire. Je lui cède la place.

Nous repartons dans la nuit noire. Deux égarés sur l'autoroute 95, à des milliers de kilomètres de chez eux. Qu'est-ce qu'on fiche ici ? Tout est ma faute. C'est ma curiosité qui nous a entraînés si loin. Greta avait raison. Je poursuis des fantômes. Et les morts dansent autour de moi.

— Tu ne veux pas parler ? dit Audrey au bout d'un moment.

— Non.

— Pourquoi ?

— Ça ne sert à rien.

— On dirait qu'il y a un mur entre nous.

— Il y en a un, fais-je remarquer.

Elle marque une pause. Puis revient à la charge :

— J'ai arrêté la cigarette.

— Bravo. Ça n'a pas dû être facile.

— Depuis je fais des crises d'angoisse, se confie-t-elle.

— C'est normal.

Elle se tourne brièvement.

— Ah bon ?

— On troque souvent un symptôme contre un autre. Moi, je ne peux plus prendre le métro.

— Comment ça ?

— Je suis incapable de descendre sous terre. J'ai développé un comportement d'évitement. J'utilise ma voiture. Ou bien je marche. C'est ridicule. Tu ne peux pas imaginer le temps que je perds dans Paris. Ça me prend des plombes.

Elle sourit.

— Le docteur Kovak a aussi ses névroses ?

— Je suis loin d'être parfait.

— Je sais. Quelque part, je trouve ça rassurant.

L'ambiance se détend un peu. Durant un instant, je suis sur le point de lui confier le retour de mes anciennes addictions. Mais je choisis de me taire.

— On devrait faire une pause, dit-elle.

— Si tu veux.

Elle emprunte une bretelle de sortie et s'arrête devant un motel.

— Chacun sa chambre, ajoute-t-elle. On repart à la première heure.

Elle récupère les dossiers du FBI et m'abandonne là sur le parking. Je reste un peu dans la voiture, puis je vais à la réception m'acheter une bouteille de remontant. Je traîne dehors en pensant à Zayane. Je sirote le nez en l'air, observant les libellules qui dansent dans la lumière des lampes. Il ne pleut plus. Le vent agite les arbres au bord de la route. Dans l'ombre des branches, j'ai l'impression de voir des silhouettes s'avancer. Elles s'arrêtent à la lisière de mon champ de vision. Elles restent là, debout. Elles me regardent. Je sais très bien de qui il s'agit. Il y a Zayane, bien sûr. Mais aussi Adam. Et à côté se trouve un grand bonhomme, qui doit être Hoffman. Et derrière, il y en a d'autres. Beaucoup d'autres.

Quand j'ai suffisamment bu, je vais me coucher.

*

On repart en fin de nuit. Debout tôt, à cause du décalage horaire. J'ai repris le volant.

— J'ai examiné les documents du FBI, dit Audrey.

— Ça donne quelque chose ?

— Quand Adam a quitté sa mère et sa sœur, le jour où il a disparu, il a passé un coup de fil à l'un de ses amis.

— Tu as un nom ?

— Thibault De Luca. Il était là pour le *Spring Break*. Mais dans ce rapport, dit-elle en sortant des feuilles, De Luca explique qu'il n'a jamais rencontré Adam. Il se trouvait d'ailleurs en permanence avec un autre adulte, qui confirme sa version. Devine qui !

— Je ne sais pas.

— Le professeur Hoffman.

Je tapote sur le tableau de bord.

— Donc il était là lui aussi.

— Oui. Déjà en retraite à l'époque. Hoffman a justifié sa présence en disant qu'il était invité à une réunion d'anciens élèves à Orlando.

— Ça recoupe ce que je sais. Les *Memento* réunissent les membres de leur fraternité là-bas. Mon beau-frère m'en a parlé.

Audrey range les feuilles dans la boîte.

— Tu penses qu'Hoffman et De Luca sont de mèche ? dit-elle. Ils auraient un rôle dans la disparition d'Adam ?

— J'ai du mal à le croire.

— Pourquoi ?

— Mentir face au FBI, comme ça, me paraît difficile. Thibault n'était qu'un étudiant. Il n'a pas le profil d'un criminel de haut vol. Et à vrai dire, Hoffman non plus. Je ne les vois pas se concerter, tuer Adam ou dissimuler des infos. Ça me semble invraisemblable.

— On dirait pourtant bien qu'Hoffman a couvert Thibault.

— Pas pour un crime. Ils ont dû rester discrets sur les raisons de leur présence. Thibault était sûrement un *Memento Mori*. Ils ne voulaient pas révéler aux autorités qu'ils se rendaient à une convention organisée par une fraternité secrète présente dans les facultés de médecine françaises. Tu imagines le ramdam ?

Audrey retire ses chaussures et replie ses jambes contre elle.

— D'accord. Comment tu vois les choses ?

— Plus simples. Adam se dispute avec sa mère. Il déprime. Il appelle son pote Thibault. Il se rend effectivement à Orlando pour le voir. Et là il fait une mauvaise rencontre.

— L'Homme au Chapeau Melon.

— Présent aussi. Puisqu'il fait partie de la même fraternité. Le ver dans la pomme. Il enlève Adam, et terminé, on ne le revoit plus. À chaque disparition, c'est la même histoire.

— Tu crois qu'il y en a eu beaucoup d'autres ?

Je me tourne vers elle.

— Je peux juste te dire une chose : il y avait beaucoup de photos post mortem.

67

Le jour se lève vers 7 h 30. Ça fait un moment qu'on a quitté l'autoroute. On se balade dans l'Amérique rurale. La vraie. Étendues d'eau immenses. Une ferme tous les cinq kilomètres. Des vaches qui broutent sous les palmiers. Les nuages gris filent dans le ciel, il pluviote de temps en temps. Malgré tout il fait bon, et j'ai ouvert la fenêtre pour sentir l'odeur de l'herbe et des marécages.

La chaîne des lacs de Kissimmee fait partie de l'écosystème des Everglades. L'eau s'écoule dans les deux sens : du nord au sud, mais aussi l'inverse, quand les ouragans balayent la mer. C'est une marée géante qui monte et descend constamment sur des centaines de kilomètres, pleine de vie et de créatures. L'homme n'est qu'un invité, ici. C'est le domaine des prédateurs de toutes sortes.

On roule sur un chemin de terre. Les cailloux font trembler la voiture. Heureusement que j'ai loué un SUV et pas la petite citadine qu'on nous proposait à l'aéroport.

Des palmiers aux formes bizarres émergent d'un étang à ma gauche. Des oiseaux noirs sont perchés sur une souche morte. À droite, une fillette promène son cheval toute seule dans un enclos. Un kilomètre après, nous arrivons à notre destination. *4500 Joe Overstreet Road.* On n'ira pas plus loin : la route s'arrête au bord d'un lac.

Il n'y a qu'une petite maison, avec une pancarte annonçant un point de départ pour des excursions en bateau ou en *airboat*, ces hydroglisseurs qui filent à la surface de l'eau propulsés par leur énorme hélice aérienne.

Audrey descend de la voiture et s'étire. Je fais de même. La maison semble fermée. Je m'approche. Colle mon visage à la moustiquaire. On dirait qu'il n'y a personne.

Audrey s'avance sur le ponton. Une petite troupe de ratons laveurs détale à ses pieds. Plus loin, un ibis déploie ses ailes.

Il y a un *trailer* à l'arrière de la maison, une longue caravane posée sur des parpaings. La porte s'ouvre et une femme en sort.

— *Can I help you ?* demande-t-elle.

Je poursuis la conversation en anglais.

— Nous recherchons Mme Elizabeth Cullen.

— Qui la demande ?

— Je m'appelle Chris Kovak, dis-je le plus aimablement possible. Mon amie et moi-même, nous avons fait un long voyage pour rencontrer cette dame.

Elle pose ses poings sur les hanches.

— Eh bien, c'est moi. Mais personne ne m'appelle Mme Elizabeth Cullen, sauf les trous-du-cul des impôts. Vous êtes des trous-du-cul d'inspecteurs du fisc ?

— Non, fais-je avec le sourire. Nous sommes français.

— Dieu soit loué ! Pourtant vous n'avez pas d'accent.

— Ma mère est américaine.

— Merci, mon Dieu ! Vous voulez une tasse de café ?

— Volontiers, fais-je.

Si elle invoque le Très-Haut une fois de plus, je vais avoir du mal à ne pas sourire.

— Et appelez-moi Lizzie, ajoute-t-elle.

Audrey nous rejoint. Lizzie ouvre la maisonnette et on passe à l'intérieur. Il s'agit d'un modeste magasin de souvenirs avec posters, chapeaux, crèmes solaires, des glaces empilées dans un distributeur et les inévitables têtes d'alligator sur leur présentoir. Lizzie passe dans une pièce attenante et ressort avec une cafetière et des tasses.

— Il est frais, dit-elle, je l'ai préparé à l'instant.

Audrey engage la conversation. J'ai la surprise de constater qu'elle est aussi à l'aise dans la langue de Jack Kerouac que moi.

— Merci de nous recevoir chez vous, dit-elle.

— Alors ? fait Lizzie en posant ses mains sur ses cuisses. Qu'est-ce que vous me voulez, les Français ? C'est un compatriote qui vous a donné mon adresse ? Je vous préviens, les locations de bateaux ne commencent qu'à 10 heures.

— À vrai dire, nous ne sommes pas là pour ça, explique Audrey. Nous voudrions savoir si vous êtes la personne qui a vendu ces photos.

Elle sort son portable et lui montre quelques-unes des images récupérées sur *Thanatos Pictures*.

Le visage de Lizzie devient méfiant.

— En quoi ça vous regarde ?

— On veut juste savoir.

— Ce ne sont pas mes photos.

— Le site vous désigne comme étant la vendeuse.

— Et alors ? Je les ai trouvées dans une décharge.

— Et vous avez décidé de les vendre ?

Elle se tripote les doigts.

— Ce n'est pas interdit. Je ne savais pas quoi en faire. Je crache pas sur l'argent, moi. J'ai fait quelques recherches, j'ai vu que ça se négociait. Je les ai proposées en ligne. Un site m'a tout acheté pour deux mille dollars. C'est une transaction parfaitement légale. J'ai les reçus.

J'interviens en posant doucement ma main sur la sienne.

— Écoutez, Lizzie, nous ne sommes pas flics. Nous ne sommes même pas américains. Vous n'avez rien à craindre. On s'en fiche que vous ayez vendu ces photos. On veut juste savoir où vous les avez eues.

— Pourquoi ?

Pour une fois, je décide de dire la vérité.

— Parce que nous recherchons une personne disparue. Un gamin d'une vingtaine d'années. Il était le fils d'une amie. On voit ce gosse sur ces photos. Sa mère habite en France. Mais elle est tellement triste en pensant à son enfant disparu qu'on a été obligé de l'hospitaliser. Elle ne s'alimente plus. Elle passe ses journées à regarder le plafond. On pourrait prier Dieu pour son rétablissement, mais ça ne va pas suffire. Alors je suis venu pour essayer de retrouver son fils, ou au moins pour comprendre. Voilà pourquoi nous avons accompli tout ce voyage, Lizzie.

Elle redresse le buste. Ses yeux sont devenus humides.

— J'ai un enfant qui est parti, moi aussi, vous savez. Un matin, il m'a annoncé qu'il allait à Toronto retrouver sa fiancée. Toronto, vous vous rendez compte ? Il aurait pu aussi bien aller s'installer en Chine.

— Il ne vous donne plus de nouvelles ?

— Rien depuis trois ans.

— Alors vous comprenez ? dis-je avec bienveillance.

Lizzie hoche la tête. Renifle bruyamment. S'essuie les yeux. Et nous ressert des cafés.

— Je loue des bungalows autour du lac. Je n'ai pas beaucoup d'argent, alors ça m'aide. Certains touristes viennent de façon régulière. L'un de mes plus vieux clients aime tellement cet endroit qu'il a fini par acheter le bungalow. C'est un vieux monsieur, un docteur qui aime se reposer au calme. Un Français, comme vous. Il s'intéresse aux animaux, à la nature, en particulier aux lamantins. D'ailleurs, là où il habite, il s'occupe des phoques.

— Le professeur Hoffman ?

— C'est bien son nom.

Audrey lui montre une photo pour en être sûre. Lizzie confirme.

— Il vient en vacances depuis des années. Il me paye toujours un petit quelque chose pour entretenir l'extérieur. Il y a eu des ouragans très forts en septembre. L'eau est montée. Elle est entrée dans les pièces. Les photos se trouvaient dans un meuble fermé à clé. Mais le bois a gonflé à cause de l'eau et les portes ont éclaté. Toutes celles rangées en bas du meuble ont souffert. J'ai appelé M. Hoffman pour le prévenir. Il m'a dit que ces photos n'étaient pas à lui, qu'il s'agissait d'une chambre d'amis, que plus personne n'y venait, et que de toute façon, il s'en fichait complètement. Il m'a demandé de nettoyer ce qui était possible et de bazarder le reste. Il me paiera pour mes efforts quand il reviendra.

— Ça va être difficile, dit Audrey. Il est mort.

— Quoi ?

— Un malheureux accident, interviens-je. Nous vous réglerons à sa place. C'est promis… Si vous nous en dites plus.

Lizzie secoue la tête.

— Je ne sais pas grand-chose d'autre. M. Hoffman était un homme discret. Parfois il voyait des amis à Orlando, et il venait se reposer là.

— Il venait avec des gens ?

— Seulement son compagnon.

Audrey et moi échangeons un regard.

— Il avait un compagnon ?

— Oui, dit Lizzie. Il était gay. D'ailleurs son compagnon venait souvent seul au début. Ils se sont disputés, il y a cinq ou six ans. Je crois qu'ils ont rompu ensuite. M. Hoffman était très triste, je m'en souviens. Après ça, l'autre n'est plus venu. Du moins pas à ma connaissance. Je ne surveille pas le bungalow.

— À quoi ressemblait-il, cet autre ?

— Un homme avec une barbe. Des lunettes noires. On ne s'est jamais parlé.

Audrey m'attrape le bras.

— L'Homme au Chapeau Melon serait le compagnon d'Hoffman ? énonce-t-elle en français. Ce serait *ça*, la relation entre eux ?

— Qu'est-ce qu'elle dit ? demande Lizzie.

— Rien, fais-je. Vous pourriez nous montrer ce bungalow ?

— Pourquoi pas ? J'ai rendez-vous pas loin avec un client pour une location. Je peux vous y emmener tout de suite.

68

Le Chien pose sa lampe en hauteur sur une canalisation. L'odeur des égouts est vraiment déplaisante. En plus, il patauge dans l'eau avec ses bottes. Le ruisseau n'est pas profond, là où il se trouve, mais ce n'est pas son expérience favorite.

Il se tourne vers l'homme enchaîné à la tuyauterie et suspendu en l'air.

— Tu vois ce que tu m'obliges à accomplir ?

— Seigneur ! Mais qui êtes-vous ?

L'homme possède un accent.

— Tu as raison d'invoquer le Seigneur, Dimitrij.

— Comment connaissez-vous mon nom ?

— Dimitrij Ratko. Propriétaire de l'épicerie serbe *Albus Imports.* Rue du Simplon à Paris.

— J'ai… j'ai la cheville cassée !

Le Chien baisse les yeux.

— Oui. C'est exact. Tu es tombé dans la bouche d'égout que j'ai ouverte exprès pour toi. Je t'ai un peu aidé en te poussant, explique-t-il avec patience. C'est un tour de passe-passe. Un instant tu marches dans la rue. L'instant d'après, hop, tu as disparu. Et tu te retrouves un étage plus bas.

— Vous êtes dingue !

Le Chien hausse les épaules.

— C'est vrai, il est risqué d'enlever quelqu'un en plein jour. Mais le temps est mauvais et la rue déserte. J'ai bien refermé la plaque. Je t'assure que personne ne nous a repérés.

— Vous allez me le payer cher !

— Tu es un homme habile, Dimitrij Ratko. Derrière ta façade de petit commerçant, tu es à la tête d'un réseau de clandestins. Tu leur fournis des faux papiers. Puis ils ont une dette envers toi. Ils mettent des années à te rembourser, ça te fait des revenus complémentaires. Ça s'appelle du trafic d'êtres humains.

— Mes hommes vont vous arracher la tête !

— Je ne crois pas.

Le Chien prend la cheville cassée et la remet en place dans un craquement d'os. Dimitrij hurle. Il la tord à nouveau à 90°, et l'homme s'évanouit. Le Chien attend patiemment qu'il se réveille. Quand cela se produit, le visage du Serbe est blafard et la sueur dégouline sur ses joues. Le Chien sort une photo et lui met devant les yeux.

— J'ai ton attention ? Bien. Regarde ce type avec un casque de moto à la main. Tu as discuté avec lui, il y a quelques jours, devant ton épicerie. Vous avez rigolé ensemble. Qui est-ce ? Un ami ? L'un des clandestins en question ? Je veux une réponse franche.

Dimitrij crache sur la feuille.

— *Puci kurac !*

— Que je suce ta bite ? C'est très vulgaire.

— Vous allez crever !

— Je vois que tu es un dur à cuire, Dimitrij.

Le Chien attrape le pied encore valide et retire la chaussure tandis que l'homme suspendu gigote.

— Qu'est-ce que vous faites ?

— Je m'y prends autrement.

— Lâchez-moi !

— Dans un instant. Un peu de patience…

Le Chien récupère les deux marteaux accrochés à sa ceinture. Il en place un sur la malléole de la cheville du Serbe. L'autre sur le talon, de façon à opérer en cisaille. Puis il frappe les deux marteaux en même temps.

L'homme hurle une nouvelle fois, et pleure ensuite.

— Voilà. Deux chevilles brisées. *Maintenant*, je te relâche.

Le Chien redescend la chaîne et Dimitrij se retrouve en appui sur ses jambes. Un bout d'os transperce son épiderme et il s'évanouit à nouveau. Quand il revient à lui, quelque chose est mort au fond de ses yeux.

— L'homme au casque, fait le Chien en tapotant la feuille.

— Il… s'appelle… Vasil Vozniak.

— L'un de tes gars ?

— N… Non. Ancien clandestin. Il a réglé sa dette.

— Et vous êtes devenus amis, ce Vasil et toi.

— Oui.

— Comme c'est touchant !

— Qu'est-ce que… vous voulez ?

— Tu connais l'Homme au Chapeau Melon ?

— Qui ?

Le Chien examine attentivement les yeux du Serbe.

— Ça ne te dit vraiment rien ?

— Non.

Le Chien relâche encore un peu la chaîne et Dimitrij hurle de plus belle.

— On se concentre, Dimitrij.

— Je connais pas ! Je connais pas !

— D'accord, dit le Chien un peu déçu. Revenons à Vasil. Tu lui as fourni de faux papiers, alors ?

— C'était... il y a longtemps.

— Et il ne te doit plus rien ?

— Non.

— Comment il a fait pour te rembourser ?

— Il a un travail... Et il fait un job en plus... Quelqu'un lui refile de l'argent... Je sais pas ce qu'il fait... Mais il claque tout en sniffant de la coke.

— Intéressant, dit le Chien en se grattant la tête. Tu sais quoi ? Tu vas tout me dire. Où habite ce Vasil, quelle est sa nouvelle identité en France, et où il travaille. Je t'écoute, Dimitrij. Mes oreilles sont grandes ouvertes.

69

Nous prenons place sur l'hydroglisseur amarré au bout du quai. Lizzie porte un pistolet à sa ceinture. Je vois qu'Audrey s'y intéresse. Elle finit par s'en approcher.

— C'est une belle arme, dit-elle.

— J'en ai deux, répond Lizzie. L'autre est dans ma glacière.

— Vous vous en servez contre les alligators ?

— Si vous tombez à l'eau – Jésus vous en préserve –, mieux vaut avoir ce qu'il faut. Ces bêtes font cent fois plus de victimes que les requins.

Je m'installe à l'avant du véhicule à fond plat. Audrey s'assoit à mes côtés sur la banquette et place un casque antibruit sur ses oreilles. Je refuse celui qu'elle me tend : j'ai envie d'entendre pleinement les sons.

Lizzie monte sur un siège surélevé à l'arrière et démarre le moteur. L'énorme hélice aérienne se met à tourner avec un vrombissement d'avion. En quelques secondes, nous filons sur l'eau. Il n'y a pas la moindre résistance, j'ai l'impression d'être aussi léger qu'un souffle de vent. Les étendues d'herbe se déploient autour de nous. Le ciel immense se reflète à la surface du lac comme dans un miroir. Le vent fouette ma figure. Après toutes ces journées à errer dans les rues glaciales de Paris, c'est une sensation grisante. Durant quelques instants, je parviens presque à oublier les raisons de ma présence.

Lizzie ralentit et pointe son index.

— *Gators !*

Elle stoppe l'engin. Nous nous penchons et voyons passer plusieurs spécimens de belle taille au ras de nos chevilles. Plus loin, Audrey désigne d'écœurantes grappes roses accrochées partout. Il y en a plein sur les végétaux, la moindre tige semble envahie par cette maladie grimpante.

— Et ça, c'est quoi ?

— *Applesnails.* Des œufs d'escargots aquatiques.

Lizzie relance l'hélice et nous filons à nouveau. De temps en temps, j'aperçois une maison solitaire sur les bords du lac. Certainement les fameux bungalows à touristes. Vingt minutes plus tard nous approchons de l'un d'eux. Lizzie décélère, se colle au ponton et coupe le moteur.

— On y est, dit-elle. Les petites maisons que vous avez vues tout à l'heure m'appartiennent toutes. Celle-ci, en revanche, a été achetée par M. Hoffman. On peut y venir par la route de l'autre côté. Mais c'est beaucoup plus rapide si on traverse le lac.

Elle descend et noue l'amarre. Après le bruit assourdissant du moteur, le silence et la solitude des lieux me tombent dessus telle une chape de plomb. Maintenant que nous sommes immobiles, l'odeur des marécages m'évoque un remugle désagréable. Il y a très peu de sons en dehors du bruissement des insectes. Des dizaines de crabes grouillants sont massés autour des plots du ponton envahis de mousse. Sur les planches, un énorme frelon aux taches orange se repose. Plus loin, un serpent d'eau glisse sournoisement au milieu des herbes.

Un frisson me parcourt l'échine. Je trouve toute cette beauté sauvage assez sinistre. Il n'y a vraiment aucune place pour l'homme par ici.

Je me dirige vers la maison bâtie sur la berge. Elle est vieille, en bois, avec un toit en pente, une terrasse protégée par une moustiquaire et de petites fenêtres étroites. Il y a beaucoup d'angles et de colonnes. On dirait une inquiétante chapelle abandonnée.

Lizzie consulte l'écran de son téléphone, puis le porte à son oreille pour écouter un message.

— Je dois aller retrouver mon locataire. Il vient par la route. Je vais à sa rencontre.

— On peut faire le tour de la maison ? demande Audrey.

— L'extérieur si vous voulez. C'est fermé à clé, je n'ai pas terminé le nettoyage. Il y a un grand hangar à bateaux sur la droite. M. Hoffman s'en servait de débarras. Faites attention, c'est plein de vieilleries et de carcasses de barques. Ne touchez à rien, je reviens tout de suite.

Lizzie s'éloigne à pied sur le chemin. Audrey se retourne vers moi.

— Cet endroit est envoûtant.

— Tu veux dire glauque !

— Tu préfères la ville ?

— C'est sûr, fais-je en réprimant un nouveau frisson.

— Pourquoi ?

— Il y a quelque chose d'anormal. Je ne sais pas. C'est trop isolé. Je suis un citadin, j'aime l'idée qu'on trouve de l'activité humaine à n'importe quelle heure. Ce coin est plus calme que les catacombes.

Audrey caresse le bois de la terrasse.

— Moi j'apprécie cette solitude. Hoffman devait penser la même chose. La nature. La paix. L'observation des espèces…

On dirait qu'elle regarde la maison de façon cartésienne, tandis que j'en perçois les ondes maléfiques. À nouveau, j'ai l'impression qu'un mur s'est formé entre nous.

— En tout cas, dit-elle, il y a une certaine symétrie avec la Pointe de Horda. C'est la même ambiance.

— Ouais. Parfaite pour les fantômes.

Audrey passe la main dans ses cheveux. À cet instant, je trouve sa beauté époustouflante. Pourtant je suis incapable de le lui dire. L'atmosphère de ce marais me comprime le thorax. J'éprouve un mal-être, un pressentiment néfaste, en même temps qu'une attraction irrésistible pour la maison. J'ai l'impression que des doigts glacés veulent me pousser à l'intérieur. Je réalise que ma consommation de médicaments a cessé depuis l'atterrissage, et que je dois être en train de faire un syndrome de sevrage.

— Qu'est-ce qu'on fabrique ? dis-je en marchant sur le ponton pour tromper mon impatience.

— Lizzie veut qu'on l'attende.

— J'en ai marre.

— Tout va bien ? demande-t-elle d'un air soucieux.

— Oui.

— Tu ne me parles pas. On dirait un inconnu.

— Je n'ai rien à dire.

Elle s'approche et m'effleure le poignet.

— Chris. C'est moi.

Je me détourne. Elle se mordille les lèvres.

— Il y a le hangar au milieu des arbres, dit-elle. Tu veux qu'on aille ensemble y jeter un œil ?

Je gratte la barbe spectrale qui a envahi mes joues.

— Non. C'est cette hideuse baraque qui m'attire.

Le téléphone d'Audrey se met soudain à sonner.

Je sursaute. Ce bruit civilisé en pleine nature paraît insolite. Elle vient de recevoir un texto. Elle le regarde en fronçant les sourcils.

Je ramasse une grosse pierre, franchis la moustiquaire et m'avance sur la terrasse en direction de la porte-fenêtre.

— Bon. J'y vais.

— Attends, je lis quelque chose…

Non. Je n'attends pas. Je ne vais pas rester là à trembler. J'ai fait tout ce chemin pour savoir. Si des fantômes vous avaient conduit jusqu'ici, les décevriez-vous en restant sur le pas de la porte ?

Je casse la vitre. J'ouvre. J'entre.

*

Lizzie avance sur le chemin de terre. Une voiture est garée plus loin. Un homme se tient sur le côté du véhicule, le dos tourné, penché en avant. On dirait qu'il est en train de renifler une substance étalée sur le capot. Qu'est-ce qu'il fabrique ? se demande Lizzie en posant la main sur le pistolet à sa hanche.

— Hep ! dit-elle. Vous, là-bas !

L'homme se retourne. Se pince les narines. Renifle.

— Miss Cullen ?

— Qu'est-ce que vous faites ?

— Pardon, dit-il en agitant les doigts. Désolé ! Un stupide incident avec mes lentilles de contact !

Il s'essuie les paumes. Secoue la tête. Puis son visage se fend d'un immense sourire et il vient à sa rencontre, la main tendue. Il est jeune. Plutôt pas mal. Il a l'air gentil, se dit Lizzie en laissant son arme.

— Hello ! Hello ! fait-il. Vous avez eu mon message ?

Sa poignée de main est franche, mais ses yeux sont bizarrement écarquillés, comme s'il était surexcité par quelque chose.

— Oui, je l'ai écouté, dit-elle.

— Je viens louer ce bungalow !

— Quoi, celui-ci ?

— Absolument !

— Il ne m'appartient plus.

— Le docteur Hoffman m'a donné son autorisation.

— Le docteur Hoffman ?

— En personne ! Tenez, dit-il en mettant la main derrière son dos, j'ai une lettre de sa part.

L'homme sort un grand couteau et le lui plante dans le ventre.

Lizzie regarde la lame s'enfoncer dans ses tripes, incrédule.

— Désolé ! dit-il en la tenant par l'épaule, tout en

enfonçant le couteau plus loin. Il n'y a rien de personnel. Je... Je suis vraiment désolé, madame.

Bizarrement, Lizzie trouve son expression sincère, même si son visage est plein de grimaces. Elle comprend seulement maintenant qu'il doit prendre de la drogue. La tache de sang grandit sur son ventre et les pensées d'Elizabeth Cullen s'éloignent. Elle songe à son fils, parti de son foyer depuis si longtemps. Elle se dit qu'elle aurait bien aimé avoir de ses nouvelles. C'est dommage. Il y a des choses qu'une mère et son enfant devraient se dire avant de disparaître.

Et puis elle meurt.

*

La pièce principale du bungalow est sombre. Des stores sont tirés devant les fenêtres étroites. Et l'endroit pue la moisissure.

Je cherche l'interrupteur et j'appuie dessus.

Il ne se passe rien. Lizzie a dû couper le disjoncteur.

Je m'avance avec précaution. Presque religieusement. Je navigue entre les meubles, tandis que mes yeux s'habituent à la pénombre. Canapés en tissu aux taches de couleur brune. Gros fauteuils à l'anglaise. Des plaids décolorés, comme s'ils avaient été imprégnés d'eau. Une table basse où s'empilent d'anciens magazines de voyages. Une cheminée surmontée de statuettes africaines.

Tout est vieux, sombre, agencé dans une ambiance coloniale curieusement menaçante. Ou bien c'est moi qui le ressens ainsi. Derrière un ventilateur rouillé, un râtelier d'armes exotiques est accroché au mur : lances masaïs, couteaux de guerriers touaregs palpitant dans l'ombre...

Le parquet craque sous mes pas. De la moisissure a poussé sur les plinthes et envahi les angles de la pièce. L'eau du lac a dû faire beaucoup de dégâts quand elle a pénétré dans le bungalow.

J'explore la cuisine. Elle est étroite et regorge de boîtes de conserve périmées et gonflées par les gaz. Un truc bouge dans l'évier au moment où j'entre. Je me penche : c'est une grosse scolopendre noire qui s'enfonce tranquillement dans le trou.

Je ressors et m'aventure dans une première chambre, le cœur battant. Un lit double, un tapis en peau animale, détérioré lui aussi. Quelques planches anatomiques de phoques et de lamantins. Dans une vitrine sont exposés de vieux microscopes, une énorme loupe, des pinces et d'anciens instruments médicaux, dont certains accessoires de gynécologie, rendus sinistres par la faible luminosité. J'en déduis qu'il s'agit de la chambre d'Hoffman.

Un courant d'air spectral s'introduit par la vitre brisée et flotte jusqu'à moi, me hérissant les poils de la nuque. Je refuse d'y voir un signe, et passe dans la chambre suivante. Celle-ci est d'une neutralité absolue, dotée d'un lit et d'une armoire, aussi austère qu'une cellule de moine.

Curieux.

La dernière pièce, plus loin, est la plus intéressante. Je pousse la porte qui pivote dans un horrible grincement, gonflée et déformée par l'eau. Je me retrouve dans un véritable cabinet de curiosités. Les murs sont garnis d'étagères regorgeant de souvenirs étranges : crânes de mammifères, œufs fossilisés, collection de papillons épinglés sur des planches, insectes sous verre, spécimens d'embryons animaux conservés dans le formol, il y a même une chauve-souris naturalisée avec les ailes clouées au mur.

Sur un grand bureau sont étalés de vieux appareils photographiques. Derrière, une bibliothèque accueille des ouvrages entassés dans le désordre. J'y trouve des grimoires anciens aux noms improbables, *Unaussprechlichen Kulten* de Friedrich von Junzt, *De Vermis Mysteriis* par Ludwig Prinn, et des œuvres plus récentes comme *The Morgue* avec les images mortuaires d'Andres Serrano. Plusieurs albums en noir et blanc sont semblables à ceux que j'ai dénichés dans le passage des Panoramas, exposant chacun leur cortège de défunts.

Je les feuillette, tandis que mes pulsations cognent dans ma gorge.

Ils ne sont pas seulement semblables : ce sont les mêmes. Parfois la carte de la boutique est encore à l'intérieur, « *Galien Lespinasse, photos et timbres de collection* ». Je me souviens des derniers mots du vieil homme : « *Au cours des dernières années, je n'ai connu qu'un seul individu aussi passionné que vous. […] On aurait dit qu'il sortait lui-même de l'une de ces photos.* »

Je suis dans le musée personnel de l'Homme au Chapeau Melon. Je le ressens avec certitude, les os envahis par un froid glacial. Quel être étrange, sinon lui, pourrait habiter ici sans que sa santé mentale s'effiloche ?

Le vieux meuble dont a parlé Lizzie est là, sous les étagères. Les portes verrouillées ont effectivement éclaté à cause du gonflement du bois. Je l'ouvre. Il reste encore quelques photos post mortem à l'intérieur. Elles sont toutes en grand format sur papier glacé. On dirait l'œuvre moderne de quelqu'un qui a longuement travaillé pour reproduire les œuvres de ses maîtres.

Je sors ces tirages. Les pose à plat sur le bureau. M'empare d'une loupe pour examiner la signature en bas à droite. En fait de signature, il s'agit d'un objet inclus dans la photo. Une sorte de lamelle que l'artiste a placée délibérément dans chaque scène avant de l'immortaliser. Sur chaque lamelle, des lettres sont inscrites à la main à l'aide d'un genre de peinture coagulée. Une simple phrase, tantôt en latin, tantôt en français, dont l'artiste change parfois les mots. :

Tu aspectus es.
Vos aspexi.
Je vous ai observés.

Et… c'est tout.

Je repose les photos, terriblement déçu.

Je m'attendais à trouver le nom de quelqu'un. La révélation d'une identité. Mais je réalise que l'Homme au Chapeau Melon n'a pas signé de son propre nom, bien sûr. Ç'aurait été ridicule.

Quelques-unes des images portent effectivement un rectangle noir. Il a été tracé au feutre indélébile, par-dessus les phrases, et je comprends à présent que c'est Lizzie qui a fait ça. Elle voulait revendre ces photos. Elle a simplement noirci la seule inscription qui aurait pu en trahir l'origine. Elle s'est entraînée sur les images abîmées. Tous les autres clichés en bon état ont été vendus à *Thanatos Pictures*.

Je me redresse, frappé par un désespoir inattendu. Je suis venu ici pour rien. Cette piste est froide depuis longtemps. Était-ce seulement une piste, d'ailleurs ? Je commence à tout remettre en question. Des collections d'objets étranges, des photos mortuaires, et alors ? Qu'est-ce que ça prouve ? Il n'y a aucun indice de crime. Ni de la disparition d'Adam, ni d'autres meurtres. C'est simplement la maison de vacances du professeur Hoffman et de son compagnon, qui devait être un naturaliste.

— Kovak, espèce d'idiot, dis-je à voix haute avec un ricanement pitoyable. Qu'est-ce que tu t'étais imaginé ? Que tu avais découvert l'antre d'un ogre ?

Je file un coup de poing dans la cloison. Je ne suis qu'un pauvre drogué aux médicaments qui se laisse guider par ses instincts imaginaires.

— Des fantômes ? dis-je encore. Sérieux ?

Je me dirige vers la sortie. M'arrête devant la chambre austère. Celle avec un lit et une armoire. Je n'ai pas examiné le contenu du meuble.

J'y vais. Tourne la clé sur la porte.

Dedans, il y a du matériel photographique moderne. Un oreiller. Un grand drapé noir. Des éclairages pour confectionner des jeux de lumière.

Je me retourne pour examiner le lit ancien. Je pose l'oreiller dessus, m'empare du drapé noir et le place derrière. Puis je recule, et je compare avec la photo qui se trouve sur mon téléphone.

Les moulures dans le bois du lit sont identiques.

C'est bien le même décor.

La mise en scène de la mort de Victor Hugo.

Je suis dans la pièce où on a photographié le cadavre d'Adam Van Grenn.

70

Audrey contemple le SMS qu'elle vient de recevoir, incrédule.

Christian tourne en rond sur la terrasse.

— Bon, j'y vais, dit-il d'une voix impatiente.

— Attends. Je lis quelque chose.

Audrey regarde à nouveau son écran.

Audrey Valenti. Ne bouge plus. Tu es en danger.

Elle fronce les sourcils. Le numéro du correspondant s'affiche, mais elle ne le connaît pas. Derrière elle, Kovak brise la porte-fenêtre sans attendre le retour de Lizzie et pénètre dans la maison. Elle s'apprête à l'interpeller, quand un deuxième message arrive :

Audrey ! Allô ! Réponds !

Un troisième suit aussitôt :

Réponds ! Y a le feu ! Tu vas mourir !

Elle regarde autour d'elle. Aucune menace apparente. À part un groupe d'oiseaux qui vient de s'envoler brusquement au-dessus de la route, la nature est calme. On ne peut pas faire plus paisible.

Audrey tape des deux pouces sur son téléphone.

— Qui êtes-vous ?

La réponse est immédiate.

— Tu es vivante !
— Répondez.
— Un ami.
— Qui ça ?
— Ton chien de garde. Gentil Chien.
— ??? tape Audrey.

Bon, c'est forcément une blague. Elle s'apprête à ranger son téléphone pour couper court, quand un nouveau message apparaît.

— Chapeau Melon a envoyé quelqu'un te tuer.
— Quoi ?
— Brûler la maison. Tuer les témoins. Effacer les traces. Pas le temps d'expliquer, ma belle.
— Qui êtes-vous ?

Aucune réponse ne s'affiche.

— Je vais stopper la conversation, écrit Audrey.
— Attends…

Audrey examine les alentours, un peu moins rassurée. Il ne se passe toujours rien. Les oiseaux envolés tout à l'heure sont simplement allés se percher sur un autre arbre.

Retour à l'écran. Un autre message est apparu dans l'intervalle.

— Vasil Vozniak. Homme jeune. Immigré serbe. Il travaille pour Chapeau Melon. Filière d'immigration clandestine à Paris. Faux papiers. Son patron m'a tout raconté. Très bavard. Suis en train d'utiliser son téléphone.

Audrey ne sait pas qui est en train d'écrire, mais cette personne est manifestement dérangée. Ou alors c'est une très mauvaise plaisanterie. Elle tape à nouveau :

— Florian ? Wang ? C'est vous ? C'est pas drôle !

— # %$# % !!! répond l'autre aussitôt.

Audrey attend qu'il se calme. Elle jette un œil à la maison. Christian doit être en train de l'explorer. Elle a entendu le bruit d'une porte grincer fortement à l'intérieur.

Un tintement annonce l'arrivée d'un nouveau message.

— Vasil s'est vanté auprès de Dimitrij. J'ai interrogé Dimitrij. Vasil a dit qu'il partait en Floride. Plus aucune dette. Beaucoup d'argent. Doit faire un job pour Chapeau Melon. Dans les MARAIS en FLORIDE ! Brûler une maison et liquider 1 personne ou 2. TOI ! TU PIGES ?

Ça paraît invraisemblable. Audrey ne sait pas qui écrit. Mais oui, elle pige.

— Quand est parti ce Vasil ?

— Hier ! Déjà sur place !

— Aspect ? Identité ?

— Brun. Trentaine. J'envoie sa photo. Il a de faux papiers. En France, il s'appelle…

— Madame Valenti ?

La voix la fait sursauter comme si on l'avait électrocutée. Elle se retourne brusquement. Un homme se tient derrière elle.

— Désolé de vous avoir fait peur, dit-il.

Il tend sa main. Audrey recule.

— Vous n'avez rien à craindre, ajoute-t-il avec le sourire.

— Qui êtes-vous ?

— C'est Chris qui m'a demandé de venir. Chris Kovak. Il est bien là ?

Les yeux d'Audrey se tournent involontairement vers la maison.

— Ah, dit l'inconnu. Je vois qu'il est déjà entré. Ce n'est pas grave. Je viens donner un coup de main. C'est à sa demande que je suis ici, c'était convenu. Je suis surpris qu'il ne vous ait pas parlé de moi. Lui me parle souvent de vous. Il s'est confié plus d'une fois pendant ses gardes. Ça fait longtemps qu'on travaille ensemble, à Paris, aux urgences. Je ne me suis pas présenté…

Il tend de nouveau la main. Son sourire est encore plus grand.

— Je suis infirmier. Je m'appelle Willy.

71

Je sors par la porte arrière de la maison et me retrouve face au hangar à bateaux. Je prends le temps de respirer, le dos courbé, les mains posées sur les cuisses. L'atmosphère de cet endroit est vraiment oppressante. Ou bien je fais une nouvelle crise d'angoisse, je n'en sais rien ; au point où j'en suis, c'est difficile à dire.

Je lève les yeux. Le hangar est grand, comme l'a dit Lizzie. Les portes sont ouvertes. À l'intérieur, de vieux canoës hors d'usage sont rangés sur des racks en hauteur. Il y en a au moins une douzaine. À côté s'élèvent des monticules de barques empilées trois par trois. De grosses caisses accueillent des restes de rames en bois, des bouées flétries et tout un matériel qui a dû servir il y a longtemps. De la paille pourrie recouvre le sol. Au fond, réparties sur deux grands échafaudages, une vingtaine de glacières sont entassées jusqu'au toit.

— Pourquoi autant de glacières ? dis-je à voix haute.

C'est alors que je le remarque. Sur un vieux portemanteau à l'entrée est accroché un chapeau melon. J'entre dans le hangar, récupère une branche sur le sol, la glisse à l'intérieur du chapeau et le soulève. Puis je l'amène devant mes yeux. Le couvre-chef est usé. Vieux. Mais pas en si mauvais état.

Je ressors en le tenant au bout de ma branche. Ce genre de truc peut servir à récupérer de l'ADN, non ? Et quand j'y songe, tous les objets dans la maison aussi ? Hoffman a effectué des séjours avec un compagnon. Et parfois ce compagnon venait seul. Des vacances durant lesquelles l'homme assouvissait son passe-temps favori : capturer des gens, les tuer, photographier leur cadavre. Au moins celui d'Adam Van Grenn. Peut-être finira-t-on par le retrouver grâce à ces indices ?

— Audrey !

Pas de réponse.

Je fais le tour de la maison en passant par la route. Il faut absolument que je lui montre ce que j'ai découvert. Je remarque une voiture garée plus loin.

— Audrey ? dis-je, les yeux fixés sur le véhicule.

Une forme est allongée par terre. Je ne suis pas sûr. Mais on dirait un corps.

Un corps avec un objet planté dans le ventre.

— Salut, Chris ! dit Willy derrière moi.

Et il me tire dessus.

*

Une énorme branche se brise sous l'impact. Le bruit de la détonation résonne, tandis que je contemple la scène. Figé.

Paralysé par la stupéfaction totale.

Je ne dois la vie qu'au fait que Willy se trouve à une quinzaine de mètres. Et qu'il est mauvais tireur.

Mon corps réagit seul : mes mains lâchent le chapeau, et mes jambes se mettent à courir en direction du hangar.

— Surprise ! lance Willy en hurlant de rire.

Il a l'air complètement fou. Je suis trop stupéfait pour répondre, estomaqué, ahuri par ce qui se passe.

Deuxième tir. Une rame de bateau explose à ma droite. À l'évidence il s'agit d'un gros calibre. Je plonge derrière un amoncellement de barques pour me mettre à l'abri.

Il est peut-être mauvais tireur, mais avec une arme pareille il suffit qu'il fasse mouche une seule fois. Il doit se servir du pistolet qu'employait Lizzie contre les alligators. Ce qui signifie que le corps étalé là-bas est le sien.

Mon Dieu.

... Et Audrey ? Où est-elle ?

— WILLY ! je hurle. MAIS T'ES DINGUE !

Les tirs s'arrêtent. J'en profite pour chercher des yeux un objet pour me défendre. Un machin pointu, un projectile, n'importe quoi d'utilisable. Une partie de moi est incrédule. L'autre est terrorisée. Ne pas entendre la voix d'Audrey me fait imaginer des choses insupportables.

Je l'interpelle depuis ma cachette :

— Bon Dieu, mais qu'est-ce que tu fous ? Comment tu es arrivé en Floride ?

— Désolé, Chris. C'est pas contre toi...

Sa voix paraît étonnamment sincère.

— Tu me tires dessus ! je hurle encore.

— J'ai besoin de cet argent.

— Quoi ?

Je ne comprends pas. Mais je vois rouge. En reconnaissant le ton habituel de mon *infirmier* avec qui j'ai passé tant de gardes, j'ai envie de lui foncer dessus et d'en venir aux mains.

— Mon vrai nom c'est Vasil. Je suis serbe.

— Tu n'es pas infirmier ?

— Si. En Serbie. Trop pauvre. J'en pouvais plus.

— Je comprends rien… Tu fais ça pour du fric ?

— Bien sûr, toi t'en as ! réplique-t-il d'une voix acide.

Je me lève.

— Will ! Tu as tué une femme !

Une balle siffle au-dessus de ma tête. Je me rebaisse.

— Qui te dit que j'en ai tué qu'une seule ?

Une sueur glaciale m'inonde.

— Si tu as touché à un cheveu d'Audrey…

— Ah oui ? dit-il. Qu'est-ce que tu comptes faire ?

— Je t'égorge, espèce de malade !

Il hésite à nouveau.

— Je ne crois pas que tu en serais capable. Et puis elle n'est peut-être pas morte…

Je l'entends qui se rapproche. Je me déplace à quatre pattes et file derrière le monticule suivant. Puis je me redresse, attrape une rame dans une caisse et me courbe à nouveau.

— Je ne pouvais pas lui tirer dessus, continue Willy sur un ton triste. Tu aurais entendu la détonation. Et mon couteau est resté dans le ventre de l'autre. Alors je me suis contenté de frapper son visage de toutes mes forces. Depuis, elle ne bouge plus. (Il lâche un rire sans joie.) C'est peut-être grave. Elle a peut-être un hématome extradural, qu'est-ce que t'en penses, Doc ? On devrait lui faire un scanner ?

La terreur m'envahit. Son humeur est clairement discordante. Il a sûrement pris quelque chose pour expliquer ces variations. Sans doute de la drogue pour se donner du courage. Des images atroces me paralysent. Audrey à terre, le crâne brisé, sa vie en train de s'écouler tandis que je suis impuissant... Je serre les poings. Je ne dois pas penser à ça. Il faut trouver un moyen de me défendre. Je vais l'attirer à l'intérieur du hangar.

Je lance ma rame contre un canoë plus loin.

Willy tire dessus et l'embarcation se décroche du rack, entraînant les autres dans un bruit infernal. Je profite du désordre pour changer de secteur. Je me retourne et l'espionne entre deux caisses. Il est entré dans l'ombre de la bâtisse.

— Comment es-tu arrivé ici ? dis-je à nouveau, en projetant ma voix dans une autre direction pour essayer de le tromper.

— Il m'a donné l'adresse. L'homme en noir.

— L'Homme au Chapeau Melon ?

— Ouais. Tu peux l'appeler comme ça.

Nouveau coup de feu. Il a visé ailleurs. Mon stratagème a l'air de fonctionner. Ça n'empêche pas la sueur d'inonder mon torse, et mon cœur de battre à 180 pulsations-minute.

— Dis-m'en plus sur son compte, Willy...

— Je ne sais rien d'autre. Ni qui il est. Ni où il habite. Je ne connais même pas son visage. C'est lui qui me contacte.

— Pourquoi tu fais ça ? De l'argent, je peux t'en donner.

Il rit. D'un rire absolument abominable.

— Chris, tu n'imagines pas ce dont il est capable…

— Il t'a dit de nous tuer ?

— Je suis désolé, dit-il d'une voix à nouveau plaintive. Je dois détruire cet endroit, me débarrasser des gens, c'est comme ça… Il faut faire le job… Une fois que tu as accepté le pacte, c'est comme si tu avais signé avec ton sang. On ne peut pas lutter contre lui, Chris. C'est le Diable.

— Tu ne sais vraiment rien d'autre ?

— Non. Il ne me fait pas confiance. D'un autre côté, il n'a pas tort. Qui ferait confiance à un drogué ?

Sa voix se brise. Je ne sais plus s'il rit ou s'il pleure.

Willy s'avance au milieu du hangar. Je file au fond et me glisse derrière l'échafaudage qui supporte toutes les glacières. Ce dernier n'a pas l'air solide. Si je prends appui avec mes pieds contre le mur et que je m'arc-boute contre le métal, je peux le faire basculer.

Je me mets en place et pousse de toutes mes forces.

— Qu'est-ce que tu as fait pour lui ? dis-je en haletant.

— Il m'a demandé de récupérer une tête dans un bocal. Ce type est fou. J'ai été obligé de liquider une fille. Une Black.

La fureur m'enveloppe d'un voile rouge.

— Tu as tué Zayane ?!

— Je n'avais pas le choix ! il proteste.

512

— On l'a toujours, fais-je en poussant comme un dément.

L'échafaudage oscille, puis bascule, entraînant l'échafaudage voisin et la totalité des glacières dans un fracas de fin du monde.

La poussière retombe. Je retourne de l'autre côté sans attendre. Willy a dû être écrasé par la chute. Je le cherche, mais ne le trouve pas. Il apparaît soudain. Et pose son flingue contre mon crâne.

Dommage. C'était une bonne idée.

— Vasil ! Ne bouge plus ! hurle Audrey.

Willy pivote et se place derrière moi. Sa main passe autour de mon cou. Le canon de l'arme est toujours sur ma tempe. L'enfoiré. On dirait qu'il a fait ça toute sa vie.

Audrey le tient en joue depuis l'entrée du hangar.

— Pose ton arme, dit-elle, à présent très calmement.

— Ne tentez rien, je vais tuer Christian !

Le canon brûlant s'enfonce dans mes cheveux, je peux sentir griller les mèches. Je suppose qu'Audrey a récupéré le deuxième flingue de Lizzie.

Je la regarde fixement.

Mon ancien ami est au-delà de tout raisonnement. Au moindre mouvement de ma part, mon crâne explose. J'abaisse mes paupières, lentement, pour faire comprendre à Audrey ce que j'attends d'elle.

Si j'ai un jour confié ma vie à quelqu'un, c'est maintenant.

Willy la regarde. Sourit. Appuie sur la détente.

Une détonation.

Il s'effondre. La balle d'Audrey lui a traversé la tête.

Elle s'approche, tenant toujours son pistolet à deux mains. Une énorme marque déforme sa joue, et sa lèvre supérieure est fendue.

— Pourquoi les hommes cognent toujours les filles comme des malades ? dit-elle en tremblant de tous ses membres.

Je me retourne.

Plusieurs glacières se sont ouvertes, fracassées dans la chute. Elles contiennent des restes humains momifiés, sans doute à cause de leur emprisonnement hermétique. Masculins, féminins. Certains semblent n'être que des gosses. Tous ces gens ont probablement été pris en photo. Depuis combien de temps durait cette horreur ?

Je sens Audrey attraper mes doigts.

Les serrer fort.

La glacière la plus proche contient un squelette aux jambes repliées, le torse vêtu d'une fine chemise blanche.

— Voilà, dit-elle. Je crois qu'on a retrouvé Adam.

72

Audrey contemple les glacières et l'enchevêtre-
ment des corps.

Son visage lui fait mal. Ses oreilles bourdonnent.
Vasil est mort. Elizabeth Cullen aussi. Et ce n'est que
le début du décompte. Elle tient la main de Chris
encore un instant, parce qu'elle a peur de manquer
de courage. Puis la relâche. Elle est une grande fille.

— Tire-toi, dit-elle avec lassitude.

— Hein ?

Kovak la regarde avec incompréhension.

— Va-t'en, Chris. Prends la voiture de Vasil et file
à l'aéroport. Rentre en France par le premier avion.
Je vais gérer ça.

— Tu plaisantes ? Il n'en est pas question !

— Bien sûr que si. Je vais attendre que tu m'ap-
pelles. Dès que tu seras à bord, passe un coup de fil.

— Je ne te laisse pas !

Audrey désigne le hangar avec le canon de l'arme.

— Il y a une bonne vingtaine de cadavres, ici.
Le Chapeau Melon tue dans deux pays à la fois. Et
peut-être dans plein de pays. On ne l'a pas attrapé.
Si le FBI te chope, ça ne va pas être la même his-

toire qu'en France. Tu mettras des mois à t'en sortir. Des années, peut-être. Même si tu n'y es pour rien.

— Audrey…

— Tu es médecin. Je suis flic. Laisse-moi travailler.

Kovak fait un pas en arrière. Puis un autre.

Audrey le fixe d'un regard impitoyable.

Il se détourne. Se rend à la voiture. Démarre.

Puis disparaît.

Elle compte jusqu'à vingt. Elle ne va pas se mettre à pleurer, même s'il n'y a personne pour la voir. Sa joue gonfle, c'est douloureux. Tant pis.

Elle sort son téléphone.

— Commissaire Batista ?

— Lieutenant Valenti ! Comment allez-vous ?

— J'ai connu mieux.

— Vous avez découvert quelque chose ?

— On peut le dire.

— Vous rentrez bientôt ?

Batista essaye de parler d'un ton détaché, mais Audrey entend les autres derrière.

Il y a du monde dans son bureau. La capitaine Luz s'énerve en réclamant des nouvelles. D'Apremont ne cesse de poser des questions. Wang aussi. Elle peut même entendre la grosse voix de Penneroux.

Audrey regarde des oiseaux se jeter d'une branche, filer au ras de l'eau sur le lac, puis remonter d'un coup d'ailes et s'envoler dans le ciel. À les voir, ça a l'air facile.

— Commissaire ? J'ai besoin d'aide…

QUATRIÈME PARTIE

La lame

73

C'est comme un rêve éveillé.

La fatigue, le décalage horaire et les émotions m'ont projeté dans un état second. Je roule tel un zombie. Les yeux hébétés. Le regard vide. Les kilomètres défilent dans l'autre sens. Pas besoin de faire le plein, j'ai largement de quoi dans le réservoir. En revanche, il me faut du café. Je m'arrête à une station-service, bois, me rends aux toilettes, bois encore, de la caféine, et d'autres choses. Je remonte en voiture et je règle mon rétro. Le type dans le miroir ne me ressemble pas. Il a la même tête, les mêmes cheveux noirs, mais ses joues sont creuses, ses orbites profondes, et son cœur est en miettes.

— Et alors Kovak ? On ne tient pas la distance ?

Je reprends la route avec un rire guttural qui ressemble fort à celui de Willy. *Willy-mon-pote*, le gars qui vient d'essayer de me loger une balle dans le crâne. Willy dont la cervelle est à présent répandue sur la paille pourrie d'un hangar au milieu des marécages.

Comment ai-je pu me tromper à ce point sur son compte ? Pourquoi lui ? Un tueur vivait dans mon entourage et je ne m'en doutais pas. Est-ce un hasard ? Le destin ?

Ou ai-je loupé quelque chose dans l'histoire ?

Les kilomètres défilent en même temps que les images. Zayane, Hoffman, Willy, Adam, main dans la main, m'entraînant dans leur sarabande. La Blouse Blanche et la Cape Noire.

Les tours de Miami se profilent. Les nuages gris ont pris des formes hideuses, on dirait des têtes décapitées. Je n'arrête pas de penser aux cadavres. Combien de personnes se trouvaient dans ces glacières ? Depuis combien de temps elles étaient là ? Est-ce qu'il existe d'autres endroits semblables ?

Où est Justine ?

J'abandonne la voiture sur le parking de l'aéroport et j'achète un billet pour Paris. Le vol d'American Airlines de 18 h 05 est encore disponible, moyennant un tarif démentiel. Mais démentiel est un mot qui me convient.

Une fois dans l'appareil, j'appelle Audrey comme prévu. Sa voix me paraît lointaine et pourtant nous sommes encore sur le même continent. J'ai failli la perdre. Ou l'ai-je déjà perdue il y a des lustres ? Je ne sais plus. Je croyais avoir de l'instinct, mais je me suis trompé sur tellement de choses. Nous parlons peu. Je coupe court à la conversation. Notre échange ne concerne que les aspects matériels de l'affaire, nous ne laissons pas parler nos sentiments, et cette froideur m'est pénible. Même si je sais que nous nous protégeons à cause des émotions que nous venons de vivre.

Nous avons découvert ensemble des choses atroces.

Pourtant il nous a manqué l'essentiel. L'Homme au Chapeau Melon court toujours. Mystérieux. Insaisissable. Une forme dans la brume qui disparaît à chaque fois. Le Diable, Orcus, la Mort en personne : une telle créature peut-elle vraiment exister ?

Apparemment.

On nous apporte les plateaux-repas peu après le décollage. À droite, une charmante famille s'échange les plats en riant. Le père, la mère, deux adorables bambins. Ce pourrait être vous. Vous partez en vacances. Un voyage tranquille. Vous ne savez pas qui s'assoit à côté. Pourtant il est là. C'est un voyageur, comme vous. Il a rangé son chapeau melon dans le coffre à bagages. Il vous sourit. Il ressemble à tout le monde.

Il vous *observe.*

*

J'atterris à Paris le mercredi matin à 7 h 55 dans un état pitoyable. Les bouteilles s'empilent dans les recoins de mon siège. On est presque obligé de me porter dehors.

Durant le vol, je me suis longuement demandé si je devais annoncer à Greta la mort de son fils. J'ai finalement décidé que non. Tant qu'on n'a pas la preuve formelle qu'il s'agit bien d'Adam, mieux vaut se taire. Une bonne excuse quand on manque de courage.

Batista m'accueille à la porte de l'avion et j'ai droit à un transfert personnalisé en grillant toutes les formalités de douane. La suite se déroule au commissariat Évangile, que je commence à connaître par cœur, ils devraient peut-être visser une plaque à mon nom quelque part.

La capitaine Luz me fait le reproche d'être ivre. Il me semble lui répondre que je n'en ai rien à foutre. Le reste de l'interrogatoire est brumeux. Ils décident ensuite de me raccompagner chez moi.

Je crois qu'ils sont contents. Leur enquête est de nouveau ouverte. Les Américains ont décidé de coopérer. Pour l'instant, tout le monde se congratule et se donne des claques dans le dos en se félicitant d'avoir stoppé un dangereux criminel : Vasil Vozniak. C'est la version officielle commune, ils sont tous d'accord là-dessus. Mieux vaut celle-ci, plutôt que de reconnaître son incompétence des deux côtés de l'Atlantique parce qu'un monstre se balade en liberté depuis des années.

On s'arrête devant la porte de mon immeuble. Leur gars le plus costaud, celui qui s'appelle Florian d'Apremont, me demande s'il doit me porter jusqu'à chez moi. Je réponds que ça ne sera pas nécessaire. Ils discutent entre eux. Décident de me laisser tranquille. Leur voiture repart.

J'entre dans le hall de l'immeuble en traînant les pieds, et me dirige machinalement vers les boîtes aux lettres. Un réflexe. J'ouvre la mienne. Des pubs. Des factures. Et une enveloppe épaisse au format A4. L'écriture est impersonnelle. Mais il y a un tampon, en haut :

Centre universitaire des Saints-Pères
45, rue des Saints-Pères
75006 Paris

Je laisse tomber mon sac sur le sol et ouvre le pli avec fébrilité. À l'intérieur, il y en a un second, plus petit, en papier bulle, ainsi qu'une lettre du secrétariat :

Cher docteur,
Veuillez trouver ci-joint une enveloppe vous concernant.
Elle a été déposée par le docteur Nyira dans sa corbeille de courrier en début de semaine dernière. En raison des circonstances exceptionnelles entourant la disparition du docteur Nyira, notre service de tri n'a pu la ramasser et la traiter dans les délais habituels. Nous vous l'adressons à présent.
Pour tout renseignement concernant le docteur Nyira, nous vous prions de contacter l'administration.
Le secrétariat de la Faculté.

Je décachette l'enveloppe en papier bulle. Elle contient un objet dur. Je la renverse pour le faire tomber dans la paume de ma main : c'est une petite boîte en plastique servant aux prélèvements anatomo-pathologiques de tissus. Il y a un mot qui l'accompagne. Ce dernier est noté à l'encre vert pomme, sur une feuille de cahier. Je reconnais immédiatement l'écriture de Zayane. Depuis toujours, elle travaille avec ces amusants stylos pastel quatre couleurs. C'est une manie de petite fille qui ne l'a jamais quittée au cours des études.

Je lis les phrases de mon amie défunte, la boule au ventre.

Salut Chris !

J'ai bien examiné ta tête (je parle de celle dans le bocal !). J'ai fait des radiographies. Surprise : il y avait un corps étranger à l'intérieur. Je me suis permis de l'extraire. Il était caché dans les profondeurs de la cavité nasale. Ce corps étranger est une lame de microscope. Un texte bizarre est inscrit dessus. Du latin ?

J'ai soigneusement refermé le bocal, ne t'inquiète pas, il est toujours sur mon bureau. Je t'en dirai plus en direct. Je voulais juste t'envoyer ça, au cas où tu ne repasserais pas à la fac ces jours-ci.

Tu me dois un dîner !

Je t'embrasse.

Zay.

La tête me tourne. Je mets les papiers dans ma poche et ouvre délicatement la boîte. Dedans se trouve une lame de microscope, comme Zayane l'a dit. La phrase peinte sur le verre ne m'étonne en rien. Elle contient les mots habituels : « *Tu aspectus es* », tracés à la main, en lettres sombres.

L'Homme au Chapeau Melon a signé son acte selon son habitude. Il a planté cette lame dans la tête de cette victime, dont la mort doit remonter à des décennies. L'ancienneté du tueur donne le vertige. Mais je viens d'apprendre une chose supplémentaire : cette lame est similaire à celles que j'ai vues sur les photos dans le bungalow, en bas à droite de chaque cliché. C'est cela qu'il place à chaque fois auprès des cadavres en guise de signature.

Je referme la boîte et la range dans ma poche, puis je remonte dans mon appartement.

Rien n'a changé depuis mon départ. Mon intérieur est toujours aussi blanc, aussi vide. Je laisse tomber le sac sur le lit. Je pose mes clés sur le comptoir. Puis je place à côté la petite boîte en plastique, et la lettre de Zayane.

Je les regarde, toujours un peu ivre, tanguant comme une pendule marquant le passage du temps.

Il y a quelques jours, je projetais sur les murs toutes ces photos post mortem. Justine avait raison depuis le début : il s'agissait bien des victimes de l'Homme au Chapeau Melon. Qu'elles soient d'ici ou d'ailleurs. Du présent ou du passé. Ce criminel voyage, tue, et voyage encore, depuis des dizaines d'années, constituant jour après jour sa collection monstrueuse. Il a connu le professeur Hoffman. Il était son amant. Puis Hoffman s'est suicidé.

Pourquoi ?

Des mots prononcés par ce vieil homme étrange, Galien Lespinasse, me reviennent en tête une fois de plus : « *Ni le soleil, ni la mort ne peuvent se regarder en face.* »

J'ouvre la boîte. Je regarde la lame.

Et je m'arrêter de tanguer.

La lame de microscope.

Les voyages.

La mort en face.

Je viens d'avoir une idée. Une hypothèse démente.

Inconcevable.

74

Je téléphone à ma faculté de médecine. Je demande le secrétariat du doyen et me présente :

— Docteur Kovak. Je fais partie de vos professeurs.

— Je vous connais, répond la secrétaire.

— Je m'occupe de la thèse d'un étudiant. Cela concerne le rayonnement international de notre université.

— Quel beau sujet !

— Quand un doyen voyage à l'étranger pour raison officielle, la conférence internationale des doyens par exemple, vous en gardez la trace ?

— Bien sûr. Il y a toujours un compte-rendu.

— Et vous le conservez longtemps ?

— Nous conservons la plupart des archives.

— Pourrais-je les consulter ?

— Si c'est pour une thèse, cela doit être possible, me répond aimablement la secrétaire.

Je lui demande de bien vouloir me préparer les documents concernés, puis je raccroche. L'alcool est toujours présent dans mon sang pour noyer mes émotions fortes. Tristesse. Colère. Je ne peux pas réfléchir dans cet état. J'ouvre mon armoire à pharmacie, avale un stimulant, et en fourre une poignée dans ma poche. Je vais encore faire le yo-yo, mais tant pis. Si c'est l'adrénaline qui me tue, ce sera une belle mort. Je me débarbouille. Puis direction la fac.

Je débarque dans le bureau de la secrétaire. Elle me confie une pile de classeurs. Il me faut moins d'une heure pour obtenir la confirmation de mes soupçons.

Tout est là : les noms, les dates. Quand Hoffman se déplace, l'autre se déplace aussi. Ce n'est pas systématique, mais cela arrive. L'autre est malin, bien sûr. Il se débrouille pour apparaître le moins possible. Il ne fait pas partie du corps enseignant. Il n'accompagne pas officiellement la délégation du doyen lorsque Hoffman se rend en Floride pour donner une conférence à la Mayo Clinic. Il n'est pas censé être là quand Hoffman visite l'université d'Alger, un voyage au cours duquel notre doyen reçoit de magnifiques poignards touaregs en cadeau de bienvenue.

Y avait-il des victimes nord-africaines sur les images ? Oui. Je me souviens de jeunes enfants allongés sur une couverture. Comment a procédé l'Homme au Chapeau Melon ? Il les a poignardés dans leur sommeil pour les prendre en photo ?

Des ondes glacées me parcourent et j'ai envie de hurler, sans savoir si ce sont les médicaments ou mes émotions qui parlent.

Je poursuis, humectant mon index et tournant les pages.

Pour chaque voyage, il y a un compte-rendu. Des photos de groupe. Des articles de presse. Parfois des clichés pris dans des hôtels ou des restaurants chics. Je le repère une fois. Puis une autre. Encore une.

Évidemment, ce n'est pas un hasard. Hoffman avait beau être au centre de l'affaire depuis le début, j'ai maintenant la conviction qu'il n'était pas coupable. Il militait pour les progrès de la médecine, le dépistage anténatal, la fécondation in vitro, pour assouplir les barrières parfois trop rigides de la religion et de la morale. Il était aussi membre d'une fraternité secrète. Mais il avait surtout un amant. Un amant discret, qui l'accompagnait et profitait du voyage pour mener ses activités criminelles.

Bien sûr, il ne s'agit que de soupçons. Il me faudrait des preuves. Tout éplucher sur des années. Vérifier à chaque fois les disparitions locales, les morts suspectes, travailler avec les polices de chaque pays. Une enquête titanesque.

Je referme violemment le classeur. Mon cœur bat comme un fou, j'ai l'impression d'entendre un fantôme cogner à l'intérieur de son cercueil.

Je n'ai pas de temps à perdre. Je vais procéder à ma façon.

*

J'arrive devant la maison à la nuit tombée.

Il pleut et il règne un froid glacial dans l'avenue Robert-Schuman. Ça m'arrange, car personne ne traîne dehors. J'ouvre le portillon et me rends jusqu'à l'entrée. Un coup d'œil en arrière, puis je sors mes outils et crochète la serrure. Ce n'est pas facile. Mais j'y parviens. La porte est vieille et le crochetage est un jeu auquel m'a initié mon père depuis l'enfance. En outre, j'ai emporté une panoplie d'outils adéquats.

J'entre. Aucune alarme ne se déclenche. Je pousse un soupir de soulagement : je n'en avais repéré aucune, mais je n'étais pas sûr. Je referme derrière moi, et j'appuie sur le bouton de ma lampe torche.

Rien n'a changé, à part la fine couche de poussière qui s'est déposée sur le sol. Cela sent toujours la cire d'abeille. Le fauteuil roulant de Robert Van Grenn, avec sa bouteille d'oxygène, est encore là au fond du couloir, légèrement de travers, comme le jour où les employés des pompes funèbres ont glissé son corps dans un drap-housse. La vieille pendule s'est arrêtée maintenant que plus personne n'entretient son mécanisme.

Je n'ai pas pu assister à l'enterrement du mari de Greta. Il a eu lieu lundi, pendant que j'étais en Floride. Est-ce que ma surveillante est sortie de psychiatrie pour s'y rendre ? Je n'en sais rien. Mais personne n'est revenu dans cette maison.

Le faisceau de ma lampe balaye les pièces les unes après les autres sans que je remarque quoi que ce soit d'anormal. La bibliothèque est toujours en désordre. La cheminée froide. Les papiers annonçant le cancer bronchique à petites cellules sont sur la table. Dans la cuisine règne une mauvaise odeur : elle provient du lave-vaisselle plein, que personne n'a mis en marche. J'ouvre la porte du réfrigérateur : certains aliments sont périmés, d'autres non. Logique. Le décès de Robert remonte à moins d'une semaine.

Je referme le réfrigérateur et descends au sous-sol. Dans le garage, l'ancienne voiture du mari de Greta est là. Derrière la porte, la pente doit remonter et conduire dans l'avenue Schuman. Tout est verrouillé.

Je fouille l'endroit. Ainsi que les deux pièces attenantes : le local de la chaudière, et un débarras. Ce dernier est rempli de vêtements suspendus à des cintres. Certains sont protégés par des housses. Vieilles robes. Costumes masculins. Habits d'enfants. Pantalons. Pulls. Il y en a pour tous les goûts. Ça fait beaucoup pour une famille de quatre personnes. Les vêtements pendent autour de moi, telle une ronde sinistre faisant le tour de la pièce et masquant les murs. Je passe lentement entre eux le faisceau de ma torche. Éclat de métal. Je repousse des robes. Derrière, se trouve une petite porte en fer. Avec une inscription :

ALERTE AUX GAZ.
N'OUVRIR QU'UNE SEULE PORTE À LA FOIS.

Je sais de quoi il s'agit : l'entrée d'un abri datant de la Seconde Guerre mondiale. J'en ai déjà vu dans les sous-sols de certains hôpitaux, avec le même avertissement. Pendant l'Occupation, il y avait plus de quarante mille abris civils dans les profondeurs de Paris. Les habitants s'y précipitaient dès que retentissait une alerte aérienne. Beaucoup de ces endroits ont été transformés plus tard en caves à vins ou en lieux festifs.

La porte est vieille. Son mécanisme de fermeture a été remplacé par une serrure moderne. Une aubaine : je la déverrouille sans trop de difficulté. Au-delà, un tunnel avance en ligne droite sur une vingtaine de mètres. Je les franchis le dos courbé. Puis me retrouve face à une porte identique.

Je cogite.

Les abris civils comportaient toujours deux portes : un sas, en cas d'attaque aux gaz. Derrière la seconde, je devrais logiquement trouver une petite pièce où me réfugier.

Je la déverrouille.

Et me retrouve dans une immense cave à vins.

Plafond voûté. Murs de briques. Cinquante mètres carrés, trois de haut. Mon faisceau est presque happé par les ténèbres. Des centaines de niches sont creusées dans les parois, renvoyant des reflets de verre scintillants. Un filet d'air méphitique me parvient et me fait dresser les cheveux sur la tête. D'où provient cette odeur ?

J'avance. Sensation d'entrer dans la gueule d'un monstre. Je cligne des yeux. Ces bouteilles n'ont pas de goulot. Bizarre. Je m'approche, tends la main, en sors une. Le verre racle contre la pierre. Ce n'est pas une bouteille : c'est un cylindre. Une capsule fermée par un opercule étanche. Elle contient un rouleau. Tenant ma lampe entre les dents, je dévisse l'embout, sors le parchemin et le déroule.

Une photo en noir et blanc. Grand format.

Cinq enfants côte à côte. Noirs. Morts. Les yeux vitreux et la gorge ouverte. Des plaies aux berges irrégulières, sans doute l'œuvre d'une lame crantée. Ils sont allongés sur une paillasse sommaire, à même le sol en terre battue. On voit leurs côtes. Plusieurs dents cassées. Leurs petits ventres gonflés comme des dômes. Le plus jeune n'a pas trois ans. *« Souvenir de*

Dakar, 1983 », dit l'étiquette sur le cylindre. « *Je vous ai observés.* »

Je remets la photo et le cylindre en place.

Nausée. Tête qui tourne. Je m'appuie contre le mur.

Combien y a-t-il de cylindres ? De photos ? De victimes ?

L'odeur méphitique revient. Un courant d'air m'attire vers une seconde ouverture, tout au fond de la cave. Je baisse la tête et m'engouffre dans un nouveau couloir identique au premier. Dix mètres encore, et une troisième porte.

D'après la distance et mon sens de l'orientation, j'ai dû passer sous le jardin des Van Grenn. Je dois me trouver à présent rue du Pavillon. Cette dernière forme un V avec l'avenue Robert-Schuman.

J'ouvre cette dernière porte. Et j'entre dans une petite pièce. Une vraie cave, celle-là, avec des empilements de caisses remplies d'objets. Sacs à main. Dentiers. Jouets pour enfants. Peluches. Certains sont couverts de taches brunes.

Je dépose mon sac à outils sur le sol et sors de la pièce. Un couloir se trouve face à moi. L'odeur y est plus forte. L'atmosphère glaciale. Il y a quatre portes sur les côtés du couloir, et une salle au fond, dans laquelle brille une ampoule à luminosité faible.

Du bruit me parvient.

J'éteins aussitôt ma lampe torche.

Mon cœur frappe comme un sourd dans ma cage thoracique.

Je suis dans le sous-sol aménagé d'une deuxième maison. Sûrement l'une des villas cossues qui bordent la rue du Pavillon, en surface. L'abri souterrain datant de la Seconde Guerre mondiale, avec ses deux couloirs d'accès, permet de passer d'une maison à l'autre.

Pratique.

J'avance dans la pénombre en direction de la salle au bout. Sous la lueur de l'ampoule se trouve une table. Et sur cette table reposent les restes d'un corps humain.

Nouveau bruit.

Je m'immobilise. Pétrifié.

Quelqu'un vient d'entrer dans la salle. Il porte son manteau et son chapeau melon, comme s'ils faisaient partie intégrante de son anatomie. Il a juste rajouté un tablier blanc sur le devant. Il lève sa main, abat un instrument tranchant à plusieurs reprises sur le corps allongé sur la table, de façon à en séparer les morceaux, et les jette dans une cuve.

L'odeur provient de là. Le corps. La cuve. Elle est remplie de liquide. Les morceaux plongent à l'intérieur avec un gargouillis. D'autres cuves sont disposées au fond de la pièce.

Mon pied heurte un objet au sol.

L'Homme au Chapeau Melon s'arrête, la main en l'air. Il ne bouge plus... Puis reprend son geste, comme si de rien n'était. Il dépose ensuite son outil, retire son tablier et disparaît sur la droite.

Je n'entends plus rien.

Je déglutis.

Mes pulsations martèlent mes tempes. Je n'aurais pas dû prendre tous ces médicaments, l'adrénaline pulse tellement fort qu'elle me paralyse. Il faut que je réagisse. Je regarde autour de moi, m'attendant à voir l'homme surgir de la pénombre. Il n'y a pas d'autre issue que les quatre portes, la cave par laquelle je suis entré, ou bien la salle au fond avec le cadavre.

Je décide d'ouvrir la première porte à gauche. Elle n'est pas fermée. J'avance. Je n'y vois rien. Je progresse quasiment à tâtons. Quelques mètres. Je bute contre un mur. Un bruit métallique claque violemment derrière moi, et la lumière s'allume.

Chaînes. Menottes. Matelas par terre. Une écuelle dans un coin.

Je suis dans une cellule vide.

Vide, à part moi.

En plus de la porte, il y avait une grille, que j'ai franchie sans m'en rendre compte. Elle vient de se refermer en m'emprisonnant.

De l'autre côté, l'homme me toise de ses yeux maléfiques.

— Qu'est-ce que vous faites ici ? dit Robert Van Grenn en ôtant son chapeau.

75

Robert se tient parfaitement droit. Il n'est ni malade, ni faible, comme les fois précédentes. Ses longues jambes bougent avec l'agilité d'une araignée. Ses doigts sortent de son manteau et viennent s'enrouler autour des barreaux de la cellule comme des vers blancs dotés d'une vie propre.

— Comment êtes-vous entré ici ? dit-il, les paupières étrécies, le regard étincelant de fureur.

— En passant par chez vous.

— C'est fermé.

— Je sais déverrouiller les portes.

Ses paupières s'écrasent encore plus, ne laissant plus apparaître que deux points luisants.

— Je viens d'aller vérifier ma caméra. Il n'y a personne dehors devant la maison. Vous êtes venu seul ?

— Oui. C'est entre vous et moi, Robert. Je voulais vous rencontrer. Voir votre tête. Face à face.

Il approche son visage de la grille. Je recule vers le fond de la cellule. Quand il ne se tient pas faussement avachi dans un fauteuil roulant, sa taille dépasse la mienne. Du sang a taché son manteau. Il porte même une giclure sur la joue.

— Comment avez-vous su ? demande-t-il d'une voix cassante.

— Avec ça, dis-je en sortant la lame de microscope de ma poche. Elle se trouvait dans la tête décapitée. C'est mon amie Zayane qui me l'a remise. Votre signature. La raison pour laquelle vous vouliez récupérer le bocal de formol, je suppose.

Il ne dit rien. Je poursuis :

— Cet objet vous faisait courir un risque. Il aurait pu permettre de remonter jusqu'à vous. Zayane me l'a donné dans une boîte de prélèvement anatomo-pathologique, c'est comme ça que j'ai fait le lien. La lame de microscope. La marque de l'anatomo-pathologie : votre métier. Vous étudiez les tissus humains. C'est votre spécialité médicale. Des lames de ce genre, vous en possédez des collections entières. Vous êtes un collectionneur. Un naturaliste. Vous aimez figer les choses, les contempler, les tenir à votre merci. Les *observer*.

Ses doigts relâchent la grille et il croise les bras :

— Un foutu sens de la déduction, pour un sale petit fouineur. J'aurais dû vous tuer dès le premier jour.

Les émotions dansent la sarabande dans mon esprit. Je suis face à un monstre de la pire espèce. Mais je ne tremble pas.

— Comment avez-vous fait ? dis-je. Lorsque je vous ai rencontré, vous ne teniez pas debout. Vous respiriez à peine sans oxygène. Vos lèvres étaient bleues.

Il sourit d'un air moqueur.

— Devinez, puisque vous vous croyez si intelligent.

Je réfléchis.

— Il n'y avait rien dans la bouteille d'oxygène...

— Non.

— Vous saviez que j'allais venir. Quand vous m'avez entendu sonner à la porte, vous avez... passé un glaçon sur vos lèvres pour qu'elles bleuissent ?

— Une pochette réfrigérée. Elle était dans la poche de ma robe de chambre.

— Et le jour où je vous ai vu mort ?

— Simple anesthésique. Administré par le médecin que vous avez vu sortir. Il a établi mon constat de décès. Je l'ai payé pour ça. L'un des deux hommes de l'entreprise funéraire était son complice. J'ai beaucoup d'argent, Kovak. Une vraie fortune. Vous n'imaginez pas ce que des personnes corrompues sont prêtes à faire quand vous y mettez le prix.

— Et s'ils vous avaient dénoncé ?

— Je m'apprêtais à disparaître de toute façon. C'était prévu de longue date. Toute ma vie, j'ai volontairement adopté un profil bas. Ma maladie n'était qu'un costume. Un déguisement de plus. Qui soupçonne un pauvre cancéreux ? J'ai inventé ma tumeur, falsifié mes examens médicaux, acheté un fauteuil roulant et mimé ma santé déclinante pour duper Greta, mes voisins, mes connaissances. J'ai même fait engager Vasil dans le service de ma femme pour surveiller ses allées et venues. Mon activité dans ce pays devenait trop forte. Le moment venu, Robert Van Grenn devait mourir ici. Et renaître ailleurs, sous un autre nom. J'ai des résidences secondaires dans plusieurs endroits. Il y a tellement de lieux, et de gens à *photographier.*

— Sauf que l'intervention de Justine a précipité les choses.

— Oui, admet-il avec un rictus.

— Où est-elle ?

— La pièce à côté.

J'entends des cris étouffés. Plusieurs cris.

Mon sang se glace.

— Il y a d'autres personnes ?

— Bien sûr. Si vous êtes revenu vivant de votre promenade en Floride, c'est que Vasil est mort. Donc vous avez vu mes photos. Mon travail artistique. Vous savez que j'utilise beaucoup de modèles. (Il tapote la paroi du mur.) Il m'en faut toujours un ou deux en réserve.

Je regarde Robert Van Grenn jubiler. Il me tient à sa merci. Il va me tuer. Je dois absolument gagner du temps.

— Racontez-moi, dis-je.

— Quoi donc ?

— De quelle façon je vais mourir.

Ses épaules sont secouées par un rire silencieux. Il a l'air de trouver cette situation irrésistible.

— Simple. Je vais vous tirer dessus avec un pisto-let hypodermique destiné aux animaux. C'est moi qui distille le mélange. Peu concentré : je vous transporte d'un endroit à l'autre dans un état d'hébétement relatif. Très concentré, vous êtes mort. Pour vous, ce sera la deuxième option. Ensuite, je vous tirerai le portrait.

Il se recule et penche la tête sur le côté. Comme pour évaluer le décor de la pièce.

— Je disposerai un éclairage. Pile là où vous êtes. Et peut-être un drapé rouge enroulé autour de votre crâne. Pour vous, ce sera une photographie en couleur. J'aime beaucoup ce que fait Andres Serrano. Je tremperai ensuite une lame dans votre sang, le mélangerai à un solvant, et j'écrirai quelques mots sur une lamelle de verre. Le sang de veau permet de fabriquer une encre d'excellente qualité. Je fais pareil avec le sang humain. Quelques retouches sur logiciel ensuite. Le minimum, j'aime conserver l'expression naturelle des corps. Puis l'impression papier.

— Que vous garderez dans votre cave.

— Elle est magnifique, n'est-ce pas ? Les cylindres récents sont rangés en haut. C'est un verrier qui me les fabrique sur mesure. La plupart sont ici, mais j'en conserve dans plusieurs endroits du monde. L'astuce, voyez-vous, est de ne pas réaliser mes portraits au même endroit. Mes sujets sont de pauvres gens, des anonymes choisis au hasard pour contribuer à mon œuvre. Il est très difficile de repérer un artiste itinérant.

Je m'assois par terre dans ma cellule.

— Vous êtes un monstre de la pire espèce.

— Un simple photographe.

Je lève les yeux vers lui, l'air abattu.

— Comment est-ce arrivé ? Comment êtes-vous devenu l'Homme au Chapeau Melon ?

Il plisse le visage, tel un vieux renard cherchant où est le piège. Puis décide de me répondre.

— Mon père était un riche industriel. Et un collectionneur. Il aimait beaucoup la photographie et la peinture. Beaucoup plus que son fils, en tout cas. Il était très exigeant. Au fil des années, ses punitions corporelles se sont transformées en longues séances de torture. Elles avaient lieu dans sa chambre. Je devais me taire. Demeurer immobile. Faire preuve de dignité, tandis qu'il testait divers instruments. Sur le mur de la pièce se trouvait une jolie reproduction du tableau de Magritte. Je m'en souviens très bien. Je l'ai contemplée à maintes reprises.

Robert renifle négligemment.

— Le jour où mon père est mort, on l'a allongé sur son lit, dans cette même chambre, et on l'a entouré de cierges, avant de réaliser une photo posthume. La même que le célèbre portrait de Louis II de Bavière. On m'a également forcé à embrasser son cadavre, et à le veiller durant vingt-quatre heures. C'étaient ses dernières volontés. Je suis resté immobile. Assis sur ma chaise. À la lueur des bougies. Tandis que ses chairs s'affaissaient et que son odeur âcre s'élevait lentement. (Sa voix devient lointaine.) C'était à la fois beau et tragique.

Il s'avance soudain pour vérifier la solidité de la grille, puis recule d'un pas.

— Cette image a façonné mon avenir. Je ressentais une émotion nouvelle, le morbide et l'extase confondus. Je n'étais qu'un enfant, mais j'ai compris que je devais aller plus loin pour explorer cette voie qui m'était offerte. Quand je suis entré en médecine, je pense que c'était déjà en moi. L'Art de la Mort.

Je le regarde, horrifié.

Il faut que je gagne encore du temps.

— Vous avez rencontré Greta. Vous ne l'aimiez pas ?

— J'avais besoin d'une couverture crédible.

— Vous avez eu deux enfants !

— La couverture parfaite, réplique-t-il avec le sourire.

— Et pour le professeur Hoffman ?

Il hausse les épaules.

— Je n'ai pas d'orientation sexuelle. Mes expériences ont toujours été décevantes. Greta en souffrait. Mais pour Hoffman, c'était différent. Il était plus âgé, facile à convaincre...

— Amoureux de vous.

— C'est ça.

— Et il vous a fait entrer chez les *Memento Mori*.

Robert penche la tête, surpris.

— Vous connaissez aussi cela, Kovak ? Décidément, vous êtes un homme étonnant. Il m'a fait entrer dans la fraternité, oui. Et c'est ainsi que j'ai découvert leurs traditions. Leurs rites. « Souviens-toi que tu vas mourir », n'est-ce pas là une phrase merveilleuse ? J'ai inventé mes propres devises. Enrichi le mythe. J'ai créé l'Homme au Chapeau Melon !

Ses yeux brillent à nouveau dans la pénombre. Son sourire découvre ses dents abîmées.

— Une barbe postiche ! Des lunettes noires ! Un manteau, et même une arme ! Je me sens si bien dans ces vêtements, ce n'est pas qu'un costume, vous savez : c'est moi ! Mon moi véritable !

Une grimace de dégoût déforme mon visage.

— Vous réalisez que vous êtes fou ?

— Mais vous ne comprenez rien !

— Je comprends très bien, au contraire : vous êtes le parfait sociopathe ! Pour vous, les gens ne comptent pas, ce sont de simples objets que vous pouvez casser, briser à loisir, des outils jetables !

— Je les transfigure ! Mon art les rend éternels !

Je me redresse et secoue la grille avec violence.

— Vous avez tué votre propre fils, espèce de taré !

Il recule en haussant les sourcils.

— C'est entièrement sa faute. Adam allait retrouver un ami, et il m'a vu par hasard. Pire : au lieu de venir me parler, il m'a suivi comme un espion, jusqu'à la maison des marécages, celle où nous allions, Hoffman et moi. Comment devais-je réagir ? J'étais censé être en congrès à l'autre bout de l'Amérique. Adam était furieux, il avait tout découvert, ma relation, mon travail sur les photos... Qu'aurais-je pu faire ?

— C'était votre fils ! dis-je en crachant chaque syllabe.

— Et je lui ai rendu hommage. Son tableau post mortem était magnifique.

Je me rassieds, la tête entre les mains.

Puis je me mets à rire.

D'abord lentement. Puis plus fort. Un rire terrible. Atroce.

— Pourquoi riez-vous comme un idiot ? demande-t-il.

— Parce qu'une simple inondation a tout fait foirer, dis-je en le regardant à nouveau. Une tempête, et vos plans tombent à l'eau. C'est tellement ridicule. La pauvre Lizzie, en voulant se faire du fric, a carrément balancé vos photos sur le web. Accessibles à la terre entière. Ça a dû vous faire drôle, hein ?

Son visage se renfrogne.

— Comment l'avez-vous su ? poursuis-je. Attendez, ne me dites rien. Justine découvre les photos. Elle s'étonne de voir son frère dessus, alors elle va trouver le brave Thibault De Luca. De Luca téléphone à Hoffman. Et Hoffman vous appelle dans la foulée pour demander des explications. Je suppose que ni lui ni De Luca n'étaient au courant de vos activités criminelles ?

Robert se crispe encore plus.

— Personne ne se doutait de rien.

— Alors vous êtes allé chez Hoffman. Dans la Somme, où il avait pris sa retraite. Il était vieux. Dépressif. Vous l'aviez laissé tomber parce qu'il devenait inutile. Vous lui avez raconté quoi ?

— La vérité.

— Hein ?

— Je lui ai tout dit. Ce que je faisais. Comment je me servais de lui depuis le début. Je lui ai expliqué qu'il n'avait jamais compté pour moi. Qu'il n'était rien. Et que j'allais devoir le tuer, et récupérer la tête que je lui avais offerte. C'était un vieux cadeau de ma part. Hoffman collectionnait les accessoires médicaux, j'en riais sous cape : ce crétin avait une victime dans sa vitrine et ne s'en doutait pas. Il m'a répondu que ce n'était pas la peine de le tuer. Il a pris son pistolet, il m'a regardé bien en face, et il s'est suicidé. Ça m'allait aussi bien. Bon débarras.

Des sirènes résonnent dans le lointain. De plus en plus proches. Robert Van Grenn lève la tête.

— Qu'est-ce que c'est ?

— Les flics.

— Vous n'êtes pas venu seul ?

— Si. Mais j'ai prévenu un commissaire de police de mes intentions en entrant chez vous. Vous pensiez vraiment que j'allais pénétrer seul dans l'antre de la folie ? C'est terminé, Robert. Votre carrière s'arrête là.

Ses yeux deviennent deux gouffres ténébreux.

— Rien n'est fini, grogne-t-il.

Van Grenn fait demi-tour et s'éloigne.

Je me précipite contre la grille, craignant qu'il se mette à tuer les autres occupants des cellules dans un accès de rage.

— Ne soyez pas stupide ! Rendez-vous !

Je l'entends fouiller dans ses outils. Je me mets à hurler :

— Justine ! Je suis là !

Des cris féminins me répondent. Robert est en train de déverser quelque chose dans la cave. J'entends un grondement. Un souffle puissant. Je vois danser des lueurs. Des flammes. Ce fou a mis le feu au sous-sol de la maison.

— Justine ! J'arrive !

Je sors la petite trousse de crochetage de ma veste. Mes doigts s'affairent sur la serrure de la grille. Les cris résonnent plus fort dans les cellules. Ma serrure cède. J'ouvre. Bondis dans le couloir. La salle du fond est en feu. Les flammes s'élèvent au-dessus de la table où se trouvait le cadavre. Elles sont en train de lécher les cuves, qui contiennent sans doute des produits chimiques. Van Grenn a dû emprunter un escalier au-delà et remonter dans sa deuxième maison. Ce salopard va s'enfuir rue du Pavillon. Impossible de le suivre. La fumée envahit le sous-sol.

Je tousse. Nouveaux cris. Il reste trois portes.

Je me précipite vers la plus proche.

— Tenez bon ! parviens-je à articuler.

La serrure cède. Pas de grille à l'intérieur. Juste une jeune femme mal en point. Je l'aide à sortir, la pousse en direction de la cave par où je suis entré et lui ordonne de marcher droit devant, dans le tunnel.

Je fonce à la porte suivante. Crochetage. Encore une jeune femme. Je l'extrais. Elle suit l'autre en titubant. Quand je m'attaque à la troisième et dernière porte, je ne respire quasiment plus.

La serrure cède à son tour. J'entre. Quelques secondes s'écoulent. Je ressors. Mes yeux piquent. Dans le couloir, on n'y voit plus rien. Je suis obligé de me diriger à tâtons, en retenant mon souffle. Je retrouve une fille devant moi. Elles sont là toutes les deux. Je les pousse à l'intérieur du tunnel, nous recourbons nos têtes, nous avançons comme nous pouvons, ma poitrine brûle, tout mon être me fait mal, mon cœur bat de façon anarchique, j'ai l'impression que mon esprit se disloque, nous ressortons dans la cave aux cylindres de verre, l'atmosphère s'éclaircit, deuxième tunnel, grandes goulées d'air, le garage de Van Grenn, on remonte, toussant, pleurant, titubant.

Surface.

*

Nous déboulons dans l'avenue Schuman.

Les deux jeunes femmes s'effondrent sous la pluie, dans l'herbe du jardin et le froid glacial. Elles sont dans un état effroyable. Nues. Maigres. Sales et recroquevillées sur elles-mêmes. Leur peau est couverte de blessures. Elles n'ont pas plus de vingt ans. Depuis combien de temps survivaient-elles, séquestrées sous terre ?

Elles sanglotent. L'une se met à hurler. Nous pleurons ensemble.

Aucune des deux n'est Justine.

Il était trop tard.

Son corps se trouvait dans la dernière cellule. Lavé. Propre. Sa peau déjà jaunie, ses organes vidés de leurs fluides. Elle ressemblait à ces cadavres que nous étudiions à la faculté des Saints-Pères.

L'Homme au Chapeau Melon avait sans doute tué sa fille depuis le premier jour.

76

Robert Van Grenn se réveille.

Il est allongé sur le sol, dans un tunnel. Il éprouve une douleur cuisante dans les jambes.

Comment est-il arrivé là ? Il se rappelle être sorti de sa maison en flammes. Sa deuxième maison, rue du Pavillon, avec les cellules de prison cachées dans la cave. Elle est construite en face de l'autre, pour pouvoir entrer et sortir à sa guise. Mener sa double vie en toute tranquillité.

Robert tousse et ses côtes lui font mal. Il a dû s'en briser plusieurs. Il se rappelle être sorti dans la rue afin d'échapper à l'incendie. Quelqu'un est arrivé pour lui porter secours en lui mettant une couverture sur la tête.

Et puis plus rien.

Il redresse le cou : sa jambe droite est brisée. La gauche aussi probablement. Au moindre geste, sa douleur décuple. Van Grenn fait une grimace et sa tête retombe. C'est alors qu'il remarque le visage penché au-dessus du sien.

— Salut, dit le visage.

— Hein ?

— Ça doit faire mal.

— Quoi ?

— Les jambes brisées. Les côtes.

— Qui êtes-vous ? dit Robert.

— La personne qui vous a secouru. Enfin, si on veut : je vous ai posé une couverture sur la tête, et je vous ai fait passer à travers une plaque d'égout. Je l'avais ouverte avant. Bien sûr, vous vous êtes cassé quelques os dans la chute. Quand je n'ai pas le temps de procéder autrement, je fais comme ça. J'ai traîné votre corps plus loin. Pour que nous soyons tranquilles. Nous sommes dans les égouts de Paris.

— Vous êtes malade ?!

— Non. Le malade, c'est vous. Un déviant. Un nécrophile. Un ogre. Et l'ogre vient de se faire attraper par le Petit Poucet.

L'autre sourit et se met à fredonner une chanson enfantine. Puis se penche jusqu'à Robert et ses lèvres viennent toucher son oreille.

— *« Cours, mon petit chiot, cours... »*

La forme se redresse.

— Je ne comprends pas, dit Robert. Je suis le docteur Van Grenn. J'ai une excellente réputation. Vous faites erreur. Je ne sais même pas qui vous êtes.

— C'est possible, dit l'autre en haussant les épaules. Peut-être que vous ne vous rappelez pas. Vous êtes venu nous voir à la ferme, mes parents et moi, il y a tellement longtemps. Vous avez tué beaucoup de gens depuis. Avec une préférence pour les personnes modestes, je suppose. Les pauvres, les illettrés, les enfants, les vieillards. Les gens les plus faciles à berner. Quelle chance avais-je de vous revoir un jour ? D'une certaine façon, vous êtes responsable de ma naissance. Grâce à vous, j'ai compris très tôt ce que je voulais devenir. Je tenais à vous remercier pour ça.

— Qu'est-ce que vous racontez ?

— Vous êtes la preuve que Dieu existe.

Robert cligne des yeux. Il a l'impression de devenir fou.

— C'était un test, dit l'autre en marchant pour faire le tour et se placer en face. Le Seigneur aime mettre ses champions à l'épreuve. J'ai réussi. C'est normal. Vous incarnez le passé. Vous êtes une image en noir et blanc dans un album. Alors que moi, je représente l'avenir…

Le visage de Robert se referme.

— D'accord, petite merde. Tu m'as percé à jour. Mais tu ne sais pas à qui tu t'attaques. Je claque des doigts, et des criminels dans ton genre, il en sort dix d'une poubelle. Beaucoup de gens travaillent pour moi. Ils vont te retrouver très vite. Barre-toi d'ici, ce ne sont pas quelques blessures qui vont m'arrêter, t'as compris ? Dégage !

— *Quelques* blessures ?

L'autre sort une paire de marteaux.

Le premier s'abat sur la cheville de Robert, qui explose dans un craquement. Le deuxième marteau fracasse ses côtes du côté droit.

— Seulement quelques blessures ?

Nouveaux coups. Rotule droite. Rotule gauche. L'os nasal. Sternum. Côtes. Encore les jambes. Un tibia se brise, l'os jaillit à travers la peau, le sang se répand, Robert hurle.

L'autre rengaine les deux marteaux à sa ceinture.

Son front ruisselle de sueur, comme si un puissant effort de volonté avait été nécessaire pour interrompre le déluge.

— Et à présent ?

Robert est prisonnier d'un brouillard rouge. Une gangue de douleur l'enveloppe. Chaque parcelle de son corps s'est transformée en enfer vivant. Il a de nombreuses fractures ouvertes. Les chairs déchirées. Des filets sombres commencent à goutter autour de lui.

Il rassemble ses forces, et trouve encore le moyen de sourire, du sang plein les dents.

— Qui… Qui es-tu ? parvient-il à articuler.

— Le molosse de guerre. L'assassin divin. Je construis des plans à l'intérieur des plans. Oh, bien sûr, j'ai mon propre lot de victimes. Le métier d'Inquisiteur comporte des sacrifices. Mais mon orgueil ne causera pas ma perte. Je n'ai pas besoin de signer mes œuvres, comme vous. Voyez le bon côté des choses : votre mort rendra cette unité d'investigation célèbre. Son pouvoir d'action va grandir. Et je m'en servirai comme il faut. Désormais, j'aurai les coudées franches pour accomplir tous mes desseins. En définitive, vos actes n'auront fait que servir ma cause, qui est la noble cause de Notre Seigneur. Vous étiez futé, mais mon intelligence vous enterre. Bien que je n'en tire aucune gloire, car je suis juste un instrument. Je suis simplement… le Chien.

Des piaillements résonnent dans le couloir. Robert aperçoit des formes noires trottiner dans sa direction.

— C'est votre sang frais qui les attire, dit l'autre. Aux premiers coups de dents, vous aurez mal. Ensuite, cette douleur atteindra un paroxysme. Lorsqu'on retrouvera votre cadavre, on pensera que vous avez tenté de fuir par les égouts, que vous vous êtes brisé les os en tombant, et que vous avez fini dévoré par les rats. Une fin bien triste. Mais c'est un hommage que je vous rends : après tout, vous avez eu l'idée en premier, non ?

L'autre sourit une dernière fois.

— Vous ne viendrez plus dans mes rêves. Adieu, cher Homme au Chapeau Melon.

Puis la personne s'éloigne.

Et Robert se met à hurler.

Quelque chose grimpe sur sa jambe. Il l'écarte d'un revers de main. La chose revient, accompagnée de plusieurs congénères, et cette fois lui mord le doigt. Il accomplit un effort colossal pour se retourner sur le ventre, malgré la douleur. Il aperçoit la silhouette humaine qui s'éloigne dans le couloir. Il crie pour tenter de la faire revenir. Ses côtes craquent, lui coupant le souffle, et il commence à haleter.

Il sent qu'on lui mordille la cheville. Puis le mollet, dans le gras de la chair. Une boule de fourrure escalade sa tête et s'attaque à son oreille. Robert bouge convulsivement et l'arrache. Une autre lui déchire aussitôt la joue. Il se secoue, ignorant la douleur intense, arrachant les petites formes les unes après les autres.

Il parvient à s'asseoir.

Robert Van Grenn ricane. Il hurle de rire. Il est toujours en vie.

Face à lui, des dizaines de paires d'yeux luisent dans la pénombre.

Puis les petites formes reviennent à la charge.

Épilogue

J'ai été hospitalisé quelques jours, puis je suis ressorti.

Il paraît que j'ai déliré à cause des fumées toxiques. Ou des médicaments que j'ai consommés par poignées, je n'en sais rien. Non-respect des posologies médicamenteuses. Je me suis fait engueuler par un réa. Rien à foutre. À un moment donné, j'ai cru voir trois moines encapuchonnés m'observer dans la chambre pendant la nuit, et soulever ma chemise pour examiner l'Ange Pleureur tatoué sur mon torse. Toutes ces histoires de fraternités secrètes m'ont trop tapé sur le système.

À la sortie, la Préfecture m'a remercié du bout des lèvres. Il paraît que mon intervention chez un criminel était illégale et ressemblait à une opération kamikaze. Je cite les termes du directeur de cabinet. Batista m'a défendu en expliquant que j'étais son consultant, que l'opération était prévue, mais que j'avais fait preuve de trop d'initiative.

La vérité est légèrement différente. Quand le commissaire a reçu mon coup de fil, au moment où j'entrais par effraction dans la maison de Robert Van Grenn, il a hurlé en m'interdisant de faire quoi que ce soit. Je l'ai envoyé paître. Batista a été obligé de foncer sur place, arrivant dans le chaos total, au milieu de la fumée, des pompiers et des badauds dans la rue, tandis que les membres de son unité couraient partout à la recherche de l'Homme au Chapeau Melon. Ils ont d'abord cru qu'il s'était échappé. Son corps a été découvert plus tard : en tentant de fuir par les égouts, il s'est blessé et il est mort. Son cadavre était dans un état horrible.

Les seuls remerciements importants que j'ai reçus, en définitive, sont ceux des deux jeunes femmes. Elles avaient disparu depuis des semaines. L'une était une étudiante anglaise qui voyageait seule. L'autre une jeune fugueuse du sud de la France. Chacune est venue me voir. Elles pensaient mourir, elles avaient abandonné tout espoir. Notre discussion a été difficile. Beaucoup de larmes de part et d'autre. Même si, en ce qui me concerne, ce n'était pas pour les mêmes raisons.

Depuis j'ai repris ma vie. Je traîne. En attendant mieux.

L'hôpital n'a pas encore statué sur mon sort. J'espère que je vais pouvoir retravailler aux urgences. Sinon j'irai ailleurs. En revanche, j'ai conservé mon poste d'enseignant à la fac. La personne que je remplace est en arrêt de longue durée, et l'administration m'a renouvelé sa confiance. Pour une raison que j'ignore, les hauts responsables de l'université me protègent, malgré le bordel que j'ai foutu chez eux.

J'aime mes étudiants. Lorsqu'ils rient, qu'ils parlent de sujets légers ou racontent des blagues, je revis ma jeunesse par procuration. Ça me fait du bien. Je ne suis pas trop sévère sur leurs notes. Je joue moins les provocateurs en cours. Enfin ça dépend.

En ce qui concerne Audrey, je l'ai revue hier pour la première fois. Elle a passé du temps avec les flics de Floride. Tout s'est bien déroulé. Batista ne tarit pas d'éloges sur son compte. Mais le mur est toujours là, entre elle et moi.

Parfois, j'ai l'impression que nous avons envie de l'abattre, ce mur.

Et parfois non.

Son ex tente de revenir par tous les moyens, alors « c'est compliqué », comme elle m'a dit dans le café où nous nous sommes donné rendez-vous. J'avais un verre à la main à ce moment-là.

— Kovak ? dit la capitaine Luz. Qu'est-ce que vous fichez, dehors tout seul dans le noir ? Vous parlez aux arbres ?

— J'arrive…

La capitaine retourne dans le restaurant. Nous sommes là pour fêter l'intégration de Samia Naïm à l'IRCGN. Ça y est, elle l'a, son boulot de garçon d'amphi. C'était une occasion de se réunir pour boire un coup, et ils ont tenu à m'inviter. Il y a son copain Florian, deux gars moustachus qui sont apparemment cousins (Blériot et Penneroux, je ne sais jamais qui est qui), un Chinois (ou un Coréen ?) qui s'appelle Wang, ainsi que Louise Luz et le commissaire Batista. Audrey ne pouvait pas venir. C'est ce qu'elle a prétendu.

— Kovak ! crie Samia. On vous attend pour le discours !

— Je viens tout de suite, dis-je en continuant de fixer les ombres sous les arbres.

Je me racle la gorge.

Greta est morte. La dernière des Van Grenn s'est éteinte en douceur.

Elle a toujours été une femme formidable. D'une exceptionnelle compétence. Quand elle a appris le décès de ses enfants, et la nature sombre de son mari, elle a volé des médicaments dans le service où elle était hospitalisée. La dose parfaite. On l'a retrouvée le lendemain. Son visage était paisible.

Je pense qu'elle se doutait de quelque chose, à propos de Robert. Et je pense que Justine s'en doutait aussi. Elles ne voulaient simplement pas le voir tel qu'il était. Parce que ni le Soleil ni la Mort ne peuvent se regarder en face.

Greta a été enterrée au même endroit que Justine et Adam.

Ils sont désormais tous les trois.

Je pense souvent à eux. Leur photo se trouve en permanence dans mon portefeuille. Où que j'aille, elle m'accompagne. De temps en temps, comme ce soir, je les guette parmi les ombres sous les arbres. Ou bien je regarde l'image. Elle représente trois personnes qui se donnent la main sur une plage. Une femme et ses deux enfants : un adolescent d'une quinzaine d'années, très beau, et une fillette blonde en train de rire.

Ce n'est pas une photo post mortem.

Au contraire : sur cette photo, ils sont pleins de vie.

*

Plus tard dans la soirée, Florian d'Apremont sort sur le parking. Il tâte ses poches à la recherche d'un paquet de cigarettes, en allume une pour Samia, et une autre pour lui-même.

Ils tirent quelques bouffées en regardant le groupe qui se rassemble.

Ils sont devant un restaurant de la proche banlieue parisienne. L'air est bon. Pour la première fois depuis des semaines, les étoiles brillent. L'atmosphère semble s'être radoucie. On dirait que le printemps n'est pas loin.

— Qu'est-ce qu'on fait ? dit Florian. On ramène Kovak ?

— Évidemment, dit Luz. Il n'est pas en état de conduire.

— Vous n'avez qu'à l'installer sur l'un des sièges du van, soupire Penneroux. Je déposerai chacun de vous au métro, et lui chez lui. Mon cousin me filera un coup de main. De toute façon, c'est toujours moi qui raccompagne les troupes avec le van.

— Le van *familial*, insiste Blériot.

— Parce que cette épave appartient à votre famille ? demande le commissaire Batista en examinant le véhicule. Depuis quelle génération, exactement ?

— On ne se moque pas, dit Penneroux. Mes parents étaient de pauvres paysans. Ils sont morts. Cet objet est mon unique héritage.

— Bah, du moment qu'il roule, dit Wang.

Penneroux s'installe au volant.

Blériot à côté.

Puis viennent Luz, Batista et Kovak.

Et enfin Samia, d'Apremont et Wang.

— Tout le monde est là ? demande le brigadier-chef.

Un oui général.

— Alors en route.

— Au fait, dit d'Apremont depuis le fond, vous saviez que Sam connaissait le commissariat Évangile ?

— Florian…, fait cette dernière en roulant des yeux.

— Ah bon ? dit Luz.

— Elle était en stage chez nous l'année dernière.

Luz se retourne pour la dévisager :

— Je ne me souviens pas de vous.

— Stage judiciaire, dit Samia en haussant les épaules. Obligatoire dans ma formation. Il y a des centaines de personnes dans votre boutique. J'étais surtout en bas, à la photocopieuse.

Luz fronce les sourcils un instant, puis se remet dans le bon sens. Elle vérifie que Christian Kovak roupille sous l'effet de l'alcool, puis s'adresse au commissaire.

— Et pour lui, vous allez faire quoi ?

— C'est-à-dire ?

— Vous le gardez comme consultant ?

— Possible.

— Je croyais qu'il ne vous aimait pas. Et que vous ne lui faisiez pas confiance.

— Exact, dit Batista en se tournant vers elle. Et vous connaissez le dicton. Proche de ses amis, encore plus de ses ennemis.

La voiture s'éloigne en direction des lumières de la capitale. Les conversations continuent. L'un ouvre la fenêtre, l'autre plaisante. C'est plutôt un bon moment, dans l'ensemble. Chacun est dans son rôle.

Le Chien est là. Parmi eux.

Il sourit.

REMERCIEMENTS

Des frissons. Voilà le but. Souffler un courant d'air glacial sur votre épiderme, accélérer votre pouls et vous empêcher de dormir : tels sont mes objectifs à chaque nouvelle histoire. Pour y parvenir, toutes sortes de créatures étranges m'accompagnent. Venez, que je vous les présente…

En premier lieu, je tiens à remercier les membres de mon pandémonium favori : Francis Esménard, Richard Ducousset et toute l'incroyable équipe d'Albin Michel qui se démènent (comme des diables) à chaque fois.

Je remercie également Éric Beuvry, de la cellule d'identification criminelle d'Amiens, et le docteur Céline Dumillard de l'IRCGN : des esprits qui m'ont guidé à travers leurs contrées obscures pour me faire découvrir leurs rituels étranges.

Merci aussi au commandant Hervé Jourdain, mon « porteur de lumières judiciaires », ainsi qu'à Thierry Duriez, mon indispensable maître des clés. À Doc Margaux, qui m'a ouvert les portes des associations étudiantes et dévoilé les secrets des confréries de médecine. À Marion Boyer, qui m'a susurré des citations latines dans le noir. À Stéphanie Leveque, la « garçon d'amphi » qui prend soin des vivants et des morts. Au docteur Xavier Planquart, qui m'a donné des précisions sur les têtes coupées et décongelées. À mon grand-père Jean et ses ancêtres qui ont arpenté le domaine du Chien. À mon prof de dissection de la fac des Saints-Pères, mes consœurs, confrères et personnels des urgences, aux anciens de l'Hôtel-Dieu, ainsi qu'à tous les anonymes qui hantent les pages de ce roman. Sachez que j'ai sournoisement changé certains noms de lieux ou de personnes pour les besoins de l'histoire, bien sûr. Mais comme d'habitude dans mes livres, toutes les références et anecdotes sont authentiques. Même les plus horribles.

Merci aussi à toute ma famille, ainsi qu'à Laetitia, Margaux, Joffrey, mes âmes sœurs qui m'accompagnent dans mes errances nocturnes, et à tous les esprits retors et diaboliques de la Ligue de l'Imaginaire !

Mais surtout, merci à vous : amis, lecteurs, bloggeurs, libraires, vous qui me faites confiance pour vous aventurer dans les ténèbres. Je suis heureux de vous accueillir dans ce nouveau cauchemar, et vous dis *à bientôt* pour de prochains frissons. D'ici là, en tournant ces pages, faites attention à votre main.

On ne sait jamais qui pourrait l'agripper…

P.B.

*Découvrez le début du nouveau roman
de Patrick Bauwen :*

L'Heure du diable

ROMAN

ALBIN MICHEL

Pour Laetitia, Margaux et Joffrey.
Des guerriers.

« Enchanté de vous connaître !
Je parie que vous connaissez mon nom.
En revanche, ce qui vous dépasse,
c'est la nature de mon jeu. »

THE ROLLING STONES,
Sympathy for the Devil

Clac-clac-clac, font les doigts aux ongles longs.

La tête de la sorcière se balance en rythme, tandis que ses doigts tapotent le volant.

Les phares de la voiture éclairent à peine la route sombre. Les hautes herbes défilent de part et d'autre. Il n'y a personne, pas une maison, pas une âme. La musique d'un antique radiocassette résonne dans l'habitacle de la voiture. Tout est vieux : le revêtement des sièges, les sapins désodorisants qui pendent au rétroviseur, les boutons du tableau de bord. À l'extérieur, des ballons orange accrochés aux portières claquent dans la nuit. Des autocollants recouvrent les vitres : citrouilles d'Halloween, bonbons, crèmes glacées… On dirait l'un de ces vendeurs de friandises qui circulent dans les villes de province.

La main de la sorcière fait craquer le levier de vitesses à l'approche d'un virage. Ses yeux croisent son propre regard dans le rétroviseur. Il ne s'agit pas d'une véritable sorcière, bien sûr : c'est un masque en latex. « Quoique… », songe la personne en dessous.

Un coup retentit dans le coffre. La sorcière l'ignore et reporte son attention sur la route.

Halloween ! Halloween ! susurre le radiocassette.

Clac-clac-clac, clac-clac-clac ! répondent les doigts

sur le volant. La mélodie est entêtante. Il s'agit d'une vieille comptine avec un chœur d'enfants, ponctuée d'accords à l'orgue de Barbarie, qui se répète encore et encore.

La route départementale traverse la campagne. Elle passe sous un petit pont supportant une voie de chemin de fer. L'embranchement est situé juste après.

D'un coup de volant, la voiture bifurque et s'engage en cahotant sur une route en terre. Les objets tressautent dans l'habitacle. Les sapins désodorisants, en particulier, s'agitent tels des pendus au bout d'une corde.

La sorcière sourit.

Le chemin longe la voie ferrée puis s'éloigne entre les arbres. À l'arrière, les coups redoublent dans le coffre. Les doigts aux ongles longs tournent le bouton du volume au maximum et le chœur d'enfants se met à hurler avec des accents hystériques. Les chocs finissent par cesser.

Le chemin s'achève devant un étang niché au milieu des arbres. La voiture stoppe. La musique s'arrête. Les ballons orange retombent mollement sur les ailes. Les phares illuminent les eaux sombres et leurs nuées d'insectes, papillons diaphanes aux ailes fragiles.

La sorcière coupe le contact.

Silence. Il n'y a plus que les sons de la nuit. L'odeur du marais.

Le ciel est clair. On y voit bien.

Elle ouvre la portière. Pose un pied sur le sol, se redresse, marche d'un pas lourd jusqu'à l'arrière du véhicule, engage la clé dans la serrure. Les ressorts grincent et le hayon se soulève.

Puis la jeune femme enfermée dans le coffre se met à hurler.

*

LIBRAIRIE GÉNÉRALE FRANÇAISE - 31, rue de Fleurus - 75006 Paris.

Le Livre de Poche s'engage pour
l'environnement en réduisant
l'empreinte carbone de ses livres.
Celle de cet exemplaire est de :

400 g éq. CO$_2$
Rendez-vous sur
www.livredepoche-durable.fr

PAPIER À BASE DE
FIBRES CERTIFIÉES

Composition réalisée par NORD COMPO

———————————

Achevé d'imprimer en France par
CPI BRODARD & TAUPIN (72200 La Flèche)
en juin 2020
N° d'impression : 3038497
Dépôt légal 1ʳᵉ publication : mai 2020
LIBRAIRIE GÉNÉRALE FRANÇAISE
21, rue du Montparnasse – 75298 Paris Cedex 06

Composition réalisée par NORD COMPO

PUBLIÉ PAR LE LIVRE DE POCHE
...
Dépôt légal ... 2020
...
Imprimé ...